Dieses Buch gehört

Christian Macharski

Die Höhle des Löwen

paperback verlag

Das Buch

Die Einwohner des kleinen Dorfes Saffelen stehen unter Schock. Im Neubaugebiet hat sich eine unfassbare Bluttat ereignet und Hauptkommissar Peter Kleinheinz wird unter dringendem Tatverdacht festgenommen. Obwohl alle Indizien gegen ihn sprechen, will Landwirt und Ortsvorsteher Hastenraths Will nicht wahrhaben, dass sein Freund der Täter sein soll. Zusammen mit Kreisliga-C-Legende Richard Borowka versucht er einer vermeintlichen Verschwörung auf die Spur zu kommen. Je mehr Will jedoch über die Hintergründe herausfindet, desto klarer wird ihm, dass Kleinheinz nicht derjenige ist, den er zu kennen glaubte. Zu diesem Zeitpunkt ist die Lage allerdings längst außer Kontrolle geraten und der Landwirt bekommt es mit einem übermächtigen Gegner zu tun, der auch vor dem Äußersten nicht zurückschreckt. Als Will keinen anderen Ausweg mehr sieht, begibt er sich in die Höhle des Löwen – mit tödlichen Folgen.

Der Autor

Christian Macharski wurde 1969 in Wegberg geboren. Seit 1991 ist er als Kabarettist und Autor tätig und entwickelte diverse Programme mit dem Comedyduo „Rurtal Trio" sowie mehrere Soloprogramme. Darüber hinaus arbeitete Macharski als Autor für verschiedene Fernsehsender (WDR, SAT1, RTL) und war zehn Jahre lang Kolumnist bei den Aachener Nachrichten. 2008 erschien der erste Dorfkrimi um den ermittelnden Landwirt Hastenraths Will. Diese Kunstfigur wird von Macharski auch auf der Bühne, im Radio und im TV verkörpert. „Die Höhle des Löwen" ist der sechste Teil der Dorfkrimi-Reihe.

Außerdem als Taschenbuch erhältlich:
Das Schweigen der Kühe (ISBN 978-3-9807844-4-3)
Die Königin der Tulpen (ISBN 978-3-9807844-5-0)
Das Auge des Tigers (ISBN 978-3-9807844-7-4)
Die Rache des Waschbären (ISBN 978-3-9424540-8-7)
Der Tango des Todes (ISBN 978-3-9807844-8-1)

Christian Macharski

Die Höhle des Löwen

DORFKRIMI

Umschlaggestaltung: kursiv, Oliver Forsbach
Fotos: Wilfried Venedey, Marcus Müller
Lektorat: Kristina Raub
Satz & Layout: media190, Wilfried Venedey
Druck & Bindearbeiten: CPI – Clausen & Bosse, Leck

ISBN 978-3-9816638-0-8

Die Personen und Handlungen der Geschichte sind frei erfunden. Ähnlichkeiten mit lebenden und verstorbenen Personen sind zufällig und nicht beabsichtigt. Die Protagonisten des Romans basieren auf Bühnenfiguren des Comedy-Duos Rurtal Trio.

Für Claudia

Prolog

Borowkas Seele brannte. Nichts und niemand hatte ihn auf diesen Moment vorbereitet. Sein Kumpel Fredi Jaspers sah sich beklommen um. Es waren nicht viele gekommen, nur die engsten Freunde. So wie Richard Borowka es sich gewünscht hatte. Wie alle anderen trug auch Fredi schwarz. Den Anzug hatte er zum letzten Mal bei der Beerdigung seines Vaters getragen. Es schauderte ihn, als er daran dachte. Spargel, der mit Tonne und einigen anderen Fußballkameraden etwas abseits Spalier stand, schnäuzte sich auf den Handrücken und schaute sich dabei verstohlen um. Fredi, der die Grabrede halten sollte, schenkte ihm ein kurzes, verkrampftes Lächeln und ließ seinen Blick dann zu Borowka schweifen, um ein Zeichen zu bekommen, dass er beginnen möge. Doch sein bester Freund stand nur seltsam entrückt mit vor dem Bauch gefalteten Händen im großen Schatten einer Trauerweide. Borowkas matter Blick verlor sich irgendwo in der flirrenden Luft dieses herrlichen Tages. Aber konnte ein Tag überhaupt schön sein, wenn es darum ging, Abschied von seiner großen Liebe zu nehmen? Borowka drehte langsam, fast wie mechanisch, den Kopf, aber der Platz an seiner Seite blieb leer. Genauso leer wie sein Innerstes. Seit man ihm vor einer Woche erklärt hatte, dass man nichts mehr tun könne, fühlte er sich nur noch wie eine ausgebrannte Hülle. Wie ein Trinkpäckchen, das man auf dem Schulhof zertreten hatte. Der letzte Funken Hoffnung, den er bis zuletzt gehabt hatte, war zerstört worden durch ein kurzes, bedrücktes Kopfschütteln. Das Schlimmste war, dass auch ihn selbst Schuld traf. Ein kurzer Moment der Unaufmerksamkeit hatte zu der Katastrophe geführt. Über 20 gemeinsame Jahre, ausgelöscht in einer einzigen Sekunde. Jetzt würden ihm nur noch die Erinnerungen bleiben. Noch fehlte ihm jegliche Vorstellungskraft, wie er überhaupt würde weiterleben können, aber, wie so oft in schweren Zeiten, schoben sich die weisen Worte seines Trainers Karl-Heinz Klosterbach in sein Bewusstsein: „Weitermachen. Immer weitermachen. Auch wenn man 0 : 8 zurückliegt." Aber dieser Albtraum, den Borowka gerade durchlebte, war ein gefühlter Rückstand von 0 : 20. Mindestens.

Da Fredi vergeblich auf ein Zeichen wartete, entschied er selbstständig, mit seiner Rede zu beginnen. Behutsam entfaltete er das DINA-4-Blatt, auf dem er seine Sätze notiert hatte. Seine Hände zitterten, denn er war es nicht gewohnt, vor Menschen zu sprechen. Geschweige denn, dass er wusste, was in einer solchen Situation zu sagen sei. Doch Borowka hatte auf ihn als Trauerredner bestanden. Und so hatte Fredi im Internet nach tröstenden Gedanken gesucht, die extra erfunden worden waren für Menschen, die ähnliche Schicksalsschläge erlitten hatten. Zum Glück hatte ihm seine Freundin Sabrina bei den Formulierungen geholfen, denn nicht alle Sätze hatte er auf Anhieb verstanden.

Fast flüsternd begann er mit seiner Ansprache: „Verehrte Trauergemeinde, wir sind heute hier, für Abschied zu nehmen.

Das, was passiert ist, ist kaum zu verstehen. Aber genau aus diesem Grund dürfen wir nicht vergessen: Was bleibt, wenn alles geht, ist die Liebe. Die Zeit heilt zwar nicht alle Wunden, aber sie hilft uns, mit dem Unbegreiflichen zu leben. ‚Ohne dich' zwei Worte, so leicht zu sagen, aber so endlos schwer zu ertragen. Doch nur, wer vergessen wird, ist tot. Du aber wirst in unsere Erinnerung weiterleben ..."

Immer wieder wurde die Rede vom Schluchzen der Trauergäste unterbrochen. Der Einzige, der keinen Ton von sich gab, war Richard Borowka. Die Worte, die ihm Trost spenden sollten, kämpften sich nur mühsam durch die Nebelwände in sein Gehirn. „... Mit den Flügeln der Zeit fliegt die Traurigkeit davon. Ich sage euch: Weint nicht, weil es vorbei ist. Lacht, weil es so schön war ..."

Gerade als Fredi zum Schlusssatz ansetzen wollte, zerriss lautes Motorengeheul die andächtige Stille. Verärgert sah er auf und stellte voller Entsetzen fest, dass ein roter Suzuki Vitara mit hohem Tempo durch die Böschung brach und mit Vollgas auf die Trauergemeinde zuhielt. Unmittelbar vor einem verheerenden Aufprall wurde das Lenkrad herumgerissen und der Geländewagen kam seitlich zum Stehen. Dreck spritzte unter den Reifen hervor. Quietschend fuhr das Fahrerfenster herunter und ein blonder Frauenkopf mit einem mittig platzierten, palmenförmigen Pferdeschwanz, gehalten von einem Frotteehaargummi, kam zum Vorschein. Es handelte sich unverkennbar um Rita, Borowkas Ehefrau, die nicht nur einen stark geschminkten, sondern auch einen sehr verärgerten Eindruck machte. Aus Leibeskräften brüllte sie: „Richard! Werd endlich mal erwachsen!"

Doch Borowka drehte sich nicht einmal um. Stattdessen nickte er seinen Freunden Tonne und Spargel zu, die nach einer kurzen Schrecksekunde professionell darangingen, die beiden Holzpflöcke aus dem Erdreich zu ziehen, die als Poller dienten. Nun setzte sich langsam der gelbe Ford Capri mit den roten Rallyestreifen auf dem abschüssigen Ufergeröll in Bewegung und trat seine letzte Reise an. Nahezu lautlos rollte Borowkas große Liebe in den Uetterather Waldsee und hinterließ am Ende nichts als ein paar große Blubberblasen. Borowka stiegen Tränen in die Augen. Es war Zeit, loszulassen.

1

Samstag, 12. Mai, 21.10 Uhr

Hauptkommissar Peter Kleinheinz war zusammengezuckt, als die Scheibenwischer sich plötzlich wie von Geisterhand in Bewegung setzten. Der Regensensor hinter der Frontscheibe hatte als Erster registriert, dass sich am Himmel etwas zusammenbraute. Kurz nachdem Kleinheinz sich auf den Weg in seine neue Wahlheimat Saffelen gemacht hatte, waren innerhalb von Minuten schwere Wolken aufgezogen und es hatte wie aus Kübeln zu regnen begonnen. Mittlerweile ächzten die Scheibenwischer auf der höchsten Stufe und Kleinheinz hatte große Probleme, die Landstraße vor sich zu erkennen. Mit 50 km/h kroch er durch die dunstige Wand der einsetzenden Dämmerung, die nur von dünnem Scheinwerferlicht durchschnitten wurde. Irgendwie passte das zu diesem beschissenen Tag, dachte der Kommissar. Eigentlich sollte er zu diesem Zeitpunkt noch mit seinem Kollegen Jochen Dohmen in einem Zivilfahrzeug vor einem unscheinbaren Bürokomplex in Übach-Palenberg sitzen und eine Zielperson observieren. Bereits seit zwei Wochen waren sie einem Mann auf der Spur, der des bandenmäßigen Handels mit Amphetaminen verdächtigt wurde. Hinweisen zufolge sollte in der heutigen Nacht in ebendiesem

Bürogebäude ein größerer Deal über die Bühne gehen. Doch dann war der Einsatz plötzlich um 19 Uhr von August Pimpertz, dem Direktionsleiter Kriminalität, persönlich abgeblasen worden. Angeblich sei die Zielperson gewarnt worden. Genaueres erfuhr man wie üblich nicht, Pimpertz galt nicht gerade als großer Kommunikator und mit Kleinheinz verband ihn ohnehin keine allzu große Sympathie. Ohne weitere Erklärung wurden Kleinheinz und Dohmen also zur Dienststelle zurückbeordert und in den Feierabend geschickt. Dohmen hatte sich sehr über die unerwartete Freizeit gefreut, da er nun doch noch das DFB-Pokalfinale zwischen Bayern München und Borussia Dortmund würde verfolgen können. Kleinheinz hingegen konnte Fußball nicht das Geringste abgewinnen. Er war stattdessen noch mal ins Büro gefahren, um einen Bericht zu Ende zu schreiben. Mehrmals hatte er dabei versucht, seine Lebensgefährtin Bettina Hebbel zu erreichen, um sie zu fragen, ob sie nicht nach Heinsberg kommen wolle, um dort mit ihm bei dem Italiener, der neu aufgemacht hatte, essen zu gehen. Aber entweder war der Empfang im Saffelener Neubaugebiet mal wieder miserabel oder sie hatte ihr Handy ausgestellt. Vielleicht war sie auch schon ins Bett gegangen. In letzter Zeit hatte sie des Öfteren über Müdigkeit geklagt. Vor allem, wenn Kleinheinz den Wunsch nach etwas körperlicher Nähe geäußert hatte. Im Moment lief es privat nicht allzu gut, was wohl auch daran lag, dass Kleinheinz sich wieder mit größtem Enthusiasmus seiner Arbeit widmete, nachdem die letzten Jahre ihn ein wenig aus der Bahn geworfen hatten. Bettinas Verständnis für diesen Arbeitseifer hielt sich in Grenzen und äußerte sich in letzter Zeit immer häufiger in kleinen Streitereien.

Kleinheinz schreckte von seinem eigenen Seufzer aus seinen Gedanken hoch und atmete einmal kräftig durch. Das monotone Rauschen der Scheibenwischer hatte ihn schläfrig werden lassen. Er riss sich zusammen und konzentrierte sich wieder auf die Straße. Der Regen prasselte unaufhörlich auf die Windschutzscheibe, doch am Horizont war zumindest schon die Skyline von Saffelen zu erkennen, jedenfalls der leicht schiefe Kirchturm, der sich den tief hängenden, böse grollenden Wolken tapfer entgegenreckte. Als Kleinheinz mit seinem Wagen wenig später die Gaststätte Harry Aretz passierte, drangen laute Schlachtgesänge an sein Ohr, woraus er schloss, dass auch ein Großteil der Saffelener Bevölkerung beim Pokalfinale mitfieberte. Das Neubaugebiet hingegen lag wie immer ausgestorben vor ihm, als er in die Goethegasse einbog. Aufgrund des Namens „Goethegasse", gegen den sich Ortsvorsteher Hastenraths Will, einer der wenigen Freunde von Kleinheinz, lange gewehrt hatte, trug das Neubaugebiet unter den alteingesessenen Dorfbewohnern bereits den Beinamen „Besserwisser-Viertel". Dass mit Bettina Hebbel und Peter Haselheim, dem Rektor der Grundschule, gleich zwei Lehrer dort wohnten, machte die Sache aus Wills Sicht nicht besser.

Als Kleinheinz den Wagen vor seinem neuen Zuhause parkte, tanzte das Scheinwerferlicht über die Fassade des Hauses. Er stellte den Motor ab und stellte fest, dass oben im Schlafzimmer Licht brannte. Ein Lächeln huschte über sein Gesicht, denn Bettina schien noch wach zu sein. Um das kurze Stück durch den Vorgarten halbwegs trocken hinter sich zu bringen, legte sich der Kommissar seine Windjacke über den Kopf. An der Haustür angekommen, schüttelte er sich und schloss auf. Die nassen Schuhe quietschten im Flur, als er eintrat. Er wollte gerade zum Lichtschalter greifen, doch plötzlich musste er innehalten. Alles war ruhig, aber sein Instinkt sagte ihm, dass irgendetwas nicht stimmte. Geräuschlos streifte er die Schuhe ab und schlich auf Socken durch den Flur. Am Geländer der Treppe, die nach oben führte, lauschte er. Er meinte, leises Gemurmel zu hören, was aber auch vom Fernseher kommen konnte. Während er auf Zehenspitzen die Treppe hinaufstieg, atmete er kaum. Immer mehr überkam ihn das Gefühl, dass hier irgendetwas ganz und gar nicht stimmte. Ein unbekannter Geruch stieg ihm in die Nase. Er versuchte weiter zu lauschen, doch sein Herzschlag übertönte alle anderen Geräusche im Haus. Als er vor der Schlafzimmertür stand, legte er vorsichtig sein Ohr dagegen. Trotz des Unwetters, das draußen tobte, verstand er jedes einzelne Wort, das Bettina sagte und es traf ihn wie ein Blitzschlag: „Es ist so schön, dass du hier bist."

Kleinheinz' Muskeln krampften sich zusammen und er konnte förmlich spüren, wie sich sein Körper mit Adrenalin vollpumpte. Wutentbrannt riss er die Tür auf. Sein Hirn brauchte einige Sekunden, bis es die Situation erfasst hatte. Bettina saß nackt mit dem Rücken zu ihm auf dem aufgeschlagenen Bett und stöhnte leise. Dann entdeckte Kleinheinz den nackten Mann, der unter ihr lag. Bettina riss erschrocken den Kopf herum. Als sie ihren Freund sah, sprang sie auf und schrie hysterisch: „O nein, Peter! Ich kann dir alles erklären!" Doch Kleinheinz brauchte keine Erklärungen mehr. Das Blut peitschte durch seinen Körper, sein Herz raste und eine unbändige Wut ergriff von ihm Besitz. Als Bettina mit weit aufgerissenen Augen um Hilfe schrie, konnte er sie schon gar nicht mehr hören, so sehr hatte der Zorn das Kommando übernommen. Wie in Trance riss er seine Dienstwaffe aus dem Holster und richtete sie auf die beiden Personen, die er vor sich sah. Die Welt, in der Peter Kleinheinz gelebt hatte, hatte aufgehört zu existieren.

2

Samstag, 12. Mai, 23.15 Uhr

Die Flasche Dujardin war genauso leer wie die beiden Tüten Chips, die auf dem Wohnzimmertisch lagen. Hastenraths Will streckte sich ausgiebig in seinem Ohrensessel, strich sich dabei zufrieden über seinen leicht gewölbten Bauch und ließ einen lauten Rülpser entweichen. Was für ein perfekter Abend, dachte der Landwirt. Nicht nur, dass Bayern München mit 2 : 5 gegen Borussia Dortmund verloren hatte, sondern, vor allem, dass er das Spiel in aller Ruhe hatte genießen können. Letzteres lag neben dem abgestellten Telefon vor allem an der Abwesenheit seiner Frau Marlene, mit der er seit 30 Jahren verheiratet war und der es auch nach all der Zeit noch gelang, den einfachen Genuss eines Fußballspiels nachhaltig zu stören. Sei es, indem sie zwischendurch immer mal wieder unmotiviert durchs Bild lief, laut schnarchte oder unpassende Fußballfragen stellte. Etwa, warum Arjen Robben immer so enge Trikots trägt, wieso die Frisur von Mario Gomez so gut hält oder wo Jogi Löw seine Schals herbekommt. Heute aber hatte sich Will voll und ganz auf das Spiel konzentrieren können, denn Marlene hatte sich pünktlich zum Anpfiff krankgemeldet. Bewaffnet mit einer Packung Wick Vaporup, einer Flasche

Klosterfrau Melissengeist und Jack-Russell-Terrier Knuffi als Fußwärmer, war sie um 20 Uhr ins Bett gegangen, um der sich anbahnenden Erkältung zu trotzen. Will griff nach der Fernbedienung und schaltete den Fernseher aus. Nachdem die Stadionatmosphäre verstummt war, hörte er, dass seine Frau ihn rief. So schwach, wie die Stimme klang, schien sie durchaus schon seit einer ganzen Weile zu rufen. Behäbig schälte er sich aus dem Sessel und schlurfte auf abgewetzten Wollsocken die Treppe hinauf. Gähnend öffnete er die Schlafzimmertür.

„Was ist denn los, Marlene?“

Seine Frau saß halb aufgerichtet im Bett und schniefte mit roter Nase: „Musst du der Fernseher immer so laut machen? Ich brüll mir hier die Seele aus der Leib. Der Knuffi muss dringend noch mal raus.“

Wills Blick fiel auf den kleinen Hund, der junkend vor dem Bett Pirouetten drehte. Es schien dringend zu sein. Der Landwirt fuhr sich missmutig mit der Hand durchs Haar. Er war müde und der Sinn stand ihm ganz und gar nicht nach einem nächtlichen Spaziergang.

„Ja, aber ich war doch eben in der Halbzeit mit dem draußen. Da hat der nicht gemacht.“

Marlene verschränkte die Arme vor ihrer mächtigen Brust und verschärfte den Ton: „Du weißt genau, dass der Kleine Angst hat bei Gewitter. Und eben war es draußen die ganze Zeit am donnern. Außerdem bist du mit dem doch bloß bis zum Zigarettenautomat und zurück gegangen. Jetzt ist das Unwetter vorbei und deshalb gehst du noch mal mit dem. Und du kommst nicht eher zurück, bis der alle seine Geschäfte erledigt hat. Und denk dran, dem zu loben, wenn der sein Häufchen gemacht hat.“

Will seufzte. Ihm war bewusst, dass nach dieser Anweisung kein Widerspruch mehr möglich war und so fügte er sich. Zum Glück trug er noch nicht seinen Schlafanzug. Da das Melken länger als erwartet gedauert hatte, war er in seiner üblichen Kluft, der grauen Stoffhose mit den ausgefransten Hosenträgern und dem grün-weißen Baumwollhemd, gerade noch rechtzeitig zum Anpfiff in seinem Sessel versunken.

Nachdem Will den sich bereits krümmenden Hund angeleint hatte, schlüpfte er in seine Gummistiefel, setzte sich seine grüne Kappe auf und zog seinen Kapuzenparka über. Kaum war er vor die Tür getreten, erleichterte sich Knuffi schon unter dem Rhododendron. Der kleine Hund schien eine gigantische Blase zu haben, denn erst nach einer gefühlten Ewigkeit senkte er wieder sein rechtes Hinterbein. Ein breites, gelbes Rinnsal schlängelte sich hinunter bis zum Bürgersteig und mündete dort in einer großen Pfütze, die das Unwetter hinterlassen hatte. Noch immer nieselte es und Will zog sich seine Kapuze über den Kopf. Das große Geschäft sparte Knuffi sich traditionell für seine Lieblingswiese auf, die etwa 50 Meter die Straße hinunter lag und Landwirt Dieter Brockers, Wills Rivalen, gehörte. Als sie sich der Wiese näherten, wedelte Knuffi bereits voller Vorfreude mit dem Schwanz. Will genoss derweil die frische, vom Regen gereinigte Nachtluft, die ihn ein wenig ausnüchterte. Mit einem Mal jedoch wurde die abendliche Ruhe von lautem Sirenengeheul zerrissen. Will und Knuffi zuckten zusammen. Während der Hund seinen Schwanz zwischen den Hinterbeinen einklemmte, beobachtete Will entgeistert, wie mehrere Streifenwagen mit quietschenden Reifen ins Neubaugebiet einbogen. Und da Will nicht nur der erfolgreichste

Landwirt von Saffelen, sondern auch dessen verantwortungsvoller Ortsvorsteher war, war ihm sofort klar, dass etwas Schlimmes passiert sein musste, wenn so viel Polizei den beschwerlichen Weg in das kleine Dorf an der holländischen Grenze auf sich genommen hatte. Ohne zu zögern spurtete er los. Knuffi jaulte auf und musste sich anstrengen, mit seinen kurzen Beinchen hinterherzukommen, ohne von der Leine stranguliert zu werden. Der kleine Hund bellte entsetzt, als er mit Schrecken feststellte, dass der dringend nötige Halt an seiner Lieblingswiese ausfiel.

Wills ohnehin nicht sehr ausgeprägte Kondition hatte unter der Flasche Dujardin und den Chips gelitten und so bog er nach wenigen Minuten schnaufend und schwitzend in die Goethegasse ein, um dort seine schlimmsten Vorahnungen bestätigt zu sehen. Das Blaulicht der kreuz und quer geparkten Streifen- und Krankenwagen tauchte das Haus von Peter Kleinheinz und Bettina Hebbel in ein gespenstisches Licht. Ein Beamter sperrte gerade den kompletten Vorgarten mit Flatterband ab. Völlig außer Atem überquerte Will die Straße. Als der schwächelnde Knuffi dabei unvermutet seinen Weg kreuzte, geriet der Landwirt an der Bordsteinkante ins Straucheln. Glücklicherweise aber war am übernächsten Tag Müllabfuhr und Kleinheinz' Nachbarn hatten bereits heute pflichtbewusst ihre mit blauen Mülltüten vollgestopfte Tonne an die Straße gestellt. So konnte Will sich im letzten Moment an der Tonne festhalten, um einen bösen Sturz zu vermeiden. Er pustete einmal tief durch und ging dann die letzten Meter bis zum Tatort bewusst langsam, um seinen Puls wieder zu beruhigen. Er band den verstörten Knuffi an einen Laternenpfahl und näherte sich dann mit großer Geste dem Polizisten, der das Flatterband befestigte.

„Wilhelm Hastenrath mein Name", stellte er sich höflich vor, „ich bin der Ortsvorsteher von Saffelen. Würden Sie mir bitte sagen, was hier los ist?"

Der Uniformierte musterte ihn kurz und antwortete dann schroff: „Tut mir leid. Darf ich nicht."

Will drückte den Rücken durch und setzte erneut an. Diesmal etwas bestimmter. „Junger Mann, ich glaube, Sie haben mich nicht richtig verstanden. Ich bin hier der Ortsvorsteher und ich verlange auf der Stelle von Sie …"

„Wie gesagt", unterbrach der Polizist den Landwirt, ohne dabei aufzusehen, „ich kann nichts für Sie tun. Am besten, Sie gehen nach Hause."

Will traute seinen Ohren nicht. Die Zornesröte stieg ihm ins Gesicht. Gerade als er den jungen Beamten in seine Schranken weisen wollte, zupfte ihn jemand am Ärmel. Es handelte sich um Peter Haselheim, den Rektor der Saffelener Grundschule, der zwei Häuser weiter wohnte. Der Lehrer trug Filzpantoffeln und einen lächerlichen Frotteeschlafanzug.

Leise raunte er Will zu: „Komm da weg. Das gibt nur Ärger. Die reagieren sehr empfindlich."

„Aber was ist denn überhaupt passiert?"

„Keine Ahnung. Vor ein paar Minuten brach hier plötzlich die Hölle los. Polizei, Krankenwagen. Eben habe ich sogar mitbekommen, wie von einem Toten die Rede war."

„Um Gottes Willen", entfuhr es Will.

Er schlug die Hände vor den Mund und Haselheim fuhr fort: „Ich soll mich hier bereithalten zur Befragung."

„Hast du denn irgendswas mitbekommen?“

„Na ja, als ich ins Bett ging, habe ich seltsame Geräusche gehört. Es hat viermal kurz hintereinander geknallt. Zuerst dachte ich, das wär ein Fensterladen, der vom Sturm auf- und zugeschlagen wurde. Aber jetzt, im Nachhinein, bin ich mir sicher, dass es sich um Schüsse gehandelt haben muss.“

Während Will noch die Gedanken in seinem Kopf sortierte, sah er plötzlich, wie ein alter Bekannter aus der Haustür trat: Jochen Dohmen, der langjährige Partner von Peter Kleinheinz. Vor gerade mal zwei Monaten hatte er ihn näher kennengelernt, als sie gemeinsam einen Fall gelöst hatten. Das war seine Chance. Will ließ Haselheim stehen. Er riss das Absperrband hoch und betrat den Vorgarten. Innerhalb von Sekunden wurde er gestoppt. Ein fester Griff umklammerte seinen Arm.

Der junge Polizist von vorhin zischte ihm böse zu: „So, es reicht. Sie werden jetzt auf der Stelle den Einsatzort verlassen. Ich erteile Ihnen einen Platzverweis. Wenn Sie dem nicht Folge leisten, gibt's eine Anzeige wegen …“

Will entwand sich dem Griff und funkelte den Beamten grimmig an: „Ich sag Sie mal was. Ich habe schon mehr Kriminalfälle gelöst als wie Sie. Außerdem kenne ich der Herr Dohmen persönlich. Und wenn Sie mich nicht in Ruhe lassen, dann wird der dafür sorgen, dass Sie unehrenhaft entlassen werden. Ich kenn sogar der Landrat … vom Sehen.“

Oberkommissar Jochen Dohmen war mittlerweile dazugekommen. Er hatte seinen alten Spezi natürlich sofort erkannt und wusste, dass es sich um einen engen Freund von Kleinheinz handelte. Er selbst hatte sich zwar noch nicht so recht mit dem ruppigen Charme des Landwirts angefreundet, wusste aber dennoch um dessen Verdienste. Und so trat er zwischen die beiden Streithähne und bat den Polizisten, ihn kurz mit dem Mann allein zu lassen. Leicht verärgert kam dieser der Bitte nach. Dohmen war kreidebleich. Was auch immer in diesem Haus geschehen war, es schien ihn sehr mitgenommen zu haben.

Es vergingen einige Sekunden, bevor der Kommissar stockend zu erzählen begann: „Herr Hastenrath, hören Sie, ich darf Ihnen eigentlich nichts sagen, aber ich weiß, dass Peter Kleinheinz Ihr Freund ist. Und deshalb … ja, ich kann es selbst noch nicht fassen. Viel können wir noch nicht sagen, wir warten noch auf die Mordkommission aus Aachen und die Spurensicherung. Das ganze Haus ist voller Blut ... Peter hatte mich angerufen. Er war völlig verwirrt und hat nur gestammelt, dass etwas Furchtbares passiert sei. Ich habe gerade versucht, mit ihm zu sprechen, aber er ist noch nicht vernehmungsfähig. Im Moment muss man wohl von einer Beziehungstat ausgehen. Ein noch nicht identifizierter Mann wurde erschossen, Frau Hebbel ist allem Anschein nach sehr schwer verletzt. Mehr weiß ich noch nicht und selbst das dürfte ich Ihnen eigentlich nicht sagen. Ich schlage vor, Sie gehen jetzt nach Hause und wir machen hier unsere Arbeit. Wir müssen sowieso erst mal warten, bis der Staatsanwalt da ist. Sie können mich aber gerne in den nächsten Tagen anrufen." Dohmen gab Will seine Karte.

Der Landwirt steckte sie in seine Parkatasche und stammelte: „Danke, Herr Dohmen. Und bitte versprechen Sie mir, dass Sie alles für der Peter tun, was nötig ist."

Dohmen nickte und antwortete mit belegter Stimme: „Das verspreche ich Ihnen, Herr Hastenrath. Peter ist nicht nur Ihr guter Freund, sondern auch meiner." Er reichte Will die Hand. „So, und jetzt muss ich wieder rein – meine Arbeit machen."

Will wartete noch, bis der Kommissar wieder im Haus verschwunden war, streng verfolgt vom verbiesterten Blick des jungen Polizisten. Er begab sich unter dem Flatterband hindurch zurück auf den Bürgersteig, machte Knuffi los und trat den Heimweg an. Es fühlte sich an, als würde er einen Mühlstein hinter sich herziehen, so schwer wurde ihm plötzlich ums Herz. An der Straßengabelung drehte er sich noch einmal um und beobachtete noch einige Minuten das aufgeregte Treiben. Ein Van fuhr vor, aus dem drei Personen in weißen Schutzanzügen stiegen. Mit Koffern und Gerätschaften in der Hand verschwanden sie schnell im Haus. Will war wie versteinert. Dann sah er, wie der junge Polizist, mit dem er aneinandergeraten war, fluchend auf dem Bürgersteig stand und angewidert seine rechte Schuhsohle betrachtete.

Wütend rief er seinen Kollegen zu: „Verdammte Scheiße. Hier hat einer an den Laternenmast gekackt!"

Zum ersten Mal, seit Will hier war, huschte ihm ein Lächeln übers Gesicht. Der Landwirt bückte sich und streichelte dem schwanzwedelnden Knuffi stolz über den Kopf: „Das hast du fein gemacht."

3

Montag, 14. Mai, 7.18 Uhr

Fredi Jaspers nippte lautstark an seinem Kaffee. Sabrina konnte das Schlürfen bis in die Küche hören. Sie musste lächeln, denn sie liebte diese kleinen Macken an ihrem Verlobten. Ihr Start in Saffelen war zwar aufregender gewesen, als sie es sich vorgestellt hatte, dennoch hatte sie sich schon nach kurzer Zeit in diesem ganz speziellen Kosmos ganz gut eingelebt. Die Menschen begegneten ihr weitgehend offen und freundlich, was natürlich auch daran lag, dass Fredi und dessen Freund Borowka die Fußballstars der Kreisliga-C-Mannschaft waren und zudem zu den engsten Freunden des hoch angesehenen Ortsvorstehers Hastenraths Will gehörten. Das hatte ihr sicher geholfen, sich zu akklimatisieren, schließlich hatte sie bis dahin Berlin nie verlassen. Aber ein so großer Unterschied schien zwischen ihrer hektisch-quirligen Heimatstadt und dem scheinbar verschlafenen Dorf an der holländischen Grenze gar nicht zu bestehen. An diesem Morgen beherrschte eine unfassbare Bluttat die Schlagzeilen. Die Heinsberger Zeitung, aber auch viele überregionale Zeitungen hatten groß aufgemacht mit der Geschichte um Peter Kleinheinz. Allzu viele Details gab es nicht, da die Staatsanwaltschaft eine strikte Informationssperre verfügt hatte, um die Ermittlungen nicht zu gefährden. Peter Kleinheinz war, soviel hatte Sabrina mitbekommen, eine Berühmtheit unter den Kommissaren in der Region. Er hatte einige spektakuläre Fälle gelöst, den letzten erst vor wenigen Wochen, und galt vielen seiner Kollegen als Vorbild, auch aufgrund seiner oft unkonventionellen Methoden. Umso unglaublicher war, was sich im Haus an der Saffelener Goethegasse zugetragen haben sollte.

Als Sabrina sich mit einem Cappuccino zu Fredi an den Frühstückstisch setzte, las dieser ihr laut und etwas holprig aus der Zeitung vor: „Hör dir das an, zusammenfassend muss man von folgendem Szenario ausgehen: Da seine Nachtschicht ausgefallen war, kam der bekannte Hauptkommissar Peter Kleinheinz am späten Samstagabend unerwartet nach Hause. Dort überraschte er seine Lebensgefährtin Bettina H. mit einem noch nicht identifizierten Mann im Bett. Offenbar aus rasender Eifersucht gab Kleinheinz zunächst Schüsse auf den Mann ab. Die Polizei fand den 42-jährigen später im Schlafzimmer. Der Notarzt konnte nur noch seinen Tod feststellen."

„Unfassbar", entfuhr es Sabrina, „dabei war der doch immer so nett und freundlich."

„Man kann die Leute immer nur vor der Kopf gucken", murmelte Fredi, bevor er weiter vorlas: „In einer Pressekonferenz am Sonntag äußerte sich Polizeisprecher Hanno Heinrichs wie folgt: ‚Die Obduktion ergab, dass das Opfer aufgrund von Schussverletzungen starb.' Nicht bestätigen hingegen wollte er, dass auch Bettina H. Schussverletzungen erlitt, obwohl vieles darauf hindeutet. Der 36-jährigen gelang offensichtlich schwer verletzt die Flucht. Eine Blutspur, die ihr zugeordnet wird, erstreckte sich die Treppe hinunter bis auf die Außenterrasse des Hauses, wo sie sich aufgrund der Wetterverhältnisse verlor. Seit gestern laufen umfangreiche Suchaktionen, bei der auch eine Hundestaffel eingesetzt wird. Wie unsere Zeitung aus gut unterrichteten Quellen erfuhr, soll Bettina H. einen erheblichen Blutverlust erlitten haben. Dass dieser auf eine Schussverletzung zurückzuführen ist, lässt die Aussage eines Nachbarn vermuten: ‚Ich hörte kurz hintereinander vier Schüsse'. Dies deckt sich auch mit unseren Recherchen, dass aus der Dienstwaffe des mutmaßlichen Täters Peter Kleinheinz vier Kugeln abgefeuert wurden, von denen am Tatort aber nur zwei sichergestellt werden konnten. Kurz nach der Tat war der 44-jährige Kriminalhauptkommissar am Tatort festgenommen worden. Er leistete keinen Widerstand. Schmauchspuren an seiner Hand sollen belegen, dass es sich bei ihm um den Schützen handelt. Noch am Sonntag wurde ein Haftbefehl erlassen."

Fredi legte die Zeitung zur Seite: „Unglaublich, oder?"

Sabrina, die gebannt zugehört hatte, nickte. Das meiste wusste sie schon, da sich Informationen in diesem kleinen Dorf meist schneller verbreiteten als im Internet, was allerdings zum Teil daran lag, dass die Internetverbindung in Saffelen ausgesprochen schlecht war. Auch zwei Tage nach den dramatischen Ereignissen konnte Sabrina alles noch nicht glauben. „Der Kommissar Kleinheinz ist doch so ein netter Kerl. Es ist doch noch gar nicht so lange her, dass er uns das Leben gerettet hat. Überleg mal: Jetzt lebe ich erst seit zwei Monaten hier in Saffelen und hier ist mehr los als früher immer in Berlin."

Fredi schüttelte vehement den Kopf. „Moment mal. Du denkst bestimmt jetzt, ich hätte die ganze Zeit Scheiße erzählt. Aber ich schwöre dir: Die ersten dreißig Jahre meines Lebens war hier absolut nix los. Ich würde sogar sagen: doppelt so wenig wie nix."

„Meinst du denn wirklich, dass Peter Kleinheinz zu so was in der Lage ist?"

Fredi hob die Schultern. „Wie gesagt, man kann Leute immer nur vor der Kopf gucken. Ich glaube, ich dürfte auch keine Pistole in der Hand haben, wenn ich dich mit ein anderer Mann ..."

„Fredi!", fuhr Sabrina empört dazwischen. „Solche Gedanken schlägst du dir mal ganz schnell aus dem Kopf! Ich will keinen anderen als dich. Oder hast du etwa schon vergessen, dass ich deinen Heiratsantrag angenommen habe?"

Fredi grinste breit. „Nein, natürlich nicht."

„Aber, wo wir gerade beim Thema sind. Schau doch mal in den Garten. Fehlt da nicht was?"

Fredi folgte ihrem Blick durch die große Glasschiebetür, deren Einbau ihm und Borowka eine Menge abverlangt hatte, hinaus auf das satte Grün des Rasens. Ihm fiel jedoch nichts auf, was fehlen könnte.

Sabrina half ihm auf die Sprünge. „Würde da nicht unheimlich gut eine Kinderschaukel hinpassen?"

Fredi sah sie irritiert an. „Eine Kinderschaukel? Wofür das denn? Aus dem Alter sind wir ja wohl raus. Wo ich aber tatsächlich drüber nachdenke, ist so ein großer Weber-Gasgrill für draußen. Spargel seine Eltern haben so einen. Und zwar der Genesis E 330. Den hab ich mir letztens mal bei denen angeguckt. Der macht besonders hohe Temperaturen und damit kann man so lustige Grillmuster auf die Steaks drauf machen. Der ist mit ein intrigiertes Thermometer für Temperaturkontrolle und so gusseiserne Grillroste. Damit kann man direkt und indirekt grillen, da muss ich wohl noch mal nachgucken, was genau der Unterschied ist. Auf jeden Fall ist das superlecker. Ich hatte schon mal mit der Borowka überlegt, da hinten in die Ecke der Boden zu pflastern und dadrauf dann der Grill ..."

„Okay, ich versuch's mal anders", unterbrach Sabrina ihn sanft. „Hast du dir schon mal Gedanken gemacht, was wir mit dem leer stehenden Zimmer neben unserem Schlafzimmer machen sollen?"

Fredi nahm einen Schluck Kaffee und verzog das Gesicht, weil er mittlerweile kalt war. Nach kurzer Überlegung sagte er: „Aaah, ich verstehe. Du hast keine Lust mehr, die Wäsche im Keller zu machen. Du möchtest da dein Bügelzimmer reinmachen. Das ist kein Problem. Meine Mutter hatte das auch dadrin."

„Falsche Antwort."

„Hmm. Was könnte man denn sonst ...? Ein Bürro? Aber was soll man dadrin machen?"

Sabrina seufzte. Sie stand auf, ging in die Küche und kam mit einer frischen Tasse Kaffee zurück, die sie vor Fredi abstellte. Fredi bedankte sich und nahm einen großen Schluck. Sabrina sagte: „Ich möchte ein Kind."

Fredi spuckte den Kaffee in hohem Bogen aus. Die braune Flüssigkeit verteilte sich auf dem Laminat, dessen Verlegung ihm und Borowka ebenfalls einiges abverlangt hatte. Hustend sagte er: „Wie jetzt, ein Kind? Du meinst ...?"

Sabrina ergriff seine Hand und sah ihm mit verträumtem Blick in die Augen. Fredi wusste, dass er jetzt irgendetwas sagen musste, aber ihm fiel partout nicht ein, was.

Zum Glück klingelte in diesem Augenblick sein Handy. Hastig drückte er die Annahmetaste und Borowkas laute Stimme drang in den Raum: „Wann kommst du mich endlich abholen, du Aschloch? Hast du mal auf die Uhr geguckt? Der Oellers reißt uns der Arsch von hier bis Himmerich auf, wenn wir wieder zu spät kommen. Ich werd noch bekloppt. Ohne Auto kommt man sich ja vor wie der Einarmige unter die Blinden.“

4

Montag, 14. Mai, 7.21 Uhr

Hastenraths Will ließ die Zeitung sinken und schnaubte wie ein Pferd, so sehr ärgerte ihn das, was er da lesen musste. Dunkle Ränder unter seinen Augen zeugten von zwei schlaflosen Nächten. So viel Zeit war bereits vergangen seit der Festnahme seines besten Freundes.

Die immer noch stark erkältete Marlene betrachtete ihren Mann besorgt, während sie sich ein Marmeladenbrot schmierte. „Was steht denn da?“, fragte sie, obwohl sie die Antwort längst wusste.

„Nur Schwachsinn!“, echauffierte sich Will. „Ich habe doch gestern erst mit der Kommissar Dohmen telefoniert und der hat mir gesagt, dass bis auf Weiteres keine Informationen an die Presse rausgehen. Das ist alles zusammenfantasiertes Zeug. Wenn das so weitergeht, schreibe ich die mal ein gesalzener Leserbrief.“

„Was hat der Herr Dohmen dir denn gesagt, wie du dem angerufen hast?“

Will überlegte kurz. „Wissen Sie eigentlich, wie spät es ist, Herr Hastenrath?!“ Marlene verpasste ihm einen spielerischen Klaps auf den Arm. „Danach, mein ich!“

„Ach so“, Will schnaubte erneut, bevor er antwortete: „Nicht viel. Das Problem ist, dass eine Mordkommission aus Aachen die Ermittlungen übernimmt. Das ist wohl immer so.“

„Ja, aber, da werden doch wohl auch dem seine Kollegen aus Heinsberg mithelfen.“

„Ja schon“, erwiderte Will und nippte an seinem Kaffee. „Die Aachener richten sich auch ein Bürro in der Kreispolizeibehörde ein und werden von Kommissare von da unterstützt. Aber das Problem ist natürlich, dass Kleinheinz ein Kollege ist. Und deshalb hat der Chef, dieser Pimpertz, von dem Peter früher immer schon mal erzählt hat, der Dohmen ausgeschlossen, wegen weil der vielleicht befangen ist als guter Freund. Das passt der Dohmen natürlich nicht. Deshalb darf der auch nicht mit der Peter sprechen. Der sagt, zu dem dürfte im Moment nur ein Anwalt, aber der Peter weigert sich, einen zu engagieren. Dabei, sagt Dohmen, gäbe es bei der Fall eine ganze Menge Ungereimtheiten, die der Peter entlasten könnten. Zum Beispiel sagt der, dass der so gut wie nie seine Dienstwaffe mit nach Hause genommen hat, weil die Bettina das nicht wollte. Der hat die normalerweise immer direkt nach Feierabend in sein Waffenschrank auf der Dienststelle eingeschlossen. Außer am Samstag – da hatte er sie, warum auch immer, dabei.“

Marlene zog die Stirn kraus und dachte nach. „Aber … wär das am Ende nicht sogar ein Beweis dafür, dass der das Ganze geplant hat?“

Will sah seine Frau irritiert an, bis es ihm dämmerte, dass sie recht haben könnte. Dennoch schüttelte er trotzig den Kopf. „Marlene, du glaubst doch nicht ernsthaft, dass der Peter zu so was in der Lage wäre?!“

„Natürlich nicht. Aber findest du nicht auch, dass so ziemlich alles, was bisher bekannt ist, gegen dem spricht?"

Plötzlich klingelte das Telefon im Flur. Will zeigte keine Reaktion und starrte nur stumpf auf die vor ihm liegende Zeitung. Seufzend quetschte Marlene sich aus der Küchen-eckbank heraus und schlurfte auf ihren Hausschuhen zum Telefon. Unmittelbar nachdem sie den Hörer abgehoben hatte, plapperte eine hochgradig aufgeregte Billa Jackels los wie ein Maschinengewehr. In atemlosen Sätzen berichtete sie davon, dass sie vor wenigen Minuten beobachtet habe, wie ein großer Bagger von der Polizei in den Garten von Bettina Hebbel und Peter Kleinheinz eingewunken worden sei. Sie war sich sicher, dass man dort nach der Leiche der jungen Frau suchen wollte. Angeblich habe man auf der Terrasse einen blutverschmierten Spaten mit den Fingerabdrücken von Peter Kleinheinz gefunden. Letzteres wusste sie allerdings nur von Eidams Fine, die das wiederum beim Metzger gehört hatte. Den Bagger jedoch habe sie eben mit eigenen Augen gesehen, als sie zufällig durch die Goethegasse spaziert sei.

„Zufällig spaziert? Um kurz nach sieben?!", fragte Marlene argwöhnisch.

„Ja … ich dachte, ich hätte gestern Abend mein Portemonnaie da verloren", geriet Billa kurz ins Stocken, bevor sie mit unvermindertem Tempo weiterredete, „ich habe es aber eben in meine Handtasche gefunden. Ist ja auch egal. Auf jeden Fall läuft die Suche nach die Frau Hebbel auf Hochtouren. Die Polizei ist wohl zusätzlich zu die Baggeraktion mit eine sogenannte Hundertschaft der Wald am durchkämmen – obwohl ich nicht glaube, dass das hundert Leute sind. Aber die haben sogar Spezialhunde dabei, die sich an der Geruch von vermisste Personen orientieren. Unfassbar, oder? Ich mein, ich muss ganz ehrlich sagen. Dieser Kleinheinz war mir nie geheuer. Weißt du noch, wie betrunken der letztens bei der Feier von Eidams Juppi war."

„Jetzt mach aber mal halblang, Billa. Zum einen waren da alle betrunken und zum anderen hatte der Richard Borowka dem doch gegen dem sein Willen mit Saffelener Höllentropfen abgefüllt."

„Ja, schon, aber … aber, ich bin dem schon mal auf der Straße begegnet und da hat der nicht gegrüßt."

Marlene seufzte und verkniff sich eine Antwort. Stattdessen beendete sie das Telefonat mit den Worten: „Billa, der Wäschetrockner geht. Ich melde mich später noch mal."

Als sie in die Küche zurückkehrte, saß Will immer noch unbeweglich und mit eingefrorener Miene an seinem Platz. Marlene machte sich zunehmend Sorgen, denn in den 30 Jahren ihrer Ehe hatte sie ihren Mann selten so niedergeschlagen erlebt wie im Moment. Höchstens vielleicht beim Tod seiner geliebten Oma. Leider fiel ihr nichts wirklich Aufmunterndes ein, denn Kommissar Kleinheinz, den auch sie sehr schätzte, schien sich in eine hoffnungslose Lage manövriert zu haben. Die gegenwärtige Situation, die sich aus Gerüchten, aber auch aus unbestreitbaren Fakten zusammensetzte, ließ kaum einen anderen Schluss zu, als dass Peter Kleinheinz in einer Affekthandlung zum Mörder geworden war. Möglicherweise war ihm sogar seine Lebensgefährtin zum Opfer gefallen, doch von ihr fehlte nach wie vor jede Spur. Nicht zuletzt Billas Baggerbeobachtung ließ in Marlene jedoch den furchtbaren Verdacht aufkeimen, der bereits seit gestern im Dorf die Runde machte. Demnach soll Kleinheinz seine Freundin bis in den Garten verfolgt und dann dort getötet und vergraben haben. Dafür sprach, dass Bettina Hebbel aufgrund ihres starken Blutverlusts nicht weit hätte kommen können und dennoch wie vom Erdboden verschluckt war. Im wahrsten Sinne des Wortes, dachte Marlene unwillkürlich und ein kalter Schauer legte sich über ihren Rücken. Sie schob die gruseligen Gedanken beiseite und sagte sich, dass auch gegenüber Peter Kleinheinz so lange die Unschuldsvermutung zu gelten hatte, bis der Fall aufgeklärt war. Und auch Will zuliebe wollte sie sich gar nicht erst an wilden Spekulationen beteiligen. Der hielt nämlich unerschütterlich daran fest, dass sein bester Freund Peter Kleinheinz das Opfer einer Verwechslung, eines Komplotts oder wovon auch immer geworden war. Ihr war klar, dass Wills detektivischer Geist längst geweckt war und er nicht ruhen würde, bis der Fall aufgeklärt war. Ob ihm das, was er herausfinden würde, jedoch gefallen würde, da war Marlene sich alles andere als sicher. Eifersucht hatte schon viele Existenzen zerstört und war, das hatte Marlene erst kürzlich in der „Frau im Spiegel“ gelesen, mit Abstand das häufigste Mordmotiv.

Plötzlich musste sie darüber nachdenken, wie sie wohl selbst in einer ähnlichen Situation reagiert hätte. Doch als sie ihren mit dem Schicksal hadernden Mann in seinem abgetragenen Hemd und der altmodischen Hornbrille musterte, fehlte ihr schlicht die Fantasie, sich diesen Mann in den Armen einer fremden Frau vorzustellen. Aber wie würde Will über so etwas denken? Schließlich war er durchaus bekannt für seine cholerischen Momente, die sich allerdings meist gegen politische

Gegner oder Nachbarn richteten. Neugierig fragte sie: „Sag mal: Wenn du mich mit ein anderer Mann im Bett erwischen würdest, was würdest du dann machen?"

Will hob den Kopf und sah seine Frau überrascht an. Nachdem er sich kurz mit der Frage beschäftigt hatte, antwortete er im Brustton der Überzeugung: „Wenn ich dich mit ein anderer Mann im Bett erwischen würde? Ich glaube, ich würde der Mann mit sein eigener Stock verprügeln."

Marlene strich sich geschmeichelt durchs Haar. Dann hielt sie plötzlich inne und fragte: „Was denn für ein Stock?"

Will grinste schief und antwortete: „Wie, was für ein Stock? Ich geh doch mal davon aus, dass ein Mann, der sich in dein Bett legt, sein weißer Blindenstock dabei hat. Wie würde der sonst hochfinden?"

Will brach in sein typisches schepperndes Gelächter aus. Erst als Marlene mal wieder mit großer Geste und schneidendem Blick ihre Arme vor der Brust verschränkte, erstarb das Lachen und der Landwirt erhob sich mit einer schnellen Bewegung von der Eckbank. „Ähm, wo ist denn die Leine?", lenkte er im Angesicht des drohenden Gewitters geschickt ab. „Ich geh, glaube ich, mal eine Runde mit der Knuffi."

5

Montag, 14. Mai, 7.31 Uhr

Will trat vor die Tür und blinzelte in die Sonne, die hinter dem Haus von Jütten Toni aufgegangen war. Knuffi wollte gerade vor dem Rhododendronbusch sein rechtes Hinterbein heben, als Will am Bürgersteig Richard Borowka entdeckte und auf ihn zulief. Der kleine Hund sah sich entsetzt gezwungen, den Uriniervorgang abzubrechen und hetzte seinem Herrchen mit stolpernden Trippelschritten hinterher. Richard Borowka wartete ungeduldig vor der Einfahrt seines Hauses. Es machte ihn halb wahnsinnig, dass er seit dem Verlust seines Ford Capris auf Fredis Chauffeurdienste angewiesen war. Der gehörte nämlich nicht zu den Pünktlichsten, seit er sich ein nicht enden wollendes Verabschiedungsritual mit seiner Verlobten angewöhnt hatte.

Will trat neben Borowka und kondolierte mit gesenkter Stimme: „Es tut mir so leid, Richard. Ich hab's leider nicht mehr geschafft zur Seebestattung. Aber noch mal danke für die Einladung."

Borowka nickte mit zusammengepressten Lippen. Da ihm der Gedanke an seine große gelbe Liebe noch zu viele Stiche versetzte, versuchte er schnell das Thema zu wechseln. „Hör mal, was ist das für eine Scheiße mit der Kleinheinz? Meinst du, der hat die arme Bettina …?“

„Nein, natürlich nicht“, schnitt Will ihm ein wenig zu laut das Wort ab, „das muss alles ein großer Irrtum sein.“

„Und was ist mit der tote Mann?“

Will zuckte kraftlos mit den Schultern. „Keine Ahnung. Ich kann mir das alles nicht erklären. Ein Tag vor der Tat habe ich mich noch mit der Peter unterhalten und da machte der ein ganz normaler Eindruck. Ich hoffe, dass ich bald mal mit dem reden kann.“

„Wo ist der denn jetzt?“

Will biss sich auf die Lippe. „Wenn ich das richtig verstanden habe, im Knast in Aachen, in Untersuchungshaft.“

„Und da kannst du dem einfach besuchen?“

„Na ja, so einfach wahrscheinlich nicht. Aber ich will mal mit der Kommissar Dohmen sprechen, ob der da für mich was deichseln kann.“

„Der Dohmen muss wohl gerade hinten am Tatort sein. Ich hab beim Rausgehen mitgekriegt, wie Rita mit Billa Jackels dadrüber telefoniert hat. Da sind die wohl mit Bagger der Garten am umgraben.“

Will starrte Richard mit großen Augen an. „Was ist los? Mit Bagger? Ich muss sofort da hin. Komm, Knuffi.“

Borowka hielt den Landwirt an seinem Parka zurück. „Komm, wir nehmen dich mit. Wir müssen sowieso durch das Neubaugebiet. Da vorne kommt schon unser Taxi.“

Im selben Moment schleuderte ein dunkler Citroen mit quietschenden Reifen um die Kurve. Am Steuer saß ein gestresster Fredi Jaspers, dem sein braunes Haar, das er hinten lang trug, wirr ins Gesicht flog. Satte vier Minuten Verspätung hatte er auf der Uhr. Borowka winkte seinen Kumpel mit ausgestrecktem Mittelfinger am Bürgersteig ein. Der kurbelte das Fenster runter und keuchte: „Tut mir leid, Borowka. Ich musste Sabrina noch …"

„Ja, komm, erspar mir die Details", ätzte Borowka, „geb lieber Gas. Wir müssen Will und Knuffi noch am Neubaugebiet absetzen."

Nachdem Will und Knuffi zwei Minuten später in der Goethegasse gegenüber dem Mordhaus aus Fredis Auto gestiegen waren, entschuldigte sich Will wortreich für den großen Urinfleck, den Knuffi auf dem Sitzbezug hinterlassen hatte, und versprach, den Schaden umgehend seiner Versicherung zu melden. Fredi winkte resigniert ab und setzte seine Fahrt fort. Da der lautstarke Anschiss seines Chefs Heribert Oellers ohnehin nicht mehr zu verhindern war, fiel die feuchte Hinterlassenschaft von Knuffi auch nicht mehr groß ins Gewicht – abgesehen vielleicht vom beißenden Geruch. Will streckte sich kurz und näherte sich dann dem diesmal unbewachten Absperrband, das den kompletten Vorgarten vor Schaulustigen schützte. Er passierte die mittlerweile geleerte Mülltonne des Nachbarhauses, die immer noch auf dem Bürgersteig stand, und band Knuffi am Laternenmast an. Verstohlen sah er sich um. Da er keinen Uniformierten entdeckte, hob er das Absperrband an und betrat das Grundstück von Bettina Hebbel und Kleinheinz. Fast lautlos glitt er mit seinen Gummistiefeln durch das morgentaubenetzte Gras und öffnete vorsichtig das kleine, schmiedeeiserne Gartentörchen, das rechts neben dem Haus auf die Terrasse führte.

Hinter dem Haus ging es weitaus geschäftiger zu. Ein kleiner Bagger kurvte wild umher. Der rauchende Bauarbeiter darin hatte bereits mehrere Löcher ausgehoben, in denen Polizeibeamte mit langen Stangen herumstocherten. Ein Polizist mit vier silbernen Sternen auf der Schulterklappe stand mitten auf dem Rasen und brüllte Anweisungen in alle Richtungen. Die Vorstellung, dass gleich jemand „Hier ist was“ rufen könnte, gruselte Will so sehr, dass er gar nicht bemerkte, wie plötzlich jemand hinter ihn trat. Als sich eine Hand auf seine Schulter legte, zuckte er heftig zusammen. Schwer atmend drehte er sich um und sah in die blutunterlaufenen Augen von Kommissar Dohmen. Viel Schlaf schien der Mann nicht gehabt zu haben in der letzten Nacht. Entsprechend matt klang seine Stimme: „Herr Hastenrath, ich muss Sie wohl nicht belehren, dass Sie sich hier gar nicht aufhalten dürfen, oder?“

„Und was machen Sie hier?“, erwiderte Will. „Sie haben mir doch selbst gesagt, dass Sie von der Fall abgezogen worden sind.“

Dohmen nickte. „Das ist richtig. Aber der Staatsanwalt ist im Haus und es findet gerade eine Tatortvermessung statt. Und da ich Samstagnacht der Erste vor Ort war, soll ich dabei helfen.“

„Und was soll das hier mit der Bagger?“

Dohmen seufzte und zog den Landwirt ein wenig zur Seite. Leise sagte er: „Hören Sie. Ich kann Ihre Sorge verstehen. Mir geht es doch auch nicht anders. Aber alleine schon, dass Sie jetzt hier an einem abgesicherten Tatort stehen und ich mich mit Ihnen unterhalte, könnte mich meinen Kopf kosten. Unter uns – wir haben sogar die ausdrückliche dienstliche Anweisung erhalten, Sie auf Abstand zu halten.“

Will sah ihn erstaunt an. „Anweisung? Von wem?"

„Von unserem Vorgesetzten, Direktionsleiter Pimpertz."

Will schüttelte verständnislos den Kopf. „Ich kenn der Mann überhaupt nicht."

Dohmen sah sich verstohlen um und behielt seinen Flüsterton bei. „Aber unser Chef kennt Sie dafür umso genauer. Ihnen eilt, sagen wir mal, ein gewisser Ruf voraus. Und da Pimpertz offensichtlich Sorge hat, dass Sie die Ermittlungen behindern könnten, insbesondere wegen Ihrer engen Freundschaft zu Kommissar Kleinheinz, haben wir alle die klare Ansage, Sie genau im Auge zu behalten."

Will schürzte kampfeslustig die Lippen. „So ein Schwachsinn. Ich will Sie doch nur helfen, der Fall aufzuklären, damit der Peter so schnell wie möglich wieder aus dem Gefängnis kommt."

Dohmen verzog das Gesicht. „Herr Hastenrath. Geht das schon wieder los? Sie sollen sich raushalten aus unserer Polizeiarbeit. Und erst recht sollten Sie sich hüten, schon wieder eigene Ermittlungen anzustellen. Deshalb muss ich Sie jetzt auch auffordern, das Grundstück zu verlassen."

Will machte keine Anstalten, zu gehen, sondern hielt dem Blick des Kommissars mit sturer Entschlossenheit stand. Völlig ruhig sagte er: „Was ist nur aus Sie geworden, Herr Dohmen? Ich hatte beim letzten Mal, wo wir miteinander zu tun hatten, fast angefangen, Sie sympathisch zu finden. Und zwar, weil ich dachte, dass Sie nicht nur ein Kollege, sondern sogar ein Freund von der Peter sind. Aber jetzt muss ich feststellen, dass Sie auch nur ein uniformiertes Arschloch sind … selbst wenn Sie gar keine Uniform tragen. Und wo wir gerade dabei sind: Soll ich Sie mal sagen, wodran dieser Herr Pimpertz mich mal lecken kann?“

Dohmens Mund klappte auf und zu wie bei einem Fisch im Aquarium. Dass dieser Ortsvorsteher ein unangenehmer Zeitgenosse sein konnte, das hatte der Oberkommissar schon des Öfteren am eigenen Leib zu spüren bekommen, aber selten in derart offener und provozierender Form. Statt jedoch seinem ersten Impuls nachzugeben, den Mann mit einem schnellen Polizeigriff zu Boden zu bringen und ihm Handschellen anzulegen, lösten die drastischen Worte seltsamerweise ein ganz anderes Gefühl in ihm aus. Hastenraths Will tat ihm leid. Ihm schien nicht ansatzweise klar zu sein, wie schwerwiegend die Indizien waren, die gegen Kleinheinz sprachen, aber dennoch imponierte Dohmen der unerhörte Mut dieses einfachen Landwirts, der es wagte, sich trotzig gegen einen ganzen Apparat zu stellen. Einen Justizapparat, der ihm sehr schnell sehr großen Ärger einhandeln konnte. Dieser Schneid und diese Kühnheit waren Eigenschaften, die Dohmen selbst im Laufe seiner Dienstjahre abhanden gekommen waren – wenn er sie denn überhaupt jemals besessen hatte. Er wollte immer nur seine Ruhe und möglichst wenig Verantwortung. Deshalb war ihm schon klar, dass er nichts weiter war als der Erfüllungsgehilfe eines Systems, das diesen Fall so schnell wie möglich zu den Akten legen wollte. Aber hatte Peter Kleinheinz, der Mann, der ihm mehr als einmal das Leben gerettet hatte, es nicht verdient, in dieser schweren Zeit zumindest mit Respekt behandelt zu werden, auch wenn kaum einer im Präsidium noch Zweifel daran hatte, dass der einstige Vorzeigebeamte kaltblütig zwei brutale Morde verübt hatte?

Dohmen bemerkte, dass er bereits endlose Sekunden lang mit offenem Mund vor Will gestanden hatte. Er räusperte sich. „Also … Herr Hastenrath. Ich mache Ihnen einen Vorschlag. Ich vergesse alles, was Sie gerade gesagt haben, vor allem die strafrelevanten Sachen. Dafür folgen Sie mir jetzt nach vorne auf die Straße. Da können wir etwas unbeobachteter sprechen."

Will nickte und folgte dem Kommissar. Als die beiden auf den Bürgersteig traten, freute sich Knuffi so sehr, dass er urinierte. Will drückte ihm ein Leckerchen ins Maul und wandte sich wieder an Dohmen: „Tut mir leid. Da sind wohl eben etwas die Kühe mit mir durchgegangen. Ich wollte Sie nicht beleidigen, wie ich Sie ‚Arschloch' genannt habe."

Dohmen wedelte mit der Hand, als verscheuche er Fliegen. „Wie gesagt. Ich hab's schon vergessen. Aber ich habe verstanden, was Sie damit zum Ausdruck bringen wollten. Glauben Sie mir. Ich bin genauso schockiert wie Sie und ich kenne Peter Kleinheinz noch ein paar Jahre länger. Im Moment versuche ich, so professionell wie möglich mit der Sache umzugehen. In den ersten Stunden und Tagen nach einer solchen Tat muss man so gründlich wie möglich nach allen Spuren suchen. Schließlich können solche Spuren auch entlastenden Charakter haben. Aber auch wenn ich in Teufels Küche komme und gegen mehrere Dienstvorschriften gleichzeitig verstoße, ich sage Ihnen jetzt ein paar Dinge, die das Polizeipräsidium eigentlich nie verlassen dürften. Und zwar mache ich das, weil ich weiß, dass auch Peter das gemacht hätte. Ich habe Ihr spezielles Verhältnis zwar nie verstanden, aber am Ende hat es ja oft zu einem guten Ergebnis geführt. Trotzdem hat es dieses Gespräch zwischen uns nie gegeben. Haben Sie das verstanden?"

Will nickte. „Ich danke Sie für Ihr Vertrauen. Und ich verspreche Sie, dass von mir keiner was erfahren wird."

„Gut", Dohmen holte tief Luft. „Folgendes scheint Samstagnacht passiert zu sein: Peter Kleinheinz betritt das Haus und überrascht seine Lebensgefährtin Bettina Hebbel und einen fremden Mann im Bett. Sofort eröffnet er das Feuer. Der Mann wird von zwei Schüssen getroffen, die beide tödlich sind. Auch Bettina scheint von zwei Kugeln getroffen worden zu sein, jedenfalls fehlten vier Kugeln in Peters Dienstwaffe. Die Spurensicherung konnte aber nur zwei Hülsen finden. Trotz ihrer starken Verletzung und eines sehr hohen Blutverlustes konnte sie offensichtlich über die Treppe in den Garten fliehen. Dort verliert sich die Blutspur aufgrund des starken Regens. Der Gerichtsmediziner schließt aber fast aus, dass sie sehr weit gekommen ist."

„Deshalb der Bagger ...?", stotterte Will entsetzt.

„Ja. Wir vermuten, dass Peter die tote oder sterbende Frau im Garten vergraben hat. Wir haben einen blutverschmierten Spaten sichergestellt, allerdings ohne Fingerabdrücke von Peter. Dafür waren jedoch Schlammspuren an Peters Schuhen, die eindeutig aus dem Garten stammen. Entscheidend ist aber der Zeitfaktor. Die tödlichen Schüsse sind laut Gerichtsmediziner und Zeugenaussagen gegen 21.20 Uhr gefallen. Peter hat mich allerdings erst um kurz nach 22 Uhr angerufen und mir mitgeteilt, was er getan hat."

„Moment mal. Der Peter hat Sie angerufen?"

„Ja. Das Pokalspiel war gerade zu Ende, da ging mein Handy. Peter war völlig verwirrt und redete zusammenhangloses Zeug. Als er sagte, dass er zu Hause sitzt und gerade etwas

Furchtbares getan hätte, bin ich sofort hierhin gerast." Aber was ich damit sagen will, ist, dass zwischen den tödlichen Schüssen und dem Anruf fast eine Stunde lag. Zeit genug, um einen leichten Körper im Garten zu vergraben."

Will konnte nicht glauben, was er da hörte. Und er wollte es auch nicht glauben. „Das macht doch überhaupt kein Sinn. Warum soll der denn nur eine Leiche vergraben?"

Dohmen zuckte mit den Schultern. „Vielleicht, weil für die zweite die Zeit nicht mehr gereicht hat."

„Blödsinn. Dann hätte der doch erst angerufen, nachdem der alle beide vergraben hat."

„Ja, darüber haben wir uns auch schon Gedanken gemacht. Unser Polizeipsychologe meint, dass es wahrscheinlich gar nicht darum ging, Spuren zu verwischen, sondern, dass sich Peters ganze Wut nur auf seine Freundin konzentriert hat und er sie vollständig vernichten und verschwinden lassen wollte."

Will bekam eine Gänsehaut. Beklommen hakte er nach: „Aber hätten dann nicht die Nachbarn hier was mitbekommen müssen von der Aktion?" Er deutete auf das Haus nebenan.

Dohmen folgte seinem Blick und schüttelte den Kopf. „Da ist keiner. Die sind noch drei Wochen in Urlaub. Das haben wir schon gecheckt."

Will stutzte. Bevor er seine Gedanken ordnen konnte, trat der Polizist mit den hochdekorierten Schulterklappen durch das Gartentörchen und rief Dohmen zu: „Herr Dohmen. Sie sollen reinkommen zum Kapdezernent."

„Ich komm sofort."

„Was ist denn ein Kapdezernent?", fragte Will.

„Bitte? Ach so", antwortete Dohmen zerstreut, „das heißt

eigentlich Kapitaldezernent. Damit ist der Staatsanwalt gemeint, der hat hier den Hut auf. Bei einem Kapitalverbrechen ist die Staatsanwaltschaft immer die Herrin des Ermittlungsverfahrens."

Will kratzte sich am Kopf. „Wollen Sie damit etwa sagen, dass der Staatsanwalt eine Frau ist?"

„Nein, der Staatsanwalt, das ist der Arnulf Gehring."

„Wissen Sie was?", sagte Will entschlossen. „Ich komm jetzt mal mit rein und red mit der Mann. So Leute muss man …"

Dohmen konnte sich ein Grinsen nicht verkneifen. „Nein, Sie kommen nicht mit rein. Das würde alles nur viel schlimmer machen. Und bei Gehring hätten Sie sowieso keine Chance. Das ist ein Golfkumpel von Pimpertz."

Der Polizist erschien wieder am Gartentor. „Die Herren warten", rief er.

„Bin unterwegs", rief Dohmen zurück. „Wie sieht's im Garten aus?" Der Polizist schüttelte den Kopf. „Wir haben jetzt jeden Stein umgedreht. Hier liegt garantiert nichts in der Erde."

Dohmen fluchte leise und murmelte: „Verdammt, Peter. Was hast du mit deiner Freundin gemacht?"

Der Kommissar verabschiedete sich schnell von Will, um ins Haus zu gehen. Will blieb zurück und dachte noch einmal über die Worte des Beamten nach. „Hier liegt nichts in der Erde." Plötzlich wurde ihm ganz flau im Magen. Er riss den Kopf herum und starrte auf die Mülltonne, die vor dem Nachbarhaus stand. Ihm gefror fast das Blut in den Adern, als er sich die Frage stellte: Wenn die Bewohner von dem Haus in Urlaub sind, wer hat dann die Mülltonne an die Straße gestellt? Und vor allem: Was war in den blauen Mülltüten?

6

Montag, 14. Mai, 8.23 Uhr

„Sag mal, hast du Schmieröl gesoffen, oder was? Was fällt dir ein, hier morgens mit sechs Minuten Verspätung aufzulaufen?“ Die Halsschlagadern von Autohausbesitzer Heribert Oellers waren dick angeschwollen und pochten in schnellem Rhythmus. Sein hochroter Kopf schien kurz vor dem Explodieren. Richard Borowka war gerade damit beschäftigt, bei einem alten VW Polo die Reifen zu wechseln. Eigentlich war er sich sicher gewesen, dass der Alte ihn nicht bemerkt hatte, als er vor einer Dreiviertelstunde das Gebäude heimlich durch den Hintereingang betreten hatte. Doch als vor wenigen Sekunden die schwere Eisentür, die den Verkaufsraum von der Werkstatt trennte, aufflog, wusste er sofort, dass dem wohl nicht so gewesen war. Borowka kniete gerade vor einem Reifen, den er wechseln wollte, als sich der mächtige Schatten seines Chefs über ihn legte. Nun gab es kein Entrinnen mehr: Er befand sich mitten im Auge des Tornados.

„Du bist ja wohl mit der Klammeraffe gebeutelt. Das, was du dir die letzte Zeit hier erlaubst, da scheißt der Hund ins Feuerzeug. Das steht mir bis Oberkante Unterlippe. Wieso kommst du jeden Tag zu spät?“

„Tut mir leid, Chef“, stammelte Borowka. „Ich hab im Moment kein Auto und der Fredi …“

„Was ist los? Sag mal, ist dein Clowns-Kostüm in der Reinigung? Halt gefälligst die Klappe, wenn ich dich unterbreche. Der Fredi hatte ich gerade schon zwischen. Da kannst du sogar froh drüber sein, weil der mir schon meine ganze Energie geraubt hat mit sein weinerliches Rumgesülze von wegen seine neue Olle. Wenn ich so ein Scheiß hör, da wackelt mir die Hose. Für euch zwei Intelligenzallergiker gehen mir echt die Schimpfwörter aus. Wenn ihr zwei ein Loch im Kopf hättet und der Arzt müsste das nähen, dann würde man dafür Hohlraumversiegelung sagen. Ich sag dir mal eins, Richard: Wenn dein Vatter nicht so ein guter Fußballer gewesen wäre, dann hätte ich so eine faule Sau wie dich niemals eingestellt. Mein Oppa, der arbeitet doppelt so hart wie du – dabei ist der seit drei Jahre tot. Ich geb dir jetzt derselbe gute Rat, den ich eben der Fredi gegeben habe: Wenn du noch einmal zu spät kommst, dann klingelt es aber, und zwar nicht an deiner Haustür. Dann reiß ich dir der Kopf ab und werf den in die Alteisentonne. Hab ich mich klar genug ausgedrückt, oder hast du noch irgendswelche Fragen?“

Borowka schluckte und erhob sich. Während er sich die verölten Finger an seiner Blaumannhose abstrich, antwortete er mit gesenktem Kopf: „Nein, Herr Oellers. Oder ja, doch. Eine Frage hab ich tatsächlich noch. Dürfte ich in der Mittagspause vielleicht mal der Alfa Spider Probe fahren, den Sie letzte Woche eingetauscht haben?“

Zur selben Zeit betrat Hastenraths Will den Verkaufsraum des Autohauses Oellers und sah sich um. Am Empfang saß das von Heribert Oellers sehr geschätzte Fräulein Regina und widmete sich ihrer Lieblingsbeschäftigung – Fingernägel lackieren. Gleichzeitig führte sie mit ihrem zwischen Schulter und Ohr eingeklemmten Smartphone ein offensichtlich sehr lustiges Privatgespräch, denn immer wieder unterbrach sie ihre eigenen Sätze mit kreischendem Gegacker. Ihre langen Beine, die in schwarz lackierten High Heels endeten, hatte sie übereinandergeschlagen, sodass ihr knapper Minirock weit hochgezogen wurde. Dennoch konnte Will darunter keinen Miederhosenrand erkennen, was ihn zunächst verwunderte. Dann aber kam ihm der Gedanke, dass Regina möglicherweise eine dieser neumodischen Frauenunterhosen trug, bei der große Teile des Stoffs durch dünne Schnüre ersetzt worden waren. Will hatte davon gehört, dass es so etwas geben soll. Seine Frau Marlene trug solche Sachen nicht, jedenfalls nicht, soweit er sich erinnerte. Er zog sein Stofftaschentuch aus der Parkajacke und wischte sich den Schweiß von der Stirn. Sein Blick wanderte wieder hoch und blieb am Ausschnitt der jungen Dame hängen. Seltsam, die Brüste schienen seit seinem letzten Besuch gewachsen zu sein. Will schüttelte sich und sah hinüber zu Fredi Jaspers, der neben dem Empfang an seinem Schreibtisch saß. Aber auch der nahm keine Notiz vom Landwirt, obwohl das schrille Bimmeln der Türglocke ja durchaus der Hinweis auf einen Kunden hätte sein können. Fredi tippte mit eingezogenem Kopf auf seiner Tastatur herum und starrte miesepetrig auf den Computerbildschirm vor sich. Die Tür zu Oellers' Büro stand sperrangelweit offen, sodass Will davon ausging, dass der Gebrauchtwagenhändler sich in der angrenzenden Werkstatt aufhielt. Da jedenfalls schien eine Menge los zu sein. Das laute Geschepper, das bis in die Verkaufshalle drang, hörte sich an wie ein schwerer Werkzeugkasten, der gegen eine Wand geworfen wurde. Sekunden später wurde die Eisentür aufgerissen und Oellers stapfte mit hochrotem Kopf hindurch. „Heribert, hast du alles im Griff?“, rief Will ihm freundlich entgegen.

Oellers hob den Kopf. Als er seinen alten Freund erblickte, hellte sich seine Miene geringfügig auf. „Ach, Will, altes Scheißhaus. Hör mir bloß auf! Nur Ärger habe ich hier mit meine Leute. Ein Glas Gurken ist schlauer wie die alle zusammen. Vor allen Dingen der Borowka. Der muss mal schwer aufpassen. Ich sag dir: Das ist ein Kerl wie mein Sack, nur nicht so stramm.“

Die beiden schüttelten einander die Hände und Oellers führte Will in sein Büro. Im Vorbeigehen bat er Fredi Jaspers noch, Kaffee zu machen: „Komm, Mr. Honeymoon. Glotz nicht in der Computer wie ein bekifftes Känguru, sondern mach dich mal nützlich. Zwei Kaffee, aber zz – ziemlich zackig.“

Will nahm auf dem Kunstlederschwingsessel für die Besucher Platz. Oellers ließ sich in seinen Chefsessel hinter dem wuchtigen Schreibtisch fallen und legte die Hände in den Nacken. Mit lauter Stimme begann er zu schwadronieren: „Weißt du, Will. Manchmal frage ich mich, wie lange ich mir der Stress noch antun soll mit der Laden. Ich bin ja auch nicht mehr der Jüngste. Aber dann denke ich mir auf der anderen Seite: Irgendswie macht es aber auch Spaß, diese ganzen Vollpfosten anzuschreien. Hahaha. Aber du bist bestimmt nicht hier, für dir das Elend anzugucken, womit ich mich hier tagtäglich rumschlage. Was kann ich für dich tun?“

Will knetete seine Hände und antwortete mit leiser Stimme: „Du hast ja mitbekommen, was da am Samstag passiert ist. Und du weißt auch, dass der Peter Kleinheinz ein sehr guter Freund von mir ist."

Oellers nickte ernst, unterbrach den Landwirt aber nicht.

„Ja, und ich will jetzt versuchen, herauszufinden, was da genau passiert ist. Oder zumindest, warum der Peter das gemacht hat."

„Das kann ich dir sagen, warum der das gemacht hat. Der hat seine Frau im flagranti mit ein anderer Mann im Bett erwischt und da ist dem die Sicherung durchgebrannt. Ende, Aus, Micky Maus."

Will seufzte. „Kann schon sein. Aber ich glaub nicht, dass das so einfach ist. Ich meine, man erschießt doch nicht einfach zwei Leute."

„Will, der Mann ist Polizist. Der ist dadrauf trainiert, Leute zu erschießen."

In diesem Moment ging die Tür auf und Fredi kam mit einem Tablett herein, das er auf dem Schreibtisch abstellte. Darauf standen zwei dampfende Tassen Kaffee, eine Dose Kondensmilch und eine ungeschickt aufgerissene Packung voller Zuckerwürfel. Oellers wedelte mit der Hand und Fredi verschwand wieder. Will warf sich sechs Stücke Zucker in den Kaffee und rührte ihn bedächtig um.

„Wie dem auch sei, Heribert. Ich muss trotzdem unbedingt mal mit der Peter sprechen. Die Polizei schirmt dem total ab. Und eben, nachdem ich der Knuffi nach Hause gebracht habe, bin ich noch mal zu der Kommissar Dohmen gefahren, für dem zu bequatschen. Aber ..."

„Oh Mann, Will. Das wollte ich dir die ganze Zeit schon gesagt haben“, unterbrach Oellers ihn plump. „Ist dir eigentlich bewusst, wie lächerlich du dich in Saffelen machst, wenn du immer mit die kleine Töle spazieren gehst? Was ist nur aus dir geworden? Früher bist du ganz stolz mit dein Hofhund Attila durch der Ort flaniert. Ohne Leine. Da hattest du nach ein kurzer Spaziergang drei Anzeigen am Hals. Und heute? Heute ziehst du eine Leberwurst auf vier Beine hinter dir her. Hör mal, die Leute verlieren der Respekt vor dir als Ortsvorsteher.“

„Das ist doch nur, bis meine Frau wieder gesund ist“, verteidigte sich Will halbherzig.

„Trotzdem ist das peinlich. Und außerdem muss man doch mit der Knuffi gar nicht Gassi gehen. Es reicht doch, wenn du den in der Kackbeutel steckst und einmal schüttelst – fertig!“

Will winkte verärgert ab. „Jetzt lass mich doch in Ruhe mit der Knuffi. Hier geht es sich doch um was ganz anderes. Hier geht es sich um das Leben von ein guter Freund, um dem seine ganze Existenz. Und ich kann nix machen. Der Kommissar Dohmen hat für mich gesagt, dass nur ein Anwalt zu Kleinheinz darf. Das Problem ist aber: Der Peter weigert sich, auszusagen, und der will wohl auch kein Anwalt haben. Deshalb habe ich mir jetzt überlegt, dass ich auf eigene Kosten ein Mann für dem engagier. Und der wird dann mein Sprachrohr ins Gefängnis. Und genau deshalb bin ich hier. Du hast mir doch mal erzählt, dass du ein Top-Anwalt hast, der dich überall raushaut.“

Oellers schürzte die Lippen. „Ach, du meinst der Schabowski?! Na ja, Top-Anwalt jetzt nicht im Sinne von Anzug und Krawatte und gute Manieren und so. Aber fachlich ist der super, keine Frage. Es gibt kein Paragrafen-Trick, den der

Mann nicht kennt. Und das Gute an dem ist, dass dem alles scheißegal ist. Du glaubst nicht, wie oft ich schon angezeigt worden bin wegen Betrug. Meistens ging es sich dabei um so normale Bagatellsachen, totale Kleinigkeiten. Was weiß ich? Zurückgedrehte Tachos, gefälschte Papiere, zu teuer abgerechnete Ersatzteile, die wir nie eingebaut haben, oberflächlich ausgeführte Reparaturen – normales Tagesgeschäft eben. Ich meine, die Vorwürfe stimmten immer, aber ich habe trotzdem noch nie ein Fall verloren. Im Gegenteil, meistens hat der Schabowksi noch ein fetter Schadensersatz für mich rausgeholt wegen üble Nachrede oder so. Aber ob der sich mit Mörder auskennt, das weiß ich nicht. Außerdem hat der ein kleines Alkoholproblem. Ne Flasche Wodka zum Frühstück ist bei dem keine Seltenheit."

„Oha", sagte Will, „ja gut. Aber ich kenn leider kein anderer Anwalt. Wenn ich Probleme mit fremde Leute habe, dann regel ich das immer auf meine Weise. Aber in diesem Fall hier komm ich nicht weiter. Der Dohmen hat mir klipp und klar gesagt, dass ich nicht an der Kleinheinz rankomme."

„Verstehe." Oellers rieb sich das Kinn. „Pass auf, ich schreib dir mal die Nummer von der Günther Schabowksi auf und dann versuchst du dein Glück. Die Kanzlei von dem ist in Kirchhoven. Ja, was heißt Kanzlei? Ich glaub, der wohnt da auch, seit dem vor zwei Jahre die Frau abgehauen ist. Bestell dem ein schöner Gruß von mir. Und lass oft klingeln. Der hat ein gesunder Schlaf, wenn der was getrunken hat."

Mit dem Zettel in der Hand verließ Will das Autohaus. Auf dem Vorplatz erblickte er Borowka, der gerade dabei war,

Unkraut zu zupfen. Der mürrische Gesichtsausdruck des Mechanikers deutete darauf hin, dass es sich wohl um eine disziplinarische Maßnahme handelte. Plötzlich kam dem Landwirt eine Idee und er sprach seinen Hausnachbarn an. „Hör mal, Richard. Ich bräuchte mal dein Knau-hau."

Borowka knurrte, ohne aufzusehen: „Als was? Als Gärtner?"

Will lachte. „Nein. Als Einbrecher."

Borowka zuckte zusammen und sah dann doch auf. „Wie, als Einbrecher?! Bist du bekloppt?"

Will musterte ihn kurz und sagte dann leise: „Du bist doch vor zwei Wochen in der Mainacht im Fußball-Vereinsheim eingebrochen, für ein Kasten Bier zu klauen. Richtig?!"

An Borowkas Hals bildeten sich hektische rote Flecken. Er erhob sich und sah sich um. Unbehaglich entgegnete er: „Ja schon … aber, da war ich doch besoffen. Und – woher weißt du das überhaupt?"

Will grinste ihn an. „Ich wusste es gar nicht. Aber jetzt weiß ich's. Und du willst doch sicher nicht, dass ich das an die große Glocke hänge." Borowka schüttelte verlegen den Kopf und Will fuhr fort: „Zuerst mal muss ich dir ein Kompliment machen. Das war handwerklich eine super Leistung von dir, das Sicherheitsschloss zu öffnen. Und du hast überhaupt keine Spuren hinterlassen. Wir waren uns mit der Vorstand einstimmig einig, dass das nur eine Profitruppe aus Rumänien gewesen sein kann. Aber mich hat direkt stutzig gemacht, dass nur der Bierkasten gefehlt hat und die ganzen Computer und Laptops stehen geblieben waren. Die mussten wir nämlich alle selber wegschaffen, damit wir die der Versicherung melden konnten. Aber, wodrauf ich hinauswill: Wenn du das besoffen so gut hinbekommst, dann wirst du so was doch wohl auch nüchtern können, oder?“

Borowka lächelte geschmeichelt. „Ja sicher. Überhaupt kein Thema. Was musst du denn aufgebrochen haben?“

Will sah ihm verschwörerisch in die Augen und sagte: „Wir beide werden heute Abend in das versiegelte Mordhaus einsteigen.“

Borowka erstarrte.

7

Montag, 14. Mai, 21.07 Uhr

Erschöpft ließ Sabrina Nowak ihre Sporttasche im Flur fallen. Sie würde die verschwitzten Sachen später in den Keller bringen. Zuallererst brauchte sie jetzt ein Wasser. Heute hatte ihr Trainingsprogramm in einem neuen Fitnessstudio begonnen, das im Nachbardorf aufgemacht hatte. Schnell war Sabrina unter der Anleitung eines Fitnesscoachs an ihre Grenzen gestoßen, aber ihr Stolz war mächtiger gewesen und sie hatte tapfer durchgehalten. Der Lohn dafür dürfte ein Mörder-Muskelkater sein. Mit einem Glas Wasser ging sie ins Wohnzimmer. Fredi hatte es sich auf der Couch bequem gemacht. Seine Füße, die in abgetragenen, weißen Tennissocken steckten, lagen auf dem Tisch neben einer Flasche Bier und einer halbleeren Tüte Chips. Auf dem 65-Zoll-Plasma-Fernseher, den er bei der Einrichtung des gemeinsamen Hauses durchgesetzt hatte, lief eine DVD seiner Lieblingsserie „Die Simpsons". Und zwar zum x-ten Mal seine Lieblingsfolge „24 Minuten", eine Parodie auf seine andere Lieblingsserie „24". Sabrina quittierte das mit einem langgezogenen Seufzer.

„Hallo Schatz, wie war es beim Training?", fragte Fredi und warf ihr einen flüchtigen Blick über seine Schulter zu.

„Ziemlich anstrengend. Aber die haben Supergeräte da. Du kannst ja mal mitkommen." Sie setzte sich neben ihn auf die Couch und zog die Schuhe aus.

Fredi gab ihr einen Kuss auf die Wange und sagte: „Nee, danke. Da laufen mir zu viele Poser rum. Mir reicht mein Fußballtraining einmal die Woche."

Sabrina sah ein paar Minuten mit ihm zusammen fern und stellte bestürzt fest, dass selbst sie schon einzelne Dialoge mitsprechen konnte. Leicht genervt fragte sie deshalb: „Sollen wir nicht mal ‚Hart aber fair' gucken?"

Fredi verzog das Gesicht. „Warum das denn? Da wird doch bloß dumm rumgequatscht. Da haben wir doch wohl im Moment hier in Saffelen genug von."

„Ja gut, aber Talkshows sind immer noch besser als ein Zeichentrickfilm, den du schon hundertmal gesehen hast."

Fredi verschluckte sich an seinem Bier. Verwirrt sah er seine Freundin an: „Moment mal. ‚Die Simpsons' sind doch kein Zeichentrickfilm."

„Hää? Was denn sonst?"

Fredi stellte die Bierflasche zurück auf den Tisch und hob den Zeigefinger. „Ja okay, vielleicht ein Zeichentrickfilm, aber doch jetzt nicht so was wie ‚Wickie' oder ‚Biene Maja'. ‚Die Simpsons', das ist was für Erwachsene. Für zum drüber nachdenken. Außerdem ist das saulustig, hier mit Homer und Marge und so. Und überhaupt. Ein ganzes Dorf, wo nur Bekloppte leben. Ich find das lustig."

„Ein Dorf voller Bekloppte. Das kommt mir irgendwie bekannt vor", murmelte Sabrina, aber Fredi bekam die kleine Spitze gegen seine Heimat nicht mit, da er bereits wieder in der Handlung versunken war und leise in sich hineinkicherte. Eine Weile beobachtete Sabrina ihren Freund, als plötzlich ein kleines Baby von der Decke herabschwebte und genau in Fredis Arm fiel. Das Kind hatte genau wie er dickes, braunes Haar, das es vorne kurz und hinten lang trug. Die beiden schmiegten sich aneinander und giggelten gemeinsam über Bart Simpson, als der sich mit seinem Skateboard überschlug. Dann ein lauter Knall. Sabrina schreckte hoch und musste sich kurz sammeln. Im Fernseher war ein Atomkraftwerk explodiert. Zum Glück nur das von Springfield.

„Alles klar?“, fragte Fredi leicht besorgt.

„Ähm ja, ich bin wohl gerade kurz eingenickt.“

„Kurz ist gut“, lachte Fredi, „du hast bestimmt zehn Minuten geratzt.“

Sabrina dachte über ihren Tagtraum nach. Dann fasste sie sich ein Herz und schnitt noch einmal das Thema an, das sie offenbar mehr beschäftigte, als ihr lieb war und das am Morgen durch Borowkas Anruf jäh beendet worden war. „Sag mal, Schatz. Du hast noch gar nichts dazu gesagt, ob du dir vorstellen kannst, dass wir beide irgendwann vielleicht mal ein Kind haben.“

Fredi hielt den Atem an. Unsicher griff er nach der Fernbedienung und stellte den Ton aus. Dann drehte er sich zu Sabrina. „Ach ja, richtig. Da hatten wir ja … da wollten wir noch mal drüber … Also, natürlich, klar, habe ich mir da auch schon mal Gedanken zu gemacht. Das habe ich dir ja quasi im Prinzip auch versprochen, dass ich mir dadrüber ...“

„Und zu welchem Ergebnis bist du gekommen?“ Sabrina nahm Fredis Hand und streichelte sie.

Er musste schlucken. „Ja, also, im Prinzip spricht ja nix dagegen. Obwohl ich jetzt nicht weiß, wie teuer …"

Sabrina nahm Fredis Kopf in beide Hände und gab ihm einen feuchten Kuss auf den Mund. Dann flüsterte sie ihm ins Ohr: „Stell dir vor, wir sitzen hier auf der Couch mit einem Fredi im Miniaturformat zwischen uns und gucken gemeinsam ‚Die Simpsons'."

Fredi schloss die Augen. Ihm gefiel der Gedanke. Und auch der Duft des Duschgels, nach dem Sabrina roch, gefiel ihm. Kokosnuss. Sabrina streichelte ihm sanft übers Bein. Ihre Hand wanderte immer höher und stieß gegen die Beule in seiner Hose. Fredi stöhnte leise auf.

Sabrina flüsterte ihm ins Ohr: „Oh, was haben wir denn da? Habe ich dir eigentlich schon gesagt, dass ich gerade große Lust auf dich habe?"

Fredi schüttelte den Kopf. „Nee, nicht so direkt."

„Komm Schatz, lass uns jetzt hier auf der Couch ein Kind machen."

Fredi brach der Schweiß aus. Mit sanfter Gewalt löste er sich aus der Umklammerung und sagte: „Moment, ich geh mich eben schnell frisch machen im Badezimmer."

Sabrina gab ihm noch einen Kuss und hauchte ihm ins Ohr: „Ich warte hier auf dich, Baby. Beeil dich."

„Ja klar."

Fredi lief hoch ins Bad und schloss die Tür hinter sich ab. Sein Herz raste. Mit zittrigen Händen zog er sein Handy aus der Hosentasche und tippte hektisch eine Nummer ein. Ungeduldig wartete er, bis am anderen Ende endlich das Gespräch angenommen wurde.

„Borowka!“

„Hör zu, ich hab nicht viel Zeit. Sabrina liegt unten auf der Couch und die will mich verführen. Stell dir vor – einfach so, auf der Couch vorm Fernseher bei normales Licht.“

Borowka brauchte ein paar Sekunden, um den Satz zu entwirren. Dann rief er erfreut: „Ja super. Was ist dein Problem? Ran an der Speck. Hör mal, ich wär froh, wenn Rita mal wieder spontan der Küchentisch freiräumen würde. Aber die Zeiten sind bei uns lange vorbei. Wir brauchen den bloß noch zum Essen. Also, lass der Hammer kreisen!“

„Ja, Moment. Die will aber, dass wir ohne … hier, du weißt schon. Ohne Verhütungsmittel …“

Betretenes Schweigen am anderen Ende. Plötzlich war jede Euphorie aus Borowkas Stimme verschwunden. „Ach du Scheiße. Ich verstehe. Das ist also eine Falle“, begann er, sachlich die Lage zu analysieren. „Pass auf. Lass dich da bloß nicht drauf ein. Sag, du hättest spontan Migräne bekommen, für ein bisschen Zeit zu gewinnen. Und dann lässt du dich die Tage irgendswo in eine holländische Klinik heimlich stilisieren. Ich könnte dir ein paar Adressen besorgen.“

„Bist du bekloppt, Borowka?“, rief Fredi entsetzt in sein Telefon. „Du hast mich falsch verstanden. Ich will ja Kinder mit Sabrina haben. Aber ich bin mir nicht sicher, ob das im Moment nicht vielleicht noch was zu früh ist.“

„Okay, beruhig dich erst mal. Du befindest dich gerade in ein psychischer Ausnahmezustand. Ich habe diese Diskussionen gefühlte tausend Mal mit Rita geführt. Aber irgendswann hat die auch eingesehen, dass Kinder bloß Ärger bedeuten. Überleg doch mal. Mit Kinder ist von heute auf morgen

Schluss mit Party, Palmen, Sonnenschein. Dann siehst du unsere Stammdisko Himmerich nur noch von außen, wenn du da vorbeifährst, für dein verwöhntes Kind durch die Gegend zu gondeln. Aber das wär noch nicht das Schlimmste, weil du sowieso nicht mehr weggehen könntest. A, weil du keine Zeit mehr hast und B, weil du keine Kohle mehr hast. Da gibst du dein sauer verdientes Geld nämlich nur noch für Babybrei, Windeln und kaputte DVD-Laufwerke aus, wo Schokolade drin geschmolzen ist. Du kannst nie wieder ausschlafen, nie wieder Bundesliga gucken, ständig läufst du mit nackte Füße über Legosteine. Und wenn die Rotzlöffel erst mal reden können, dann löchern die dich der ganze Tag mit bescheuerte Fragen: Warum sind Pizzaschachteln eckig? Warum hat Tarzan kein Bart? Warum stinken Fische, obwohl die ständig baden? Nur so ein Scheiß. Das weiß ich alles von der Ralf Richterich. Der ist doch nur noch ein Schatten von sich selbst, seit der Kinder hat. Aber weißt du, was das Allerschlimmste ist?! Lass dir das von ein Frauenexperte gesagt sein: Kinder machen aus Frauen Mütter! Und das bedeutet im Klartext: Das Vergnügungsviertel im Schlafzimmer wird mit sofortige Wirkung von Amts wegen geschlossen. Und dass die Sabrina sich jetzt gerade unten auf dein Wohnzimmerteppich am rumräkeln ist, das ist alles nur ein Fortpflanzungstrick. Das habe ich mal zufällig bei ‚Discovery Channel' gesehen. Erinner dich mal dadran, wie der Grillcontainer hier bei uns in Saffelen aufgemacht hat. Die ersten Wochen gab es Riesenportionen für kleines Geld. Von da an ist das immer weniger geworden. Und heute kannst du froh sein, wenn die paar labberigen Fritten überhaupt richtig heiß sind."

„Jetzt mach aber mal ein Punkt, Borowka. Du kannst Sabrina doch nicht mit eine Portion Fritten vergleichen."

„Das ist doch nur ein Beispiel. Oder hier der Sascha Paulussen von der Pastor-Müllerchen-Straße. Der hatte sein ganzes Leben lang keine Freundin. Da lernt der an sein 39. Geburtstag die Natascha kennen. Ein Monat später ist die hochschwanger. Und jetzt muss der die heiraten. Der ist total am Ende der Mann."

Fredis Puls hatte sich wieder beruhigt. Leise sprach er ins Telefon: „Ist ja gut. Ich hab verstanden, was du mir sagen willst, Borowka. Aber ganz so dramatisch seh ich das gar nicht. Wir wollen ja Kinder. Ich weiß nur nicht, ob das nicht noch ein bisschen zu früh ist. So lange sind wir ja auch noch nicht zusammen."

Plötzlich hörte er, dass Sabrina die neue „Kuschelrock" aufgelegt hatte, seine Lieblings-CD. Erneut überkam ihn die Lust, die ihn bereits vorhin im Wohnzimmer fast in den Wahnsinn getrieben hatte. Die Hormone übernahmen wieder das Kommando in seinem Kopf und strichen alle seine Bedenken mit rosaroter Farbe an. Schnell verabschiedete er sich von Borowka und hatte ihn so schnell weggedrückt, dass er dessen lang gezogenes „Neeeeein!" gar nicht mehr mitbekam.

Richard Borowka stand in seiner Küche und starrte auf das erloschene Display. Fassungslos schüttelte er den Kopf. Er hoffte inständig, dass sein Kumpel zur Besinnung kommen würde, bevor es zu spät war. Doch jetzt musste er sich auf seine Mission konzentrieren. Nachdem Rita zu ihrem allwöchentlichen Mädelsabend aufgebrochen war, hatte er alles bereitgelegt, was er brauchte: Werkzeug, Stemmeisen und eine Sturmhaube. Während er auf Hastenraths Will wartete, der ihn abholen wollte, sobald Marlene in der Badewanne saß, trank er sich ein wenig Mut an, um im Falle des Erwischtwerdens auf Unzurechnungsfähigkeit plädieren zu können. Vier, fünf Wodka-Red-Bull waren kein Problem, da er sich durch den Adrenalinkick, den ihm diese illegale Aktion verlieh, topfit fühlte. Endlich wieder Action. Er streifte seine schwarze Bomberjacke über und fühlte sich dabei wie ein Mitglied der „Avengers", das sich auf einen Einsatz vorbereitete. Es klingelte. Iron Man griff seine Tasche mit den Wunderwaffen und öffnete die Tür. Dort wartete bereits Captain America in Gummistiefeln.

8

Montag, 14. Mai, 21.41 Uhr

Die Sonne war gerade untergegangen, als Will und Borowka sich von hinten dem Mordhaus näherten. Sie hatten den Weg zu Fuß über den Feldweg gewählt. Von dort aus war es möglich, im Schutz der hereinbrechenden Dunkelheit ungesehen über ein kleines Mäuerchen in den Garten zu steigen. Will war ein paar Mal bei Kleinheinz und seiner Lebensgefährtin zu Besuch gewesen, sodass er einigermaßen gute Kenntnisse über die örtlichen Gegebenheiten besaß. Von einem Grillabend wenige Wochen zuvor wusste er, dass neben der Garage ein Treppenabgang in den Keller führte. Die Tür hatte ein einfaches Zylinderschloss und durfte für einen Hobbyeinbrecher kein Problem sein. Hinzu kam, dass man durch den Treppenabgang vor neugierigen Blicken geschützt war.

Will und Borowka schauten in den Garten. Der Bagger hatte den einstigen Zierrasen in eine Kraterlandschaft verwandelt. Borowka rückte seine Umhängetasche zurecht und wollte gerade über das Mäuerchen springen, als Will ihn an der Schulter zurückhielt. „Moment, Richard. Wir ziehen uns die Dinger hier über." Will hielt ihm zwei blaue Plastikbeutel mit Gummizug hin, die aussahen wie eine Duschhaube. „Das sind so Einweg-Überziehschuhe, wie so Ärzte im Krankenhaus die immer tragen. Die hat mir Schwester Ingeborg mal gegeben. Wir wollen doch hier keine Fußabdrücke hinterlassen."

Borowka nickte anerkennend. Sein Geheimagent-Kollege hatte an alles gedacht. Nachdem auch Will die Überzieher über seine klobigen Gummistiefel gezogen hatte, stiegen die beiden über die kleine Mauer und schoben sich eng an der Hecke entlang bis zur Holzterrasse. Wenige Augenblicke später standen sie vor der Kellertür. Will schaltete seine Taschenlampe ein und beobachtete aufgeregt, wie Borowka sich hinkniete, um ein altes Spültuch auf dem Boden auszubreiten. Nacheinander holte er aus seiner Tasche ein paar Utensilien und legte sie darauf. Erst einen Schraubenzieher, dann ein Stück Draht, einen Seitenschneider und einen Kugelschreiber.

Will stutzte. „Was willst du denn mit der Kugelschreiber?"

Borowka schaute zu Will hoch und blinzelte in das Licht der Taschenlampe. „Damit musst du dir jetzt gleich eine Kombination in die Handfläche schreiben. Hier, versuch mal, ob der funktioniert."

Will nahm den Kugelschreiber, drückte den Knopf, um die Miene herausfahren zu lassen und schrie auf. Ein kurzer, aber heftiger Schmerz durchfuhr ihn, so als hätte er in eine Steckdose gegriffen.

In sein entsetztes Stöhnen mischte sich ein leises, dreckiges Lachen von Borowka. „Beruhig dich, Will. Das ist eins von meine Lieblingsscherzartikel. Ein Elektroschockkuli. Damit habe ich der Fredi schon hundertmal verarscht. Cool, oder?"

Will blickte ungläubig auf den Kugelschreiber in seiner Hand, dann zu Borowka. Wütend flüsterte er: „Sag mal, hast du noch alle Latten am Zaun? Das ist doch hier kein Kindergeburtstag. Wir versuchen gerade, in ein versiegeltes Haus einzusteigen."

„Ja, komm mal wieder runter", beschwichtigte Borowka ihn und nahm den Kugelschreiber wieder an sich. „Ich brauch der Kuli, für das Schloss aufzumachen."

„Wie jetzt?"

„Halt die Taschenlampe mal was ruhiger und dann: Guck zu und staune." Borowka wickelte das Stück Draht zweimal um den Kugelschreiber und bog es in Richtung Druckkopf. Die beiden abstehenden Enden kürzte er mit dem Seitenschneider. Dann schob er den Draht über den Kugelschreiber, sodass er in der Mitte festsaß und das lange Ende ein wenig über den Druckkopf hinausragte. Jetzt führte er den Draht in das Zylinderschloss ein und hielt seitlich den Schraubenzieher dagegen. Er atmete kurz ein und stieß dann den Kugelschreiber samt Druckkopf gegen das Gehäuse des Schlosses. Durch den Elektroschock erzitterten die Verriegelungsstifte und mit dem parallel eingesetzten Schraubenzieher ließ sich das Türschloss öffnen. Es machte „Klick" und der Weg in den Keller war frei.

Will hatte die Aktion fasziniert verfolgt und war begeistert. „Wie hast du das gemacht?"

Borowka packte sein Werkzeug wieder in die Tasche und stand auf. „Kennst du MacGyver?", fragte er stolz.

Will überlegte kurz und schüttelte dann den Kopf. „Ich glaub nicht. Wer soll das sein? Das ist jedenfalls kein Saffelener."

„Nein", Borowka lachte, „MacGyver ist eine super Fernsehserie, wo ein Typ alles Mögliche basteln kann. Der baut aus eine Büroklammer und ein gebrauchter Kaugummi eine

Atombombe, wenn es sein muss. Das habe ich früher als Kind immer geguckt. Und da lernt man so Sachen wie hier mit der Tür."

Will war beeindruckt. „Nicht schlecht, Richard. Wenn man dich sonst so erlebt, kann man sich gar nicht vorstellen, dass man dich auch unterschätzen kann. Aber genug gequatscht. Wir sollten jetzt keine Zeit mehr verlieren. Wir machen es genau wie geplant. Ich guck mich drinnen was um und du passt hier draußen auf, dass keiner kommt. Mein Handy steht auf lautlos. Ich hoffe, deins auch?!"

„Meinst du, ich bin ein Anfänger-Amateur? Aber mal was anderes: Wonach suchst du eigentlich in das Haus?"

Will antwortete mit ernster Miene: „Ich habe keine Ahnung. Irgendswas, was der Peter entlastet. Von Kommissar Dohmen weiß ich, dass morgen früh das LKA anrückt und die ganze Bude auf der Kopf stellt. Ich trau den Typen aber nicht. Die Polizei schottet der Peter ab und ich hab das Gefühl, da soll irgendswas vertuscht werden. Vielleicht finde ich ja noch ein paar wichtige Beweise."

Borowka strich sich durch die blonde Dauerwelle. „Warum bist du eigentlich so sicher, dass der Peter das nicht war?"

Will starrte einige Sekunden lang in die Luft und sagte dann tonlos: „Das ist ja das Problem. Ich bin mir überhaupt nicht sicher, dass der das nicht war." Dann drehte er sich um und verschwand im Keller.

Borowka lehnte die Tür an und ging hoch auf die Terrasse. Sein Hauptjob war erledigt. Jetzt musste er nur noch Schmiere stehen, bis Will zurückkam. Das dürfte kein Problem sein, schließlich waren die Bewohner des direkten Nachbarhauses in Urlaub und das auf der anderen Seite befindliche Gebäude war noch im Rohbau. Das war wohl auch einer der Gründe gewesen, warum es keine Augenzeugen gab, die gesehen hatten, was am Samstagabend im Garten passiert war. Borowka hockte sich auf einen Holzklotz, der zu Dekorationszwecken herumstand. Er zog seine Lederhandschuhe aus, fingerte eine Zigarette aus der Tasche und zündete sie an. Die Asche glimmte auf, als er daran zog. Nachdenklich betrachtete er die Sterne. Wie konnten unter einem so schönen Himmel nur so furchtbare Dinge passieren? Aber sein Vater hatte ihm immer schon gesagt, dass man Leuten nur vor den Kopf gucken kann. Borowka genoss die beruhigende Wirkung des Tabaks. Und doch, obwohl es völlig ruhig war, verspürte er eine seltsame Anspannung. Er neigte nicht zu übertriebener Angst. Aber irgendetwas stimmte hier nicht. Er hatte das Gefühl, dass er nicht allein in diesem Garten war.

Will tastete sich vorsichtig durch den langen Korridor, der am Vorratsraum vorbeiführte. Das Licht der Taschenlampe leuchtete ihm flackernd den Weg, weil seine Hand so stark zitterte. Er versuchte, sich zu beruhigen und sich klarzumachen, dass er in weniger als zehn Minuten wieder verschwunden sein würde. Will war nämlich keineswegs planlos in dieses Haus eingestiegen. Bei dem Grillabend war er mit Peter Kleinheinz in den Keller gegangen, um Getränke zu holen. Da Will zu diesem Zeitpunkt schon einiges intus hatte, war er während des Erzählens ins Straucheln geraten und neben eine Kiste gefallen. Bei diesem Sturz hatte er einen Hebel gestreift, der einen Mechanismus in Gang setzte, mit dem eine unsichtbare Tür geöffnet wurde. Zähneknirschend und mit einer überdeutlichen Bitte auf Verschwiegenheit hatte Kleinheinz ihm daraufhin ein interessantes Geheimfach unter der Treppe gezeigt, in dem er wichtige Unterlagen aufzubewahren pflegte. Will war beeindruckt gewesen von dem perfekten Versteck. Von außen sah die Wand aus, als wäre sie mit ganz normalen Paneelen verkleidet, doch wenn man besagten Hebel umlegte, der sich hinter einer schmiedeeisernen Aufbewahrungsbox befand, schob sich ein Teil der Wand lautlos zur Seite und ein recht großer, ins Mauerwerk eingelassener Hohlraum kam zum Vorschein. Will wuchtete die Box zur Seite und betrachtete den Hebel, den man auf den ersten Blick für einen gewöhnlichen Haken halten konnte. Genauso wie beim letzten Mal staunte er über die ausgefuchste Technik. Er wusste zwar nicht, ob er überhaupt etwas finden würde, aber einen Versuch war es wert. Wenn Kleinheinz irgendetwas auf die Schnelle hatte verschwinden lassen müssen, dann hatte er es hier deponiert. Will betätigte den Hebel und die Paneeltür glitt geräuschlos zur Seite. Will musste sich bücken, um in das Loch hineinsehen zu können. Er leuchtete mit der Taschenlampe in die Dunkelheit und erkannte langsam die Umrisse eines größeren Gegenstands, der allerdings weit hinten lag. Will steckte den Kopf in die Wandöffnung. Er kniff die Augen zusammen, um sich an das Licht zu gewöhnen. Benzingeruch stieg ihm in die Nase und er musste kurz nach Luft schnappen. Als Will den Gegenstand endlich erkannte, schnürte es ihm den Hals zu. Vor ihm lag auf einer doppelt geschlagenen Plastikfolie eine Kettensäge, an der Blut klebte.

Borowka hatte die Zigarette mit den Fingern ausgedrückt und in seiner Jackentasche verschwinden lassen. Er war aufgestanden und starrte bereits seit einigen Minuten auf den Rasen vor ihm, der übersät war mit riesigen Maulwurfshügeln, den traurigen Hinterlassenschaften der polizeilichen Ausgrabungen. Ein Geräusch hatte ihn von seinem Holzklotz hochschrecken lassen. Regungslos stand er nun am Rand der Terrasse und lauschte in die Nacht. Nichts. Doch dann nahm er plötzlich aus dem Augenwinkel eine kurze Bewegung hinter der Hecke wahr. Ein Schatten. Sein Kopf schoss herum, doch es war längst viel zu dämmrig, als dass er etwas hätte erkennen können. Vielleicht waren es auch nur die Bäume gewesen, die sich bewegt hatten, doch eigentlich war es dafür zu windstill.

Irgendetwas knackte und Borowka meinte, Schritte zu hören. Verdammt, dachte er, warum habe ich mir keine Taschenlampe eingepackt? Langsam schob er sich mit dem Rücken in Richtung Haus, während er seinen Blick mit zusammengekniffenen Augen umherschweifen ließ. Im Gehen zog er leise den Schraubenzieher aus seiner Umhängetasche und umklammerte entschlossen den Griff. Die Schuhüberzieher aus Plastik machten schmatzende Geräusche auf der Bangkirai-Terrasse. Doch diese Geräusche wurden deutlich übertönt von Borowkas pochendem Herz, das ihm mittlerweile bis zum Hals schlug. Schritt für Schritt schlich er rückwärts, den Schraubenzieher fest in seiner schwitzigen Hand. Dann hatte er die Hauswand erreicht und seine Anspannung löste sich ein wenig. Doch gerade als sich sein Puls etwas beruhigte, packte ihn wie aus dem Nichts eine Hand an der Schulter. Borowka wirbelte zur Seite und geriet dabei mit seinen OP-Überschuhen ins Rutschen. Der

Schraubenzieher flog ihm in hohem Bogen aus der Hand und landete im Gras. Armschwingend verlor er das Gleichgewicht, aber es gelang ihm noch im Fallen, die dunkle Gestalt mit umzureißen. Ein schwerer Körper stürzte auf ihn und presste ihm für Sekunden alle Luft aus den Lungen. Als er wieder zu Atem kam, schrie er auf, weil ihm ein brennender Schmerz durch den Rücken fuhr. Mit aller Kraft versuchte er, den Körper von sich zu schieben. Doch die Person war zu stark. Zwei kräftige Hände packten Borowka an den Schultern und drückten ihn auf den massiven Holzboden. Noch bevor er um Hilfe schreien konnte, legte sich eine Hand auf seinen Mund und drückte zu. In seinem vermeintlichen Todeskampf erkannte Borowka plötzlich die Person, die auf ihm kniete: Hastenraths Will. Mit seiner freien Hand machte der Landwirt eine Scheibenwischerbewegung vor seinem Gesicht und flüsterte: „Bist du bekloppt, hier so ein Theater zu veranstalten? Lass uns verschwinden. Ich hab alles, was ich brauche."

9

Dienstag, 15. Mai, 11.24 Uhr

Hastenraths Will war stinksauer. Er war erfolgreicher Landwirt und angesehener Ortsvorsteher und er war es, weiß Gott, nicht gewöhnt, dass man ihn schmoren ließ. Seit über zwanzig Minuten wartete er bereits auf den Anwalt, den Heribert Oellers ihm empfohlen hatte. Pünktlich um elf Uhr war Will an der angegebenen Adresse in Kirchhoven, einem Vorort von Heinsberg, erschienen. Das verwitterte Schild an dem rot verklinkerten Haus mit dem Charme der 70er-Jahre hatte der Landwirt fast übersehen. Darauf stand in verschnörkelter Schrift: „Günther Schabowski, Rechtsanwalt. Interessenschwerpunkte: Vertragsrecht, Buß- und Ordnungswidrigkeitenrecht, Familienrecht". Auf der Suche nach der Kanzlei war er mehrmals an dem unscheinbaren Haus vorbeigegangen, weil sich von der Hausnummer offensichtlich eine Schraube gelöst und aus der Sechs eine Neun gemacht hatte. Eine gepflegte, distinguierte Dame hatte ihm geöffnet und sich als die Sekretärin des Anwalts vorgestellt. Dem Namensschild an ihrem Empfangstisch hatte Will entnommen, dass es sich um Frau Hildebrandt handelte. Die freundliche Dame hatte Will in Ermangelung eines Wartezimmers direkt in das Büro des Anwalts geführt, wo er nun auf einem Besucherstuhl aus Kunstleder saß und auf den leeren Platz hinter dem Schreibtisch starrte. Frau Hildebrandt hatte ihm versichert, dass Herr Schabowski jeden Moment eintreffen müsse. Er sei bei Gericht aufgehalten worden. Das war mittlerweile fast eine halbe Stunde her. In der Zwischenzeit hatte Will bereits zwei Tassen Kaffee getrunken und nahezu jeden Buchrücken gelesen, der auf den beiden nachlässig zusammengeschraubten Billy-Regalen zu lesen war. Sehr lange hatte das nicht gedauert, da dort nicht allzu viele Bücher standen. Entweder wusste der Anwalt schon alles oder er las einfach nicht gerne Fachliteratur. Bei der Zeitung jedenfalls, die aufgeschlagen auf seinem Schreibtisch lag, handelte es sich um die Sport-Bild der Vorwoche. Der Schreibtisch selbst hatte auch schon bessere Zeiten erlebt. Er war übersät mit Akten und losen Papieren mit Eselsohren. Mitten auf dem Tisch stand ein halbvoller Cognacschwenker, in dem eine tote Fliege schwamm, daneben ein überquellender Aschenbecher. Jetzt verstand Will auch, warum Frau Hildebrandt als Erstes das Fenster sperrangelweit aufgerissen hatte, nachdem sie das Büro betreten hatten.

Während Will gelangweilt auf seinem Handy herumspielte, dessen Funktionen er zunehmend besser verstand, hörte er Gepolter im Flur und kurzes Stimmengewirr. Die eine Stimme konnte er Frau Hildebrandt zuordnen, demnach schien die andere wahrscheinlich Herrn Schabowski zu gehören. Genau so war es. Sekunden später öffnete ein leicht derangiert wirkender Mann von knapp sechzig Jahren die Tür und schwankte zu dem ausgeleierten Chefsessel hinter dem Schreibtisch. Bevor er sich schnaufend hineinfallen ließ, stopfte er sich noch sein Hemd in die Anzughose und zog sich die Krawatte etwas fester um den Hals. Nachdem er sich gesetzt hatte, sondierte er mit routiniertem Blick das Durcheinander vor sich und wendete sich dann an Will.

„Guten Morgen, Herr Hastenrath. Entschuldigen Sie die Verspätung, aber ich … ich. Ja, es ist gestern etwas später geworden.“

Will zog die Stirn in Falten. „Ich dachte, Sie wären am Gericht gewesen?!“

Schabowski sah ihn verwirrt an. „Gericht? Welches Gericht? Nein, nein. Ich war gestern auf einem Geburtstag. Ein alter Studienkollege hatte … na ja egal. Kaffee?“

Will winkte ab und musterte sein Gegenüber. Der Anwalt lächelte ihn müde an aus seinem von roten Äderchen durchzogenen Gesicht, das umrahmt wurde von zotteligem, grauem Haar und einem ungepflegten Stoppelbart. Die in dunklen Höhlen liegenden Augen, aus denen er ihn ansah, ließen in Will erste Zweifel am Erfolg seiner Mission aufkommen. Dieses Wrack von einem Mann sollte ihm helfen, Peter Kleinheinz zu retten? Hätte Heribert Oellers nicht so von dessen Fähigkeiten geschwärmt, Will hätte auf der Stelle das Büro verlassen. So aber räusperte er sich und sagte: „Ein guter Freund von mir hat Sie empfohlen. Es geht sich um ein sehr heikler Fall. Sie haben doch bestimmt von dem Mord in Saffelen gelesen?“

„Wer nicht? In den Zeitungen steht ja nix anderes im Moment“, brummte Schabowski.

„Na ja, auf jeden Fall möchte ich Sie engagieren als Anwalt für Kommissar Peter Kleinheinz.“

Der Anwalt machte große Augen und richtete sich in seinem Stuhl auf. „Sie wollen was?“

„Ich möchte, dass Sie Herr Kleinheinz vor Gericht vertreten."

Schabowski hustete wie ein röhrender Hirsch und der ganze Lebensüberdruss, der sich in ihm angesammelt hatte, schien zusammen mit ein paar Speichelfäden seinen Körper verlassen zu wollen. Er wollte gerade antworten, als er das halbvolle Cognacglas auf dem Tisch entdeckte. Er überlegte kurz, fischte die Fliege heraus und leerte das Glas in einem Zug. Dann fixierte er Will mit wässrigem Blick. „Es tut mir sehr leid, dass Sie den langen Weg aus Saffelen hierhin gemacht haben, aber ich muss Ihnen leider sagen, dass ich kein Interesse an dem Fall habe."

„Und warum nicht?"

„Ganz einfach: Weil er stinklangweilig ist. Ich weiß zwar nur aus der Zeitung, was passiert ist, aber ich kann Ihnen sagen: Die Sache ist absolut klar. Dieser Kommissar geht lebenslänglich in den Bau. Mit ein bisschen Glück kommt er mit Totschlag davon. Aber so was ist unheimlich viel Arbeit. Da habe ich im Moment keinen Kopf für."

Will sprang empört auf und schrie: „Was interessiert mich denn Ihr ungewaschener Kopf? Hier geht es sich um die Existenz von mein bester Freund. Und, mal ganz nebenbei, wenn ich mich Ihr Laden hier so angucke, dann glaube ich nicht, dass Sie sich Ihre Fälle aussuchen können."

Die Tür öffnete sich und Frau Hildebrandt steckte ihren Kopf herein. „Ist alles in Ordnung?"

Schabowski, der Wills Ausbruch völlig ungerührt über sich hatte ergehen lassen, machte eine kurze Handbewegung. „Alles gut. Machen Sie Mittag."

Die Tür wurde wieder geschlossen und Will regte sich ein wenig ab. Verlegen strich er sich über sein grün-weiß kariertes

Hemd. „Tut mir leid. Da sind wohl gerade die Kühe mit mir durchgegangen. Ich weiß einfach nicht, an wen ich mich sonst wenden soll. Und der Heribert hat für mich gesagt …“

„Sagten Sie gerade Heribert?“, unterbrach ihn der Anwalt. „Dann ist der alte Oellers der gute Freund, von dem Sie eben sprachen? Das ist natürlich was anderes. Dann sollten wir zuerst mal über den Aspekt sprechen, der den Fall für mich vielleicht doch noch interessant machen könnte. Können wir einen Teil meines Honorars schwarz machen?“

Will antwortete überrascht: „Ja klar. Wie denn sonst?“

Zwei Stunden und eine Flasche Cognac später hatte Will dem Anwalt alles über den Fall erzählt, was er wusste. Inklusive seiner Beobachtung mit dem vollen Mülleimer, dem Einbruch und der entwendeten Kettensäge, die er zurzeit noch in seinem stillgelegten Hühnerstall aufbewahrte.

„Also, passen Sie auf“, fasste Schabowski noch einmal alles zusammen. „Wir haben folgendes Problem: Sie haben mir gesagt, dass Kleinheinz keinen Anwalt engagiert hat. Das würde bedeuten, dass der Staatsanwalt einen Pflichtverteidiger bestellt. Sobald eine Hauptverhandlung vor dem Landgericht oder Oberlandesgericht stattfindet, muss ein Verteidiger dabei sein. Und da es hier um ein Kapitalverbrechen geht, bei dem mit einer Freiheitsstrafe von mehr als vier Jahren zu rechnen ist, ist ein Anwalt unumgänglich.“

„Das heißt, der muss jetzt der Pflichtverteidiger nehmen?“

„Nein, nein. Sie können als sein Freund einen Anwalt für ihn beauftragen. Der Staat freut sich, denn sonst müsste er ja dafür aufkommen. Aber um Herrn Kleinheinz zu vertreten, brauche ich seine Vollmacht. Und die muss er mir persönlich geben. Bevor kein Mandatsverhältnis besteht, bekomme ich keine Akteneinsicht. Und das wäre im Moment natürlich sehr wichtig."

Will rieb sich sein Kinn. „Verstehe. Und vorher kriegen wir der Peter nicht aus dem Gefängnis?!"

Schabowski lächelte müde. „Aus dem Gefängnis bekommen wir ihn erst mal sowieso nicht raus. Zum einen besteht dringender Tatverdacht und zum anderen gibt es eine ganze Reihe weiterer Haftgründe: Er könnte Beweismittel vernichten, sich mit Zeugen absprechen und er könnte vor allem versuchen, zu fliehen. Die Fluchtgefahr ist umso größer, je höher die drohende Strafe ist. Ich muss jetzt so schnell wie möglich mit Kleinheinz sprechen, um diese Vollmacht zu bekommen. Wenn ich ihn offiziell vertrete, dann bekomme ich nicht nur Akteneinsicht, sondern kann ihn auch jederzeit besuchen."

„Und jetzt dürfen Sie dem nicht besuchen?"

„Schon, aber das ist etwas komplizierter. Ich muss erst einen Einzelsprechschein beantragen, den die Staatsanwaltschaft genehmigen muss. Ich werde natürlich Druck machen, aber so was dauert."

„Aber wir können doch jetzt nicht so lange rumsitzen und Däumchen drehen", sagte Will enttäuscht.

„Tja, die Mühlen der Justiz mahlen langsam", erwiderte Schabowski, während er seine Handinnenflächen aneinanderrieb, „aber das sollte uns nicht davon abhalten, selber schon mal möglichst viele Informationen zusammenzutragen. Haben Sie eigentlich den getöteten Mann jemals zuvor gesehen? Heute Morgen war ja ein Foto von ihm in der Zeitung. Als Name wurde ‚Wolfgang H.' angegeben. Mehr geben die Behörden nicht preis."

Will rieb sich das Kinn. „Komisch, dass Sie das fragen. Ich kenn der Mann nicht. Aber wie ich das Foto heute Morgen gesehen habe, da war ich mir hundertprozentig sicher, dass ich dem vor gar nicht allzu langer Zeit mal begegnet bin. Aber mir fällt beim besten Willen nicht ein, wo das gewesen sein soll."

„Das könnte vielleicht eine gute Spur sein. Überlegen Sie noch mal genau. Und dann würde ich mal sagen: Lassen Sie uns loslegen."

Schabowski erhob sich aus seinem Schreibtischstuhl und brachte seinen neuen Klienten zur Tür.

Hastenraths Will wartete geduldig in der Schlange. Er hatte den Besuch beim Anwalt genutzt, um einen Abstecher nach Heinsberg zu machen, um dort in der Apotheke Medikamente für seine Frau abzuholen. Marlenes Erkältung erwies sich als ausgesprochen hartnäckig, was Will natürlich gar nicht in den Kram passte. Bei der Hof- und Feldarbeit war er im Moment auf sich allein gestellt und auch mit Knuffi machte er sich weiterhin im Dorf lächerlich. Will kam sich vor wie im Film „Und täglich grüßt das Murmeltier", denn vor genau einer Woche hatte er in dieser Apotheke in einer identischen Schlange gewartet, seinerzeit jedoch auf seine Hämorrhoidensalbe.

„Was kann ich für Sie tun?" Die junge Apothekerin riss den Landwirt aus seinen Gedanken.

„Oh, bin ich dran?! Ja, Frollein, ich soll dieses Rezept hier abholen." Er schob den von Dr. Hoppe mit unleserlichem Gekrakel unterschriebenen Zettel über die Ladentheke und die Dame im weißen Kittel verschwand damit im hinteren Teil des Ladenlokals. Will sah auf die Uhr. Schon viertel nach zwei.

Gelangweilt studierte er den Ständer mit den Hustenbonbons, bevor sein Blick durch das Schaufenster auf ein Gebäude auf der gegenüberliegenden Seite der Straße fiel. Ein unscheinbarer Eingang mit drei Treppenstufen, über dem ein Emailleschild im leichten Wind hin- und herwiegte. Auf dem Schild stand „Hotel Garni". Plötzlich durchzuckte es ihn. Er hatte das, was man landläufig ein „Déjà-vu" nannte. Vor einer Woche hatte er genau dasselbe erlebt wie gerade. Er hatte das Rezept abgegeben, die Apothekerin war damit verschwunden, er hatte die Hustenbonbons kontrolliert und dann hatte er hinübergesehen auf den Eingang des Hotels. Doch beim letzten Mal war exakt in diesem Moment ein Mann die drei Treppenstufen heruntergekommen und auf die Straße getreten. Der Mann war ihm aufgefallen, weil er sich beim Rausgehen einen kompletten Becher Kaffee über sein blütenweißes T-Shirt gekippt und laut „Ich Dösbaddel!" gerufen hatte. Will hatte aus Schadenfreude schmunzeln müssen, als er in das genervte Gesicht des Mannes gesehen hatte. Aber dieser Mann würde diesmal nicht aus der Hoteltür herauskommen, denn Will kannte ihn aus der Zeitung. Der Mann mit dem Kaffeebecher war derjenige, der am Samstagabend in Saffelen erschossen worden war.

10

Dienstag, 15. Mai, 12.54 Uhr

„… und jetzt halt dich fest. Auf der Party von Juppi Schrammen hat Marianne Eidams im Flur ganz wild mit der Karl-Heinz Klosterbach rumgeknutscht. Und zwar während ihr eigener Mann, der Theo, nebenan Kartoffelsalat am essen war. Glaub es mir, Marlene, ich habe es mit eigenen Ohren gehört – heute Morgen beim Metzger.“ Billa Jackels war wieder voll in ihrem Element. Ohne Punkt und Komma jagte ihre schrille Stimme durch den Telefonhörer.

Marlene Hastenrath hatte größte Mühe, sich in den Monolog einzufädeln. „Aber, Billa, jetzt mal unter uns. Der Theo ist auch nicht ohne. Der ist die Marianne vor ein halbes Jahr doch auch fremdgegangen.“

„Ja, aber das war doch ganz was anderes. Das war doch auf Kegeltour!“

„Trotzdem. Wenn die Jungs vom Fußball ohne Frauen unterwegs sind, dann ist der Theo doch immer der Hahn im Karpfenteich. Der lässt doch überhaupt nix anbrennen.“

„Ja, das mag sein“, pflichtete Billa ihrer Freundin kleinlaut bei und wechselte schnell das Thema, „aber wo du gerade sagst ‚Hahn‘. Seid mal froh, dass ihr keine Hühner mehr habt. Bei

Brockers Dieter auf dem Hof hat ein Marder schon wieder mehrere Tiere gerissen. Aber Dieter sagt, der lässt sich das nicht mehr gefallen. Der wird sich ab jetzt jede Nacht mit sein Gewehr auf die Lauer legen. Und sobald der das Mistvieh kaputt geschossen hat, will der dadraus ein Pelz für seine Frau machen. So was Romantisches hat der Josef noch nie für mich gesagt."

Marlene musste plötzlich laut niesen und Billa am anderen Ende der Leitung zuckte hörbar zusammen. Besorgt fragte sie: „Bist du immer noch so schlimm erkältet? Hör mal, der Bruder von Eidams Marianne … hier der Karl-Hans, der vor zwei Jahre pleitegegangen ist mit die Gärtnerei, der hatte letztens auch so eine hartnäckige Erkältung. Und da hat dem seine Frau, die Fine ... das ist die mit die Dauerwelle, die ganz früher mal mit der älteste Sohn von Bauunternehmung Huppertz zusammen war – der Bekloppte mit die abstehenden Segelohren … doch, die kennst du, die Fine. Das ist die, die mal bei diese Yoga-Übung, wo man ein Baum ist, umgefallen ist und sich dabei die Hüfte gebrochen hat. Na ja, auf jeden Fall hat die der Karl-Hans gegen dem seine Erkältung so homöopathische Globulikügelchen besorgt. Davon musste der jede halbe Stunde 25 Stück nehmen und nach nicht mal eine Woche war die Erkältung wie weggeblasen."

Marlene schnäuzte sich laut in ihr Taschentuch und sagte: „Das wär vielleicht noch eine Idee. Weil die ganzen Medikamente von der Dr. Hoppe, die helfen überhaupt nicht richtig. Wo kriegt man denn diese Glaubilis?"

„Bei Heilpraktiker. Das sind so Ärzte, die nicht studiert haben. Die Tochter von Mobers Inge auf der Pastor-Müllerchen-Straße ist jetzt auch so eine Heilpraktikerin. Die hat so ein

Wochenendseminar gemacht und eine Urkunde bekommen. Die kann dir die Sachen verschreiben. Aber du musst ein bisschen aufpassen damit. Seit Karl-Hans die Erkältung im Griff hat, hat der ganz schlimm Durchfall."

Zum wiederholten Mal während des Gesprächs wurde Marlene von einem rasselnden Husten geschüttelt und ein migräneartiges Gefühl breitete sich in ihrem Kopf aus. Deshalb kam sie schnell zum eigentlichen Grund ihres Anrufes bei Billa zurück. „Bevor ich das vergess. Wie heißt noch mal die Familie, die links neben dem Haus von Bettina Hebbel wohnt?"

Jetzt musste sogar die allwissende Billa einen Moment überlegen. Doch dann antwortete sie zuverlässig wie immer: „Ach, richtig. Das sind die Ollendorfs. Die sind frisch zugezogen. Die kommen irgendswo aus dem Ruhrgebiet. Er ist wohl bei eine Bank in Düsseldorf beschäftigt und pendelt und sie habe ich erst zweimal gesehen. Ich glaube, die hält sich für was Besseres. Musst du dir vorstellen. Da sind die gerade erst eingezogen und fahren als Erstes mal für vier Wochen in Urlaub. Die müssen es ja gut können."

„Seit wann sind die denn in Urlaub?"

„Letzten Freitag vor eine Woche sind die gefahren. Ich kam zufällig gerade da vorbeispaziert, wie die die Koffer im Auto am packen waren und losfahren wollten. Ich hab mich noch kurz mit der Mann unterhalten, aber sie hat im Auto gesessen und die ganze Zeit nach vorne geguckt, so, als würde die mich gar nicht sehen. Aber ich sag ja, die ist …"

„Sag mal: Haben denen ihre grauen Mülltonnen eigentlich draußen gestanden, wie die abgefahren sind?", hakte Marlene schnell nach.

Billa stutzte kurz, bevor sie antwortete: „Nee, auf gar kein Fall. Das wär mir aufgefallen. Da hätte ich denen aber auch was erzählt, wenn die eine Woche zu früh ihre Tonnen rausstellen würden. Wie sieht das denn aus? Also, bestimmte Regeln gelten auch für solche Leute."

Marlene unterdrückte ein kurzes Husten, bevor sie ihre Freundin möglichst unauffällig nach einer Handynummer der Ollendorfs fragte, um der Sache um die vollgestopften Tonnen auf den Grund gehen zu können.

Und auch diesmal erwies sich Billa als topinformierte Quelle. „Genau deswegen hatte ich der Mann ja angesprochen. Ich hab dem angeboten, dass der mir seine Telefonnummer und sein Hausschlüssel da lässt, für dass ich nach dem seine Blumen guck und dem im Notfall anrufen könnte. Ich meine, es wär ja mal interessant gewesen, zu gucken, wie die so eingerichtet sind. Aber das wollte er nicht. Er sagte, der Herr Haselheim hätte ein Zweitschlüssel und eine Handynummer für der Notfall. Aber wieso fragst du nach die Nummer? Falls du versuchen willst, dass die Frau bei unsere Katholischen Strickfrauen mitmacht, das kannst du vergessen. Dafür ist die sich viel zu fein."

„Nein, nein", wiegelte Marlene ab, „reine Neugier. Aber ich muss mal Schluss machen. Der Knuffi muss raus."

Abrupt beendete sie das Gespräch, denn sie hatte alle Informationen, die sie brauchte. Die Nummer von Grundschuldirektor Peter Haselheim zu bekommen, war ein Kinderspiel für sie. Haselheim war immer noch so geschockt, dass er gar nicht erst nach einem Grund fragte, sondern die Nummer bereitwillig herausgab. Immerhin verlangte die Frau des Ortsvorstehers danach und vor dem hatte der Oberstudienrat aufgrund einiger einschneidender Erlebnisse in den letzten Jahren gehörigen Respekt.

Marlenes Hände schwitzten, als sie die Handynummer auf ihrem Festnetztelefon wählte. Es klingelte sehr lange, bis eine verschlafene, männliche Stimme mit einer Mischung aus Schreck und Verärgerung antwortete: „Ollendorf!"

Marlene räusperte sich und stellte sich mit fester Stimme vor: „Guten Tag, Herr Ollendorf. Ich bin Marlene Hastenrath, die Frau von Hastenraths Will, dem Ortsvorsteher von Saffelen. Entschuldigen Sie die Störung, aber ich habe eine kurze Frage..."

„Wissen Sie eigentlich, wie spät es ist?" unterbrach Ollendorf sie unwirsch.

Marlene sah auf die Wanduhr und antwortete: „Ja – kurz nach eins. Mittagszeit."

„Bei Ihnen vielleicht", kam es in einem scharfen Tonfall zurück, „aber hier in Los Angeles ist es 4 Uhr morgens und wir versuchen, zu schlafen."

„Ups", entfuhr es Marlene, „Los Angeles? Ist das nicht in ..."

„In Amerika", blaffte Ollendorf ins Telefon. Mittlerweile schien er wach zu sein. „Und ich hoffe, Sie haben einen wirklich guten Grund, mich hier aus dem Schlaf zu reißen."

„Ich glaub schon. In Ihr Nachbarhaus hat ein Doppelmord stattgefunden!"

Plötzlich wurde es still am anderen Ende. Nur ein leises Knistern in der Leitung war zu hören. Nach endlosen Sekunden erwiderte Ollendorf ungläubig: „Was haben Sie da gerade gesagt?"

Marlene lächelte. Sie hatte die Hoheit über das Gespräch zurückgewonnen. In kurzen, knappen Sätzen erklärte sie, was passiert war, bevor sie zur entscheidenden Frage ansetzte: „Nach der Tat haben plötzlich Ihre grauen Mülltonnen an der Straße gestanden. Vollgestopft bis oben hin. Wer kann die da hingestellt haben?“

Ollendorf schnaufte schwer. Kleine Geräusche deuteten darauf hin, dass er aufgestanden war und nun im Raum umherging. „Niemand. Ich habe keine Ahnung. Das ist völlig unmöglich.“ Doch irgendetwas in der zuvor so souveränen Stimme des Mannes irritierte Marlene und sie wusste sofort, dass er nicht die Wahrheit sagte.

11

Dienstag, 15. Mai, 19.47 Uhr

Fredi Jaspers roch unter seinen Achseln. Penibel prüfte er die in der Werbung versprochene Langzeitwirkung seines neuen Deosprays. Das riecht gar nicht mal so schlecht, dachte er. Voller Vorfreude war er dabei, überall im Wohnzimmer Kerzen aufzustellen. Und zwar nicht irgendwelche, sondern die teuren von Ikea. Die, die nach Vanille dufteten. Nach dem gestrigen Abend hatte er Blut geleckt und freundete sich zunehmend mit dem Gedanken an, bald Vater zu werden. Wobei ihm schon klar war, dass der Weg ihm zurzeit noch mehr bedeutete als das Ziel. Aber so hieß es ja auch in dem bekannten Sprichwort. Und der Rest würde sich bestimmt auch als gar nicht mal so schlimm erweisen. Sabrina hatte sich mit einer Frau verabredet, die sie tags zuvor im Fitnessstudio kennengelernt hatte und die im dritten Monat schwanger war. Da Fredi davon ausging, dass die beiden bei dieser Gelegenheit über nichts anderes reden würden als über Babys, lag es für ihn auf der Hand, dass seine Freundin mit einer klaren Zielsetzung heimkehren würde. Und diesmal war er vorbereitet. Anders als gestern, als er seine ausgeleierte Lieblingsunterhose mit dem altmodischen Eingriff getragen hatte, die ihm für seinen ursprünglich geplanten Videoabend ausreichend erschienen war. Heute hatte er einen neuen, modernen Slip von Tchibo angezogen, der noch orginalverpackt in seinem Schrank gelegen hatte. Nachdem Fredi alle Kerzen angezündet hatte, genoss er stolz die romantische Atmosphäre, die er mit wenigen Handgriffen ins Wohnzimmer gezaubert hatte.

Es klingelte. Fredi sah überrascht auf die Uhr. Sabrina war überpünktlich, ein gutes Zeichen. Und sie hatte offenbar ihren Schlüssel vergessen … oder sie war schon zu erregt, um den Schlüssel ins Schloss zu bekommen. Fredi tippte auf Letzteres und lief erwartungsfroh zur Tür. Im Flur bremste er noch einmal kurz ab, um ein letztes Mal seine Achseln zu kontrollieren. Es roch immer noch sehr angenehm nach Moschus. Dann öffnete er mit einem lasziven Grinsen die Haustür. Doch nicht etwa eine wollüstige Sabrina stand vor ihm, sondern ein sichtlich abgekämpfter Richard Borowka, der eine große Sporttasche in der Hand hielt. Die beiden sahen sich irritiert an.

Borowka fand als Erster Worte. Während er sich an seinem Kumpel vorbei in den Flur schlängelte, sagte er: „Meine Fresse, was hast du dich denn so rausgeputzt? Kommt Daniela Katzenberger zu Besuch, oder was?“ Vorsichtig stellte er die Tasche auf dem Boden ab und ging ins Wohnzimmer. Er sah sich irritiert um und hielt schnuppernd seine Nase in die Höhe. „Boah, hier riecht es wie im Puff. Und was sollen die ganzen bescheuerten Kerzen?“

Fredi trat verärgert neben ihn. „Was willst du hier, Borowka? Das passt mir gerade überhaupt nicht.“

„Jetzt sei mal nicht so unhöflich. Gib mir lieber mal ein Glas Wasser. Ich bin komplett im Arsch. Ich bin die ganze Strecke bis hier gelaufen. Das geht so nicht weiter. Ich brauch dringend ein neues Auto."

Fredi ging in die Küche und füllte ein Glas mit Mineralwasser. „Jetzt hör auf, hier rumzujammern", rief er ins Wohnzimmer, wo Borowka sich laut stöhnend auf die Couch fallen ließ. „Das ist doch noch nicht mal ein Kilometer bis hier. Vielleicht solltest du einfach mal öfters zum Fußballtraining kommen für wegen deine Kondition. Du hast doch nur deshalb eine Stammplatzgarantie, weil unser Kader nur aus neun Leute besteht." Er ging zurück ins Wohnzimmer und reichte Borowka das Glas, das dieser in einem Zug leerte. Anschließend rülpste er laut.

„Firma dankt. Pass auf. Ich will dich auch gar nicht lange aufhalten. Ich müsste vorübergehend eine Sporttasche bei dir deponieren. Aber davon darfst du kein Mensch was erzählen."

Fredi blieb neben der Couch stehen und musterte seinen Freund mit skeptischem Blick. „Wieso? Was ist denn da drin in die Tasche?"

„Frag nicht. Ist besser, wenn du das nicht weißt. Der Will und ich haben uns gestern Abend was aus dem Mordhaus ‚ausgeliehen' und müssen das an ein geheimer Ort lagern. Denn wenn die uns auf die Schliche kommen, dann sucht die Polizei natürlich zuerst bei der Will oder bei mir danach."

Fredi war fassungslos. „Bist du bescheuert, Borowka? Du erzählst mir doch nicht gerade, dass ihr in das Mordhaus eingebrochen seid und da Sachen geklaut habt?!"

Borowka stand auf und hob beschwichtigend die Hände. „Jetzt beruhig dich mal. Das ging nicht anders. Auf jeden Fall weiß ich von der Hohlraum hinter eure Waschmaschine. Als wir hier umgebaut haben, hast du für mich gesagt, dass du dir da ein Geheimversteck machen willst, wo keiner was von wissen darf. Und ich geh mal schwer davon aus, dass da drin Sachen liegen, wo die Sabrina nicht die Nase dran kriegen darf."

Fredi wollte zuerst protestieren, biss sich dann aber auf die Unterlippe und sagte: „Ja … da habe ich die Fotoalbums von mir und Martina drin versteckt. Aber das darf die Sabrina niemals erfahren, ist das klar?"

Borowka schlug ihm auf die Schulter. „Natürlich nicht. Dafür sind Freunde doch da. Also: Darf ich die Tasche jetzt da drin zwischenlagern oder nicht?"

Fredi nickte mit gesenktem Kopf und sein Kumpel schnappte sich die Tasche, um damit im Keller zu verschwinden. Wenige Minuten später kam er wieder hoch und reckte beide Daumen nach oben. „So, alles erledigt", sagte er gut gelaunt, „und jetzt ein Bierchen."

Fredi war im Flur stehen geblieben und schüttelte den Kopf. „Nee, kein Bierchen. Das geht jetzt nicht. Die Sabrina ist überfällig und deshalb …"

„Waaas?" brüllte Borowka voller Entsetzen. „Überfällig? Bist du verrückt geworden? Wofür habe ich mir denn gestern der Mund fusselig geredet? Mit ein Kind verändert sich dein ganzes Leben."

„Du hast mich falsch verstanden", unterbrach Fredi ihn und deutete verschämt auf seinen Unterleib. „Nicht ‚überfällig' im Sinne von … hier unten, sondern ‚überfällig' im Sinne von ‚spät dran'. Die wollte eigentlich um acht Uhr zu Hause sein. Und deshalb guck, dass du Land gewinnst. Ich kann dich hier beim besten Willen nicht gebrauchen."

Borowka machte große Augen. „Was ist los? Du wirfst eiskalt dein bester Freund raus?“

Fredi sah ihn an und knetete verlegen seine Hände. Die Situation war ihm ausgesprochen unangenehm, zumal sich die beiden vor langer Zeit versprochen hatten, dass es niemals dazu kommen würde, dass eine Frau ihre Freundschaft bedrohte. Mit ernster Miene warb er deshalb um Verständnis. „Ausnahmsweise.“

Borowka seufzte laut und antwortete: „Na gut, ausnahmsweise. Aber dann tu mir bitte ein Gefallen.“

„Ja klar“, sagte Fredi erfreut, „was denn?“

„Fahr mich nach Hause!“

12

Dienstag, 15. Mai, 20.09 Uhr

Die Gummistiefel standen neben dem Ohrensessel. Hastenraths Will hatte seine Beine auf dem Fußhocker ausgestreckt und wiegte nachdenklich einen randvoll gefüllten Cognacschwenker in seiner Hand. Vor ihm rauschte der Fernseher, doch der Landwirt nahm gar nicht wahr, was lief. Zu sehr war er in seinen Gedanken versunken. Wieder und wieder spielte er durch, was er heute in Heinsberg erfahren hatte. In gewisser Weise war sein Besuch im Hotel Garni ein Glückstreffer gewesen, aber wirklich befriedigt hatte er ihn nicht.

Aufgeregt hatte Will die Apotheke verlassen und war in die Pension hinüber gegangen. Die rustikale Lobby bestand aus einem schmalen Korridor mit einem abgelaufenen Veloursteppich und angestaubten Ölgemälden an der Wand. Will hatte die Klingel auf einer Art Theke gedrückt. Kurze Zeit später war eine ältere, freundliche Dame erschienen. Wie sich herausstellte, handelte es sich dabei um die knapp 80-jährige Betreiberin des Hotel Garnis, die den Landwirt skeptisch musterte, als ihr klar wurde, dass dieser nicht auf der Suche nach einem Zimmer war, sondern lediglich nach Informationen. Nachdem

Will sie direkt auf den ermordeten Mann angesprochen hatte, den er eine Woche zuvor aus ihrem Hotel hatte kommen sehen, verwies sie mit nüchterner Sachlichkeit auf den Grundsatz der Diskretion, dem sie sich seit über 60 Jahren verpflichtet fühle. Dafür empfinde er größten Respekt, hatte Will geantwortet und diskret einen 20-Euro-Schein über die Theke geschoben. Und sein Instinkt hatte ihn nicht getrügt. Das Ableben ihres Hotelgastes schien die alte Dame weit weniger zu bewegen als die Frage, wer für dessen offene Rechnung aufkommen würde. Und so hatte sie den Landwirt in ihr Hinterzimmer geleitet, wo Will gleich zur Sache gekommen war.

„Wer war der Mann?"

„Wolfgang Hansson. Als Heimatadresse hatte er Lübeck angegeben. Das stand auch so in seinem Personalausweis."

„Wie lang hat der schon hier gewohnt, bevor es zu diesem … Verbrechen kam?"

„Knapp drei Wochen. Wollen Sie einen Kaffee?"

Will schüttelte den Kopf. Er wollte keine Zeit verlieren. „Was machte der Mann in dieser Zeit für ein Eindruck?"

Die Frau überlegte kurz. „Am Anfang war er sehr verschlossen. Höflich, aber verschlossen. Hat kaum ein Wort gesprochen und ich habe auch fast nie mitbekommen, wann er das Hotel verlassen hat oder wann er zurückkam. Ich muss dazusagen, dass unsere Rezeption auch nicht durchgehend besetzt ist. Die Gäste haben einen eigenen Schlüssel für die Eingangstür. Aber in der letzten Woche vor dem Mord, da ist der Herr Hansson richtig aufgeblüht. Er hat Scherze gemacht und erzählt, wie toll ihm die Gegend hier gefallen würde. Und dass er sogar darüber nachdenke, hierhin zu ziehen."

„Machte der Mann vielleicht der Eindruck, dass der verliebt war?“, fragte Will.

Der Hauch eines Lächelns huschte über die Lippen der alten Dame. „Wissen Sie, Herr Hastenrath. Die Erinnerung an dieses Gefühl liegt zwar bei mir schon lange zurück, aber ja … das könnte sein. Auf jeden Fall schien er plötzlich sehr glücklich zu sein.“

Will rieb sich das Kinn. „War jemals eine Frau hier im Hotel? Oder irgendswelche anderen Leute?“

„Nein. Jedenfalls nicht, dass ich es mitbekommen hätte.“

„Ich geh mal davon aus, dass die Polizei schon hier war?“

„Ja, direkt am Sonntag. Die haben mich befragt, das Zimmer auf den Kopf gestellt und anschließend versiegelt. Und gestern ist noch mal ein Kommissar gekommen und hat mich ausgefragt – so wie Sie.“

Will horchte auf. „Wissen Sie, wie der Polizist hieß?“

Sie schüttelte sofort den Kopf, aber Will setzte nach: „Hatte der Mann so ein bisschen Bauch, dem der die ganze Zeit am einziehen war? Und so eine Art Hufeisenfrisur? Also … ich meine, so ein etwas zotteliger Haarkranz?“

Die alte Dame grinste. „Ja. Und er trug ein Hemd und so eine moderne Jeanshose. Kennen Sie ihn?“

„Flüchtig“, antwortete Will, obwohl er sich sicher war, dass es sich um Dohmen handeln musste, der ganz offensichtlich ebenfalls eigene Ermittlungen anstellte. Will entdeckte einen Fotokopierer in der Ecke und fragte: „Ach, haben Sie eigentlich der Personalausweis von der Herr Hansson kopiert?“

Die Frau sah zum Kopierer und dann wieder zu Will. „Vielleicht“, erwiderte sie und stand ebenfalls auf.

Zum Glück fand Will noch einen Fünf-Euro-Schein in seinem Portemonnaie, sodass er das Hotel Garni mit den persönlichen Daten des Mordopfers verlassen konnte.

Will hatte vor lauter Grübeln gar nicht bemerkt, dass er sein Glas längst ausgetrunken hatte. Er goss sich den letzten Rest Dujardin aus der Flasche nach und rekapitulierte noch einmal den aktuellen Ermittlungsstand. Wolfgang Hansson war ganz offensichtlich der Liebhaber von Bettina Hebbel gewesen. Dass er aus Norddeutschland gekommen und in einem Hotel abgestiegen war, schien darauf hinzudeuten, dass die beiden sich entweder im Internet kennengelernt hatten oder sie sich von früher kannten. Will wusste, dass Bettina Hebbel aus Norddeutschland stammte und von dort nach Saffelen gezogen war. Wenn es irgendwelche Verbindungen geben sollte, so dürfte das nicht allzu schwer herauszufinden sein. Wills Schwiegersohn Michael war IT-Experte und hatte Will bei zurückliegenden Fällen schon weit heiklere Informationen aus dem Netz besorgt. Deshalb war er auch auf dem Rückweg von Heinsberg extra bei ihm vorbeigefahren, um ihn darum zu bitten, Wolfgang Hansson zu überprüfen. Leider hatte er jedoch nur Tochter Sabine angetroffen und seine beiden Enkelkinder Kevin-Marcel und Justin-Dustin, die gerade damit beschäftigt waren, die Tapete mit Fingerfarben zu verschönern. Sabines Ränder unter den Augen und ihr gramgebeugter Gang sprachen Bände. Sie nahm die Kopie entgegen und versprach, Michael Bescheid zu geben, sobald er von seiner Dienstreise nach München zurück sei. Dies würde allerdings erst in der Nacht der Fall sein, und zwar sehr spät. Zähneknirschend übergab Will das sensible

Dokument und verabschiedete sich schnell wieder, bevor Sabine noch auf die Idee kommen konnte, ihm die beiden Radaubrüder mitzugeben. Das würde ihm jetzt noch fehlen: eine kranke Frau, zwei kleine Terroristen und ein Kriminalfall, der sich langsam, aber sicher zu einem Alptraum entwickelte. Denn trotz neuer Erkenntnisse war weiterhin keine Spur in greifbarer Nähe, die Peter Kleinheinz entlasten konnte. Wills Hoffnungen ruhten derzeit allein auf einem versoffenen, desillusionierten Anwalt, der noch nicht mal in der Lage war, seine Hausnummer zu reparieren. Kein Wunder, dass das Glas schon wieder leer war.

Will erhob sich stöhnend aus seinem Sessel. Es galt noch, die letzte Tagesaufgabe zu erfüllen – Gassigehen mit Knuffi. Die anhaltende Krankheit seiner Frau brachte Wills Leben stark aus dem Rhythmus. Schweine füttern, Kühe melken, Feldarbeit und neuerdings sogar Haushaltsaufgaben, die normalerweise Frauen vorbehalten waren – alles blieb plötzlich an ihm hängen. Aber gerade in solchen Situationen wuchs der Landwirt oft über sich hinaus. Nachdem er aus Heinsberg zurückgekommen war, hatte er seiner Marlene, die mit Schüttelfrost im Bett lag, sogar eine Dose Hühnersuppe warmgemacht, weil die Apothekerin ihm diesen Geheimtipp verraten hatte. In guten wie in schlechten Zeiten, das hatte Will seiner Frau bei der Hochzeit versprochen. Und jetzt waren halt die schlechten Zeiten angebrochen – für ihn. Doch das Gefühl der überraschten Dankbarkeit, das Marlene fiebrig hustend zum Ausdruck gebracht hatte, hatte ihm gut getan. Leider aber war seine Frau unmittelbar nach der Einnahme der Suppe und der Medikamente nicht etwa wieder genesen, sondern erneut in einen komatösen Schlaf gefallen, sodass Will schnell bewusst wurde, dass er sich wohl um sein Abendessen selbst würde kümmern müssen. So schlecht schmeckte Hühnersuppe aus der Dose gar nicht, dachte er sich später beim Löffeln, vor allem, wenn man sie mit reichlich Dujardin herunterspülte.

Der Alkohol und die Aufregung des Tages hatten Will schläfrig werden lassen. Leicht belämmert suchte er im Flur nach der Hundeleine, als ihn ein schwacher Ruf ereilte. Marlene war wach geworden. In Erwartung neuer Aufgaben trottete Will die Treppe hoch und betrat das Schlafzimmer.

„Oh Gott. Schon zwanzig nach acht. Wie lang hab ich denn geschlafen?"

Will sah auf seine Armbanduhr. „Vier Stunden. Ich wollte jetzt noch schnell mit der Knuffi gehen und dann mach ich mich auch bettfertig. Das war heute ein langer Tag."

„Ich weiß, Will. Bist du denn weitergekommen in diese Mordsache?"

„Ein bisschen. Ich hab jetzt ein Anwalt engagiert, der der Peter die Tage im Gefängnis besuchen will. Und ich weiß jetzt, wer der tote Mann ist."

Marlene setzte sich auf und wischte sich mit einem Lappen, der auf dem Nachttisch lag, den Schweiß von der Stirn. „Wer denn?", fragte sie neugierig.

„Ein gewisser Wolfgang Hansson aus Lübeck. Der Michael soll morgen mehr über dem rausfinden. Aber von Bettina Hebbel gibt es nach wie vor keine Spur. Oder die Polizei will mir nix sagen. Der Kommissar Dohmen hat mich heute jedenfalls zweimal weggedrückt auf sein Handy."

Marlene strich die Bettdecke vor sich glatt und sagte: „Aber dafür habe ich noch eine interessante Neuigkeit. Und zwar habe ich heute Mittag mit der Herr Ollendorf telefoniert."

Will stutzte. „Wer ist denn Ollendorf?"

„Mensch, Will. Die Ollendorfs sind das Ehepaar, das neben Bettina Hebbel und Peter Kleinheinz eingezogen ist. Wo du dich weigerst, die ein Neubürger-Begrüßungskorb zu bringen."

„Ja, ja", winkte Will ab, „die Frau soll erst mal lernen, richtig zu grüßen. Dann können wir auch über ein Präsentkorb nachdenken."

„Na ja, auf jeden Fall habe ich bei denen angerufen, für mich nach die Mülltonnen zu erkundigen, wo du die Tüten drin gesehen hast."

Will riss die Augen auf. Schlagartig war er wieder bei der Sache. „Und?"

„Na ja, die Ollendorfs können die Tonnen nicht an die Straße gesetzt haben. Die sind schon seit über eine Woche in Urlaub, und zwar in Amerika."

Will biss sich auf die Unterlippe. „Das gibt's doch gar nicht. Aber ich kann mir trotzdem nicht vorstellen, dass in die Tüten … also, dass der Peter …"

„Das war auch nicht der Peter", sagte Marlene ruhig.

Will starrte sie mit weit aufgerissenen Augen an. „Wie jetzt?" fragte er verwirrt.

„Ich hab gemerkt, dass der Herr Ollendorf mich angelogen hat am Telefon", fuhr Marlene fort, „und da hab ich dem richtig Dampf gemacht. Du weißt, dass ich das gut kann?!"

Will nickte betroffen, während seine Frau unbeirrt weiterredete: „Auf jeden Fall hat der dann zugegeben, dass die während ihre Abwesenheit ein Pole bei sich im Keller einquartiert haben, der der Innenausbau machen soll. Und der hat wohl der ganze Bauschutt in die Mülleimer gesteckt."

„Ein Schwarzarbeiter", murmelte Will und schlug sich vor die Stirn, „na klar. Deshalb sieht es da auch so aus, als wenn da keiner wäre. Wieso bin ich da nicht selbst drauf gekommen? Aber Moment … das heißt ja, dass in der Mordnacht noch ein Mann in der Nähe vom Tatort war, von dem bis jetzt keiner was weiß. Das kann gar nix zu bedeuten haben, es kann aber auch sein, dass der entweder was mit der Sache zu tun hat … oder, dass der ein Zeuge ist, der gesehen hat, was in der Nacht passiert ist. Und wenn der ein Zeuge ist", führte Will seinen Gedanken mit großem Unbehagen zu Ende, „dann lebt der im Moment sehr gefährlich."

13

Dienstag, 15. Mai, 23.12 Uhr

Jarek Kasprowicz lag auf seinem Feldbett und fixierte einen Punkt an der Betondecke. Seine Augenlider kämpften gegen die bleierne Müdigkeit an. Ein 14-Stunden-Tag lag hinter ihm. Eine kleine Schreibtischlampe, die neben ihm auf dem Boden stand, warf einen gespenstischen Schatten an die Wand des kleinen Kellerraums. Eigentlich hatte Jarek sich vorgenommen, die Gipsplatten im Badezimmer noch zu verspachteln, bevor er zu Bett ging, aber die Trockenbaukonstruktion hatte dann doch länger gedauert als geplant, sodass er den Einsatz von feuchtem Material auf den nächsten Tag verschob. Da er sehr gut in der Zeit war, war das ohnehin kein Problem. Bei normalem Arbeitstempo würde er höchstens noch zwei Wochen brauchen. Sein Cousin Frantisek hatte ihn bereits für eine Anschlussbaustelle in Essen angefragt, was zeitlich ideal in seinen Plan passen würde. Im Moment hatte er einen richtigen Lauf. Normalerweise blieb er immer nur für ein paar Wochen in Deutschland, doch mittlerweile war er schon seit Januar hier und eine Jobanfrage folgte auf die nächste. Offenbar lieferte er gute Arbeit ab. Auch der Job im Haus der Ollendorfs war über eine Empfehlung zustande gekommen. Die Familie hatte das

Haus im Saffelener Neubaugebiet gekauft und hatte Jarek beauftragt, in ihrer Abwesenheit den Speicher zu einem exklusiven Dachstudio mit Badezimmer auszubauen. Herr Ollendorf hatte ihm eine Bauzeichnung und klare Anweisungen gegeben, sie hatten zusammen alle nötigen Baumaterialien und reichlich Verpflegung eingekauft und dann war sein Auftraggeber mit seiner Frau in Urlaub gefahren. Die einzige Bedingung lautete, dass Jarek sich nicht allzu auffällig verhalten sollte, aber das gehörte ohnehin zu seiner üblichen Jobbeschreibung. Darin war er Profi. Nach Einbruch der Dunkelheit brannte kein Licht mehr außerhalb seines Kellerraumes, dessen schmales Fenster er komplett mit Pappe verklebt hatte. Selbst sein Essen bereitete Jarek sich im Schutz des Untergeschosses zu. Dort besaß er eine kleine improvisierte Küche mit Wasseranschluss, Kochplatten und Kühlschrank. So viel Komfort hatte er selten bei seinen Einsätzen. Und auch die Einsamkeit bereitete ihm keine Probleme. Im Gegenteil, er liebte es, seinen eigenen Rhythmus zu entwickeln. Alles war eigentlich perfekt – wenn es den letzten Samstag nicht gegeben hätte. Den Tag über hatte er auf dem ganzen Dachboden Parkett verlegt. Nach Feierabend hatte er dann abgewartet, bis sich die Dunkelheit über die Goethegasse gelegt hatte und es bis auf vereinzeltes Grillengezirpe völlig still war. Dann hatte er die Mülltonne mit dem Bauschutt an die Straße gestellt, so wie er das mit seinem Auftraggeber vereinbart hatte. Doch ausgerechnet in diesem Augenblick war plötzlich ein Auto in die Straße eingebogen und grelles Abblendlicht hatte den Vorgarten für Sekunden hell erleuchtet. Jarek war in letzter Sekunde hinter der Tonne in Deckung gegangen. Fast wäre er dabei ausgerutscht wegen des starken

Regens. Nachdem der Wagen vor dem Nachbarhaus angehalten hatte, war Jarek in gebückter Haltung und im Schutz der Hecke wieder zurück ins Haus geschlichen. Trotz des kurzen Schrecks war er sich ziemlich sicher gewesen, dass er nicht entdeckt worden war.

Zurück im Haus, genehmigte er sich erst mal eine Flasche Bier zur Beruhigung, als plötzlich vier Schüsse durch die Nacht peitschten. Er lief wieder zur Haustür und blickte durch einen schmalen Streifen Glas, der ihm einen guten Blick auf das Nachbargrundstück erlaubte. Doch alles war ruhig und Jarek kam zu dem Ergebnis, dass er sich die Schüsse wohl nur eingebildet hatte.

Etwa eine Dreiviertelstunde später fuhr erneut ein Wagen vor, diesmal mit quietschenden Reifen. Sofort war Jarek wieder zu seinem Aussichtspunkt hinter der Tür gelaufen und konnte gerade noch beobachten, wie ein untersetzter Mann hektisch ins Haus lief. Weitere zwanzig Minuten danach brach dann die Hölle los in dem noch jungen Neubaugebiet. Polizei- und Krankenwagen fuhren mit Blaulicht vor, Männer in Uniformen und weißen Anzügen rannten ins Haus und alles wurde mit Flatterband abgespannt. Irgendetwas Schlimmes musste passiert sein. Jarek hatte so fasziniert zugesehen, dass es seiner Aufmerksamkeit entgangen war, dass plötzlich eine Person vor der Haustür stand und klingelte. Jarek hielt den Atem an und presste seinen Körper eng gegen die Tür. Die Person klingelte ein zweites Mal und leuchtete dann mit einer Taschenlampe durch die Glasscheibe hinein in den Flur. Dabei streifte ihn der Lichtkegel und für Sekunden sahen beide Männer sich in die Augen. Als Jarek gerade dachte, entdeckt worden zu sein, schaltete der Mann die Taschenlampe wieder aus und ging zurück zum Nachbargrundstück. Jarek lief schweißgebadet in sein Zimmer und legte sich aufs Bett. In dieser Nacht machte er kein Auge mehr zu.

In den zwei Tagen danach war Jarek wieder ganz normal seiner Arbeit nachgegangen und hatte alles ausgeblendet, was nebenan vor sich ging. Schon allein, damit er sich nicht verrückt machte, weil ständig Polizei vor dem Haus herumlungerte. Er war heilfroh, als die Müllabfuhr am Montagmorgen die Tonnen abgeholt hatte, die ihn hätten verraten können. Aber seit heute hatte sich die Lage wieder etwas beruhigt und so lag er diesmal wesentlich entspannter auf seinem Feldbett. Jarek spürte die Erschöpfung in jedem Körperteil und seine Augen fielen zu.

Er konnte höchstens ein paar Minuten geschlafen haben, als er plötzlich durch ein dumpfes Krachen im Obergeschoss geweckt wurde. Jarek zuckte zusammen und sein Oberkörper richtete sich kerzengerade auf. Wahrscheinlich war etwas umgefallen. Als er sich gerade wieder hinlegen wollte, krachte es erneut und er war sich sicher, ein leises Fluchen gehört zu haben. Sofort war er hellwach. Instinktiv ergriff er das Stemmeisen, das er zu Selbstverteidigungszwecken neben seinem Bett liegen hatte, und verließ nur auf Socken seinen Raum. Am unteren Ende der Kellertreppe lauschte er noch einmal. Jetzt war er sicher, dass sich jemand im Haus befand. Ganz leise, Schritt für Schritt, glitt er die kalte Betontreppe hoch. Oben angekommen, drückte er die Klinke der Tür so leise wie möglich herunter, aber dennoch quietschte sie kurz. Die Schritte, die er zuvor noch gehört hatte, verstummten augenblicklich.

Jarek schob sich durch die Tür und an der Wand entlang auf Zehenspitzen durch den stockfinsteren Flur, der zur Küche führte. Dort meinte er, die Schritte zuletzt gehört zu haben. Als er an der Haustür vorbeikam, sah er, dass diese einen Spalt weit offen stand. Sie war offensichtlich aufgebrochen worden. Es war ganz still im Haus, aber die Anwesenheit einer fremden Person war förmlich spürbar. Normalerweise kannte Jarek keine Angst, doch diesmal breitete sich ein ungutes Gefühl in seiner Magengegend aus. Seine Hand umklammerte das Stemmeisen mit festem Griff. Er musste nur schneller sein als der Einbrecher. Leicht gebeugt schlich er in die Küche und tastete sich an der Mittelanrichte vorbei in den Raum. Seine Augen hatten sich mittlerweile an die Dunkelheit gewöhnt und er konnte die Umrisse des Mobiliars erkennen. In der Küche schien niemand zu sein. Also musste der Eindringling sich im Wohnzimmer aufhalten, eine andere Möglichkeit gab es nicht. Er horchte noch einmal angestrengt, aber es war mucksmäuschenstill. Das einzige Geräusch, das er hörte, war das hektische Pochen seines Herzens. Dann ein Schatten im Wohnzimmer. Jarek hatte recht gehabt. Er holte tief Luft und glitt lautlos auf seinen Socken in den Nebenraum. Gleich neben der Tür befand sich ein offener Kamin, den er selbst eine Woche zuvor noch mit einer Verblendung versehen hatte. Fast wäre er im Vorbeigehen über den Ständer mit dem Kaminbesteck gestolpert. Er konnte ihn gerade noch festhalten, bevor er polternd umgefallen wäre. Dann durchfuhr es ihn wie ein Blitz. Der Schürhaken fehlte. Im selben Moment tauchte hinter der Gardine des großen Panoramafensters eine dunkle Person auf und bewegte sich langsam auf ihn zu. Die Person hielt einen länglichen Gegenstand in der Hand. Höchstens drei Meter lagen noch zwischen ihnen. Jarek wusste von vielen körperlichen Auseinandersetzungen, dass bei einem Kampf Mann gegen Mann der erste Schlag sitzen musste. Deshalb machte auch er einen Schritt nach vorne und riss das Stemmeisen in die Höhe. Plötzlich blieb sein Gegenüber abrupt stehen. Jarek hielt irritiert inne. In dieser Sekunde spürte er kaltes Metall, das sich gegen seinen Hinterkopf presste. Auch dieses Gefühl kannte er von früher. Es war der Lauf einer Pistole. Innerhalb von Sekunden realisierte er, dass er in eine Falle geraten war. Eine düstere Stimme hinter ihm sagte: „Wen haben wir denn da?"

14

Dienstag, 15. Mai, 23.37 Uhr

„Schreck für Leben habt ihr mir eingejagt." Jarek Kasprowicz legte den Kopf in den Nacken und stürzte bereits das zweite Glas Schnaps hinunter. Langsam beruhigten sich seine Nerven wieder.

Hastenraths Will hatte eine Kerze auf dem Wohnzimmertisch angezündet und entschuldigte sich bei dem Polen. „Das wollten wir nicht. Wir wollten nur gucken, ob hier alles in Ordnung ist und einfach mal mit Sie reden. Ich bin der Ortsvorsteher von Saffelen und das hier ist mein … mein Assistent." Er zeigte neben sich aufs Sofa, wo Borowka mit stoischer Miene nickte.

Der Pole sah ihn an: „Und das war wirklich keine Knarre, die ich da an Kopf hatte? Ich könnte schwören…"

Borowka schüttelte den Kopf und zog einen Gegenstand aus seiner Hosentasche: „Nee, wirklich, das war hier die Ratsche. Die habe ich gebraucht, für die Tür aufzumachen."

Hastenraths Will goss dem Polen einen weiteren Kurzen ein und sagte: „Das tut uns leid, dass wir Sie Angst eingejagt haben, aber ich hab mir Sorgen gemacht, wie ich erfahren habe, dass Sie hier leben. Nebenan hat ein furchtbares Verbrechen stattgefunden und möglicherweise haben Sie irgendswas gesehen."

Jarek musste an den Polizisten denken, der ihm mit der Taschenlampe ins Gesicht geleuchtet hatte. „Ich nix gesehen. Ich nur gearbeitet ganze Tag."

„Das glaube ich Sie nicht. Sie müssen doch mitbekommen haben, was hier los war in der Nacht. Haben Sie denn die Schüsse nicht gehört?"

Jarek zögerte. Er war darauf konditioniert, alles abzustreiten und im Notfall kein Deutsch mehr zu verstehen. „Hören Sie, ich nix Ärger. In zwei Wochen ich weg und alles vergessen."

Doch damit gab Will sich nicht zufrieden. Im Gegenteil, die Mauertaktik des Mannes verärgerte ihn. Mit scharfer Stimme zischte er: „Von wegen vergessen! Im Haus nebenan wurden ein, vielleicht sogar zwei Menschen ermordet und mein bester Freund wird beschuldigt, der Täter zu sein. Und wenn Sie irgendswas gesehen haben, dann sollten Sie mir das sagen, sonst ..."

„Sonst was?" Jarek richtete seinen Oberkörper auf. Seine dunklen Augen funkelten den Landwirt plötzlich böse an. Doch der hielt dem Blick stand und ließ sich nicht einschüchtern.

„Sonst lasse ich Sie heute Nacht noch von der Polizei hier rausholen. Mal sehen, ob Sie denen mehr erzählen."

Jarek überlegte kurz und antwortete dann mit eisiger Stimme: „Ich glaube nicht, dass Sie machen das. Dann ich sage Polizei, dass ich gesehen, wie Sie beide nebenan eingebrochen."

Borowkas Kopf schoss nach vorne: „Dann waren Sie das, der mich da beobachtet hat? Ich wusste doch, dass da einer hinter der Hecke stand."

Jarek antwortete nicht. Will musste sich eingestehen, dass er mit Drohungen nicht weiterkommen würde. Ein Einbruch in ein polizeilich versiegeltes Haus war strafrechtlich gesehen sicher kein Kavaliersdelikt, also musste er vorsichtiger agieren und das anwenden, was er als erfolgreicher Lokalpolitiker und Ortsvorsteher von der Pike auf gelernt hatte: diplomatisches Geschick! Und zwar die ganz hohe Kunst, bei der es darum ging, eine sogenannte Win-win-Situation zu kreieren und dabei zu vermeiden, dass der andere sein Gesicht verliert oder man selbst zu viele Nachteile in Kauf nimmt. Entscheidend für derlei Verhandlungen war der richtige Einstieg. Aber darin war Will der Meister aller Klassen. Er nahm zwei weitere Schnapsgläser von der Anrichte, stellte sie auf den Tisch und sagte: „So, ich würde sagen: Für dass wir uns alle wieder beruhigen, trinken wir jetzt erst mal die Flasche leer."

Jareks versteinerte Miene wich einem misstrauischen Lächeln, aber anderthalb Flaschen später waren alle per Du. Der reine Geist des Doppelkorns hatte den Polen Vertrauen fassen lassen zu dem Mann in den Gummistiefeln und seinem Assistenten mit der 80er-Jahre-Frisur. Froh, überhaupt mal wieder mit Menschen sprechen zu können, begann er mit gelockerter Zunge zu erzählen, was er in der Nacht auf Sonntag gesehen hatte. Schon am Nachmittag wie auch zu dem Zeitpunkt, als Jarek die Tonne an die Straße gesetzt hatte, hatte dort ein dunkelroter Opel Omega mit dem Kennzeichen DN-PQ 34 geparkt, der zuvor noch nie da gestanden hatte. Auf dem Heck hatte ein Sylt-Aufkleber geprangt. Nachdem Kleinheinz am Abend nach Hause gekommen war, waren nur wenige Minuten bis zu den Schüssen vergangen. Etwa 45 Minuten später war ein zweiter Mann angekommen, hatte kurz an der Haustür rumgefummelt und war dann im Haus verschwunden. Nach der

Beschreibung des Polen hatte es sich dabei eindeutig um Kommissar Dohmen gehandelt. Eine weitere Viertelstunde später war dann die komplette Artillerie angerückt.

So weit deckte sich alles mit den bisherigen Fakten, aber eines machte Will stutzig. Er war sich hundertprozentig sicher, dass der rote Opel Omega nicht an der beschriebenen Stelle gestanden hatte, als er an den Tatort gekommen war. Irgendwann dazwischen musste er also vom Tatort verschwunden sein. Aber wem gehörte der Wagen? Zunächst hatte Will darauf getippt, dass er von Wolfgang Hansson gewesen sein könnte, denn irgendwie musste der ja auch nach Saffelen gekommen sein. Aber zum einen hatte Hansson ihn wohl kaum nach seinem Tod wieder wegfahren können und zum anderen hatte die Frau vom Hotel Garni nichts von einem Pkw erzählt. Will machte sich eifrig Notizen in seinem Spiralblock, den er sich im Rahmen seiner Ermittlungen zum „Waschbär"-Fall gekauft, aber seitdem nicht ein einziges Mal benutzt hatte. Zum Schluss konnte er seine eigene Schrift nicht mehr lesen, weil der Promillepegel sich langsam auf seine Konzentration auswirkte. Der Schnaps schien sich nicht so recht mit dem Dujardin zu vertragen. Deshalb schlug er vor, das diplomatische Gelage zu beenden und zu einem späteren Zeitpunkt fortzusetzen. Die drei Männer sicherten sich gegenseitige Diskretion zu und Will überreichte Jarek für den Notfall seine Visitenkarte mit Adresse und Handynummer.

Eine laue Frühlingsnacht nahm den Landwirt in Empfang, als er vor die Tür trat. Nachdenklich blickte er hinüber zum Mordhaus, dessen Giebel friedvoll im Mondlicht schimmerte. Was war unter diesem Dach nur geschehen?

15

Mittwoch, 16. Mai, 8.37 Uhr

Marlene Hastenrath befand sich auf dem Wege der Besserung. Eingehüllt in ihren dicken Frotteebademantel, saß sie in der Küche auf der Eckbank und streichelte Knuffi, der es sich neben ihr bequem gemacht hatte. Zwar war ihre Nase noch verstopft und auch das Schlucken fiel ihr schwer wegen der Halsschmerzen, aber das Wichtigste war, dass in der Nacht das Fieber zurückgegangen war. Will stand an der Spüle und goss seiner Frau einen heißen Kamillentee und sich selbst einen starken Kaffee ein. Für ihn war es schon das zweite Frühstück des Tages, schließlich hatte er bereits die Kühe gemolken und die Schweine gefüttert. Anschließend hatte er seinen Schwiegersohn Michael aus dem Bett geklingelt, um ihn auf die Dringlichkeit seiner Rechercheaufgaben hinzuweisen. Der hatte mit einem etwas patzigen Tonfall versprochen, sich umgehend darum zu kümmern, sobald er wach sei. Will stellte die Tassen auf dem Tisch ab und setzte sich ans andere Ende, in gebührendem Abstand zu seiner Frau. Das würde im Moment noch fehlen, dass auch er sich den Virus einfing. Er konnte sich noch lebhaft daran erinnern, wie schlimm es gewesen war, als er das letzte Mal krank gewesen war. Die ganze Arbeit auf dem Hof war liegen geblieben. Das musste Ende der 80er-Jahre gewesen sein. Auf jeden Fall hatte zu der Zeit noch die Mauer gestanden.

„Du kannst dir gar nicht vorstellen, wie froh ich bin, dass es dir wieder besser geht", sagte der Landwirt liebevoll. „Ich hab schon zwei Kilo abgenommen. Es wird Zeit, dass du wieder kochst."

Marlene nahm einen vorsichtigen Schluck aus der dampfenden Tasse mit der Aufschrift „Deuka – das Kraftfutter", über deren Rand drei Teebeutelschnüre hingen. „Ich glaube, die letzte Nacht war die entscheidende", flüsterte Marlene, immer wieder unterbrochen von trockenem Reizhusten. „Entweder lag das an die Medikamente oder an deine Hühnersuppe, jedenfalls habe ich geschlafen wie ein Stein. Warst du gestern Abend eigentlich noch mit der Knuffi draußen?"

Will nickte pflichtbewusst und warf sechs Stück Zucker in seinen Kaffee. Den nächtlichen Ausflug zum Haus der Ollendorfs verschwieg er seiner Frau sicherheitshalber. In ihrem angegriffenen Zustand sollte sie sich nicht allzu viele Sorgen machen. Deshalb lenkte er schnell ab. „Ja, wer weiß, was das für Tabletten waren, die der Dr. Hoppe dir da aufgeschrieben hat."

Marlene zog die Nase hoch. „Billa sagt ja, ich soll lieber auf Medikamente von ein Homöopath vertrauen. Die Katholischen Strickfrauen würden da alle drauf schwören. Was meinst du denn dazu?"

Will sah überrascht auf. Er wurde selten nach seiner Meinung gefragt. „Das musst du selber wissen", antwortete er zögerlich. „Ich hab jedenfalls nix gegen Schwule."

Marlene schaute ihn verdutzt an. „Ich bitte dich, Will! Ein Homöopath ist doch nicht schwul. Das ist einfach nur so ein alternativer Medizin…mann. Der arbeitet mit Pflanzen und Kräuter und so.“

Will nickte hastig und sagte: „Ach so, ja sicher. Kenn ich.“

„Die Tochter von Mobers Inge, die macht das jetzt auch. Die hat sich eine Praxis eingerichtet in ihr ehemaliges Bügelzimmer.“

„Die Tochter von Mobers Inge? Aber die ist doch dreimal sitzen geblieben in der Schule.“

„Das macht doch nix“, krächzte Marlene, während sie in ein Tempotaschentuch schniefte. „Für Homöopath zu sein, muss man nicht studiert haben.“

Will schüttelte den Kopf. „Ich weiß nicht. Da würde ich aber lieber zu ein echter Arzt gehen. Und zwar zu einer, der auch ein Doktortitel hat.“

„Ein Doktortitel heißt doch heute gar nix mehr. Den kann der auch abgeschrieben haben.“

„Ja gut“, erhob Will seine Stimme, „aber immerhin von einem, der Ahnung davon hatte.“

Die enervierende Haustürklingel unterbrach das Gespräch abrupt. Will sprang auf: „Na endlich. Das muss der Michael sein.“

Und so war es auch. Eine Minute später führte Will aufgeregt seinen müde wirkenden Schwiegersohn in die Küche. Der junge Mann hatte tiefe Ränder unter den Augen, sein Haar war ungekämmt.

„Was hast du rausgefunden?“, fragte Will ihn, noch bevor er sich hingesetzt hatte.

„Jetzt geb der Michael doch erst mal ein starker Kaffee, für dass der wach wird“, ermahnte Marlene ihren Mann.

„Das wär nett“, sagte Michael matt, während er eine Ledermappe auf den Tisch legte. „Ich bin heute Nacht erst um drei Uhr aus München nach Hause gekommen. Eigentlich habe ich heute frei.“

„Jetzt jammer mal nicht rum“, schnitt Will ihm das Wort ab. „Morgen ist Christi Himmelfahrt. Da kannst du der ganze Tag rumgammeln.“

„Von wegen“, antwortete Michael genervt. „Morgen soll ich mich um Kevin-Marcel und Justin-Dustin kümmern, weil Sabine die Schnauze voll hat. Im Moment fällt in der Schule jede Menge Unterricht aus wegen der Morde von deinem Freund Kleinheinz.“

„Was redest du denn da für ein Unsinn?“, empörte sich Will, während er seinem Schwiegersohn einen Kaffee eingoss. „Nie im Leben hat der Peter das gemacht. Ich sag dir was: Da muss ein Komplott im Gange sein. Warum sollte der so was auch machen?“

Michael öffnete langsam den Reißverschluss seiner Ledertasche und zog einen Stapel DIN A-4-Blätter heraus. „Menschen reagieren eben schon mal anders in Extremsituationen. Erinnerst du dich noch daran, wie du mit einer Schüppe hinter dem Briefträger hergelaufen bist, nur weil der Marlene ein Kompliment gemacht hat?“

„Ja gut … aber eine Gehirnerschütterung ist ja wohl was anderes als ein Mord.“

„Und ich fand das sehr romantisch“, warf Marlene ein und lächelte ihren Mann an.

Michael breitete seufzend seine Unterlagen vor sich aus. „Ist ja auch egal“, sagte er. „Auf jeden Fall habe ich herausgefunden, dass Wolfgang Hansson niemand Geringeres ist als der Exehemann von Bettina Hebbel.“

Will und Marlene fiel unisono die Kinnlade herunter, während Michael weiter referierte: „Tja, das Internet ist eine wahre Fundgrube. Und, na ja, einige geschützte Seiten natürlich auch. Auf jeden Fall habe ich hier einiges zusammengetragen. Die Heiratsurkunde, Fotos von der Hochzeit auf einem Leuchtturm in Pellworm in Schleswig-Holstein. Die beiden waren seit 2009 miteinander verheiratet und lebten in Hamburg. Das ist aber wohl nicht lange gut gegangen, denn am 12. Juli 2011 wurden sie rechtskräftig geschieden und Bettina Hansson nahm wieder ihren Mädchennamen Hebbel an. Danach zog sie aus der gemeinsamen Wohnung aus und trat nach den Sommerferien 2011 ihre Stelle als Grundschullehrerin hier in Saffelen an. Die beiden scheinen sich aber durchaus im Guten getrennt zu haben. Es ist mir nämlich gelungen, den E-Mail-Account von Wolfgang Hansson zu hacken. War allerdings auch nicht allzu schwer beim Passwort ‚Betty‘. Keine Sorge, Will, ich habe meine digitalen Spuren anschließend wieder gelöscht. Ich gehe mal davon aus, dass die Polizei das Benutzerkonto ebenfalls prüfen wird. Denn wenn du einige der Sachen hier liest, dann kannst du dir sicher sein, dass das schwerwiegende Beweismittel gegen Kleinheinz werden vor Gericht. Ich habe dir hier mal einige interessante Mails ausgedruckt, die meiner Meinung nach sehr deutlich belegen, dass die Scheidung ganz offensichtlich keine unangenehmen Nachwirkungen hatte.“

Will nahm ein paar Blätter zur Hand, die Michael ihm reichte, und überflog sie. Dabei las er Sätze voller Liebe und Verlangen, die er während seiner 30-jährigen Ehe nicht ein einziges Mal gesagt oder gehört hatte. Hier hatte sich definitiv ein Liebespaar geschrieben. Und zwar auch noch während der Zeit, in der Bettina Hebbel bereits mit Peter Kleinheinz zusammen gewesen war. Will war natürlich längst klar, dass jede Theorie, die davon ausging, dass Bettina Hebbel und Wolfgang Hansson keine Affäre miteinander hatten, abwegig war, aber dass es sich um ein solches Ausmaß handelte, schockierte ihn. Vor allem, weil sich damit eine ganz elementare Frage auftat. Seit wann wusste Kleinheinz von diesem Verhältnis? Schließlich durfte man nicht vergessen, dass der Kommissar ein hervorragender Ermittler war und Hansson sich schon seit über drei Wochen in der Gegend aufhielt, aus welchem Grund auch immer.

Plötzlich deutete noch viel mehr auf das hin, was Will krampfhaft zu verdrängen versuchte, nämlich, dass Kleinheinz die beiden vorsätzlich ermordet hatte. Dafür sprach auch, dass er seine Dienstwaffe nicht wie üblich im Präsidium gelassen hatte. Zwar war damit immer noch nicht das Geheimnis um die nach wie vor verschwundene Bettina Hebbel gelöst, aber auch hier musste man mittlerweile wohl das Schlimmste vermuten. Am realistischsten erschien Will nach Lage der Dinge der Verdacht, dass die Frau schwer verletzt aus dem Haus geflüchtet war und Kleinheinz sie nicht verfolgen konnte, weil Dohmen relativ schnell vor Ort war, um ihn festzusetzen. Irgendwann würde Bettina Hebbel also wieder auftauchen – entweder tot oder lebendig. Bei dem Gedanken lief Will ein Schauer den Rücken herunter. Er versuchte dennoch, einen klaren Kopf zu bewahren. Egal, was passiert war, Peter Kleinheinz war sein Freund und er würde ihm zur Seite stehen, koste es, was es wolle. Und da er gerade an Kosten dachte, fiel ihm Schabowski ein, der Anwalt. Es war wohl an der Zeit, ihm die neuesten Ermittlungsergebnisse zu überbringen, bevor der sein Gespräch mit Kleinheinz führen würde.

Will ließ Michael und Marlene in der Küche zurück und ging mit dem Festnetztelefon ins Wohnzimmer. Es tutete bestimmt acht Mal, bevor am anderen Ende abgehoben wurde. Nach einem gigantischen Hustenanfall sagte eine offensichtlich verkaterte Stimme: „Schabowski?!"

„Guten Morgen Herr Schabowski. Hastenraths Will hier. Das freut mich, dass Sie schon wach sind", sagte der Landwirt mit leicht ironischem Unterton. „Ist Ihre Sekretärin nicht da?" Will konnte durch den Hörer förmlich hören, wie der Anwalt sich erst einmal sortierten musste. Wie er sich in seinem Stuhl aufrichtete, Blätter hin- und herschob und mit einem Räuspern zu überspielen versuchte, dass er sich einen Cognac eingoss.

„Ach, Herr Hastenrath, guten Morgen. Ich? Ja, natürlich bin ich schon wach. Ich muss wohl gestern Abend hier am Schreibtisch über den Akten eingeschlafen sein. Frau Hildebrandt ist gerade zur Apotheke, um mir ein paar Kopfschmerztabletten zu besorgen. Das Wetter bekommt mir irgendwie nicht. Haben Sie Neuigkeiten zu unserem Fall?"

„Hab ich", antwortete Will reserviert, „aber viel wichtiger ist die Frage, ob Sie sich mal um ein Besuchstermin gekümmert haben?!"

„Ja natürlich. Der Fall hat für mich im Moment oberste Priorität."

Wahrscheinlich, weil es der einzige ist, dachte Will, unterbrach den Anwalt aber nicht in seinen Ausführungen.

„Und ich habe das Gefühl, dass da was faul ist an der Sache. Da wird am ganz großen Rad gedreht. Ich habe einen Dringlichkeitsantrag gestellt und anwaltlich versichert, dass ich die Vollmacht nachreiche. Normalerweise reicht das, um einen kurzfristigen Termin und vor allen Dingen Akteneinsicht zu bekommen. Aber beides wurde vom Staatsanwalt abgelehnt, nachdem er sich mit diesem Pimpertz besprochen hatte."

„Die beiden stecken sowieso unter eine Decke. Die spielen Golf miteinander."

„So was Ähnliches dachte ich mir schon", entgegnete Schabowski und zog hörbar an einer Zigarette. „Jetzt muss ich leider den bürokratischen Weg gehen mit diesem bescheuerten Sprechschein. Und da hat man mir auf energische Nachfrage schon mitgeteilt, dass ich aufgrund des morgigen Feiertages und des daraus resultierenden Brückentags nicht vor Montag mit einem Besuchstermin rechnen sollte."

Will biss sich auf die Lippe. Trotz aller Vorbehalte gegenüber Schabowski hatte er das Gefühl, dass er sich wirklich Mühe gab. Diejenigen, die das Verfahren künstlich in die Länge zogen, saßen ganz woanders. Der Landwirt sammelte sich kurz und erzählte dem Anwalt dann alles, was er in der Zwischenzeit herausgefunden hatte. Er sparte nichts aus, auch nicht den Einbruch in das Haus der Ollendorfs.

Schabowski hörte aufmerksam zu, stellte Zwischenfragen und schien sich alles zu notieren. Zwischendurch zündete er sich immer wieder eine neue Zigarette an oder trank, aber am Ende von Wills Monolog wirkte er immer noch hoch konzentriert.

Mit fester Stimme sagte Schabowski: „Ich sage Ihnen eins, Herr Hastenrath. Ich werde das Gefühl nicht los, dass hier einiges verschleppt, vielleicht sogar vertuscht werden soll – und zwar mit Rückendeckung von ganz oben. Versuchen Sie doch mal, etwas herauszubekommen über diesen Kommissar Dohmen. Der scheint mir momentan die einzige brauchbare Quelle zu sein. Sie kennen ihn, sie wissen, wie er tickt, aber vor allem ist er auch ein guter Freund von Kleinheinz. Und da er ja, wie Sie sagen, von den Ermittlungen ausgeschlossen wird, dürfte er sauer genug sein. Auf jeden Fall ist es für ihn ein Leichtes, sich die Akte anzusehen. Ich weiß von meiner Quelle bei der Polizei, dass die Akte in Heinsberg liegt und Pimpertz da den Daumen drauf hat. Ich habe bei so was immer einen guten Instinkt, und in diesem Fall sage ich Ihnen: Der Fisch stinkt vom Kopf. Aber wissen Sie was? Ich liebe solche Fälle. Egal, was in der Nacht von Samstag auf Sonntag passiert ist, wir beide werden das herausfinden. Wir werden diesen Sumpf trocken legen. Bei so was werde ich zum hungrigen Kojoten. Und sobald Frau Hildebrandt mit meinen Kopfschmerztabletten zurück ist, lege ich los."

Will bedankte sich für die aufmunternden Worte und beendete das Gespräch. Trotz aller Skepsis verspürte er plötzlich eine Art Zuversicht. Da auch er sich in den letzten Tagen wie ein Kojote gefühlt hatte, einsam, listig und zäh, wob diese Äußerung von Schabowski ein unsichtbares Band zwischen den beiden Männern. Wills Brustkorb schwoll an und er wusste, dass er fortan nicht mehr allein gegen Windmühlen anzukämpfen brauchte. Möglicherweise hatte er seinen Sancho Panza gefunden.

16

Mittwoch, 16. Mai, 9.14 Uhr

Will saß auf der Kante seines Ohrensessels und überlegte, was er tun konnte. Aus der Küche drang lautes Gemurmel, was bedeutete, dass Marlene und Michael sich angeregt miteinander unterhielten. Will suchte in seinem Handy nach der Nummer von Kommissar Dohmen, die dieser ihm für den Notfall gegeben hatte. Und wenn das ganze Drama um Kleinheinz kein Notfall war, was, bitte schön, dann?! Auf der Wählscheibe seines Telefons drehte der Landwirt die elf Zahlen und wartete.

Dohmen ging sofort ran und machte einen ungewohnt aufgeräumten Eindruck. „Herr Hastenrath, was kann ich für Sie tun?"

Will war regelrecht überrumpelt von so viel Verbindlichkeit. „Häh?! Woher wissen Sie denn, dass ich dran bin?", fragte er erstaunt.

Dohmen lachte. „Ich dachte es mir. Sie sind der einzige Mensch, den ich kenne, der noch eine dreistellige Telefonnummer hat."

„Ja, aber … kann Sie denn mein altes Wählscheibentelefon meine Nummer anzeigen?", fragte Will verwirrt.

„Natürlich. Es ist ja nicht das Endgerät, das die Nummer sendet, sondern das digitale Netz. Und das gibt es mittlerweile sogar in Saffelen.“ Dohmen lachte.

Will lachte mit, auch wenn der Witz auf Kosten seines Dorfs ging. Wichtig war ihm, dass auf diese Weise das Eis gebrochen war. „Es tut mir leid, dass ich Sie störe, Herr Kommissar. Aber vielleicht können Sie mir helfen. Ich habe ein Anwalt engagiert, für dass der mit der Peter spricht, aber irgendswie scheint es Probleme damit zu geben. Und ich dachte …“

„Moment, bitte. Bleiben Sie kurz dran.“ Dann krachte und rauschte es in der Leitung und verschiedene dumpfe Geräusche drangen durch den Hörer. Stimmen, Schritte, Vogelgezwitscher, eine Autotür, die sich öffnete und zufiel. Dann, nach einer gefühlten Ewigkeit, war plötzlich wieder Dohmens Stimme zu hören. „So, da bin ich wieder, Herr Hastenrath. Ich bin mal lieber mit Ihnen nach draußen gegangen. Hier im Präsidium haben die Wände Ohren. Jetzt sitz ich im Wagen, das ist besser.“

„Wieso sagen Sie: ‚Hier haben die Wände Ohren‘? Stimmt es, dass der Herr Pimpertz Sie unter Druck setzt?“

„Wer behauptet denn sowas?“ antwortete Dohmen etwas zu schnell. Will meinte, ein wenig Verunsicherung aus seiner Stimme herauszuhören. Also blieb er dran. „Mein Anwalt. Der sagt, dass man dem bei diesem Fall von oberste Stelle Steine im Weg wirft. Und dabei ist der Name Pimpertz gefallen. Und erst am Montag haben Sie mir auch gesagt, dass ein gewisser Herr Pimpertz nicht will, dass ich meine Nase da reinstecke. Vielleicht, weil da was vertuscht werden soll?! Also, ich würde mal sagen, hier stinkt der Kopf vom Fisch, oder?“

„Der Fisch stinkt vom Kopf her.“

„Was?!“

„Das Sprichwort heißt: Der Fisch stinkt vom Kopf her. Aber ich verstehe, was Sie damit sagen wollen. Ich würde zwar nicht so weit gehen, dass hier etwas vertuscht werden soll. Das glaube ich nämlich nicht. Dafür ist der Fall viel zu eindeutig. Aber Ihr Anwalt hat möglicherweise nicht ganz unrecht. Der Herr Pimpertz hat die Hauptakte unter Verschluss und bisher hatte ich noch keine Chance, mal reinzugucken.

„Was ist denn dieser Pimpertz überhaupt für ein Vogel? Wenn ich der bescheuerte Name schon höre! Wissen Sie eigentlich, was ‚pimpern‘ hier bei uns auf dem Land bedeutet?“

„Nein“, erwiderte Dohmen sachlich, „aber ich kann es mir fast denken. August Pimpertz ist jedenfalls unser Chef. Er ist der Direktionsleiter Kriminalität. Mit allerbester Vernetzung nach oben. Und mit ‚oben‘ meine ich ‚ganz oben‘. Wenn Sie mich fragen, dann sage ich: Der Posten hier in Heinsberg ist nur eine Zwischenstation für ihn. Pimpertz’ Weg führt zum LKA, wenn nicht sogar irgendwann ins Ministerium. Er und Kleinheinz hatten früher offensichtlich miteinander zu tun. Zwischen den beiden ist es nie gut gelaufen. Peter wollte nicht darüber sprechen, aber ich habe den Eindruck, dass die beiden eine gemeinsame Vergangenheit haben. Im Moment habe ich sogar manchmal das Gefühl, dass es einigen hier im Präsidium nicht ungelegen käme, wenn der Peter für längere Zeit weggesperrt würde. Aber das habe ich natürlich nie gesagt.“

„Natürlich nicht“, erwiderte Will. „Aber so weit wird es nicht kommen. Wenn es sein muss, werde ich der ganze Laden mal richtig ausräuchern und auf links drehen. Ich bin nämlich ganz dicke mit unser Landrat.“ Leider stimmte es ganz und gar nicht, dass Will eng befreundet war mit dem Landrat, der gleichzeitig der oberste Dienstherr der Kreispolizeibehörde Heinsberg war. Eher das Gegenteil war der Fall, nachdem Will den höchsten Kommunalbeamten des Kreises bei mehreren Empfängen auf zum Teil peinliche Weise brüskiert hatte. Dennoch hielt Will es für eine gute Strategie, vor Dohmen die politische Karte auszuspielen, damit dieser ihn auch ernst nahm und ihn nicht von etwaigen Ermittlungsergebnissen ausschloss.

„Ihre Beziehungen könnten uns vielleicht tatsächlich irgendwann helfen", antwortete der Kommissar dann auch hörbar beeindruckt. „Es gibt nämlich gerade Ärger hier im Haus mit der Mordkommission aus Aachen, die die Ermittlungen leitet. Die Spezialisten vom LKA, die gestern das Haus durchsucht haben, haben behauptet, der Tatort wäre verändert worden. Angeblich sei jemand durch die Kellertür eingebrochen und man könne nicht ausschließen, dass Beweismittel entwendet worden seien. Pimpertz war außer sich und hat die Geheimhaltungsstufe noch mal erhöht."

Will wurde es heiß und kalt. Er musste sich kurz beruhigen, damit seiner Stimme keine Unsicherheit anzumerken war. Deshalb räusperte er sich laut, bevor er sagte: „Das wär ja ein Ding, wenn da einer eingebrochen wär! Aber wer sollte da ein Interesse dran haben?"

„Keine Ahnung. Wahrscheinlich war es nur ein Dummerjungenstreich. Aber falls Sie irgendwas hören, geben Sie mir bitte sofort Bescheid. Herr Hastenrath, ich muss Schluss machen. Wir haben gleich eine Dienstbesprechung."

„Ja klar. Ich melde mich … also, wenn was ist ... wenn ich was höre. Machen Sie es gut."

Will legte schnell auf. Sein Herz raste. Das war gerade noch mal gut gegangen. Der Landwirt hatte nämlich wenig Lust, sich zu allem Überfluss auch noch mit irgendwelchen Leuten aus Aachen oder gar dem LKA rumzuschlagen. Er ging zurück in die Küche, wo Michael sich gerade verabschiedete.

„Dann mal gute Besserung, Marlene. Und wenn du willst, bringe ich dir morgen gerne mal deine beiden Enkelkinder für ein paar Stunden vorbei."

Noch bevor seine Frau voreilig zusagen konnte, fuhr Will dazwischen: „Morgen ist ganz schlecht. Da ist Vatertag und da werde ich schon früh morgens mit der Schlömer Karl-Heinz und den anderen mit der Bollerwagen losziehen. Und du willst doch wohl deine Kinder nicht bei deine kranke Schwiegermutter abliefern?"

Michael schüttelte zerknirscht den Kopf, bedankte sich für den Kaffee und verließ das Haus.

Will grinste zufrieden, denn der Vatertag war ihm heilig. Außerdem war die Bollerwagenfahrt aus politischen Gründen von enormer Bedeutung, schließlich würden dort alle hochrangigen, männlichen Dorfbewohner mit von der Partie sein. Diese hochkarätig besetzte Feierrunde war für Will die ideale Gelegenheit, als leuchtendes Vorbild voranzugehen und vor allem gegen das Image des Kleine-Hunde-Mannes anzukämpfen. Heribert Oellers' Sticheleien hatten dem Landwirt mehr zugesetzt, als er zugab. Vor allem, weil der Gebrauchtwagenmogul recht hatte mit der Behauptung, dass es einem Ortsvorsteher, der als harter Hund galt, nicht gut zu Gesicht stand, mehrmals täglich mit einem kleinen Schoßhündchen durchs Dorf zu laufen. Damit musste endlich mal Schluss sein.

Männer mussten wieder Männer sein. Doch als Will sich gerade an den Tisch setzen wollte, wies Marlene ihn mit belegter Stimme an: „Geh noch mal eine Runde mit der Knuffi. Ich glaube, unser kleiner Schatzi hat Bauchschmerzen. Und denk an die Kackbeutelchen."

17

Mittwoch, 16. Mai, 10.23 Uhr

Fredi Jaspers saß an seinem Schreibtisch im Autohaus Oellers und hatte den Telefonhörer zwischen seinem Ohr und der Schulter eingeklemmt. Während er in seinem Computer versuchte, einen Auspuff zu listen, hörte er geduldig seiner Freundin zu, die fast schon euphorisch von ihrer neuesten Entdeckung berichtete: „Ich habe mir jetzt eine Fruchtbarkeits-App runtergeladen. Mit der kann man den Eisprung und die fruchtbaren Tage berechnen. Dazu muss ich nur den ersten Tag meiner letzten Periode eingeben und meine durchschnittliche Zykluslänge. Und genau das habe ich eben gemacht. Und jetzt rate mal, wann ich meinen Eisprung habe?“

Fredi hatte nur halb zugehört und antwortete abwesend: „Sekunde mal eben. Ich muss mich gerade mal um das Hosenrohr kümmern, dann bin ich sofort für dich da.“

„Hosenrohr?“, schrie Sabrina so laut durch den Hörer, dass er Fredi fast von der Schulter fiel.

Sogar Regina Wallraven, die Empfangsdame mit der stets körperbetonten Bekleidung, hatte das Wort bis zu ihrem Platz gehört. Sie drehte sich um und warf ihrem Kollegen ein breites Grinsen mit ihren knallrot bemalten Lippen zu. Fredi lächelte unsicher zurück, nahm den Hörer in die Hand und presste ihn sich ans Ohr. „Sag mal, Sabrina, was brüllst du denn so durch der Hörer? Ich bin doch nicht taub. Die Regina guckt mich schon ganz komisch an."

„Regina? Ist das nicht die Tittenmaus, die bei euch in der Auslage sitzt?" Sabrinas Stimme klang immer hysterischer.

„Jetzt beruhig dich doch mal", flüsterte Fredi, „sonst hört der alte Oellers uns noch hinten im Bürro."

Sabrina atmete zweimal tief durch und sagte dann etwas weniger schneidend: „Okay, gut. Du hast exakt fünf Sekunden Zeit, mir zu erklären, warum du ein Hosenrohr hast, wenn deine hübsche Kollegin neben dir sitzt."

„Ich hab doch gar kein Hosenrohr mehr. Das haben wir doch heute Morgen verkauft. Deshalb bin ich doch gerade dabei, das hier im Computer auszubuchen." Fredi hielt inne. Plötzlich wurde er rot. „Ach so, jetzt versteh ich. Du meintest, ich hätte ein … Oh Gott, nein! Ein Hosenrohr ist Teil von eine Auspuffanlage. Das sitzt zwischen Krümmer und Katalysator. Ich glaub, das ist nicht gut, wenn du mich immer hier auf der Arbeit anrufst."

„Tut mir leid", säuselte Sabrina schuldbewusst. „Ich wollte dich nicht in Verlegenheit bringen. Ich bin im Moment wahrscheinlich ein bisschen durcheinander wegen der Hormone. Und ich war so aufgeregt wegen der App."

„Welche App?"

„Ja, hast du denn überhaupt nicht zugehört eben? Ich habe gesagt, dass ich mir eine Fruchtbarkeits-App runtergeladen habe, mit der ich meinen Eisprung errechnen kann. Und rate mal, wann der ist?"

Fredi zuckte mit den Schultern. Als er bemerkte, dass Sabrina das nicht sehen konnte, sagte er schnell: „Keine Ahnung. Wann denn?"

„Morgen", rief Sabrina erfreut. „Und morgen ist auch noch Feiertag. Ist das nicht toll? Das heißt, wir werden uns den ganzen Tag zu Hause einschließen und …"

„Nee, Moment, das geht nicht", fiel Fredi ihr panisch ins Wort. „Morgen kann ich nicht. Morgen ist Vatertag. Da kommen Borowka, Tonne und Spargel mich schon um 8 Uhr abholen und dann geht es los. Die vom Fußball haben extra ein Bierfahrrad gemietet. Das kostet 500 Euro inklusive Fahrer."

Sabrina glaubte, sich verhört zu haben. „Wie, Vatertag? Bierfahrrad?"

„Jaaa, das kannst du nicht kennen, weil du aus Berlin bist. Das ist so was wie Maibaumaufsetzen oder Heringswerfen. Ein jahrhundertealter Saffelener Brauch. Das bringt Unglück, wenn man da nicht mitmacht … und macht unfruchtbar."

Obwohl Sabrina sich ärgerte, musste sie plötzlich lachen. „Unfruchtbar, ist klar. Na gut, wenn das so ist, dann werde ich morgen mal ein Auge zudrücken. Aber nimm dich in Acht, wenn du nach Hause kommst. Da kann ich für nix garantieren."

Fredi strahlte. „Ach, mein Schatz. Ich liebe dich."

„Ich dich auch."

„So, und jetzt leg auf, ich muss weiter arbeiten."

„Nein, leg du auf."

„Nein, du."

„Nein, du."

„Nein, ich leg nicht auf. Leg du auf."

„Nein, du."

„Ich werde jetzt auflegen – und zwar, indem ich dein Kopf auf die Gabel knalle!", brüllte Heribert Oellers, der urplötzlich neben dem Schreibtisch aufgetaucht war.

Fredi zuckte heftig zusammen und ließ den Hörer fallen. Mit zittrigen Händen hob er ihn auf und legte ihn zurück auf die Station. Als er zu Oellers aufsah, hatte sich dessen Gesichtsfarbe bereits tiefrot gefärbt.

Der Autohausbesitzer zeigte auf seinen Arbeitskittel und schrie: „Sag mal, hab ich hier ‚Goldesel' drauf stehen? Oder ‚Vollidiot'? Was soll die Privattelefonierererei? Also manchmal glaube ich wirklich, du bist beim Pinkeln gezeugt worden. Meinst du, ich hab dich wieder eingestellt, damit du mich in der Ruin treiben kannst? Soll ich dir mal was sagen? Wenn Dummheit bremsen würde, dann kämst du der ganze Tag nicht von der Stelle. Wenn ich dich hier noch einmal beim Taschenbillard erwische, dann werde ich dir ..."

Das schrille Bimmeln der Ladenglocke übertönte die lautstarke Androhung. Fredi blickte erleichtert zur Eingangstür.

Hastenraths Will hatte mit Knuffi die Verkaufshalle betreten und winkte freudig herüber. „Heribert. Grüß dich."

Oellers nickte ihm zu und murmelte: „Er schon wieder mit sein mutiertes Meerschweinchen." Dann wandte er sich noch einmal Fredi zu und bedachte ihn mit einem bösen Blick. „Bedank dich bei der Will, dass ich keine Zeit hatte, für dich zu beleidigen", raunte er bedrohlich. „Aber wenn ich dich noch einmal beim Süßholzzerraspeln am Firmentelefon erwische, dann gnade dir Gott."

Mittlerweile war Will am Schreibtisch angekommen. Staatsmännisch nickte er den beiden zu und sagte: „Fredi, Kompliment.

Euer Haus ist richtig schön geworden. Und, Heribert, ich will dich gar nicht lange aufhalten. Ich wollte mich nur schnell bedanken für der Anwaltstipp. Ich glaube, der Mann ist nicht schlecht. Und dann wollte ich natürlich noch fragen, wann wir uns morgen hier treffen."

Oellers kratzte sich an der Wange. „Und dafür kommst du extra hierhin? Da hättest du doch genauso gut anrufen können. Ach so, ich verstehe. Deine Olle hat dich wieder mit die Fusshupe losgeschickt."

Will ließ etwas mehr Leine, sodass Knuffi unter Fredis Schreibtisch verschwinden konnte. „Ja, aber das ist ab morgen vorbei. Morgen geb ich wieder Vollgas. Hast du der Bollerwagen schon klargemacht?"

Oellers machte ein ernstes Gesicht. „Stimmt, das habe ich dir noch gar nicht erzählt. Wie ich der Bollerwagen gestern aus dem Schuppen geholt habe, habe ich festgestellt, dass die Achse gebrochen war. Komplett im Arsch."

Will schlug die Hand vor den Mund: „Oh, mein Gott. Und was machen wir jetzt?"

„Tja, wir haben Glück im Unglück. Mein nichtsnutzigster Mitarbeiter hat uns aus der Patsche geholfen. Der Borowka hatte zufällig noch genau so eine Achse bei sich im Schuppen liegen. Die hat der uns gestern Nachmittag dadrangebaut. Aber ich musste ein teurer Preis dafür bezahlen." Oellers schlug die Augen nieder, bevor er fortfuhr. „Zum einen darf ich der Borowka nie wieder Dummdödel nennen und zum anderen musste ich dem erlauben, heute eine Probefahrt zu machen mit mein bestes Auto, das ich hier auf dem Hof habe: der Alfa Spider. Wenn da auch nur der kleinste Kratzer dran kommt, dann kann der Borowka sich aber nach billiger Zahnersatz erkundigen!“

Will schlug seinem Freund tröstend auf die Schulter. „Heribert, du hast absolut richtig gehandelt. Es war für eine gute Sache. Und mach dir mal keine Sorgen wegen der Alfa. Du weißt doch, dass der Borowka ein guter Autofahrer ist. So, ich muss wieder los. Naaa, wo ist denn mein kleiner Knuffilein?“

Während Will sich hinunterbeugte, nahm er im Augenwinkel Oellers‘ entgeistertes Gesicht wahr, räusperte sich und setzte mit lauter Stimme noch mal neu an: „He, du kleine Dreckstöle. Komm sofort unter der Tisch raus. Wir gehen.“ Bellend kroch der kleine Hund hervor und folgte dem Landwirt schwanzwedelnd nach draußen.

Bevor Oellers zurück in sein Büro ging, wandte er sich noch einmal an Fredi. „Hör mal zu, Pflaumenaugust, hier an dein Arbeitsplatz stinkt es wie im Pumakäfig. Hattest du wieder abgelaufene Milchschnitte zum Frühstück? Hol dir mal das Raumspray vom Klo. Das ist ja nicht auszuhalten.“ Dann stapfte der Autohausbesitzer mit schweren Schritten in sein Büro und warf die Tür mit einem lauten Knall hinter sich ins Schloss.

Fredi erhob sich und roch unter seinen Armen, aber da duftete es ordnungsgemäß nach Axe. Plötzlich trat Fredi in etwas Weiches. Er blickte zu Boden, hob seinen Schuh an und sagte: „Scheiße!“ Und er hatte recht.

18

Mittwoch, 16. Mai, 10.34 Uhr

Hastenraths Will trat auf den Vorplatz des Autohauses. Die gläserne Eingangstür fiel laut bimmelnd hinter ihm ins Schloss. Prüfend blickte er in den Himmel, in dem vorbeiziehende Schleierwolken gerade die Sonne wieder freigaben. Es versprach ein schöner Tag zu werden. Als Will sich gerade auf den Heimweg machen wollte, schoss aus dem geöffneten Rolltor der Werkstatt mit lautem Gedröhne ein knallrotes Cabrio heraus, das unmittelbar vor Wills Füßen zum Stehen kam. Während der Motor im Leerlauf mehrmals laut aufheulte, sprang Knuffi mit eingezogenem Schwanz hinter sein Herrchen und beobachtete ängstlich das Geschehen. Vom Fahrersitz eines sehr gut erhaltenen Alfa Romeo Spider mit zurückgeklapptem Verdeck grinste Borowka den Landwirt an. „Das ist mal ein amtliches Auto, oder?“, rief er gegen den knatternden Motor an. „Baujahr 1990, die Serie 4, die die hässliche Gummilippe abgelöst hat. Bisschen eingerostet das Baby. Ein Oppa, der für sein Enkelkind ein neues Auto kaufen wollte, hat dem eingetauscht. Der muss wohl vorher ein paar Jahre in der Garage gestanden haben. Aber schnurrt noch wie ein Kätzchen. Lust auf eine Probefahrt?“

Borowka spielte wieder mit dem Gas, aber Will lehnte dankend ab.

„Lass mal, Richard. Ich bin ja nicht lebensmüde. Du glaubst doch nicht im Ernst, dass ich jemals wieder zu dir in ein Auto steige. Erst recht nicht, seit du dein Ford Capri so spektakulär zerlegt hast."

„Papperlapapp. Das wird doch nur eine gemütliche Spazierfahrt nach Brüggelchen und zurück."

„Nee, lass mal. Aber du kannst mir ein anderer Gefallen tun. Du müsstest mir vielleicht doch mal die Kettensäge zurückbringen. Ich hab mir überlegt, die der Dohmen auszuhändigen."

„Meinst du denn, wir können der Mann trauen?"

„Ich weiß nicht", Will zuckte mit den Schultern. „Im Moment glaube ich, dass wir fast keinem trauen können. Aber bei der Dohmen habe ich zumindest das Gefühl, dass der auch das Beste für der Peter will. Außerdem stecke ich mit meine Ermittlungen in eine Sackgasse."

„Gut, wenn du meinst", sagte Borowka, „dann bringe ich dir die Kettensäge vorbei. Du bist der Boss. Aber jetzt muss ich los. Oellers hat mir nur eine halbe Stunde Zeit genehmigt, für mit das Schätzchen hier eine Runde zu drehen. Wenn ich mich verspäte, darf der mich wieder ‚Dummdödel' nennen."

Will tippte sich mit dem Zeigefinger an die Stirn. „Dann mal gute Fahrt. Und sei vorsichtig. Der Heribert reißt dir der Kopf ab, wenn …"

Mitten im Satz brach Will ab. Während er sprach, war sein Blick an einem Wagen hängen geblieben, der gemächlich die Landstraße entlangfuhr, die am Autohaus vorbei ortsauswärts führte. Will brauchte ein paar Sekunden, bis sein Gehirn alle

Informationen zusammengetragen hatte, aber dann war er plötzlich hellwach. Bei dem Opel Omega, der sie gerade passierte, handelte es sich exakt um das Auto, das Jarek am Tag der Morde vor Kleinheinz' Haus gesehen haben wollte. Der Sylt-Aufkleber und das Kennzeichen DN-PQ 34 zerstreuten auch Wills letzten Zweifel. „Das ist der Auto aus der Todesnacht!“, schrie er.

Borowka riss den Kopf herum und sah dem Omega hinterher. „Steig ein. Den schnappen wir uns.“

Will überlegte nicht lange, packte sich Knuffi unter den Arm und zwängte sich mit ihm zusammen auf den engen Beifahrersitz. Kaum hatte er den wimmernden Hund zwischen seinen Gummistiefeln im Fußraum verkantet, gab Borowka Vollgas und der Alfa Spider schoss wie von einem Katapult abgefeuert vom Vorplatz. Die Hinterreifen schleuderten etliche kleine Schottersteinchen gegen die Glasfront des Autohauses und als Borowka wenige Sekunden später mit ausbrechendem Heck auf die Landstraße schleuderte, beobachtete Will über seine Schulter, wie Heribert Oellers mit hochrotem Kopf aus dem Gebäude gelaufen kam und wild mit der Faust fuchtelte. Hinter ihm standen Fredi und Regina mit offenen Mündern in der Tür.

Borowka brauchte bei seiner Fahrweise nicht lange, um zum Opel Omega aufzuschließen. Will war viel zu sehr damit beschäftigt, seine Mütze festzuhalten und Knuffi zu beruhigen, als dass er Angst bekommen konnte. Der Fahrtwind pfiff ihm um die Ohren und er versuchte, sich in eine halbwegs bequeme Sitzposition zu bringen, was beim Spider nicht gerade einfach war. Der italienische Karosseriebau war offensichtlich nicht auf Mitteleuropäer mit 1,82 Meter Körpergröße und Gummistiefelgröße 45 ausgelegt. Auch Borowka musste seine Beine stark anwinkeln, um sie unter das Lenkrad zu bekommen, das wild zwischen seinen Händen hin- und herschlackerte. Aber das störte ihn nicht im Geringsten, denn sein stierer Blick war hoch konzentriert auf die Straße vor ihm gerichtet. Der Wolf hatte seine Fährte aufgenommen. Mittlerweile hatte der Fahrer des Opels bemerkt, dass er verfolgt wurde, und ebenfalls das Tempo erhöht. Mit über 160 Sachen jagte der Spider hinter ihm her, doch der Omega-Fahrer erwies sich als ausgebuffter Gegner. Er schlug Haken wie ein Hase und durchfuhr die kurvenreichen und zum Glück menschenleeren Landstraßen des Saffelener Umlandes mit außerordentlichem Geschick. Borowka blieb zwar an der Stoßstange kleben, aber die Chance auf ein Überholmanöver ergab sich nicht.

Will hatte eine Idee. Er zog sein Handy aus der Parkatasche und drückte die Kurzwahltaste, auf der er die Telefonnummer von Dohmen hinterlegt hatte. „Herr Hastenrath, was kann ich für Sie tun?“, meldete sich ein entspannter Oberkommissar, der sich entweder zu Hause oder im Büro zu befinden schien. Jedenfalls war im Hintergrund eine gluckernde Kaffeemaschine zu hören.

„Ja, genau“, schrie Will gegen den Fahrtwind an. „Ach so, ich verstehe. Sie haben mich gerade schon wieder über das digitale Netz gesehen. Sie müssen mir dringend helfen. Und zwar müssen Sie ein Autokennzeichen überprüfen und eine Fahndung rausgeben. Schreiben Sie mit: DN-PQ 34. Es handelt sich um ein …“

„Moment mal", unterbrach Dohmen ihn leicht belustigt und man hörte, wie er sich ein Getränk eingoss, „ich hab hier jede Menge zu tun. Ich kann mich jetzt nicht um irgendwelche Falschparker in Saffelen kümmern. Außerdem versteh ich Sie überhaupt nicht richtig. Was ist denn das für ein Lärm?"

„Das ist wichtig mit das Nummernschild", rief Will noch, bevor ihm das Handy in den Schoß fiel, weil Borowka eine scharfe Rechtskurve nahm. Als er es wieder aufhob, war die Leitung unterbrochen. „Scheißdreck", fluchte Will.

Der Drehzahlmesser des Spiders schlug immer wieder rechts im roten Bereich an und der Motor jaulte gequält auf, während Borowka in den teilweise unübersichtlichen Kurven krachend zwischen den Gängen hin- und herschaltete. Plötzlich hellte sich Borowkas Miene auf. „Gleich hab ich der Schweinepriester", rief er und zeigte auf einen Punkt am Horizont. „Da hinten, wo rechts die alte Kiesgrube ist, ist eine lang gezogene Haltebucht. Da versuch ich rechts an dem vorbeizuziehen und dann brems ich dem aus. Festhalten!"

Will klammerte sich verzweifelt ans Armaturenbrett und ignorierte das erbärmliche Jaulen aus dem Fußraum, das fast vom Motorengeräusch übertönt wurde. Das Gelände der ehemaligen Kiesbaggerei kam immer näher. Viele Jahre hatte hier ein großes Werk Kies, Sand und Schotter gefördert, bis der Tagebau vor etwas weniger als zwei Jahren eingestellt worden war. Eine verwaiste Aufbereitungsanlage, deren Spitze aus dem angrenzenden Waldgebiet ragte, zeugte noch von den goldenen Zeiten. Da jedoch auf politischer Ebene über die Nachnutzung des Areals gestritten wurde, befand sich die Grube nach wie vor im Altzustand, was bedeutete, dass bislang weder die

Abbruchkanten verflacht worden waren noch ein etwaiges Anfüllen mit Grundwasser begonnen hatte.

Borowka fixierte die Haltebucht, deren Umrisse nun deutlich zu erkennen waren. Mit dem Handrücken wischte er sich über seine schweißnasse Stirn und hinterließ dort zwei Ölschlieren. Er pustete zwei Mal kräftig durch, umklammerte das Lenkrad und trat das Gaspedal bis zum Anschlag durch. Und tatsächlich: Fast mit Leichtigkeit zog der Spider rechts am Omega vorbei und Borowkas Manöver schien zu funktionieren, denn die Haltebucht war lang genug, um rechtzeitig wieder links einzuscheren. Doch kurz bevor der Omega-Fahrer ins Blickfeld der Saffelener geriet, zog er plötzlich scharf nach rechts. Borowka erkannte, dass er auf einen simplen Trick hereingefallen war. Der fremde Fahrer hatte ihn rankommen lassen, um ihn dann auf gleicher Höhe von der Straße zu rammen – was er nun auch mit aller Wucht machte. Es knallte und Borowka schrie vor Schmerzen auf, als sich die Wagentür gegen seine linke Brust drückte. Er riss das Lenkrad rum und der Spider schoss schleudernd auf den Rand der Kiesgrube zu, die noch etwa 100 Meter entfernt war.

„Brems!", schrie Will voller Panik, denn er wusste, dass es hinter der Kuppe mindestens 30 Meter steil bergab ging.

„Ich versuch's ja. Aber die Bremsen funktionieren nicht!", schrie Borowka entsetzt.

Verzweifelt trat er das Bremspedal durch, aber der Spider schoss mit unverminderter Geschwindigkeit auf die Kiesgrube zu. „Wir müssen hier raus. Sofort!", brüllte Borowka, während er bei sich und Will mit zwei schnellen Handgriffen den Sicherheitsgurt löste. Er stellte sich auf den Sitz und sprang in voller

Fahrt aus dem Auto. Atemlos beobachtete Will, wie Borowka ungebremst in einen Himbeerbusch flog und zusammengerollt wie ein Embryo auf den Waldweg kullerte. Will sah nach vorne und schätzte, dass es keine 50 Meter mehr waren bis zur Kante der Kiesgrube. Entschlossen packte er Knuffi mit beiden Händen und drückte sich mit aller Kraft nach oben. Als er auf dem Sitz stand und neben sich den Wald und vor sich ein riesiges Loch sah, schloss er die Augen und sprang. Der Aufprall war hart, obwohl er durch dichtes Gebüsch abgefedert wurde. Zum Glück verhedderte sich sein Parka darin, sodass er nicht auf den Abgrund zurollen konnte. Als Will nach einigen besinnungslosen Sekunden die Augen wieder öffnete, hielt er den zitternden Knuffi immer noch fest im Arm. Schwer atmend versuchte er, sich umzusehen, doch er konnte seinen Nacken kaum bewegen.

Nach endlosen Minuten tauchte ein völlig verdreckter Borowka auf allen Vieren neben ihm auf. „Leck mich am Arsch“, keuchte er, „was war das denn? Alles okay bei dir, Will?“

Will nickte und richtete seinen schmerzenden Körper mühsam auf. Seine Beine zitterten, als er sich an Borowkas Schulter hochzog. Gemeinsam schleppten sich die beiden, flankiert von einem wackligen Knuffi, zum Rand der Kiesgrube. Erst als sie hinunterschauten, wurde ihnen klar, wie knapp sie dem Tod entgangen waren. Mindestens 30 Meter, wenn nicht mehr, ging es steil bergab. Ganz unten in einer Geröllmulde lag ein roter Klumpen Blech, aus dem eine schmale Rauchfahne herauszüngelte.

„Komisch“, sagte Borowka, „normalerweise explodieren so Autos doch immer.“

„Du guckst einfach zu viele solche Actionfilme", erwiderte Will erschöpft. „Das mit die Explosionen immer ist totaler Schwachsinn. Ich hab gelesen, dass eine Explosion nur zustande kommen kann, wenn sich ein explosionsfähiges Gemisch aus Sauerstoff und Benzindämpfe in ein geschlossener Behälter bildet. Und das gibt es nicht bei Autos. Selbst wenn Benzin austritt und mit Feuer in Berührung kommt, kann es rein wissenschaftlich nicht zu eine Explosion kommen."

Borowka sah ihn voller Bewunderung an. „Echt? Was du alles weißt! Wo hast du das denn gelesen?"

„Im ADAC-Magazin", antwortete Will stolz. „Da stand auch drin, dass ..." Der Rest des Satzes ging in einer ohrenbetäubenden Detonation unter. Die Einzelteile des Spiders flogen in alle Richtungen, als der Wagen in einem riesigen Feuerball explodierte.

19

Donnerstag, 17. Mai, 8.47 Uhr

„Wie lang muss ich das Scheißding denn jetzt tragen?“, fragte Will und klang dabei wie ein bockiges Kind. Lang ausgestreckt lag er auf der großen Couch im Wohnzimmer und starrte missmutig an die Decke. Dorfarzt Dr. Hoppe saß neben ihm auf einem Stuhl und pumpte die Blutdruckmessmanschette auf, die um Wills linken Arm gebunden war.

„Das ist kein Scheißding“, antwortete er geduldig. „Das ist eine Halskrause. Und die tragen Sie jetzt mal eine Weile, um Ihre Nackenmuskulatur zu entlasten. Das ist eine reine Vorsichtsmaßnahme. So, Blutdruck ist okay, 140 zu 80. Das ist für Ihre Verhältnisse super. Ansonsten kann ich Ihnen nur das bestätigen, was der Notarzt Ihnen gestern schon im Krankenhaus gesagt hat. Sie haben zahlreiche Prellungen und Blutergüsse erlitten. Die sollten Sie immer gut kühlen, dadurch werden die Blutgefäße enger und es tritt weniger Flüssigkeit ins Gewebe aus. Außerdem wird durch die Kühlung die Entzündungsreaktion gehemmt. Wenn Sie keine Gelpads haben, nehmen Sie einfach zerkleinerte Eiswürfel und stecken die in eine Art Beutel.“

„Ja, da nehm ich einfach meine Socken“, sagte Will, doch Dr. Hoppe schüttelte den Kopf.

„Nein, bitte nichts, wo Löcher drin sind. Dann läuft die Flüssigkeit raus und es kann zu Erfrierungen kommen. Nehmen Sie einfach eine Tüte. Auf die Abschürfungen tun Sie sich regelmäßig was von dieser Bepanthen-Salbe drauf. Tja, und ihre Rippen …“, Dr. Hoppe tastete Wills linke Körperseite ab. Der Landwirt schrie laut auf. „Da kann man im Moment nix dran machen. Das ist eine Prellung, die tut nun mal weh. Ich lass Ihnen gegen die Schmerzen was Ibuprofen da. Die 800er. Davon nehmen Sie achtstündlich jeweils eine Tablette, dann müssten Sie auch die Nacht gut überstehen. Für den Notfall lasse ich Ihnen noch was Tramadol da. Und wegen des Schleudertraumas hat man Ihnen die Halskrause mitgegeben. Ich würde die ein paar Tage tragen. Insgesamt haben Sie viel Glück gehabt. Eine Gehirnerschütterung kann ich ausschließen.“

„Das hätte mich auch gewundert. Was soll man da schon groß erschüttern?“ Marlene Hastenrath stand im Bademantel und mit vor der Brust verschränkten Armen im Wohnzimmer und schaute kopfschüttelnd auf ihren Gatten herab. Der drehte ihr stöhnend seinen Kopf zu. „Marlene, bitte!“, sagte Will mit gequälter Stimme.

„Ist doch wahr. Wie kann man nur so bescheuert sein und sich bei der Borowka im Auto setzen?“

Will drehte seinen Kopf erneut umständlich in ihre Richtung. „Der wollte mir doch nur mal der schöne Alfa Spider zeigen.“ Der Landwirt hatte bewusst verschwiegen, dass der Unfall die Folge einer Verfolgungsjagd war, damit seine Frau sich keine Sorgen machte. Das Gegenteil war nun der Fall.

„Soll ich dir mal was sagen?“, schimpfte Marlene. „Du hast es nicht anders verdient. Ist dir eigentlich klar, dass unser

Knuffi durch so eine Aktion ein lebenslänglicher Seelenknacks kriegen kann? Nicht, dass der jetzt jede Nacht so ein Schleudertraum kriegt. Das könnte doch sein, Dr. Hoppe, oder?"

Der Mediziner packte sein Stethoskop und das Blutdruckmessgerät in den Arztkoffer und erhob sich vom Stuhl. „Das kann ich nicht genau sagen", antwortete er mit einem fast gleichgültigen Achselzucken, „ich bin ja kein Tierpsychologe. Aber der Kleine sieht mir nicht so aus, als wenn er was abbekommen hätte. Ganz im Gegensatz zu Ihnen, Herr Hastenrath. Schonen Sie sich in den nächsten Tagen nach Möglichkeit."

Dr. Hoppe wandte sich zum Gehen. An der Tür drehte er sich noch einmal um. „Ach so ja, Herr Hastenrath, sollte es Ihnen in der Nacht oder jetzt am Wochenende schlecht gehen, zögern Sie bitte nicht, mich anzurufen. Auf meinem Anrufbeantworter werden die Nummern aller Ärzte genannt, die Notdienst haben."

Nachdem die Haustür zugefallen war, rappelte Will sich mühsam hoch und rief: „Arschloch!"

Marlene warf ihm einen mahnenden Blick zu. „Sei froh, dass der Dr. Hoppe heute am Feiertag überhaupt gekommen ist. Das hat mich viel Überredungskunst gekostet. Der konnte sich noch sehr gut dadran erinnern, wie du dich letztes Jahr in dem seine Praxis aufgeführt hast."

Will winkte ab. „Da war Gefahr im Verzug. Es ging sich um ein wichtiger Fall."

„Bei dir geht es sich immer um irgendsein wichtiger Fall", sagte Marlene und hustete trocken. Ihre Erkältung schien langsam abzuklingen, aber so ganz traute sie dem Braten noch nicht, deshalb hatte sie fürs Wochenende auch alle Termine mit den Katholischen Strickfrauen abgesagt. Nachdem der

Hustenanfall vorbei war, musterte sie Will, der von der Couch aufgestanden war und mit gebeugter Haltung durchs Wohnzimmer humpelte. „Was wird das hier? Training für die Paralympics?“, fragte sie spitz.

Will biss die Zähne zusammen und antwortete: „Meinst du, ich bleib der ganze Tag hier liegen? Mein Körper braucht dringend Bewegung, für wieder in Form zu kommen. Ich werde jetzt als Erstes mal der Heribert anrufen, ob die schon losgezogen sind mit der Bollerwagen.“

Marlene machte einen Ausfallschritt und versperrte die Tür, durch die Will gerade in den Flur gehen wollte, um zu telefonieren.

Verdutzt sah er sie an. „Was soll das?“

„Mein lieber Will, du glaubst doch nicht ernsthaft, dass ich dich in dein Zustand auf Vatertagssauftour lasse?! Ich habe heute Morgen schon bei der Heribert abgesagt, nachdem du die halbe Nacht am rumstöhnen warst. Ich soll dir gute Besserung ausrichten von deine Freunde.“

Will starrte seine Frau entgeistert an. „Wie bitte? Das geht nicht! Ich muss da mitziehen. Wenn ich als Ortsvorsteher absage, dann ist es vorbei mit meine Autorität. Der Brockers Dieter ist doch schon mit sein Säbel am rasseln. Ich weiß genau, dass der scharf ist auf mein Posten. Der hat die Jungs sogar ein 50-Liter-Fass spendiert, der miese Verräter. Ich weiß von mehrere Leute, dass der bei der Wahl zum Ortsvorsteher gegen mich antreten will.“

Doch Marlene Hastenrath blieb hart. „Vergiss es! Wenn du was Bewegung haben willst, dann geh eine Runde mit der Knuffi als Wiedergutmachung. Der arme Kerl muss so schnell wie möglich wieder in sein alter Lebensrhythmus reinfinden, sonst kriegt der ein Traumata.“

Zu erschöpft und schwach, um sich auf eine ohnehin aussichtslose Konfrontation einzulassen, gab Will nach und ließ sich widerstandslos die Hundeleine und einen Kotbeutel in die Hand drücken.

Als er wenige Minuten später, wie ein alter Mann auf einen Spazierstock gestützt, vor die Haustür trat und Knuffi gleich einen großen Haufen vor den Rhododendron setzte, paradierten ausgerechnet in diesem Moment die Saffelener Männer vorbei. Brockers Dieter und Heribert Oellers zogen in Schlangenlinien einen gigantischen Bollerwagen hinter sich her, auf dem unzählige Fässer Bier standen. Eines davon war angeschlagen und der Pulk Männer, der neben dem Bollerwagen herlief, zapfte sich nacheinander immer wieder ein neues Glas. Als die feuchtfröhliche Truppe Will in seiner Einfahrt erblickte, wie der gerade in gebückter Haltung den Kotbeutel mit Knuffis Ausscheidungen befüllte, gab es kein Halten mehr. Die Männer lachten und nachdem Brockers Dieter angesungen hatte, erklang aus zwanzig heiseren Kehlen: „Who let the dogs out? Who, who, who, who, who? Who let the dogs out? Will, Will, Will, Will, Will!”

Will ging wieder zurück ins Haus. Was für ein Scheißtag, dachte er.

20

Freitag, 18. Mai, 9.52 Uhr

Will saß vornübergebeugt am Küchentisch und starrte mit blutunterlaufenen Augen in seinen schwarzen Kaffee. Er war hundemüde, da er die ganze Nacht vor Schmerzen kaum hatte schlafen können. Jede Drehung im Bett hatte ihn laut aufstöhnen lassen. So laut, dass selbst Marlene im Nebenzimmer wach geworden war. Aus Mitleid und in Erinnerung an die Hühnersuppe, die er ihr während ihrer Erkältung zubereitet hatte, hatte sie ihn dann am Morgen schlafen lassen und hatte das Vieh versorgt. Zum ersten Mal seit mindestens 20 Jahren war Will erst nach 9 Uhr aufgewacht. Aber ausgeruht fühlte er sich deswegen noch lange nicht. Die Schmerztabletten machten ihn dösig und auch der starke Kaffee entfaltete nicht seine übliche, belebende Wirkung. Während der Landwirt in die tiefschwarze Brühe stierte und ihm dabei immer wieder die Augen zufielen, war er froh über die Halskrause, die zumindest verhinderte, dass sein Kopf auf den Tisch knallte. Marlene war mit Knuffi zum Einkaufen in die Stadt gefahren, so konnte er seine Systeme in aller Ruhe ohne alle Nebengeräusche hochfahren. Und das war auch nötig, denn neben den körperlichen Schmerzen begann der Fall langsam auch an seiner Psyche zu nagen. In seinen nächtlichen

Alpträumen war ihm immer wieder Peter Kleinheinz erschienen, aber nicht als der Womanizer mit dem sonnigen Gemüt, als den er ihn immer gesehen hatte, sondern als eiskalter, hasserfüllter Killer mit Waffe in der Hand. So sehr er glauben wollte, dass sein bester Freund nichts mit den Morden zu tun hatte, so sehr beschlichen ihn zwischendurch auch immer wieder Zweifel. Die Grenze zwischen Gut und Böse verwischte immer mehr. Aber das Schlimmste war: Je mehr er sich in den Fall reinkniete, desto weniger verstand er ihn. Entweder handelte es sich um ein äußerst raffiniertes Komplott oder um eine ebenso tragische wie profane Eifersuchtsgeschichte. Vielleicht würde das Gespräch mit Kleinheinz, das Schabowski am Montag endlich führen durfte, ein wenig Licht ins Dunkel bringen. Aber so lange konnte Will nicht warten. Er hatte sich entschlossen, Kommissar Dohmen in seine Ermittlungsergebnisse einzubeziehen und ihm als Zeichen seiner Loyalität die Kettensäge als Beweismittel zu übergeben. Vielleicht würde sich daraus eine neue Spur ergeben. Eine andere Möglichkeit sah Will nicht, um näher an den Polizeiapparat und damit an weitere Informationen zu kommen.

Während der Landwirt noch mit schwerem Kopf seinen Gedanken nachhing, ließ ihn das schrille Geräusch der Haustürklingel heftig zusammenzucken. Die Schelle war extralaut eingestellt, damit man sie über den Hof hinweg bis in den Kuhstall hören konnte. In der Küche hingegen klang sie wie Fliegeralarm. Will schob sich von der Bank und schleppte sich in Richtung Flur. Als er die Haustür öffnete, hatte er für einen Moment das Gefühl, in einen Spiegel zu sehen. Vor ihm stand sein Nachbar mit exakt der gleichen Halskrause.

„Du siehst ja genauso bescheuert aus wie ich“, lachte Borowka, der trotz des Unfalls bester Laune zu sein schien. Will verzog gequält das Gesicht. Borowka folgte dem Landwirt ins Wohnzimmer und stellte verschwörerisch die Sporttasche, in der sich die Kettensäge befand, neben dem Tisch ab.

„Sehr gut. Danke!“, sagte Will. „Die bring ich gleich direkt nach hinten in der stillgelegte Hühnerstall. Da findet Marlene die nicht.“ Als er sich nach der Tasche bücken wollte, stöhnte er vor Schmerzen laut auf.

„Tun dir die Knochen auch so weh?“, fragte Borowka. „Meine Fresse. Das waren aber auch Todessprünge, die wir da gemacht haben! Hätte ich nicht gedacht, dass das so reinhaut. Bei Chuck Norris sieht das immer so elegant aus. Der springt vom Dach von ein vierstöckiges Haus, rollt sich kurz ab und rennt weiter, als wenn nix gewesen wär. Und überleg mal: Der Mann ist 30 Jahre älter wie ich.“

Will verdrehte die Augen. „Richard, ich hab dir schon hundertmal gesagt: Die Filme, die du guckst, die haben nix mit der Realität zu tun.“

„Ja, ist klar. Das habe ich ja gesehen, wie der Spider explodiert ist, obwohl das angeblich gar nicht geht. Der Knall war ja noch spektakulärer als wie bei ‚Alarm für Cobra 11‘.“

Will kratzte sich an der Wange und sagte: „Öh, ja, das weiß ich auch nicht, wie das passieren konnte. Was sagt der Heribert überhaupt zu der kaputte Auto? Hast du dich da schon hingetraut?“

„Ich hab sicherheitshalber nur mit dem telefoniert. Der Arzt im Krankenhaus hat mich ja zum Glück für drei Wochen krankgeschrieben, sodass ich dem erst mal nicht unter die Augen treten muss. Ja klar – der ist natürlich total ausgerastet, wie ich dem das erzählt habe. Aber das Schlimmste war, dass ich dem gestern Nachmittag zufällig begegnet bin. Da haben die nämlich mit ihr Bollerwagen unser Bierfahrrad die Vorfahrt genommen. Da wären wir fast umgekippt mit die ganzen Fässer dadrauf. Gut, dass unser Fahrer nicht ganz so besoffen war wie wir, sonst hätte der …"

„Moment mal", unterbrach Will Borowkas Redeschwall, „jetzt sag nicht, du warst gestern an Vatertag unterwegs? Trotz deine Verletzungen …"

Borowka starrte ihn mit großen Augen an. „Ja, logolektrisch. Was denkst du denn? Da habe ich doch das ganze Jahr für trainiert. Und nach 15, 16 Bier spürst du keine Schmerzen mehr. Das einzigste Doofe war die Halskrause. Die hat mich ziemlich behindert. Vor allem bei die Trinkspiele, wo es sich um Schnelligkeit ging. Aber da haben Dirk und Dose mir bei geholfen. Das sind ja gelernte Kellner."

„Wieso bist du eigentlich mitgefahren? Du bist doch überhaupt kein Vater."

Borowka lachte spöttisch auf. „Ja, zum Glück. Wenn ich Vater wär, dürfte ich wahrscheinlich nicht mehr mitfahren von meine Frau aus – so wie du."

Borowkas Lachen dröhnte in Wills Ohren und dem Landwirt war äußerst unwohl bei dem Gedanken, dass er offensichtlich der Einzige gewesen war, der gekniffen hatte. Wenn ihm das politisch mal nicht schaden würde. Schnell brachte er die Sprache wieder auf Oellers. „Ja, haben die anderen der Heribert denn zurückgehalten, wie der dich gesehen hat auf dem Bierfahrrad?"

„Nee, ganz anders", grinste Borowka übers ganze Gesicht, „der hat sich sogar noch bei mir bedankt. Der Sachverständige von der Versicherung hatte das Autowrack untersucht und festgestellt, dass ein Marder wohl die Bremsleitungen kaputt gebissen hatte. Jetzt kriegt Oellers von die Versicherung mehr, als wie die alte Karre wert war. Mölders Heinz, hier der Versicherungsheini von der Pastor-Müllerchen-Straße, war ja auch mit der Bollerwagentruppe unterwegs. Und die haben gestern nachträglich der Vertrag noch ein bisschen frisiert. Also kann der Oellers sich nicht beschweren. Außerdem darf der mich ja jetzt auch wieder ‚Dummdödel' nennen."

„Na Gott sei Dank", sagte Will, während er Borowka zur Tür brachte. Anschließend versteckte er die Sporttasche im Hühnerstall und rief Kommissar Dohmen an, um sich mit ihm zu verabreden. Dohmen schien überrascht zu sein über Wills angedeutete Kooperationsbereitschaft, versprach ihm aber, Samstagmorgen vorbeizukommen. Will legte auf und machte sich Gedanken darüber, wie er den vor ihm liegenden Tag gestalten sollte. Aber eines war ihm klar: Eher würde er das Güllefass von innen auswaschen, als noch einmal mit Knuffi Gassi zu gehen.

21

Samstag, 19. Mai, 9.58 Uhr

Kommissar Jochen Dohmen parkte seinen Dienstwagen an der Straße, direkt vor dem stattlichen Hof der Hastenraths. Mittlerweile kannte er die Strecke nach Saffelen im Schlaf. Das lag nicht nur an den jüngsten Ereignissen, sondern auch an der Vergangenheit. Insgesamt fünf mehr oder weniger große Kriminalfälle hatten ihn und seinen Kollegen Peter Kleinheinz in den letzten Jahren in dieses winzige Dorf geführt – einige davon waren ihm noch heute lebhaft in Erinnerung. Und stets mittendrin war dieser kauzige Landwirt gewesen, der es einem mit seiner knorrigen Art nicht immer leicht machte, ihn zu mögen. Dennoch kam Dohmen nicht umhin, dem Mann einen gewissen Respekt zu zollen. Schließlich hatte dessen Zähigkeit und Unbeugsamkeit den Ermittlungen oftmals zum Durchbruch verholfen, wenn auch die Methoden immer zwischen unkonventionell und grenzwertig schwankten. Im Gegensatz zu Kleinheinz war Dohmen aber nie gut mit der Mentalität zurechtgekommen, die in diesem Landstrich herrschte. Er war in Köln geboren und groß geworden. Auf Umwegen hatte es ihn zur Kriminalpolizei nach Heinsberg verschlagen. Seine Karriere war irgendwann ins Stocken geraten, was vermutlich an seinem nicht allzu ausgeprägten Ehrgeiz lag. Er hatte am liebsten seine Ruhe. Deshalb hatte ihm seine Assistentenrolle an der Seite des fanatischen Ermittlers Kleinheinz auch lange Zeit genügt. Aber er hatte sich verändert, er wollte jetzt aus dem Schatten heraustreten und zeigen, was er draufhatte. Ein bisschen fühlte er sich dabei wie sein ehemaliges Vorbild Kleinheinz, der keiner Konfrontation aus dem Weg gegangen war, auch wenn das Disziplinarmaßnahmen zur Folge haben konnte. So etwas hätte sich der alte Dohmen nie getraut. Doch so langsam spürte er einen gewissen Widerstand in sich aufkeimen, der sich in erster Linie gegen seinen Vorgesetzten August Pimpertz richtete. Der nämlich hielt nach wie vor alle Untersuchungsergebnisse unter Verschluss. Dohmen beauftragte er lediglich mit belanglosen Befragungen oder mit Hilfsdiensten für die Angeber vom LKA. Es gehörte nicht allzu viel Fantasie dazu, zu bemerken, dass Dohmen ihm ein Dorn im Auge war, wahrscheinlich wegen seiner Nähe zu Peter Kleinheinz, der nach wie vor im Gefängnis abgeschottet wurde. Pimpertz hatte ihm schon gesagt, dass er auf absehbare Zeit nicht mit Kleinheinz würde sprechen können. Ein unglaublicher Vorgang! Sein langjähriger Partner und Freund saß im Gefängnis – und nicht mal ihn ließ man zu ihm! Selbst dem Anwalt wurden Steine in den Weg gelegt, wie Dohmen von Hastenraths Will erfahren hatte. Und da war er wieder, der umtriebige Landwirt mit dem ausgeprägten Gerechtigkeitssinn. Auch wenn es eigentlich gegen seine innere Überzeugung war, mit Zivilisten zusammenzuarbeiten, hatte er sich zu dem heutigen inoffiziellen Treffen bereit erklärt. Pünktlich auf die Sekunde drückte Dohmen auf die Haustürklingel und taumelte kurz zurück, als der schrille, hochfrequente Ton sich in seinen Gehörgang bohrte. Es folgten hektische kleine Trippelschritte und ein nervöses Kläffen. Dabei handelte es sich höchstwahrscheinlich um diesen kleinen Jack-Russell-Terrier, mit dem der Bauer in der Mordnacht vor dem Haus aufgetaucht war. Dann mischte sich auch noch furchterregendes lautes Gebell unter den Lärm. Das Bellen schallte zwar vom Innenhof herüber, hörte sich aber an, als sei es ganz nah. Stimmt, dachte Dohmen, diese unheimliche Bestie im Zwinger gab es ja auch noch. Der Kommissar kontrollierte instinktiv, ob seine Dienstwaffe griffbereit im Holster steckte.

Eine fröhliche Marlene Hastenrath öffnete die Tür. „Ah, Herr Dohmen. Mein Mann hat mir schon gesagt, dass Sie kommen. Er erwartet Sie hinten am Hühnerstall. Ich bring Sie hin."

Hastenraths Will saß vor dem baufälligen Hühnerstall auf der schiefen alten Bank, die aus einem in der Mitte durchgesägten Baum gefertigt war. Zwar gehörte all das längst abgerissen, allein aus Sicherheitsgründen, aber Will brachte es einfach nicht übers Herz. Zu viele Erinnerungen hingen an diesem magischen Ort. Schon als Kind hatte er hier mit seinen Großeltern gesessen, sich Geschichten angehört oder stundenlang gespielt. Später hatte er hier täglich die Hühner versorgt und Eier eingesammelt und in den letzten Jahren war dieser Platz so eine Art Büro für ihn geworden. Wenn es wichtige Dinge zu besprechen gab, die nicht für fremde Ohren bestimmt waren, dann zog Will sich mit seinen Gesprächspartnern gerne hierhin zurück, schon wegen des geheimen Zigarren- und Spirituosenvorrats. Nicht zuletzt mit Peter Kleinheinz hatte er viele

Stunden auf dieser Bank zugebracht. Und so lag es geradezu auf der Hand, dass er auch das heutige konspirative Treffen hier abhalten würde. Will hörte, wie das quietschende Scheunentor aufgeschoben wurde, und beobachtete seine Frau dabei, wie sie Kommissar Dohmen vorsichtig über den matschigen Trampelpfad führte. Das Wenden des Halses bereitete ihm noch Schmerzen, aber dennoch hatte er sich am Morgen dazu entschieden, die alberne Halskrause nicht mehr zu tragen. Dohmen stakste über den Weg wie ein verschüchtertes Reh, dabei trug er nicht einmal teure Klamotten. Überhaupt war der Mann mit seiner untersetzten Figur und dem zotteligen Haarkranz ein ganz und gar anderer Typ als der elegante Peter Kleinheinz, der Will immer ein wenig an Pierce Brosnan erinnert hatte.

„Hallo Herr Dohmen“, rief Will und winkte ihn zu sich herüber.

Marlene verabschiedete sich und verschwand wieder in Richtung Haupthaus. Als der Kommissar an der Bank angekommen und sie kurz inspiziert hatte, zog er ein großes Stofftaschentuch aus der Hose und breitete es auf dem morschen Holz aus, bevor er sich daraufsetzte.

„Schön haben Sie's hier“, sagte Dohmen nicht ganz überzeugend. „Was haben Sie denn Spannendes für mich?“

Will griff hinter sich und zauberte eine angebrochene Flasche Dujardin und zwei Plastikbecher hervor. „Trinken Sie auch einen mit?“

Dohmen sah ihn überrascht an, überlegte kurz und antwortete dann zu Wills Verwunderung: „Was soll's? Warum nicht? Ich bin heute schließlich nicht im Dienst. Ich möchte sowieso gleich zu Beginn feststellen: Egal, worüber wir gleich reden: Dieses Treffen hat nie stattgefunden."

„Da bin ich ganz Ihre Meinung", sagte Will, während er die beiden Becher bis zum Rand vollgoss, „andernfalls müsste ich wahrscheinlich auch im Gefängnis."

Dohmen zog die rechte Augenbraue hoch. „Da bin ich jetzt aber mal gespannt."

„Prost!"

„Prost!" Dohmen nahm einen ordentlichen Schluck und verzog das Gesicht, während Will seinen Becher gleich wieder nachfüllte.

„Also", setzt der Landwirt an, „hier hinter mir im Hühnerstall liegt gut verpackt eine Kettensäge mit ganz viel Blut dran. Ich habe diese Säge vor ein paar Tage aus dem Todeshaus gekl... ähm ... geliehen. Und ich habe mich entschlossen, Sie dieses Beweisstück zu übergeben."

Dohmen schüttelte den Kopf und musste sogar ein wenig grinsen. „Warum bin ich jetzt nicht erstaunt oder entsetzt? Wissen Sie, als die Jungs vom LKA mir gesagt haben, dass jemand ins Haus eingebrochen sei, da war mein allererster Gedanke, dass Sie das waren. Da es aber ansonsten keine Spuren gab, hab ich mir irgendwie eingeredet, dass es auch ein Schülerstreich gewesen sein könnte. Aber mal davon ab: Wie kommen Sie auf so eine wahnsinnige Idee, in einen Tatort einzubrechen?"

Will zuckte mit den Achseln. „Keine Ahnung. Ich wollte irgendswie der Peter helfen. Und als ich die Kettensäge gefunden habe, wollte ich die verschwinden lassen, weil dadurch vielleicht bewiesen werden könnte, dass ..."

„Dass Peter Frau Hebbel zerstückelt hat?“ vervollständigte Dohmen den Satz.

Will fröstelte es, während er langsam nickte.

„Ich verstehe Ihre Sorge“, fuhr Dohmen fort. „Das mysteriöse Verschwinden von Bettina Hebbel bereitet uns allen im Moment auch das größte Kopfzerbrechen. Aber – unter uns – nie im Leben würde ich Peter eine solch grausame Tat zutrauen.“

„Und was ist mit die Kettensäge und das ganze Blut?“

„Erst mal werde ich untersuchen lassen, von wem das Blut überhaupt stammt. Es kann ja auch von einem Tier sein. Sollte es sich tatsächlich um Frau Hebbels Blut handeln, dann heißt das trotzdem nicht automatisch, dass Peter der Täter ist. Die Säge könnte ihm ja auch jemand untergejubelt haben.“

„Da habe ich auch schon drüber nachgedacht“, sagte Will. „Aber was ist, wenn da dem seine Fingerabdrücke drauf sind?“

„Dann ist das zwar nicht gerade günstig, aber noch lange kein Beweis. Wahrscheinlich handelt es sich ja um die Kettensäge von Peter und da wäre es normal, dass seine Fingerabdrücke drauf sind. Heikler wird die Sache, wenn keine anderen Abdrücke darauf zu finden sind. Sie haben die Säge doch nicht angefasst, oder?“

„Nein, natürlich nicht“, erwiderte Will, „ich bin doch kein Amateur.“

„Ich vergaß.“

Will beugte sich nach unten, um seinen Becher abzustellen, schrie leicht auf und griff sich an den schmerzenden Rücken.

„Na? Noch Nachwirkungen von Vatertag?“, fragte Dohmen belustigt.

„Schön wär's", antwortete Will, während er sich ganz langsam wieder aufrichtete. „Aber das ist leider von ein kleiner Unfall, den ich am Mittwoch zusammen mit ein Freund hatte. Mittlerweile geht es schon wieder etwas besser. Aber das ist ein gutes Stichwort, da wollte ich nämlich auch noch mit Sie drüber sprechen. Der Richard Borowka und ich sind ein verdächtiges Auto gefolgt und dabei verunglückt. Ich weiß aber aus eine sichere Quelle, dass dieses Auto in der Mordnacht vor dem Haus gestanden hat – und zwar, bevor alles passiert ist. Wie die Polizei kam, war es dann plötzlich verschwunden."

„Ich hör zum ersten Mal von so einem Auto. Was für eine Quelle ist das?"

„Da kann ich leider nix zu sagen, Sie müssen mir das einfach glauben."

„Moment mal", sagte Dohmen zögerlich. „Geht's um das Auto, von dem ich für Sie das Nummernschild überprüfen sollte?"

„Ja, richtig", antwortete Will, „das war ein dunkelroter Opel Omega mit das Kennzeichen DN-PQ 34. Und hinten auf dem Kofferraum klebt ein Sylt-Aufkleber."

Dohmen zog einen Notizblock aus seiner Jackentasche und notierte die Angaben. „Wenn die Beobachtungen stimmen, dann könnte dieser Wagen ein sehr wichtiger Hinweis sein. Entweder handelt es sich um einen Zeugen oder ..."

„Oder um der Mörder."

„Oder um den Mörder. Ganz genau. Wann sind Sie dem Omega gefolgt?"

Will überlegte kurz. „Das war am Mittwoch, so gegen viertel vor elf. Vormittags. Der Auto fuhr gerade aus Saffelen heraus und wir konnten dem bis zu der alten Kiesbaggerei hinter Schalbruch folgen."

Dohmen kritzelte eifrig und war plötzlich Feuer und Flamme. „Sie hätten mich sofort informieren sollen, dann hätten wir gleich eine Fahndung rausgeben können. Aber egal. Immerhin mal eine vernünftige Spur", sagte er und sprang von der Bank auf. „Ich werde den PKW sofort überprüfen lassen. Und ich muss mir schnell was überlegen, wie ich das mit der Kettensäge mache. Ich denke, ich fahr jetzt noch mal zum Tatort und behaupte später, ich hätte sie dort noch irgendwo gefunden. Ach so, und an Sie hätte ich auch noch eine Bitte. Ich habe auf Anweisung von Pimpertz ein paar Vermisstenplakate machen lassen. Als Ortsvorsteher haben Sie doch sicher die Möglichkeit, die hier überall im Dorf verteilen zu lassen. Was weiß ich? In privaten Briefkästen, an Bäumen, an Bushaltestellen. Überall. Sie würden uns damit sehr helfen."

Dohmen zog einen zusammengerollten Packen DIN-A4-Blätter aus der Innentasche seiner Jacke und überreichte sie Will. In einem leuchtend roten Rahmen stand in Großbuchstaben: „Vermisst!!!! Bettina Hebbel aus Saffelen. Seit der Nacht von Samstag, den 12.5., auf Sonntag, den 13.5., wird Bettina Hebbel vermisst. Sie wird vermutet in der näheren Umgebung von Saffelen. Möglicherweise ist sie verletzt." Darunter war ein großes Farbfoto abgebildet, auf dem man Bettina Hebbel sah, so wie Will sie in Erinnerung hatte. Eine attraktive Frau mit einem entwaffnenden Lächeln. Ihr halblanges, dunkelblondes Haar hatte sie sich mit einer Hand hinters Ohr geschoben und ihre blauen Augen, die von vielen kleinen Lachfältchen flankiert wurden, strahlten. Es schien sich um den vergrößerten Ausschnitt eines Schnappschusses zu handeln, offensichtlich aufgenommen in einer Umkleidekabine, da im Hintergrund der Rand eines Spiegels und Kleiderhaken zu sehen waren. Unter dem Foto ging der Text weiter: „Wer hat Bettina Hebbel gesehen oder kann Angaben über ihren Verbleib machen? Frau Hebbel ist 36 Jahre alt, ca. 1,74 groß und schlank. Sie hat dunkelblondes Haar und blaue Augen. Keine besonderen Kennzeichen. Es werden dringend Zeugen gesucht, die Frau Hebbel gesehen haben. Sachdienliche Hinweise nimmt jede Polizeidienststelle entgegen." Dann waren noch zwei Telefonnummern aufgeführt.

Will nahm den Stapel entgegen und sagte: „Ich werde mich sofort dadrum kümmern. Ich schick gleich direkt meine Enkelkinder los und der Marvin Schlömer, der immer die Kirchenzeitung verteilt."

„Vielen Dank."

„Gibt es denn überhaupt noch kein Hinweis, wo die Frau sein könnte?"

Dohmen schüttelte den Kopf. „Nichts Richtiges. Ein Suchtrupp hat immerhin weitere Blutspuren und Hautreste im Wald gefunden, die wir Frau Hebbel zuordnen konnten. Wir müssen davon ausgehen, dass sie dort irgendwo ist. Aber ob sie noch lebt ...? Die Hoffnung schwindet jedenfalls mit jedem Tag."

Will seufzte laut. „Was für ein Alptraum. Ich hol Sie noch schnell die Kettensäge aus dem Hühnerstall und komm dann mit nach vorne."

Dohmen hielt Will am Parka fest und sah ihm tief in die Augen. „Vielen Dank für Ihre Offenheit, Herr Hastenrath. Ich weiß das zu schätzen und ich verspreche Ihnen, dass ich alles tun werde, was in meiner Macht steht. Und wenn Sie Hilfe brauchen, melden Sie sich bei mir. Seien Sie bitte vorsichtig."

Will nickte ernst und antwortete: „Na klar, Herr Kommissar. Aber, wie schon gesagt, ich bin ja kein Amateur."

22

Sonntag, 20. Mai, 15.21 Uhr

Marlene Hastenrath blinzelte in die Sonne, die durch die Blätter der hoch aufgeschossenen Bäume fiel. Sie spürte die Wärme auf der Haut und lächelte. Zum ersten Mal nach ihrer hartnäckigen Erkältung konnte sie einen Spaziergang mal wieder richtig genießen. Auch Will, der drei Meter vor ihr ging, war guter Dinge. Seine zahlreichen Prellungen machten ihm dank der Schmerzmittel nicht mehr allzu sehr zu schaffen, sodass auch ihm dieser kleine Ausflug Spaß machte.

„Ist so ein Spaziergang im Saffelener Wald nicht schön, Marlene?“, sinnierte er zufrieden. „Man könnte sogar richtig die Ruhe hier genießen … wenn Kevin-Marcel und Justin-Dustin nicht dabei wären.“

Heute war Omma-und-Oppa-Tag, den sich die beiden Kleinen aber auch redlich verdient hatten, nachdem sie am Vortag ausgiebig dabei geholfen hatten, die Vermisstenplakate im Dorf zu verteilen. Will liebte es, mit seinen Enkeln durch den Wald zu streifen und dabei Gruselgeschichten zu erzählen. Doch im Moment waren die zwei anderweitig beschäftigt. Immer wieder warfen sie Knuffi Stöckchen, die der dann aber nicht mehr wiederfand im dichten Unterholz.

„Lauft nicht so weit vor!“, rief Marlene den Kindern besorgt hinterher, als sie mit dem Hund hinter der nächsten Abzweigung verschwanden.

„Ach, was soll denn schon passieren?“, sagte Will, „Der Maskenbär jagt seine Opfer doch immer erst nach Einbruch der Dunkelheit, damit der die dann im Mondschein an sein Lagerfeuer zubereiten kann.“

Marlene winkte ab. „Du immer mit deine Schauergeschichten.“

Beim Maskenbär handelte es sich um eine Sagengestalt, die im angeblich Saffelener Wald ihr Unwesen trieb. Keiner wusste mehr, wann die Geschichten entstanden waren, die sich um das eigenwillige Fabelwesen rankten. Aber die überlieferten Erzählungen, die es gab, waren allesamt gruselig. Man erzählte sich vom Maskenbär, dass es sich um einen über zwei Meter großen Waschbären handelte. Eidams Theo, ein Skatkumpel von Will, behauptete sogar, dem Maskenbär schon einmal leibhaftig begegnet zu sein, als er betrunken vom Schützenfest nach Hause kroch. Dass Eidams Theo diese Begegnung überlebt hatte, war wohl einzig dem Umstand geschuldet, dass der Maskenbär ausschließlich kleine Kinder einfing, die nicht rechtzeitig vom Spielen nach Hause kamen, um sie dann wahlweise einzusperren oder aufzuessen. Es handelte sich also um eine pädagogische Sagenfigur, die als Erziehungshilfe diente, ähnlich dem Struwwelpeter oder Max und Moritz.

„Was soll ich heute Abend eigentlich zu essen machen?“, fragte Marlene plötzlich. Will stutzte kurz, weil sie ihn normalerweise nie in ihre kulinarischen Pläne miteinbezog, aber dann fiel ihm ein, dass sich Rechtsanwalt Schabowski für den Abend angesagt hatte, um noch einmal mit ihm den Fall durchzugehen, bevor er am nächsten Morgen endlich die Gelegenheit bekommen sollte, mit Peter Kleinheinz persönlich zu sprechen. Marlene hatte daraufhin vorgeschlagen, was Leckeres zu kochen, wenn der Mann schon extra nach Saffelen kommen würde.

„Was weiß ich?", antwortete Will. „Am besten was, wo viel Alkohol drin ist, damit der auf sein Pegel bleibt. Ich würde vorschlagen: Biersuppe, flambierte Koteletts mit Wodka-Feigen und als Nachtisch ein Stück von deine Kiwi-Jägermeistertorte."

„Du bist gemein", ermahnte Marlene ihren Mann. „Vielleicht hat der arme Kerl persönliche Probleme?!"

„Ja – und zwar spätestens, wenn der der Fall im Sand setzt", palaverte Will vor sich hin. „Dann kann der sich nämlich mal ganz warm anziehen, dann werde ich dem …"

„Ja, ja, ist gut. Ich weiß, was ich mach: Ein leckerer Sauerbraten mit Knödel und Rotkohl. Oder ich probier mal was ganz Verrücktes aus: ein italienischer Nudelauflauf. Oder meinst du, das wär zu exotisch?"

Will schüttelte den Kopf. „Jetzt mach dir doch nicht so viele Gedanken über so ein Quatsch. Guck einfach, was weg muss."

Als Will und Marlene die Abzweigung erreichten, hinter der Knuffi und die Kinder verschwunden waren, wurden sie durch gellende Schreie und aufgeregtes Hundegebell schlagartig aus ihren Überlegungen gerissen. Es bestand kein Zweifel, dass es sich um Kevin-Marcel und Justin-Dustin handelte, die angsterfüllt um Hilfe riefen. Marlene rannte sofort los und Will folgte ihr, so gut sein angeschlagener Körper es zuließ. Er sah, wie Marlene durch eine Böschung voller Brennnesseln brach und in den Wald hineinlief, in die Richtung, aus der die Schreie kamen, die mittlerweile in lautes Schluchzen und Wehklagen übergegangen waren. Will sprang über die Böschung und musste kurz die Luft anhalten, als beim Aufkommen ein heftiger Schmerz durch seinen Oberkörper zuckte. Er biss aber die Zähne zusammen und lief einfach weiter. Sein Atem ging schwer und die Äste knackten unter seinen schweren Gummistiefeln. Keuchend sah er, dass Marlene am Rande einer kleinen Lichtung stehen geblieben war und voller Entsetzen auf etwas starrte, das vor ihr am Boden lag. Kevin-Marcel und Justin-Dustin hatten ihre Gesichter tief in ihrem Rock vergraben und weinten unaufhörlich. Mit jedem Schritt, den Will näher kam, wurde die Ahnung dessen, was ihn dort erwarten könnte, schrecklicher. Als er nur noch wenige Meter entfernt war, nahm er einen intensiven, süßlichen Gestank wahr, der ihm bekannt vorkam. Es war der Geruch von verwesendem Fleisch. Als er neben Marlene, die sich die Hand vor Mund und Nase hielt, zum Stehen gekommen war, war der Gestank bereits so intensiv, dass sich seine Augen mit Tränen füllten und er Mühe hatte, sich auf seinen Atem zu konzentrieren. Will blickte ebenfalls auf den Boden und musste schwer schlucken. Der Leichnam lag verdreht auf der Seite. Die Maden hatten schon ganze Arbeit geleistet. Großer Gott, dachte Will, den Anblick hätte ich meinen Enkelkindern gerne erspart.

23

Sonntag, 20. Mai, 20.33 Uhr

„Das ist ja ekelhaft“, rief Günter Schabowski, während er sich eine randvoll gefüllte Gabel mit Sauerbraten und Rosinen in den Mund stopfte. „Also nicht jetzt das Essen, Frau Hastenrath“, fügte er schnell an. „Das ist ganz hervorragend. Und vor allem eine schöne Abwechslung von dem ganzen Dosenfraß, von dem ich mich sonst so ernähre. Nee, mit ‚ekelhaft‘ meinte ich diese sterblichen Überreste, die Sie heute Nachmittag gefunden haben. Und die lagen da einfach so im Wald rum? Was war denn passiert mit dem armen Marder?“

Will zuckte mit den Schultern, während er versuchte, sich einen Knödel komplett in den Mund zu stecken. „Dooah hammt wo annr da Maaaad …“

„Kannst du bitte erst runterschlucken, bevor du weiterredest?“, empörte sich Marlene, die gerade mit einer neu aufgefüllten Schale Rotkohl an den Küchentisch zurückkehrte. Die beiden Männer hatten einen sehr gesunden Appetit.

„Ja, tschuldigung.“ Will rülpste und fuhr fort: „Also, was ich sagen wollte: Da hatte wohl jemand seine Wut an der Marder ausgelassen. Das sah mir schwer nach eine Schussverletzung aus. Jedenfalls, was man da noch erkennen konnte. Und dann hat sich das Tier wohl noch bis im Wald geschleppt. Aber so was ist natürlich kein schöner Anblick für kleine Kinder."

„Und es ist illegal", fügte Schabowski hinzu. „Für Marder gilt von März bis Oktober eine Schonzeit, in der er nicht gefangen oder gejagt werden darf."

„Ich glaube, das interessiert hier in Saffelen keinem", sagte Will und schnitt sich den zweiten Knödel sicherheitshalber in mundgerechte Stücke. „Dieser Marder treibt hier schon seit Wochen sein Unwesen. Und der war das ja wahrscheinlich auch, wegen dem der Richard Borowka und ich fast in die Kiesgrube gestürzt wären."

„Ach ja, richtig. Das hatten Sie eben noch gar nicht zu Ende erzählt. Hat dieser Kommissar Dohmen sich denn schon gemeldet, ob er irgendwas herausgefunden hat zu dem Opel Omega?"

„Ja, was heißt gemeldet?", erwiderte Will. „Der hat mir heute Nachmittag eine knappe SMS geschrieben, wo nur drin stand: ‚Kettensäge positiv, Nummernschild negativ (wurde vor zwei Wochen geklaut).' Ohne Grüße, ohne alles. Von wegen Freund und Helfer."

„Hah! Das können Sie wohl laut sagen", ereiferte sich Schabowski und schlug mit der flachen Hand auf die Tischplatte. „Das deckt sich mit meiner Erfahrung, die ich mit den Jungs mache. Die komplette Kripo und auch die Staatsanwaltschaft mauert hart am Rande der Zumutbarkeit. Es ist zum Beispiel ein absoluter Skandal, dass man mich erst morgen zu meinem Mandanten lässt. Das ist so ein arrogantes Pack."

„Möchten Sie noch ein Knödel, Herr Schabowski?", fragte Marlene und hielt ihm die Schüssel hin.

„Gerne auch zwei“, antwortete der Anwalt und griff beherzt zu. „Und hätten Sie vielleicht auch was zum Runterspülen? Eine Flasche Bier oder so?“

Marlene sprang auf und ging zum Kühlschrank. „Oh ja, natürlich. Ich wusste ja nicht, dass Sie im Dienst trinken.“

„Wann denn sonst? So viel, wie ich arbeite, da käm ich doch sonst gar nicht zum Trinken.“

Will musste lachen. Irgendwie gefiel ihm dieser Typ, obwohl er schon sehr seine Fantasie bemühen musste, um sich ihn vor Gericht bei einem Plädoyer vorzustellen.

„Es ist schon zum Kotzen“, fuhr der Anwalt wieder etwas ernster fort, „dass ich keine Akteneinsicht erhalte, bis ich nicht diese Scheißvollmacht habe.“

„Unglaublich“, echauffierte sich auch Will. „Dabei wäre es doch wichtig zu wissen, was da drin steht, wenn Sie sich morgen mit der Peter treffen, oder?“

„Natürlich. Das wäre sogar elementar wichtig.“

„Und jetzt?“

„Tja, wenn man mir die Akten nicht gibt“, Schabowski legte das Besteck beiseite und nahm seinen Aktenkoffer auf den Schoß. Er öffnete das Zahlenschloss und legte ein paar säuberlich zusammengeheftete Stapel Papier auf den Esstisch, „dann hol ich sie mir eben.“

Will nahm einen Stapel und überflog die erste Seite. Es handelte sich ganz offensichtlich um die Kopie eines abfotografierten Obduktionsberichts. Will war erstaunt. „Das ist ja … wie sind Sie denn dadran gekommen?“

„Ach, das wollen Sie gar nicht wissen, Herr Hastenrath. Dafür habe ich meine Leute. Aber als ich die Akten heute

Morgen durchgearbeitet habe, war mir schon klar, warum hier so eine Geheimnistuerei stattfindet. Da wimmelt es von Ungereimtheiten. Nehmen wir nur mal den Obduktionsbericht von Wolfgang Hansson. Die beiden Schüsse, die ihn getroffen haben, waren beide tödlich. Das stimmt so weit. Aber in seinem Blut wurde eine recht hohe Konzentration eines Beruhigungsmittels gefunden. Da frage ich mich: Wer nimmt denn Beruhigungsmittel, bevor er mit einer Frau ins Bett geht? Oder, auch interessant – der Bericht der Spurensicherung. Man hat von Bettina Hebbel sehr viel Blut im ganzen Haus gefunden. Mit einem so hohen Blutverlust kann man nicht mehr weglaufen, wenn man so zierlich ist wie Frau Hebbel. Da ist man so gut wie tot. Und da man ihre Leiche bis jetzt nirgendwo gefunden hat, gehe ich davon aus, dass sie weggeschafft wurde. Vielleicht mit dem Opel Omega. Aber warum? Und vor allem, von wem? Am auffälligsten ist aber, dass sich fast überall in der Akte persönliche Vermerke von August Pimpertz befinden. Er ist es auch, der die Akten unter Verschluss hält und ganz dicke ist mit dem Staatsanwalt. Deshalb habe ich mich mal näher mit unserem Herrn Kriminaloberrat befasst. Wie Sie vielleicht wissen, ist er erst vor ein paar Jahren hier in den Kreis Heinsberg gekommen. Bis dahin hatte er aber schon eine bemerkenswerte Karriere hingelegt. Angefangen hat er als normaler Polizist mit Ausbildung, Hundertschaft, Streife, eben mit allem, was dazu gehört. Irgendwann hat er sich für den höheren Dienst beworben und ist zwei Jahre in Münster auf die Polizeiakademie gegangen. Dann wurde er Kriminalrat in Düsseldorf, wo er ein paar Jahre Führungsverantwortung hatte. Von da ging's nach Heinsberg und er wurde Direktionsleiter einer schon recht großen Polizeibehörde. Aber das wird bei dieser Raketenkarriere noch lange nicht das Ende der Fahnenstange sein. Als Nächstes wird er wohl irgendwo Kriminaldirektor bei einer größeren Dienststelle, und wenn alles glattläuft, endet er im Innenministerium."

„Ich verstehe, wodrauf Sie hinauswollen", sagte Will. „Wenn der Fall ‚Kleinheinz' nicht schnellstens aufgeklärt wird, könnte das ein Bremsklotz für dem seine Karriere werden."

„Nein, das würde ihm nicht schaden. Ich will auf was anderes hinaus. Und zwar auf Pimpertz' Zeit vor der Karriere. Vor knapp 15 Jahren war er Oberkommissar in Brunsbüttel."

„Wo ist das denn?"

„Brunsbüttel ist eine kleine Stadt in Schleswig-Holstein. Den Ort kennen Sie vielleicht noch von dem ehemaligen Kernkraftwerk."

Will zuckte mit den Schultern und der Anwalt fuhr fort: „Und jetzt raten Sie mal, aus welchem Ort Bettina Hebbel stammt."

„Aus Hamburg", antwortete Will wie aus der Pistole geschossen, „das hat Schwiegersohn herausgef…"

„Blödsinn", unterbrach Marlene ihn barsch. „Die kommt auch aus Brunsbüttel. Sonst hätte der Herr Schabowski doch nicht so komisch gefragt. Das war so eine kategorische Frage."

„Eine rhetorische Frage, um genau zu sein", sagte der Anwalt. „Aber Ihre Frau hat recht. Frau Hebbel ist in Brunsbüttel geboren und aufgewachsen. Und da sie erst im Jahr 2005 nach Hamburg gezogen ist, hat sie in Brunsbüttel gelebt, während August Pimpertz dort Kommissar war. Ein ziemlich großer Zufall, finden Sie nicht? So, aber jetzt trink ich erst mal mein Bier."

Schabowski nahm einen tiefen Schluck direkt aus der Flasche, obwohl Marlene ihm auch ein Glas dazugestellt hatte.

Will rieb sich sein Kinn und murmelte: „Wir müssen herausbekommen, was mit Bettina Hebbel passiert ist. Falls sie noch leben sollte, ist sie wahrscheinlich die einzigste Zeugin, die der Peter entlasten könnte."

„Oder der Omega-Fahrer", ergänzte Schabowski, nachdem er die Flasche abgesetzt hatte. Sie war leer. „So, ich mach mich mal wieder auf, damit ich morgen früh pünktlich in Aachen bin. Die Unterlagen können Sie behalten, die habe ich Ihnen extra kopiert. Vier Augen sehen mehr als zwei."

„Danke", sagte Will und musste sich eingestehen, dass er vielleicht doch ein etwas vorschnelles Urteil über den Anwalt gefällt hatte.

Schabowski stand auf, bedankte sich für das gute Essen und ließ sich von Will zur Tür bringen. Dort angekommen, flüsterte er ihm zu: „Verstecken Sie die Unterlagen gut, für den Fall, dass mir etwas zustoßen sollte."

Will sah ihn irritiert an. „Wieso sollte Sie denn was zustoßen?"

„Ich bin, weiß Gott, nicht paranoid. Aber ich bin mir absolut sicher, dass ich seit einigen Tagen verfolgt werde. Und das kann nur mit unserem Fall zu tun haben."

Will musste schlucken, als er ihn an der Tür verabschiedete. „Passen Sie gut auf sich auf", rief er dem Anwalt hinterher, als der die Straße überquerte, um zu seinem Wagen zu gehen.

Mitten auf der Straße drehte Schabowski sich noch einmal um und rief lachend zurück: „Keine Sorge. Ich bin wie eine Katze, ich habe mindestens neun Leben. Das Problem ist, dass ich ein paar davon schon aufgebraucht habe."

In diesem Augenblick schoss ein Wagen mit getönten Scheiben und quietschenden Reifen um die Ecke und hielt mit Vollgas auf den Anwalt zu. Will riss entsetzt die Augen auf und spurtete los. Mit schmerzenden Beinen erreichte er den Anwalt, der schockstarr mitten auf der Straße stehen geblieben war, warf sich gegen ihn und knallte mit ihm zusammen auf die gegenüberliegende Bordsteinkante. Der dunkle Wagen verfehlte die beiden haarscharf, geriet ins Schlingern und landete krachend im Vorgarten von Toni Jütten, wo er ein paar Meter Jägerzaun mitriss und dann mit dampfendem Kühlergrill zum Stehen kam. Will sprang auf, um sich den Fahrer vorzuknöpfen, doch als er stand, spürte er einen stechenden Schmerz in der linken Seite. Seine Beine gaben nach. Er fiel auf die Knie und als er langsam nach vorne kippte, wurde ihm schwarz vor Augen.

24

Sonntag, 20. Mai, 21.08 Uhr

Hastenraths Will war eins mit dem Universum. Er hatte die Augen fest geschlossen, konnte aber dennoch viele bunte Farbtupfer an einem tiefschwarzen Himmel erkennen. Bunt und regungslos wie das Standbild eines Feuerwerks. Hier und da jagten ein paar Sternschnuppen in die Unendlichkeit, aber ansonsten herrschte nichts als Stille und Anmut. Von der Seite schob sich langsam eine Art Andromedanebel ins Bild und mit ihm wehte auch ein exotischer Duft herüber. Ätherisch, leicht schwefelig und mit einer scharfen Note im Abgang. Will musste husten. Das intensive Aroma setzte sich in seiner Nase fest und füllte seine Augen mit Tränen. Noch hielt er sie geschlossen, doch als er den stechenden Geruch nicht mehr aushalten konnte, riss er die Augen auf und rief laut um Hilfe.

Um ihn herum wurde es wieder heller, doch er brauchte einige Sekunden, um zu verstehen, was geschehen war. Will lag mit dem Rücken auf dem harten Asphalt. Sein Körper schmerzte. Neben sich sah er die staubigen und abgelatschten Schuhe von Anwalt Schabowksi und über sich gebeugt erkannte er seine Frau Marlene, die eine halb aufgeschnittene Zwiebel in ihrer Hand hielt.

„Hab ich doch gesagt", hörte er sie mit dumpfer Stimme sagen, „Zwiebeln kann der nicht leiden."

Langsam kam Will wieder zu sich und auch die Erinnerung kehrte zurück. Er hatte Schabowski zur Seite gerissen und war mit ihm in den Rinnstein gefallen. Als er aufspringen wollte, hatte er starke Stiche verspürt und war ohnmächtig geworden. Er befühlte seine linke Körperseite und stellte fest, dass er offensichtlich mit den geprellten Rippen gegen den Bordstein geknallt war. Das hatte beim Aufstehen zu einer Ohnmacht geführt. Als Will versuchte, sich aufzurichten, war sein ganzer Torso ein einziger Schmerzherd.

„Aargh. Verdammt noch mal, wer war der Idiot mit der Auto?", presste er hervor. Eine weitere Person trat neben ihn. Will erkannte sie sofort an den abgewetzten Wildlederstiefeletten und der viel zu engen Jeanshose. „Du, Richard?!" Er sah auf und blickte in das schamrote Gesicht von Borowka, der entschuldigend seine Hände in die Höhe hielt und wegen seiner Halskrause kaum nach unten schauen konnte.

„Tut mir total leid, Will. Rita und ich waren bei Fredi und Sabrina zu ein Pärchenabend eingeladen und weil die die ganze Zeit bloß über Kinderkriegen am reden waren, war ich auf die Idee gekommen, nach Hause zu fahren für die DVD von ‚The Expendables' zu holen. Du weißt schon, der Superkracher mit Stallone, Schwarzenegger und Bruce Willis und so Leute. Den hab ich nämlich jetzt als Blu-Ray. Deshalb hab ich mir Fredi sein Auto geliehen und bin schnell hierhin gefahren. Das Doofe war, dass kurz vor der Kurve mein Handy anfing zu klingeln, und als ich da drangehen wollte, ist mir das im Fußraum gefallen. Und ich war das gerade da unten am suchen, als plötzlich die Kurve kam. Auf jeden Fall muss ich da irgendswie die Kontrolle über der Auto verloren haben. Ich mein, Zitrön ist ja auch eine Scheißkarre."

„Hatte der Fredi den nicht gerade erst neu?" fragte Marlene neugierig.

Borowka nickte und Will fuhr dazwischen: „Was interessiert mich denn der Zitrön? Du hättest uns beide fast umgebracht." Der Landwirt erhob sich ächzend, indem er sich auf seine Frau stützte. Er klopfte sich den Schmutz von seiner grauen Arbeitshose. Kopfschüttelnd wandte er sich an seinen Anwalt, dem der Schreck ebenfalls noch in den Gliedern zu stecken schien. „Tja, das ist übrigens mein Assistent, von dem ich Sie erzählt habe. Der, mit dem ich der Unfall hatte."

„Das wundert mich jetzt nicht", sagte Schabowski mit kreidebleichem Gesicht und übergab Borowka seine Visitenkarte. „Hier, die werden Sie brauchen."

„Warum das denn?" fragte der.

Schabowski deutete mit dem Finger auf Toni Jütten, der gerade aus seinem Haus gelaufen kam und mit fassungslosem Entsetzen auf den qualmenden Citroen in seinem völlig zerstörten Vorgarten starrte. Als er Will und die anderen sah, ballte er die Faust in ihre Richtung und brüllte: „Richard Borowka! Ich mach dich fertig! Ich hab die Bullen schon gerufen. Die Lupinen und die Lilien waren gerade erst am Blühen. Und der Jägerzaun war aus echtem Tropenholz."

25

Sonntag, 20. Mai, 22.04 Uhr

Sabrina Nowak stellte eine dampfende Schüssel Nudeln auf den Tisch und sagte: „Nehmt euch noch was. Es ist genug da."

Rita Borowka schnalzte mit der Zunge: „Sabrina und Fredi – Kompliment. Ihr seid wirklich die perfekten Gastgeber. Diese selbstgemachten Spaghetti sind der absolute Hammer. Ich wusste gar nicht, dass man so was selbst machen kann."

„Das sind Fettuccine", korrigierte Sabrina vorsichtig. „Das sind dünne, breit gerollte Nudeln, ähnlich wie Tagliatelle."

Rita drehte verlegen eine Locke in ihr blondgefärbtes, hochtoupiertes Haar. „Boah. Dass du die ganzen unterschiedlichen Namen kennst! Das Einzigste, was es bei uns schon mal gibt, ist Ravioli oder Miracoli. Und du hast das wirklich alles selbst gemacht mit diesem komischen Fleischwolf?"

Sabrina lachte, während sie noch eine Flasche Wein aus dem Kühlschrank holte. „Das ist eine extra Nudelmaschine. Damit kann man ganz einfach Lasagne machen oder Tagliolini oder eben Fettuccine. Die Maschine knetet den Teig und presst ihn dann durch diese Düsen in die gewünschte Form. Das hier ist eine besondere – mit Elektromotor. Die war sogar mal Testsieger. Fredi hat mir die geschenkt, als ich hier eingezogen bin."

Fredi Jaspers, der ein weißes Hemd mit dünnen Tomatensoßenspritzern trug, nickte stolz. Jetzt konnte er auch etwas Wissen beisteuern. „Da ist auch eine Handkurbel dabei, für wenn der Motor mal ausfällt. Was aber diese Maschine so einzigartig macht, das sind die Walzen, wegen die keine gesundheitsschädlichen Schwermetalle auf der Teig kommen. Das ist rostfreier Edelstahl mit mehrere Aufsätze für verschiedene Nudeln und mit eine Spezialklemme, für das Ding am Tisch festzumachen."

Rita schüttelte sprachlos den Kopf, auch wenn Fredi im Prinzip nur die Sätze wiedergab, mit denen der Verkäufer ihm seinerzeit die Maschine aufgeschwatzt hatte. Eigentlich war er auf der Suche nach einem Emaille-Kochtopf für Spaghetti gewesen. Aber egal: Seine Freundin lächelte ihn verliebt an – und nur das zählte.

Mit einer Nudelzange schöpfte Sabrina sich, Rita und Fredi eine weitere Portion auf die Teller und fragte: „Soll ich für den Richard gleich was in die Mikrowelle stellen?"

Rita winkte ab und der Strass auf ihren falschen Fingernägeln glitzerte im Schein der Zimmerlampe. „Selber schuld, der Blödmann. Der hat bestimmt wieder auf dem Klo die Zeit vergessen. Dann kriegt der eben nix mehr. Der hat doch eben schon die ganze Zeit so muffelig hier rumgesessen."

„Vielleicht hat der sich auch kurz was hingelegt. Dem geht es ja im Moment nicht so gut mit seine Halskrause", versuchte Fredi zu beschwichtigen. „Was mich wohl wundert – warum der eben nicht am Telefon gegangen ist, wie ich dem angerufen hab. Ich wollte dem doch noch sagen, dass der die Gänge nicht so hochziehen soll, weil ich der Auto ja noch einfahre."

Sabrina legte ihre Hand auf Fredis Schulter. „Mach dir mal keine Gedanken. Richard ist ein sehr guter Autofahrer. Der ist wahrscheinlich nicht ans Telefon gegangen, weil sein Handy nicht an deine Freisprechanlage gekoppelt ist.“

Fredi musste laut lachen. „Bestimmt nicht. Meinst du, dem sein Ford Capri hätte jemals eine Freisprechanlage gehabt? Der Borowka telefoniert immer freihändig, weil der sowieso fast nur mit den Knien lenkt. Er behauptet, dass echte Männer das so machen.“

„Apropos echte Männer“, schnurrte Sabrina und sah Fredi dabei tief in die Augen, „sollten wir uns nicht sowieso langsam mal Gedanken darüber machen, ob wir uns nicht lieber bald einen Kombi kaufen sollten?“

„Oh, wie süß“, flötete Rita.

Fredi strich sich verlegen durchs Haar. „Ja klar, logisch! Ich hab schon mit der Oellers dadrüber gesprochen und der sagt, solange an der Zitrön, dem ich jetzt habe, nix dran kommt, können wir jederzeit über eine Umschuldung sprechen. Ich halt schon immer Ausschau, ob irgendswas Gutes reinkommt.“

Sabrina schmiegte ihren Kopf an Fredis Schulter und flüsterte ihm leise ins Ohr: „Du bist so toll! Ich freu mich richtig auf unsere kleine Familie. Und gleich, wenn die Borowkas weg sind, habe ich eine kleine Überraschung für dich. Ich war nämlich gestern bei Hunkemöller und habe mir sexy Unterwäsche gekauft.“

Fredi wurde auf der Stelle rot. Dünne Schweißperlen traten auf seine Stirn und unter seinen Achseln wurde es feucht. Er hoffte, dass Rita das nicht mitbekam, doch die war gerade viel zu sehr damit beschäftigt, ihren Teller abzulecken.

Zum Glück klingelte es in diesem Augenblick an der Tür. Fredi sprang auf und rief: „Ah, der Borowka. Endlich! Da gehe ich doch mal … also … hier … die … wie heißt es? … die Tür aufmachen."

Im Flur musste Fredi sich zuerst einmal für ein paar Sekunden an der Wand abstützen. Er öffnete seinen obersten Hemdknopf und atmete tief durch. In welcher sexuellen Diaspora hatte er eigentlich die ersten 20 geschlechtsreifen Jahre seines Lebens verbracht? Aber jetzt wurde er dafür entschädigt. Durch Sabrina fühlte er sich wie neu geboren. Wenn das immer so sein sollte, dann würde er auch zehn Kinder mit ihr haben wollen. Er war überglücklich. Nichts würde heute noch seine gute Laune zerstören können. Er ging zur Tür und öffnete. Davor stand ein gequält lächelnder Richard Borowka. Links hinter ihm ein Polizist und unten am Straßenrand ein Streifenwagen.

Borowka schürzte die Lippen und sagte: „Ich hab eine gute und eine schlechte Nachricht für dich. Die gute ist: Ihr könnt euch jetzt endlich ein Kombi kaufen."

26

Montag, 21. Mai, 11.12 Uhr

Günter Schabowski wartete ungeduldig in der Schleuse. Der Justizbeamte hinter der kugelsicheren Glasscheibe ignorierte ihn bereits seit mehreren Minuten. Stattdessen tippte er auf seinem Bedienfeld herum und kontrollierte halbherzig die Monitore. Irgendwann sah er Schabowski an und brummte unfreundlich: „Ja?!“

Der Anwalt trat an das Sprechfenster und sagte: „Rechtsanwalt Günter Schabowski für den Häftling Peter Kleinheinz.“

Der Beamte schob eine Metallschublade unter der Scheibe hindurch und grummelte: „Anwaltsausweis, Personalausweis und Mobiltelefon hier rein.“

Nachdem Schabowski alles hineingelegt hatte, machte der Wärter einige Notizen in eine Liste und tätigte einen Anruf. Ohne Schabowski noch einmal anzusehen, nuschelte er: „Kollege kommt gleich.“

Der Anwalt wischte sich über die Stirn, auf der sich kalter Schweiß gebildet hatte. Gefängnisse lösten immer wieder Beklemmungen in ihm aus. Die bedrückende Enge, das ständige Eingeschlossensein, das war nichts für ihn. Und so war er dankbar, als plötzlich Schlüssel klimperten und sich die schwere Tür öffnete, die aus dieser Schleuse herausführte. Ein zweiter, ebenso schweigsamer JVA-Beamter nahm Schabowski in Empfang und brachte ihn zum Besprechungsraum. Hier war er schon einige Male gewesen, da er öfter Mandanten hatte, die es mit dem Gesetz nicht ganz so genau nahmen. In dem fensterlosen Raum standen nur zwei Stühle und ein Tisch. Während der Beamte wieder ging, nahm Schabowski auf dem der Tür gegenüberliegenden Stuhl Platz. Er sah auf die Tür und ärgerte sich darüber, dass man ihn so lange hatte warten lassen. Die Besuchszeit endete um 11.45 Uhr, also würde ihm nicht viel Zeit bleiben. Es vergingen weitere zehn Minuten, bis der JVA-Beamte zurückkehrte und Peter Kleinheinz in den Raum führte. Er wies den Häftling an, sich zu setzen, dann nahm er ihm die Handschellen ab und verließ den Raum. Das Erste, was Schabowski auffiel, waren Kleinheinz' gerade Körperhaltung und die gepflegte Kleidung. Zumindest die Würde hatte man ihm hier noch nicht genommen. Als Untersuchungshäftling durfte Kleinheinz seine eigenen Kleidungsstücke tragen, lediglich der Gürtel und die Schnürsenkel fehlten. Kleinheinz' Gesicht war kantig und der Fünftagebart gab ihm ein verwegenes Aussehen. In Kombination mit seinem an den Schläfen angegrauten, vollen Haar strahlte er eine Eleganz aus, die man in diesen Örtlichkeiten eher selten vorfand. Schabowski begann unwillkürlich an sich zu riechen, weil ihm einfiel, dass er selbst sein Hemd seit mindestens drei Tagen trug. Kleinheinz wirkte hellwach und fixierte den Anwalt, so als wolle er ihn mit seinem Blick hypnotisieren.

Fast tonlos fragte er: „Wer hat Sie geschickt?“

Schabowski räusperte sich, was zu einem leichten Abhusten führte. „Ihr Freund Wilhelm Hastenrath hat mich gebeten, Sie zu vertreten."

„Und Sie meinen, das macht Sinn?"

Schabowski war verwundert über die Frage. Zwar war die Lage nicht gerade rosig, aber in Deutschland galt immer noch das Recht, dass jedem Beschuldigten Anspruch auf anwaltlichen Beistand zustand. „Warum denn nicht?", stellte Schabowski die Gegenfrage.

Kleinheinz sah auf den Tisch und knetete dabei seine Hände. „Weil es nichts bringt. Wissen Sie, die letzte Woche war wirklich nicht leicht für mich. Man schottet mich hier drinnen ab. Ich habe kaum Kontakt zu den anderen Häftlingen. Außer den Leuten von der Mordkommission hat bis jetzt noch keiner mit mir gesprochen."

„Warum haben Sie denn selber keinen Verteidiger engagiert?"

„Was hätte ich dem denn erzählen sollen? Ich wollte mir erst mal selber klarmachen, was überhaupt los ist. Ich weiß ja nicht mal, was genau in der Nacht passiert ist. Und je mehr Beweise die mir hier auf den Tisch legen, desto mehr glaube ich selber, dass ich diese abscheuliche Tat begangen habe. Und wenn es wirklich so sein sollte, dass ich meine Freundin umgebracht habe, dann verdiene ich es auch nicht, hier jemals wieder rauszukommen. Bettina war eine wunderbare ..."

„Seien Sie mir nicht böse", unterbrach Schabowski ihn, „aber mit Gefühlsduselei kommen wir hier leider nicht weiter. Ich will Ihnen helfen und Sie sollten das annehmen. Wenn nicht meinetwegen, dann wenigstens wegen Ihres Freundes

Hastenraths Will. Sie glauben nicht, in welche Gefahr der Mann sich in den letzten Tagen schon begeben hat, nur um Ihnen zu helfen.“

Kleinheinz stöhnte auf und sagte: „Um Gottes Willen. Stoppen Sie den Mann! Das ist alles mehrere Nummern zu groß für ihn.“

„Nein!“ rief Schabowski energisch. „Stoppen Sie ihn. Nämlich, indem Sie mir helfen, Sie hier rauszuholen. Und zwar so schnell wie möglich.“

Kleinheinz seufzte. „Was wollen Sie denn wissen?“

Der Anwalt schlug in seinem DIN-A4-Block eine leere Seite auf und zog einen Kugelschreiber aus seinem Anzugsrevers. „Woran erinnern Sie sich konkret, wenn es um den Abend und die Tat geht?“

„Dohmen und ich hatten eine Nachtobservation, die aber am frühen Abend abgeblasen wurde. Dann bin ich nach Hause gefahren und ins Haus gegangen. Hoch ins Schlafzimmer. Und ab da habe ich einen absoluten Blackout.“

„Was ist das Letzte, woran Sie sich erinnern können?“

Kleinheinz legte seine Stirn in Falten. „Ich kam ins Schlafzimmer. Und Bettina saß mit dem Rücken zu mir nackt auf einem ebenfalls nackten Mann ...“

„Kannten Sie den Mann?“

„Ich glaube nicht. Ich bin nicht einmal sicher, ob ich sein Gesicht gesehen habe. Es ging alles so furchtbar schnell. Bettina hat mich gesehen, ist schreiend aufgesprungen und auf mich zugelaufen.“

„Sagt Ihnen der Name Wolfgang Hansson etwas?“

„So heißt der Tote, oder? Hat man mir jedenfalls gesagt.“

Schabowski rieb sich über sein stoppeliges Kinn. „Richtig. Und er ist der Exehemann von Bettina Hebbel."

„Oh", murmelte Kleinheinz und verzog den Mund.

„Das hat man Ihnen also nicht gesagt? Interessant", sagte Schabowski und machte sich Notizen.

„Der Name sagt mir gar nix", murmelte Kleinheinz. „Bettina hat zwar hin und wieder mal von ihrem Exmann erzählt, aber nicht besonders gerne. Die Ehe muss eine Katastrophe gewesen sein."

„Ganz so schlimm kann es ja wohl nicht gewesen sein, wenn die beiden jetzt noch ein Verhältnis miteinander hatten", wendete Schabowski süffisant ein. „Was ist passiert, nachdem Frau Hebbel schreiend auf Sie zugelaufen kam?"

Kleinheinz hob die Schulter. „Keine Ahnung. Alles weg. Ab diesem Zeitpunkt weiß ich nichts mehr."

„Hatten Sie eine Waffe in der Hand, als Sie das Zimmer betreten haben?"

„Ich weiß nicht. Ich glaube schon. Ich hab sie wahrscheinlich instinktiv gezogen."

Schabowski blätterte in seiner Akte. „Mehrere Ihrer Kollegen haben ausgesagt, dass Sie Ihre Dienstwaffe normalerweise immer im Präsidium gelassen haben. Stimmt das?"

„Ja."

„Aber nicht an diesem Abend. Warum nicht?"

Kleinheinz dachte nach. Dann sagte er langsam: „Ich kann mich erinnern, dass ich den Schlüssel von meinem Waffenschrank nicht gefunden habe, nachdem wir von der Observation zurückgekommen waren. Und weil ich ein bisschen frustriert war wegen des Abbruchs der Aktion, hatte ich keine Lust, danach zu suchen. Also habe ich die Waffe mit nach Hause genommen. So was ist immer mal wieder vorgekommen."

Schabowskis Blick verharrte auf seinen Unterlagen. „Hier steht aber, dass man den Schlüssel in Ihrer Hosentasche gefunden hat."

Kleinheinz zuckte mit den Schultern. „Keine Ahnung. Dann muss ich den wohl übersehen haben."

„Na gut. Sie sind also ins Zimmer gekommen, dann setzt die Amnesie ein. Was ist das Nächste, an das Sie sich erinnern?"

„Da war das Haus schon voller Polizei."

Schabowski lockerte die Krawatte und öffnete den obersten Hemdenknopf. Das war, weiß Gott, nicht viel, dachte er. „Herr Kleinheinz, Sie sprachen eben davon, dass der Staatsanwalt immer neue Beweise vorlegt. Worum handelt es sich da?"

„Das Übliche", räumte der Kommissar ein. „Blutspuren, Schmauchspuren, Fingerabdrücke. Aber auch Schwachsinn. Ein blutverschmierter Spaten oder ... erst gestern haben die mir gesagt, sie hätten in einem Versteck im Haus eine Kettensäge gefunden, auf der meine Fingerabdrücke seien und Blut von Bettina."

„Was für ein Versteck?"

„Ach, unter der Kellertreppe ist ein abgedecktes Loch in der Wand, wo ich schon mal Akten oder sensible Unterlagen drin versteckt habe."

„Wer weiß von diesem Geheimversteck?"

„Nur Bettina und ich. Ja, und der Herr Hastenrath. Der hat's leider mal zufällig mitbekommen."

Schabowski schrieb die ganze Zeit eifrig mit. Aber immer, wenn er seine Fragen stellte, sah er Kleinheinz in die Augen. „Haben Sie denn dort jemals eine Kettensäge aufbewahrt?"

„Natürlich nicht. Ich hab in meinem ganzen Leben noch nie eine Kettensäge besessen."

„Ach?", der Anwalt hielt verwundert inne, „die Kettensäge ist gar nicht von Ihnen?"

„Nein."

Schabowski legte den Kugelschreiber zur Seite und lehnte sich auf seinem Stuhl zurück. „Ja, aber dann spricht doch einiges dafür, dass man Ihnen hier ein Verbrechen anhängen will. Da holt man sich doch einen Anwalt."

Kleinheinz beugte sich vor und legte sein Kinn auf seine ineinandergeschobenen Hände. „Wissen Sie, ich bin schon so lange im Geschäft. Ich weiß, wie solche Vernehmungen ablaufen, ich habe ja selbst Hunderte davon durchgeführt. Ich kenne die Tricks, ich kenne die Bluffs, ich weiß aber auch, was der andere in der Hand hat und was nicht. Und wenn ich meinen Fall nüchtern betrachte, dann lässt der nur zwei Schlüsse zu. Entweder ich war's oder derjenige, der mir den Mord in die Schuhe schieben will, ist ein Vollprofi. In beiden Fällen bin ich geliefert. Solche Leute machen keine Fehler."

„Blödsinn", sagte Schabowski. „Jeder macht Fehler. Und außerdem muss man doch ein Interesse daran haben, herauszufinden, wer einen aus dem Weg räumen will."

„Meinen Sie nicht, da hätte ich selbst schon drüber nachgedacht? Eine Woche lang, 24 Stunden am Tag. Ich hab ja Zeit. Aber ich wüsste niemanden, der mir so etwas antun würde."

„Kommen Sie, Sie sind Polizist. Sie treten genug Leuten vors Schienbein."

„Herr Schabowski. Wir reden hier vom Kreis Heinsberg, nicht von New York."

Der Anwalt richtete sich wieder in seinem Stuhl auf und verschränkte die Arme vor der Brust. „Okay, dann frage ich anders herum: Wie gut kennen Sie August Pimpertz?"

Kleinheinz' Augenlider zuckten und Schabowski hatte das Gefühl, auf der richtigen Fährte zu sein. „Was hat denn Pimpertz mit der Sache zu tun?", fragte Kleinheinz.

„Abgesehen davon, dass er meine Arbeit behindert und wie eine Glucke die Akte bewacht, weiß ich das noch nicht so genau. Aber ich denke, Sie können mir da ein wenig auf die Sprünge helfen. Ich weiß aus mehreren Quellen, dass Sie Probleme miteinander haben und dass die aus der Vergangenheit rühren. Was wissen Sie über Pimpertz?"

Jetzt verschränkte auch Kleinheinz seine Arme vor der Brust. „Nichts!"

„Was soll der Quatsch? Warum schützen Sie den Mann? Es gibt jede Menge Hinweise, dass er Sie ans Messer liefern will. Erst letztes Jahr hat er versucht, Sie zu suspendieren."

Kleinheinz runzelte die Stirn. „Ach das. Das war nach meiner Schussverletzung und der Reha. Da war ich mir doch selbst nicht sicher, ob ich mich noch für den Polizeidienst eigne."

„Das hat Herr Hastenrath mir aber gestern Abend anders geschildert. Er hat mir gesagt, dass Sie sehr damit gehadert haben, möglicherweise den Dienst quittieren zu müssen."

Der Kommissar atmete laut. „Ja, mag sein. Aber das ist doch was anderes, als jemandem einen Mord anzuhängen."

„Was soll das?" Schabowski erhob seine Stimme. „Sie wissen doch viel mehr. Kommen Sie: Welche Leiche hat Pimpertz im Keller?"

„Das hat nichts mit dieser Sache hier zu tun."

„Wie können Sie da so sicher sein? Schon mal drüber nachgedacht, warum Pimpertz Ihre Observation überraschend abgeblasen hat?"

In diesem Augenblick wurde die Tür zum Besuchsraum aufgeschlossen und der JVA-Beamte von vorhin kam wieder herein. Mit unbeweglicher Miene und nicht gerade freundlich rief er: „Ende der Besuchszeit. Ich muss Sie bitten, zu gehen."

Schabowski erhob sich und sah ihn irritiert an. „Was soll das denn? Ich bin doch gerade mal zehn Minuten hier. Was kann ich denn dafür, wenn Sie am Eingang so lange brauchen? Ich war pünktlich um elf Uhr am Tor."

„Tut mir leid. Vorschrift. 11.45 Uhr ist Ende der Besuchszeit. Wenn Sie dann bitte …"

Schabowski ordnete seine Unterlagen, schürzte die Lippen und sagte leise, aber sehr bestimmt: „Nein, ich gehe erst, wenn ich hier fertig bin. Und wenn Sie damit ein Problem haben, dann sagen Sie mir das jetzt hier vor Zeugen und ich werde Sie nach § 328 Absatz 2 Abschnitt 3 Strafgesetzbuch verklagen. Dann können Sie Ihren Job hier vergessen, das verspreche ich Ihnen. Haben Sie eine Familie, die Sie ernähren müssen?"

Der Beamte nickte reflexartig.

Schabowski presste die Zähne aufeinander und zischte: „Oh, dann würde ich mir zweimal überlegen, ob Sie mich rauswerfen."

Der Vollzugsbeamte schluckte. „Aber, ich tu doch hier nur meine …"

„Ich werde klopfen, sobald ich fertig bin." Schabowski wendete sich wieder seinen Unterlagen zu. Der Beamte knibbelte sich nervös am Ohr und wollte noch etwas sagen. Dann entschied er sich, den Raum zu verlassen.

Kleinheinz musterte den Anwalt amüsiert und fragte: „§ 328 Absatz 2 Abschnitt 3 StGB? Was steht denn da drin?"

„Bitte? Ach so. Da steht: ‚Mit Freiheitsstrafe bis zu fünf Jahren oder mit Geldstrafe wird bestraft, wer eine nukleare Explosion verursacht.' Und ich muss sagen, ich halte das für eine angemessene Strafe."

Kleinheinz musste lächeln. Zum ersten Mal, seit sie zusammensaßen. Wahrscheinlich sogar zum ersten Mal seit einer Woche.

Schabowski lächelte zurück. „Und? Sagen Sie mir jetzt, was Sie und Pimpertz verbindet?"

Der Kommissar nickte. „Gut. Ich sag's Ihnen."

27

Montag, 21. Mai, 15.08 Uhr

Der robuste Werkzeugkasten aus Stahlblech stand aufgeklappt neben dem mächtigen Kartoffelroder, unter dem die Gummistiefel von Hastenraths Will herausragten. Der Landwirt hantierte und hämmerte und fluchte. Schon seit der letzten Ernte hatte er immer wieder Probleme mit der Hydraulikanlage gehabt. Nach dem Mittagessen hatte er sich dann endlich einmal aufgerafft, danach zu sehen. Er brauchte dringend etwas Ablenkung, um nicht verrückt zu werden. Bereits seit Stunden wartete er auf eine Rückmeldung von Schabowski, schließlich wollte er wissen, was Kleinheinz gesagt hatte. Da er seiner Frau mit seinem Fingergetrippel am Tisch auf die Nerven gegangen war, hatte sie ihm den Werkzeugkasten in die Hand gedrückt und ihn nach draußen geschickt.

Will war gerade dabei, in der qualvollen Enge unter der Radaufhängung eine große, rostige Mutter zu lösen, als Marlene plötzlich laut seinen Namen rief. Wills Kopf zuckte hoch und knallte mit voller Wucht gegen die Achse. „Aaahhrg, verdammte Axt! Musst du mich so erschrecken?“

„Komm mal eben da raus. Dein Schwiegersohn möchte mit dir sprechen“, rief sie unbeeindruckt.

Vorsichtig schob Will sich mit dem Rollbrett, auf dem er lag, unter dem Roder hervor. Als er wieder Sonnenlicht sah, musste er blinzeln. Bevor er sich erhob, wischte er sich mit einem alten Öllappen den Schweiß von der Stirn und spürte dabei, dass sich dort eine kleine Beule bildete. Mir bleibt auch nichts erspart, dachte er, als er seinen schmerzenden Körper langsam an der Außenleiter hochzog, über die man an die Sortierplätze gelangte. „Michael, was kann ich für dich tun?"

Bevor Michael antworten konnte, sagte Marlene: „Wenn ihr fertig seid, kommt ihr rein. Ich hab ein frischer Apfelkuchen gebacken." Dann verschwand sie wieder im Haus.

Da Hofhund Attila gerade in seinem Käfig ausrastete, musste Michael seine Antwort schreien. Immer wieder warf sich der große Rottweiler mit seinem Körper gegen die schon halb verbogenen Gitterstäbe und bellte aus Leibeskräften. Obwohl Michael Attila schon seit Jahren kannte, fühlte er sich bei diesem fürchterlichen Anblick jedes Mal an die Velociraptoren aus „Jurassic Parc" erinnert. Da war ihm Kläffer Knuffi wesentlich angenehmer. „Frag mich lieber, was ich für dich tun kann", brüllte er gegen den Lärm an, unter den sich jetzt auch noch lautes Muhen aus dem angrenzenden Kuhstall mischte. „Lass uns doch mal nach hinten gehen. Hier versteht man ja sein eigenes Wort nicht."

Will ging zum Zwinger und steckte seine Hand durch die Gitterstäbe. Augenblicklich beruhigte sich der Hofhund und begann, an den Fingern zu schlecken. „Ich weiß, Attila. Du hast es im Moment nicht leicht. Aber ich verspreche dir, das hat bald ein Ende mit der Knuffi und dann gehen wir beide wieder stolz durch Saffelen, so wie es sich gehört."

Wie zur Bestätigung jaulte Attila wie ein Wolf.

Will wendete sich an seinen Schwiegersohn. „Komm, wir gehen im Bürro."

Michael folgte Will durch das Tor hindurch in den hinteren Bereich der Hofanlage. Vor dem alten Hühnerstall nahmen sie Platz. Will wusste, dass Michael keinen Wert auf einen guten Tropfen legte und so goss er nur sich selbst einen Dujardin ein. Nach einem ordentlichen Schluck fragte er: „Also, was ist los?"

Michael legte einen Schnellhefter auf seine Knie, zog ein paar eng beschriebene DIN-A4-Blätter heraus und begann zu erzählen: „Also, nachdem der Kevin mir am Samstag das Fahndungsplakat der armen Frau gezeigt hat, hat mir die Sache einfach keine Ruhe gelassen. Und weil ihr gestern die Kinder hattet, hatte ich ein bisschen Zeit, weiter zu recherchieren. Und dabei ist mir was Wichtiges aufgefallen, das ich beim ersten Mal übersehen hatte."

Will zog die Augenbrauen hoch und hörte den Ausführungen seines Schwiegersohns aufmerksam zu.

„Ich hatte dir ja gesagt, dass es sich bei dem Toten um den Exehemann von Bettina Hebbel handelt, den sie 2009 geheiratet hat und von dem sie 2011 wieder geschieden wurde. Das stimmt auch alles, ist aber nur die halbe Wahrheit. Von 1998 bis 2002 war Frau Hebbel nämlich schon einmal verheiratet."

Will machte große Augen, sagte aber nichts. „Und zwar mit einem gewissen Ronny Berger. Er kam genau wie sie aus Brunsbüttel – und da haben die beiden zu der Zeit auch gelebt."

„Und von dem hat Bettina Hebbel sich dann 2002 schon wieder scheiden lassen?!"

„Nicht ganz“, fuhr Michael fort. „Ronny Berger hat sich umgebracht.“

„Oje. Weiß man, warum?“

„Tja, jetzt wird’s spannend. Im Oktober 2002 war Ronny Berger festgenommen worden, weil man ihm Unzucht mit Kindern vorwarf. Ich muss dazusagen: Ronny Berger war Grundschulreferendar und leitete auch Schülerfreizeiten. Nach einer Fahrt in den Schwarzwald war er von den Eltern eines achtjährigen Jungen wegen sexueller Belästigung angezeigt worden. Da Brunsbüttel verhältnismäßig klein ist, ging das natürlich schnell rum. Hinzu kam, dass die örtliche Polizei etliche Fehler machte und Pressekonferenzen gab, in denen Ronny Berger vorverurteilt wurde. Es gab viele Ermittlungspannen und man rühmte sich, die Stadt vor einem Perversen zu beschützen, indem man Ronny Berger in Untersuchungshaft nahm. Viel ist im Internet natürlich nicht zu finden aus der Zeit, aber ein paar aufschlussreiche Zeitungsartikel habe ich gefunden. Schau mal, hier ist auch ein ganz brauchbares Foto von diesem Ronny Berger.“

Michael reichte Will die eingescannten Berichte, die er kurz überflog. Die Überschriften reichten von „Das Monster von Brunsbüttel“ bis „Pädophiler Lehrer verhaftet“. Das Foto, unter dem „Ronny B.“ stand, zeigte einen jungen, lebenslustigen Mann mit wilder, lockiger Mähne, klarem Blick und einem einnehmenden Lächeln. „Ziemlich gut aussehend“, konstatierte Will, „aber ich sag mal so: Wenn der das wirklich gemacht hat …“

„Und damit wären wir beim noch tragischeren Teil der Geschichte. Nach mehreren Tagen Hexenjagd, bei der sich weder Polizei noch Bevölkerung mit Ruhm bekleckert haben –, das ging von zerkratzten Autos bis zu beschmierten Häuserwänden – stellte sich plötzlich heraus, dass der achtjährige Junge alles nur erfunden hatte. Zu dem Zeitpunkt war Ronny Berger aber schon mit großem Brimborium in Haft genommen worden. Und auch nach seiner Entlassung war er in der öffentlichen Meinung alles andere als rehabilitiert. Der Hass richtete sich auch in den folgenden Tagen gegen ihn, während die Polizei untätig blieb. Im November 2002 hat Ronny Berger es dann wohl nicht mehr ertragen und sich auf dem Dachboden seines Hauses erhängt."

„Oh, mein Gott", Will hielt sich die Hand vor den Mund, „das muss ja furchtbar gewesen sein für die Frau Hebbel."

„Es ist sogar noch schlimmer", sagte Michael. „Während dieser ganzen Zeit war Bettina Hebbel beziehungsweise Bettina Berger überhaupt nicht im Lande. Sie hatte gerade ihr Studium beendet und befand sich mit einer Freundin auf einer Backpackertour durch Indien."

„Was für eine Tour?"

„Eine … eine Rucksacktour. Da war eine kurze Randnotiz in einer Zeitung, in der stand, dass sie erst nach Ronny Bergers Tod von den ganzen Ereignissen erfahren hat und sogar die Beerdigung verschoben werden musste, bis sie wieder zurück war aus Indien. Ronny Berger hatte sie offenbar nicht informiert und auch sonst niemand. Und damals gab es ja noch kein Facebook oder andere soziale Netzwerke."

„Wie furchtbar muss das sein?", murmelte Will mitfühlend.

Michael zog ein neues Blatt hervor und erzählte weiter: „Aber das ist immer noch nicht der Hauptclou der Geschichte. Jetzt guck mal hier, wer damals gegen Ronny Berger ermittelt und die Hetzjagd erst ermöglicht hat."

Will nahm das Blatt zur Hand, auf dem ein etwas unscharf kopierter Zeitungsausschnitt aus der „Dithmarschen Landeszeitung“ zu sehen war. Er musste es weit von sich weg halten, um überhaupt etwas lesen zu können. Unter der Überschrift „Neue Details zum Kinderschänder von Brunsbüttel“ stand ein weitgehend unleserlicher Artikel und das Foto eines Polizeibeamten, der hinter einer Batterie von Mikrofonen saß. Der Beamte war hager, hatte vorstehende Wangenknochen und sein Haar war akkurat zu einem Seitenscheitel gekämmt. Mit ernstem Blick starrte er in die zahlreichen Objektive der Kameras, die ins Bild ragten. „Tut mir leid, Michael, ich kann der Text nicht lesen.“

„Der Text ist auch nicht so interessant. Lies einfach mal die Bildunterschrift, die ist etwas größer geschrieben.“

Will justierte die Schärfe seiner Augen und las laut vor. Während er das tat, geriet er ins Stocken und fing von Neuem an. Er konnte gar nicht glauben, was da stand: „Bild: August Pimpertz, der stellvertretende Leiter der Ermittlungskommission im Fall des mutmaßlichen Pädophilen Ronny B., trat gestern erneut vor die Presse.“

Wills Atem ging schwer. „Ich fass es nicht“, presste er durch seine fast geschlossenen Lippen.

„Das dachte ich mir“, sagte Michael. „Aber das ist leider immer noch nicht alles. Jetzt war ich natürlich angefixt und habe mir deshalb mal erlaubt, einen Blick in die Personalakte von August Pimpertz zu werfen – frag mich bitte nicht, wie! Und dabei habe ich festgestellt, dass die zwei Jahre als Oberkommissar in Brunsbüttel gar nicht drinstehen. In dieser Zeit war er angeblich als Kommissar in Hannover tätig. Laut Akte war Pimpertz also nie für Brunsbüttel zuständig und somit auch nicht für diesen Fall."

Will fiel die Kinnlade herunter. „Du meinst, die ganze Geschichte ist vertuscht worden?"

„Sieht ganz so aus. Und jetzt habe ich mir Folgendes gedacht: Was macht ein Mann, der sich gerade auf seinem Karrieredurchmarsch befindet und dabei vorübergehend in Heinsberg landet, als er erfährt, dass einer seiner Untergebenen mit genau jener Frau liiert ist, deren Leben er zerstört hat, ohne je dafür zur Rechenschaft gezogen worden zu sein?"

Will blies seine Backen auf und erwiderte: „Er versucht, sie aus dem Weg zu räumen?"

„Wär doch möglich, oder?"

„Ja klar. Aber warum zieht er Kleinheinz da mit rein?"

„Na, hör mal", half Michael ihm auf die Sprünge. „Du hast mir doch selbst gesagt, dass Pimpertz Kleinheinz nicht besonders mag. Außerdem hat Kleinheinz in der Vergangenheit einige disziplinarische Verstöße begangen, gilt als hitzköpfig und ist zudem auch noch der Lebensgefährte der Frau, um die es geht. Damit ist er doch das ideale Bauernopfer."

Will wurde es gleichzeitig heiß und kalt. Um besser nachdenken zu können, goss er sich noch etwas Dujardin nach. „Aber wie passt der andere Exmann in die Geschichte? Warum taucht der plötzlich hier auf?", fragte er mehr sich selbst, aber Michael antwortete dennoch:

„Das hab ich mich auch gefragt. Ich glaube, Pimpertz hat mitbekommen, dass Bettina Hebbel ein Verhältnis mit dem Mann hat, und hat daraufhin seinen Plan reifen lassen. Hast du nicht gesagt, dass Hansson schon etwas länger in der Gegend war?"

„Drei Wochen vor dem Mord ist er im Hotel Garni eingezogen."

„Könnte doch passen. Pimpertz hatte genug Zeit, alles vorzubereiten. Als es so weit war, hat er eine vermeintliche Observation veranlasst und sie dann so rechtzeitig wieder abgeblasen, dass Kleinheinz seine Freundin überraschen konnte."

Will seufzte laut. „Und was soll ich jetzt machen?"

Michael packte seinen Schnellhefter wieder zusammen und stand auf. „Am besten besprichst du die ganze Sache mit deinem Anwalt."

„Da sagst du was. Der Rechtsverdreher hat sich ja immer noch nicht gemeldet. Ich ruf den jetzt einfach selber an."

Will stand auf und fummelte umständlich sein Handy aus der Parkatasche. Als er es herauszog, klebte ein altes Bonbon daran. Der Landwirt störte sich nicht weiter daran und drückte die Kurzwahltaste, auf der er die Nummer eingespeichert hatte. Damit Michael mithören konnte, schaltete er den Lautsprecher ein. Es klingelte sieben Mal, bevor das Gespräch mit dem fast schon obligatorischen Hustenanfall angenommen wurde.

„Schabowski?" „Herr Schabowski, wollten Sie mich nicht schon längst angerufen haben? Der Besuchstermin muss doch schon lange vorbei sein", kam Will sofort zur Sache.

„Ja, natürlich. Entschuldigung, Herr Hastenrath", antwortete der Anwalt und wechselte plötzlich in einen Flüsterton, „aber ich habe gerade noch einen Termin bei Gericht. Im Moment ist Verhandlungspause und ich stehe hier auf dem Flur. Keine Ahnung, wie lange das hier noch geht."

„Soll ich nachher einfach mal vorbeikommen? Ich habe nämlich auch ein paar wichtige neue Informationen."

„Nein, heute Abend ist schlecht. Lassen Sie uns lieber morgen früh einen Termin machen. Wie wär's um neun Uhr?"

„Besser um acht."

„Meinetwegen auch um acht. Bis morgen."

„Moment mal", rief Will. „Jetzt sagen Sie mir doch wenigstens, wie es der Peter geht und was der gesagt hat."

Es rappelte kurz am anderen Ende, bevor Schabowski wieder zu hören war. „Dem Herrn Kleinheinz geht es den Umständen entsprechend gut und das Gesprächsprotokoll werde ich heute Nacht ins Saubere schreiben. An die Tat selbst hat Herr Kleinheinz leider keine Erinnerung. Er hatte einen Blackout. Oh, ich muss leider wieder rein. Die Verhandlung geht weiter."

Es tutete am anderen Ende.

„Komischer Vogel", sagte Michael.

Will schüttelte den Kopf. „Das kannst du wohl laut sagen. Und jetzt?"

Die beiden sahen sich an und sagten gleichzeitig: „Kuchen!"

28

Montag, 21. Mai, 21.32 Uhr

Die Sonne war untergegangen hinter den saftigen Kuhwiesen von Kirchhoven, doch Günter Schabowski hatte keinen Blick für dieses Naturschauspiel übrig gehabt. Und das, obwohl er von seinem Büro aus eine schöne Aussicht genoss – wenn man denn auf Einöde stand. Aber um sich am Sonnenuntergang zu ergötzen, war der Anwalt viel zu sehr in seine Unterlagen vertieft, die kreuz und quer auf seinem Schreibtisch ausgebreitet waren. Ein wenig drückte ihn das schlechte Gewissen, dass er seinen Auftraggeber, Hastenraths Will, am Telefon mit einer Lüge abgewimmelt hatte. In Wahrheit war er nämlich gar nicht bei Gericht gewesen, sondern hatte sich nach seinem Besuch in der JVA sofort mit Elan auf den „Fall Kleinheinz" gestürzt, der durch die Aussagen des Kommissars plötzlich eine ganz neue Richtung und vor allem Brisanz bekommen hatte. Schabowski wollte das Puzzle erst zusammensetzen, bevor er dem Landwirt sein Ergebnis präsentierte. Herr Hastenrath würde am nächsten Morgen begeistert sein. Den Nachmittag hatte Schabowski damit zugebracht, alte Bekannte zu besuchen, die ihm noch einen Gefallen schuldig waren und die über genug Möglichkeiten und Skrupellosigkeit verfügten, um an unter Verschluss gehaltenes Material zu kommen. Das war in diesem Fall auch nötig, denn mittlerweile stand für Schabowski fest, dass hier von höchster Stelle Einfluss auf die Ermittlungen genommen wurde. Und mit höchster Stelle war nicht nur August Pimpertz gemeint, sondern er hatte auch noch einige Etagen darüber im Verdacht. Einflussreiche Menschen aus dem Innenministerium schienen ihre schützende Hand über den Direktionsleiter zu halten. Weniger wegen seiner außergewöhnlichen Fähigkeiten – da war sich der Anwalt sicher –, sondern wahrscheinlich, weil er zu viel wusste. So lief Karriere heute. Schabowski hatte fast alles beisammen, was er brauchte, und er versuchte nun Struktur in das Bild zu bringen. Es war wie ein großes Puzzle, von dem er so gefesselt war, dass er zwischendurch sogar vergessen hatte, sich eine neue Zigarette anzuzünden, nachdem er die alte im Aschenbecher ausgedrückt hatte. Um sich besser konzentrieren zu können, hatte er bereits eine Dreiviertelflasche Wodka zu sich genommen – und es hatte geholfen. Seine Synapsen liefen auf Hochtouren. Von Kleinheinz hatte er endlich etwas über die Vergangenheit von August Pimpertz erfahren. Pimpertz hatte im Jahr 2002 als stellvertretender Leiter einer Ermittlungskommission bei der Jagd auf einen vermeintlichen Kinderschänder namens Ronny Berger eine verhängnisvolle Rolle gespielt. Dass Kleinheinz davon wusste, hatte einen simplen Grund. Er selbst war damals in den Fall involviert gewesen. Kleinheinz war zu jener Zeit nämlich der Vorgesetzte von Pimpertz gewesen und damit der Hauptverantwortliche für die Folgen. Die beiden taten ihren Dienst in der Polizeibehörde Itzehoe, die für Brunsbüttel zuständig war. Da die beiden Kommissare damals jedoch als sehr hoffnungsvoll galten, hatten die obersten Dienstherren entschieden, die unglücklichen Ereignisse um Ronny Berger zu verschleiern, Kleinheinz und Pimpertz mit neuen Biografien auszustatten und in andere Bundesländer zu versetzen, wo jeder für sich die Chance auf einen Neuanfang erhalten sollte. Während Pimpertz schnell Karriere machte, indem er sich für den höheren Dienst bewarb, setzte Kleinheinz die konventionelle Laufbahn fort, da ihm Verwaltungsaufgaben nicht lagen. Dass irgendwann beide in einer gottverlassenen Gegend wie dem Kreis Heinsberg wieder aufeinandertreffen sollten und dann auch noch in getauschten Vorgesetzten-Rollen, war offensichtlich einem Fehler im Referat für Personal und Stellenplanung in Düsseldorf geschuldet. Wie es zu dieser Schlamperei kommen konnte, interessierte Schabowski jedoch nicht so sehr wie die Frage, ob diese Konstellation wirklich zu der Bluttat geführt hatte. Fakt war jedenfalls, dass Kleinheinz und Pimpertz eine unrühmliche Vergangenheit verband, die nicht herauskommen durfte. Und so etwas schweißte entweder zusammen oder sorgte für Ärger. Dass die beiden nicht das beste Verhältnis zueinander hatten, war hinlänglich bekannt, aber ließ man deswegen einen Menschen über die Klinge springen? Schabowski hatte da seine Zweifel.

Die ganze tragische Dimension der Geschichte war dem Anwalt allerdings erst bewusst geworden, als er, zurück in seinem Büro, aus reiner Neugier Ronny Berger gegoogelt und dabei zufällig herausgefunden hatte, dass er der erste Ehemann von Bettina Hebbel gewesen war. Ab da wurde es immer spannender und Schabowski hatte weder gemerkt, dass sich zwischenzeitlich seine Sekretärin in den Feierabend verabschiedet hatte, noch, dass er den ganzen Tag kaum etwas gegessen hatte – bis auf das im Wodka enthaltene Getreide.

Mittlerweile war die Flasche leer. Der Anwalt öffnete sich eine neue und goss nach, ohne die Augen vom Tisch zu nehmen. Vor ihm lag die Aussage von Jarek, dem Polen, die Will ihm diktiert hatte und die die Polizei nicht besaß. Die Beobachtungen des Schwarzarbeiters waren Gold wert, denn Schabowski waren mehrere Dinge aufgefallen, die nicht so recht zu dem allzu glatten Fall passen wollten. Er notierte sich ein paar Punkte, während er einen Schluck Wodka zu sich nahm. Er liebte das leichte Brennen im Hals und das pure Alkoholaroma, frei von lästigen Geschmacksrichtungen. Rein wie meine Seele, dachte er und musste laut lachen.

Plötzlich fiel sein Blick auf die Notizen, die er sich im Gespräch mit Kleinheinz gemacht hatte. Ein winziges Detail, dem er bisher kaum Beachtung geschenkt hatte, erregte plötzlich sein Interesse. „Das gibt's doch gar nicht", murmelte er und riss das Blatt heraus. Mehr und mehr hatte er das Gefühl, auf der richtigen Fährte zu sein. Wenn das mal nicht sogar ein entscheidender Hinweis war. Er notierte als Erinnerungsstütze die Buchstaben „FO" auf dem Rand des Blattes und steckte es in seine Hemdentasche, als er plötzlich ein seltsames Geräusch im Flur hörte. Sein Kopf zuckte hoch.

„Hallo?", rief er unsicher, doch es kam keine Antwort. Der Anwalt hielt einen Moment inne und lauschte. Nichts. Wahrscheinlich war irgendetwas umgefallen, aber Schabowski war zu träge, um nachzusehen. Außerdem setzte sich soeben das Puzzle vor seinen Augen zusammen, da konnte er jetzt unmöglich nachlassen. Um ein paar Zeiten miteinander abzugleichen, zog er noch einmal das Protokoll des Polen hervor. Mit einem Mal streifte ihn ein eisiger Windhauch und er spürte eine Veränderung im Raum. Verärgert sah er auf und konnte seinen Augen nicht trauen. Wie aus dem Nichts war eine schwarz gekleidete Gestalt aufgetaucht und stand regungslos im Türrahmen. Das Einzige, was der Anwalt im schwachen Widerschein seiner Schreibtischlampe erkennen konnte, waren zwei Augen, die ihn durch den Schlitz einer Skimaske anstarrten. Schabowski musste schlucken. Er merkte, wie sein Herz für einen Moment aussetzte.

„Was machen Sie denn hier? Wer sind Sie?", fragte er beklommen, bevor ihm auffiel, wie sinnlos das war. Vor allem die Frage nach dem „Wer" würde die Person ihm wohl kaum beantworten, schließlich hätte sie sich ansonsten nicht maskiert.

Der Eindringling machte einen Schritt in den Raum und hob seine rechte Hand. Als Schabowski die Augen zusammenkniff, erkannte er darin eine Pistole mit aufgesetztem Schalldämpfer, die genau auf seinen Kopf gerichtet war. Sein Puls raste, während er sich ganz langsam von seinem Stuhl erhob. Die Waffe folgte seiner Bewegung.

„Ganz ruhig", stammelte Schabowski und versuchte dabei unverkrampft zu wirken. „Wir können doch über alles reden."

Die schwarze Person zeigte keinerlei Regung. Sie war offensichtlich nicht zum Plaudern gekommen, so viel hatte Schabowski begriffen. Trotz der Gefahrenlage fühlte sich der Anwalt mit einem Mal seltsam entspannt. Die Todesangst, die ihn gepackt hatte, traf auf die Ruhe seines wodkaumnebelten Geistes. Der Alkohol machte ihn ruhig und sogar ein bisschen mutig. Sein Kopf hatte das Unausweichliche längst akzeptiert und er spürte keine Angst mehr. Es gab bessere Leben als seins. Also, was sollte es?

Er richtete seinen Finger auf den Eindringling und sagte: „Ich weiß genau, wer Sie sind."

Doch auch diesmal gab der Einbrecher keine Antwort. Stattdessen drückte er ab. Einfach so. Schabowski hörte ein kurzes Ploppgeräusch und spürte eine Millisekunde später einen kräftigen Schlag gegen die Brust. Die Wucht des Projektils schleuderte ihn nach hinten gegen sein Regal. Ein paar Bücher fielen heraus. Als er überrascht an sich heruntersah, breitete sich ein roter Fleck wie im Zeitraffer auf seinem weißen Hemd aus. Er fühlte, wie seine Knie nachgaben und er langsam nach vorne kippte. Sein Kopf knallte gegen die Stuhllehne, aber dennoch spürte er keinen Schmerz. Als er ganz verdreht auf dem Boden lag, beobachtete er mit verschwommenem Blick, wie der Eindringling in aller Seelenruhe die Unterlagen vom Schreibtisch nahm und in einer Tasche verschwinden ließ. Schabowski wollte ihm noch etwas zurufen, doch seine Kehle war wie zugeschnürt. Sein Atem ging immer schwerer. Er spürte, dass es zu Ende ging. Das Leben wich aus seinem Körper. So sollte es also enden, war das Letzte, was er dachte: betrunken hinterm Schreibtisch. Aber immerhin mit einem Knall. Schabowski musste lächeln. Dann schloss er die Augen.

29

Montag, 21. Mai, 23.46 Uhr

Hastenraths Will fluchte leise vor sich hin. Er saß, vielmehr lag, im Wohnzimmer in seinem Ohrensessel und drückte wild auf der Fernbedienung herum. Seit seine Frau ins Bett gegangen war, versuchte er verzweifelt, einen bestimmten Sender zu finden. Nachdem sein Schwiegersohn Michael vor einigen Tagen auf Marlenes Geheiß am Receiver herumgefummelt hatte, um irgendeinen Frauensender nach weiter vorn zu programmieren, war plötzlich Wills Lieblingssender „Sport 1" verschwunden. Weg. Wie von einem schwarzen Loch verschluckt, so, als hätte es ihn nie gegeben. Will war alle 396 Kanäle bereits zweimal durchgegangen und hatte dabei die absonderlichsten TV-Sender gefunden, von Al Jazeera über Bibel TV bis hin zu Armenia 1, aber „Sport 1" blieb verschwunden. Er musste an seinen armen Freund Schlömer Karl-Heinz denken, dem einmal etwas Ähnliches widerfahren war. Ein Bekannter sollte ihm die Parabolantenne auf einen frei empfangbaren dänischen Pornokanal ausrichten, was aber schieflief, sodass der bedauernswerte Karl-Heinz eine Woche lang nur „Arte" gucken konnte. So schlimm hatte es Will natürlich nicht erwischt, aber ärgerlich war das Ganze schon. Zumal um 24 Uhr die „Sexy

Sport Clips" beginnen würden, eine Sendung, in der man auch mal Einblicke in andere Sportarten als Fußball bekam.

Will schaltete den Fernseher enttäuscht aus und erhob sich aus seinem Sessel. Als er seinen Körper streckte, hielt er inne. Hatte er da gerade etwa Schritte vor dem Haus gehört? Der Landwirt schlich auf seinen löchrigen Socken zum Fenster und blinzelte durch einen Spalt in den Rollladen nach draußen. Die Laterne auf der gegenüberliegenden Straßenseite spendete genug Licht, dass er erkennen konnte, wie ein Mann in gebückter Haltung auf dem Bürgersteig herumstreifte. Will hielt den Atem an. Wer könnte das sein um die Zeit?, überlegte er. Auf leisen Sohlen ging er zurück zu seinem Sessel, neben dem er für alle Fälle immer einen schweren Holzknüppel liegen hatte. Die große Zeit hatte dieser Knüppel erlebt, als sich Wills Tochter in der Pubertät befunden hatte und es galt, ungebetene Verehrer vom Hof zu jagen. Und zwar jeden. Doch in den vergangenen Jahren war das gute Stück nur noch selten zum Einsatz gekommen. Das letzte Mal, als ein DHL-Bote Marlene ein Kompliment für ihre Frisur gemacht hatte. Als Will die grobe, unbehandelte Keule in die Hand nahm, fühlte er sich gleich viel sicherer.

Lautlos schlich er zur Haustür und kniete sich davor, um durch den Briefschlitz zu schauen. Er konnte bis auf die andere Straßenseite sehen, wo er genau auf Toni Jüttens verwüsteten Vorgarten blickte. Doch dann erschrak Will fast zu Tode, als plötzlich zwei Hosenbeine direkt vor seinen Augen auftauchten. Sein eigener Herzschlag dröhnte ihm in den Ohren. Es klopfte leise an der Haustür. Zum Glück so leise, dass nicht einmal Knuffi es hörte, der gerade im Obergeschoss in Marlenes Armen schlummerte und davon träumte, dass er gefährlich sei.

Will richtete sich auf und atmete kurz durch. Ein Einbrecher würde wohl kaum klopfen, aber dennoch: Vorsicht war die Mutter der Porzellankiste.

Um den Überraschungseffekt auf seiner Seite zu haben, hob er den Knüppel, riss die Tür auf und rief mit fester Stimme: „Wer zum Teufel …?“

Der Mann vor der Tür schlug schützend die Hände vor den Körper und stieß einige undefinierbare Laute aus. Will ließ seine Waffe sinken, als er erkannte, wer vor ihm stand: Jarek, der Pole aus dem Haus der Ollendorfs. Will bat ihn schnell herein, setzte ihn auf die Wohnzimmercouch und goss ihm zur Beruhigung einen Schnaps ein.

Dass der Mann einen äußerst verängstigten Eindruck machte, lag nur zum Teil an Wills martialischem Auftritt, wie Jarek mit stockenden Worten erzählte: „Es tut mir leid, dass ich so spät auftauche hier. Aber ich nicht wusste wohin. Und Sie mir gegeben Visitenkarte, für wenn …“

„Ja, ja, nun beruhigen Sie sich mal“, sagte Will und schüttete das Schnapsglas noch mal voll. „Was ist denn passiert?“

Jarek trank hastig und schien seine Nerven langsam wieder in den Griff zu bekommen. „Also“, begann er leise, „ich heute bis kurz vor elf gearbeitet und dann in Keller in Bett. Plötzlich höre ich, wie jemand oben in Haus rumläuft. Und dann auch noch mein Name ruft. Ich zuerst gedacht, Sie und Ihr Freund wären das wieder, aber ich dann gedacht: Warum nachts? Und warum einbrechen? Außerdem war Stimme komisch. Wie durch Handtuch. Und dann ich kurz gesehen Mann. War ganz in Schwarz mit Sturmhaube auf Kopf. Er mich aber nicht gesehen. Dann ich heimlich weggelaufen durch Kellertür. Und jetzt ich hier.“

Will stutzte. „Und Sie sind sich sicher, dass der Mann Ihr Name gerufen hat?"

„Ja, Jarek. Immer wieder Jarek!"

„Woher soll der den denn kennen? Niemand weiß, wer Sie sind und wo Sie sind, außer Richard Borowka, ich und ..."

Jarek erschrak. „Noch jemand weiß?!"

„Ja, aber keine Sorge", beschwichtigte Will, „nur noch mein Anwalt. Und der hat Schweigepflicht. Aber das ist kein Problem, ich habe morgen früh ein Termin mit dem und dann klär ich die Sache. So lange bleiben Sie hier bei uns. Bei den Ollendorfs ist es im Moment zu gefährlich."

Will stand auf und ging zur Treppe, die nach oben führte. Aus Leibeskräften brüllte er: „Marlene?! Bist du schon am schlafen?"

Knuffi begann wild zu kläffen. Nach einigen Sekunden öffnete sich die Schlafzimmertür und der kleine Hund stürzte bellend die Treppe hinunter. Marlene trat schlaftrunken ans Treppengeländer. Sie trug Hausschuhe, ein geblümtes Nachthemd und ein Haarnetz.

Angesäuert rief sie: „Wie denn, wenn du so schreist?"

„Sehr gut", antwortete Will. „Dann bezieh doch mal die Klappcouch im Bügelzimmer. Wir haben heute ein Übernachtungsgast. Der liebe Herr ..."

Er sah hinüber zu Jarek und der sagte: „Kasprowicz!"

„Der Herr Spastowicz. Du weißt schon, der freundliche Herr, der das Haus von Ollendorfs renoviert. Dem sein Bett ist kaputt."

Marlene seufzte laut vernehmlich. „Meinetwegen – wenn danach Ruhe ist."

Will bedeutete dem Polen mit einem Handzeichen, dass er hochgehen solle. Der nickte dankbar und ging hinauf ins Obergeschoss.

Will blieb noch eine Weile im Flur stehen und dachte nach. Schließlich entschied er sich trotz der späten Stunde, seinen Anwalt anzurufen. Der hatte des Öfteren angedeutet, dass er bis tief in die Nacht arbeitete, und mittlerweile hatte Will so viele Neuigkeiten, dass er nicht mehr bis zum nächsten Morgen warten mochte, um sie loszuwerden. Am Ende würde er noch was Wichtiges vergessen. Er kramte die Visitenkarte des Anwalts hervor und wählte die Handynummer auf dem Telefon, das im Flur stand.

Nachdem es dreimal getutet hatte, sprang die Mailbox an: „Hallo“, ein Husten, „das ist der Anrufbeantworter von Günter Schabowski, ich kann nicht rangehen, weil ich“, ein weiteres Husten, „wahrscheinlich gerade bei Gericht bin. Hinterlassen Sie einfach Ihre Nachricht auf dem Band und ich rufe Sie zurück. Sag ich jetzt mal so.“

Will legte auf. Bei Gericht? Ja, ist klar. Der liegt doch wahrscheinlich wieder bei sich unterm Tisch, dachte er und wusste gar nicht, wie recht er damit hatte.

30

Dienstag, 22. Mai, 7.56 Uhr

Das Blaulicht brannte sich schon von Weitem in seine Netzhaut. Mit sprachlosem Entsetzen steuerte Hastenraths Will seinen alten Mercedes auf das Haus zu, in dem Günter Schabowski seine Kanzlei hatte. Davor standen ein Notarzt-, ein Rettungs- und ein Streifenwagen. Will parkte auf der gegenüberliegenden Straßenseite und stieg aus. Die Haustür stand sperrangelweit auf und im Inneren hörte man aufgeregte Stimmen.

„Auf den Schabowski ist geschossen worden“, rief eine alte Frau mit Gehbock herüber, die zusammen mit ein paar Schaulustigen ganz in der Nähe stand.

„Wer soll denn auf den geschossen haben?“ fragte Will reflexartig.

„Bestimmt die Mafia“, rief ein älterer Herr, der sich mit einem Besen getarnt hatte, um unauffälliger gaffen zu können. „Der war doch ständig besoffen und ich würde mich nicht wundern, wenn der auch Spielschulden hatte. Das war klar, dass das mal so endet.“

Will warf ihm einen abschätzigen Blick zu und rief: „Geh kehren, Blödmann.“ Dann überquerte er die Straße.

Als er ins Haus gehen wollte, versperrte ihm ein übergewichtiger Polizist den Weg. „Sie können hier nicht rein."

„Wieso? Was ist denn passiert?", fragte Will treuherzig.

„Sind Sie ein Angehöriger von Günter Schabowski?"

„Na ja, so ähnlich", erwiderte Will, „ich bin ein Mandant. Und wir hatten jetzt um 8 Uhr eigentlich ein Termin."

Der Polizist wollte gerade antworten, als es im Haus hektisch wurde. Eine männliche Stimme rief im Befehlston: „Eins, zwei, drei!"

Der Polizist schubste Will unsanft zur Seite und machte selbst den Weg frei. Zwei Rettungssanitäter trugen im Laufschritt den Anwalt auf einer Trage heraus. Ein weiß gekleideter Mann lief mit ernster Miene nebenher und hielt einen Tropf senkrecht in die Höhe. Aus dem Tropf führte ein Schlauch in die Armbeuge des Anwalts. Auf der anderen Seite der Trage befand sich ein weiterer Sanitäter, der in der einen Hand einen orangefarbenen Koffer hielt, während er seine andere Hand auf den Mund des Anwalts presste. Damit hielt er den Beatmungsschlauch fest, der aus dem Mund ragte und in den Koffer führte. Schabowskis Körper war mit einer weißen Decke zugedeckt. Mehr konnte Will nicht sehen, weil alles viel zu schnell ging. Die Krankentrage wurde in den Rettungswagen geschoben und der Arzt sprang hinterher. Noch bevor er die Tür hinter sich zugezogen hatte, fuhr der Transporter schon an und schoss mit Blaulicht und Sirene Richtung Heinsberg.

Der dicke Polizist fasste Will an die Schulter und riss ihn aus seiner Apathie. „Ich muss Sie jetzt leider bitten, zu gehen", sagte er freundlich.

„Bitte, was? Ach so, ja, natürlich", antwortete Will abwesend.

Doch dann hörte er, wie jemand seinen Namen rief.

„Herr Hastenrath. Hallo, Herr Hastenrath."

Irritiert blickte der Landwirt sich um. Er wusste, dass er die Stimme schon einmal gehört hatte. Und dann erkannte er die Frau, die aus der Kanzlei auf ihn zugelaufen kam. „Frau Hildebrandt. Guten Morgen. Was ist denn bloß passiert? Ich bin ganz …"

Die Sekretärin hielt sich ein großes Taschentuch vor die Nase und schluchzte laut. Ihre Wimperntusche war über das ganze Gesicht verteilt. „Oh, Herr Hastenrath, es ist so schrecklich! Als ich heute Morgen zur Arbeit kam, lag Herr Schabowski hinter seinem Schreibtisch in einer riesigen Blutlache. Der Tisch war leer geräumt, alle Akten zu Ihrem Fall sind verschwunden." Während sie sprach, wurde sie immer wieder von Weinkrämpfen geschüttelt. „Ich habe sofort den Notarzt gerufen und ihm die ganze Zeit die Hand gehalten. Es war so furchtbar."

„War er denn noch bei Bewusstsein?"

„Nur ganz kurz", schniefte Frau Hildebrandt. „Wissen Sie, der Herr Schabowski hat einen wahnsinnigen Willen. Der hat schon so einige Abstürze überlebt. Aber so habe ich ihn noch nie gesehen. Ich weiß ja auch nicht, wie lange er schon da gelegen hat. Aber er muss gekämpft haben wie ein Löwe."

„Hat er denn irgendswas gesagt? Wer auf ihn geschossen hat oder so?"

Die Frau schüttelte den Kopf. „Das nicht. Aber er hat mir was für Sie gegeben."

Will runzelte die Stirn. Die Sekretärin schob ihn ein wenig die Straße hinunter, um aus dem Blickfeld des Polizisten zu gelangen, der den Eingang bewachte. Dann zog sie aus ihrer Handtasche, die sie umhängen hatte, einen Frischhaltebeutel heraus und überreichte ihn Will. Darin befand sich ein zusammengefaltetes, blutverschmiertes Blatt Papier.

Obwohl niemand in der Nähe war, flüsterte Frau Hildebrandt plötzlich: „Diesen Zettel hat er mir gegeben. Er hat mir ausdrücklich gesagt, ich soll ihn nur Ihnen aushändigen. Niemandem sonst. Erst recht nicht der Polizei. Ich hab ihn in die Tüte gesteckt, weil er so geklebt hat."

„Ja, danke", antwortete Will verwirrt. „Konnte der Arzt denn irgendswas sagen zu Herr Schabowski sein Zustand? Wird er überleben?"

Die Sekretärin zuckte mit den Schultern und begann wieder herzzerreißend zu weinen. Will, ungeübt in solchen Dingen, nahm sie unbeholfen in den Arm und klopfte ihr mehrmals auf den Rücken. Nachdem sie sich wieder einigermaßen beruhigt hatte, verabschiedete sie sich und ging zurück in die Kanzlei.

Will schlenderte nachdenklich zu seinem Wagen. Wie sollte es jetzt nur weitergehen? Wie würde er überhaupt erfahren, was Kleinheinz gesagt hatte? Schabowski schien auf jeden Fall auf irgendwas gestoßen zu sein. Warum sollte sonst jemand auf ihn schießen? Handelte es sich möglicherweise um dieselbe Person, die es auch auf Jarek abgesehen hatte? Fragen über Fragen.

Will schloss seinen Mercedes auf, als plötzlich der kehrende Nachbar auf ihn zukam und plump-vertraulich fragte: „Was ist denn jetzt da drin passiert?"

Will sah kurz zu ihm hinüber und antwortete: „Der Herr Schabowski ist mit ein Besen niedergeschlagen worden, weil der zu viel dämliche Fragen gestellt hat."

Ohne den Mann eines weiteren Blickes zu würdigen, stieg er ins Auto. Neugierig zog er das Blatt aus dem Frischhaltebeutel. Er faltete es vorsichtig auseinander und studierte es genauestens. Es schien sich um einen offiziellen Aktenvermerk zu handeln. Wenn Will es richtig verstand, war das die Zeugenaussage von Oberkommissar Dohmen, in der er zu Protokoll gab, wie er die Kettensäge im Mordhaus gefunden hatte. Will fiel nichts Besonderes daran auf. Genauso hatte er angekündigt, den nachträglichen Fund erklären zu wollen. An den Seitenrand hatte Schabowski mit krakeliger Schrift die Buchstaben „FO“ geschrieben. Will kratzte sich am Hinterkopf und überlegte angestrengt, was der Anwalt ihm damit hatte sagen wollen. Dann kam ihm eine Idee. Vermutlich hatte Schabowski vorgehabt, ihn zu warnen, aber dann hatte ihn die Kraft verlassen und es war ihm nicht mehr gelungen, das Wort „Forsicht“ auszuschreiben.

31

Dienstag, 22. Mai, 8.27 Uhr

Hastenraths Will wusste nicht, was er denken oder empfinden sollte, aber eines war ihm klar: So konnte es nicht weitergehen. Es war an der Zeit, den Stier bei den Hörnern zu packen. Und der Stier war in diesem Fall August Pimpertz. Für die vier Kilometer von Kirchhoven bis zur Kreispolizeibehörde in Heinsberg benötigte Will gerade mal drei Minuten und auch bei der Parkplatzsuche verlor er keine Zeit. Er stellte seinen alten Mercedes einfach vor den Treppenstufen ab, die ins Foyer des roten Backsteingebäudes führten. Zwar stand dort ein Schild mit der Aufschrift „Nur für Polizeidienstfahrzeuge", aber für derlei Spitzfindigkeiten hatte Will keine Zeit. Er lief die Treppe hoch und betrat eine Art Vorraum. Die einzige Tür, die von dort ins Gebäude führte, war abgeschlossen. Will rappelte wild daran, aber nichts tat sich. Dann erst hörte er den Polizisten rufen, der in einer Art Aquarium am anderen Ende des Raumes saß.

„Kann ich Ihnen helfen? Haben Sie einen Termin?"

Will schluckte. Im selben Augenblick betrat eine wütende alte Frau den Vorraum und begann auf der Stelle herumzubrüllen.

„Das ist eine Unverschämtheit. Ich möchte eine Anzeige aufgeben. Wo ist die Frau Brix?“

Der Polizist im Glaskasten sprang beschwichtigend auf. „Beruhigen Sie sich, Frau Gerlach. Die Kollegin kommt sofort.“

Will verstand. Frau Gerlach schien eine Stammkundin zu sein. Das war seine Chance. Da die alte Dame sich keineswegs beruhigte und damit für großen Trubel sorgte, konnte Will unbemerkt mit durch die Tür schlüpfen, als eine genervte Frau Brix sie öffnete, um das tobende Etwas in Empfang zu nehmen. Niemand kümmerte sich um den Landwirt, der ja theoretisch dazugehören konnte. Anhand der Wegweiser, die den Gang hinunterführten, fand er schnell die „Direktion Kriminalität“. Wie selbstverständlich ging er den langen Korridor entlang, der ihn an Büros und Vernehmungszimmern vorbeiführte. Als er vor dem Schild mit der Aufschrift „Sekretariat KOR August Pimpertz, Direktionsleiter Kriminalität“ stand, riss er die Tür auf, ohne anzuklopfen. Eine Frau mittleren Alters mit Hochsteckfrisur und elegantem grauen Businesskleid erschrak fürchterlich, als ihr plötzlich der Mann mit dem karierten Hemd, der grauen Arbeitshose und den Gummistiefeln gegenüberstand. Will hielt sich nicht lange mit Förmlichkeiten auf, sagte nur: „Ich muss zu Herr Pimpertz!“, und steuerte auf die nächste Tür zu, die auf der linken Seite in einen weiteren Raum führte. Die entsetzte Frau rief irgendwas, doch Will ließ sich davon nicht aufhalten und riss auch diese Tür auf, die sich nur mühsam in den Angeln halten konnte. Hinter einem akkurat aufgeräumten Schreibtisch saß August Pimpertz und telefonierte. Der Beamte sah irritiert auf und legte sofort den Hörer auf. Der Landwirt setzte auf seine in vielen Ratssitzungen erprobte Einschüchterungstaktik und blieb zunächst, wie einst Gary Cooper in „Zwölf Uhr mittags", breitbeinig im Türrahmen stehen. Pimpertz zog eine Augenbraue hoch, blieb aber äußerlich gelassen. Mit wachsamem Blick lehnte er sich in seinem Schreibtischstuhl leicht zurück und verschränkte die Arme vor der Brust.

„Wenn das mal nicht Hastenraths Will ist, unser Meisterdetektiv", sagte er mit ruhiger Stimme.

Bevor Will antworten konnte, tauchte in seinem Rücken die völlig aufgelöste Sekretärin auf, die Pimpertz jedoch mit einem kurzen Handwedeln zurück an ihren Platz schickte. Mit einer ebenso kurzen Handbewegung zeigte er auf den Besuchersessel. „Nehmen Sie doch Platz, Herr Hastenrath."

Will schüttelte den Kopf, während hinter ihm ganz leise die Tür geschlossen wurde. „Nein, danke. Ich bleib lieber stehen. Ich hab nicht so viel Zeit. Ich muss noch die Unschuld von ein Freund beweisen."

Pimpertz seufzte und klang dabei ein wenig gelangweilt. Der Mann sah genauso aus, wie Will ihn in Erinnerung hatte. Es handelte sich um eine nur leicht gealterte Version des Mannes auf dem Foto, das er aus Michaels Zeitungskopien kannte: hoch aufgeschossen, mit geradem Rücken und streng gescheiteltem Haar.

„Hören Sie. Als Vorgesetzter von Peter Kleinheinz habe ich genau das gleiche Interesse daran, den Fall so schnell wie möglich aufzuklären."

„Aber in welche Richtung?" fragte Will, während er sein Gegenüber mit strengem Blick fixierte.

Pimpertz' Miene verriet nichts, der drohende Unterton seiner Stimme hingegen schon. „Was genau wollen Sie damit andeuten?"

Will drückte seinen Rücken durch und verschränkte ebenfalls die Arme vor der Brust. Er hatte vor Kurzem in einem Zeitungsartikel mit dem Titel „Körperliche Spiegelung" gelesen, dass es psychologisch von Vorteil war, die Gesten seines Gegenübers zu imitieren, vor allem, wenn es sich dabei um eine dominante Körperhaltung handelte. Damit konnte man das entstandene Machtgefüge wieder aufbrechen, denn Will spürte, dass er es hier mit einem gefährlichen Gegner zu tun hatte. Und da galt es, alle Register zu ziehen.

Mit zusammengekniffenen Augen antwortete er: „Ich will gar nix andeuten. Aber ich finde, die Sache stinkt zum Himmel. Erst lässt man der Anwalt von Kleinheinz tagelang nicht zu dem und kurz nachdem der mit dem gesprochen hat, wird der in seine Kanzlei niedergeschossen. Ich weiß nicht, ob Sie von der Überfall schon gehört haben?"

Pimpertz durchbohrte Will förmlich mit seinem Blick. „Natürlich habe ich davon gehört. Schließlich leite ich die Abteilung Kriminalität."

Will musste lachen wegen der unbeabsichtigten Zweideutigkeit des Satzes. „Ja, so kann man das auch sagen. Wo waren Sie eigentlich letzte Nacht?"

Will war offensichtlich einen Schritt zu weit gegangen, denn Pimpertz sprang auf und zeigte drohend mit seinem Zeigefinger auf ihn. „Übertreiben Sie es nicht. Noch bin ich bereit, Sie als harmlosen Spinner zu betrachten. Aber wenn Sie so weitermachen, dann …"

„Was dann?“, erwiderte Will kampfeslustig. „Werde ich dann auch nachts aus der Hinterhalt erschossen?“

An Pimpertz’ Hals traten deutlich die Adern hervor. Seine Stimme wurde lauter. „So, das reicht. Raus hier. Entweder Sie gehen freiwillig oder ich lasse Sie festnehmen.“

Will winkte ab. „Machen Sie sich keine Umstände. Ich geh schon freiwillig. Ich hab nämlich noch viel zu tun. Ich wollte jetzt gleich noch rüberfahren zur Lokalredaktion, für mal nachzufragen, ob die vielleicht Interesse haben an ein Artikel über ein gewisser Ronny Berger aus Brunsbüttel.“

Die Worte hallten noch nach, als Pimpertz’ Gesichtszüge entgleisten. Er schnappte für einen kurzen Moment nach Luft, bevor er sich wieder gefangen hatte. „Was haben Sie da gerade gesagt?“, presste er zwischen seinen schmalen Lippen hervor.

„Ronny Berger aus Brunsbüttel“, wiederholte Will süffisant, „das war ein junger Mann, der eine Polizeipanne zum Opfer gefallen ist und sich umgebracht hat. Kurioserweise war das aber auch der Exehemann von eine gewisse Bettina Hebbel, die gerade vermisst wird und möglicherweise tot ist, was man wiederum der Peter Kleinheinz vorwirft. Wissen Sie, das sind so viele Zufälle. Ich muss das alles erst mal in Ruhe sortieren. Vor allem, dass der Vorgesetzte von Peter Kleinheinz, nämlich Sie, damals mitverantwortlich war für die unglückliche Geschichte mit diesem Ronny Berger. Zum Glück steht davon aber nix in Ihre Personalakte, sonst hätte man Sie ja sicher nicht ständig weiter nach oben befördert.“

Pimpertz rechtes Augenlid zuckte. Verwirrt starrte er den Landwirt an. „Akten? Wie kommen Sie an irgendwelche Akten?“

„Ja, haben Sie mir denn eben nicht richtig zugehört?“ fragte Will. „Ich hab Sie doch gesagt, dass ich gerne die Unschuld von der Herr Kleinheinz beweisen möchte.“

„Hören Sie, Herr Hastenrath“, Pimpertz rang nach Worten. „Machen Sie jetzt keinen Fehler. Das eine hat nichts mit dem anderen zu tun. Ich weiß nicht, wie Sie an diese Informationen gekommen sind, aber Sie ziehen hier die falschen Schlüsse. Wenn wir den Fall „Peter Kleinheinz“ aufgeklärt haben, besprechen wir gerne die andere Sache – und ich werde mich da sicher großzügig zeigen – aber tun Sie mir den Gefallen und halten Sie sich ab sofort raus aus unseren Ermittlungen.“

„Ja, mal sehen, was ich mach“, antwortete Will unbeeindruckt. „Ich hab ja auch noch genug andere Sachen zu erledigen. Der Kartoffelroder tut es zum Beispiel nicht richtig.“

Er wandte sich zum Gehen, drehte sich aber noch mal kurz um. „Ach so, die Unterlagen, die ich habe, sind übrigens bei mein Notar hinterlegt, falls mir was zustößt. Man kann ja nie wissen.“ Den letzten Satz hatte er mal in einem Film gehört. Und in diesem Zusammenhang fand er ihn irgendwie cool, auch wenn er gar keinen Notar kannte.

Als er ins Vorzimmer trat, sagte er zur Sekretärin: „Frollein, bringen Sie Ihr Chef doch mal ein Schnaps rein. Ich glaub, den kann der jetzt ganz gut gebrauchen.“ Will verließ das Büro mit einem zufriedenen Lächeln. Er hatte den Mut aufgebracht, in die Höhle des Löwen zu gehen, aber noch wichtiger war: Beim Verlassen hatte er die Käfigtür offen gelassen.

August Pimpertz war aufgewühlt. Diese Entwicklung hatte er nicht kommen sehen. Die „Causa Kleinheinz“ bereitete ihm auch so schon genug Bauchschmerzen, da musste dieser lästige Bauer nicht auch noch dazwischenfunken. Zähneknirschend musste er sich eingestehen, dass er den Saffelener Ortsvorsteher offensichtlich unterschätzt hatte. Vor allem dessen Loyalität zu Peter Kleinheinz. Das fehlte noch, dass so einer seine Karriere zerstörte. Angestrengt dachte Pimpertz darüber nach, was er machen sollte. Dann nahm er den Telefonhörer ab und drückte die Durchwahltaste seiner Sekretärin. „Hören Sie. Rufen Sie in der JVA Aachen an. Ich werde in einer Stunde da sein und will dann mit Kleinheinz sprechen. Und sagen Sie bitte, dass er bis dahin in seiner Zelle bleiben soll und mit niemandem Kontakt haben darf. Danke. Was? Nein, ich möchte keinen Schnaps. Was soll die bescheuerte Frage?"

Er legte auf. Dann nahm er aus der Schublade ein Prepaid-Handy, von dem er seine vertraulichen Gespräche zu tätigen pflegte. Ungeduldig wartete er, bis sich eine tiefe Stimme am anderen Ende meldete. „Pimpertz hier. Ich brauche Ihre Hilfe. Der dämliche Bauer aus Saffelen wird langsam lästig. Kümmern Sie sich um ihn. Wie, ist mir egal."

32

Dienstag, 22. Mai, 8.51 Uhr

Will verließ das Gebäude und sah sich dem nächsten Problem gegenüber. Neben seinem Mercedes stand ein Streifenpolizist, der mit ernstem Gesichtsausdruck in sein Funkgerät sprach. Will ging grußlos an ihm vorbei und wollte in seinen Wagen steigen, als der Beamte ihn plötzlich ansprach: „Tschuldigung. Ist das Ihr Pkw?"

Will drehte sich um und antwortete: „Ja, wieso? Gibt es ein Problem, Herr Wachtmeister?"

„Ob es ein Problem gibt?", entrüstete sich der Polizist. „Hören Sie mal, Sie können doch Ihr Auto nicht direkt vor einer Behörde parken. Und dann auch noch im Parkverbot."

„Ja, jetzt beruhigen Sie sich mal. Ich bin ja auch schon wieder weg. Außerdem hatte ich ein wichtiger Termin mit ein ganz großes Tier. Ein Vorgesetzter von Sie."

Der Polizist schüttelte verständnislos den Kopf. „Und wenn Sie einen Termin beim Papst gehabt hätten, hier dürfen Sie trotzdem nicht parken. Ich habe den Abschleppwagen schon angerufen. Da kommt ein saftiges Knöllchen auf Sie zu."

Will wurde sauer. Langsam reichte ihm diese schnöselige Art der Staatsdiener und vor allem der fehlende Respekt, dem man ihm als halbwegs ehrlichem Steuerzahler entgegenbrachte. Er zeigte dem Polizisten einen Vogel und sagte: „Sind Sie bekloppt? Ich war doch gerade mal zehn Minuten weg. Haben Sie nix Besseres zu tun, als wie rechtschaffende Bürger mit Ihre Beamtenwillkür zu drangsalieren?“

Dem Beamten klappte die Kinnlade herunter. Wie ein Fisch auf dem Land schnappte er nach Luft. Sein Kollege, der bisher im Wagen gewartet hatte, stieg aus und kam dazu. Er war fast zwei Meter groß und hatte einen kahl rasierten Schädel. Seine in dunklen Höhlen liegenden Augen blickten den Landwirt finster an. „Probleme?“ fragte er knapp.

„Bei mir nicht“, erwiderte Will. „Aber Ihr übereifriger Kollege scheint heute Morgen mit der falsche Fuß aufgestanden zu sein. Aber komm – wegen mir können wir die Lappalie vergessen und ich werde das auch nicht groß erwähnen, wenn ich das nächste Mal der Landrat treffe.“

Der Riese legte die Hand an seine Dienstwaffe und brummte mit tiefem Bass: „Sie geben mir jetzt mal Ihre Papiere für die Anzeige.“

Will glaubte, sich verhört zu haben.

Als er gerade Luft für seine Antwort holte, rief plötzlich jemand: „Herr Hastenrath! Was machen Sie denn hier?“

Die Stimme gehörte Oberkommissar Dohmen, der gerade aus dem Gebäude die Treppe herunterkam. Der kleinere Polizist runzelte die Stirn. „Morgen, Jochen. Jetzt sag nicht, du kennst den Vogel hier“, sagte er überrascht.

Als Dohmen die drei erreicht hatte, schüttelte er den beiden Beamten und dann Will die Hand. „Ja, klar. Den kennt ihr auch. Der ist doch eine kleine Berühmtheit: Hastenraths Will, dieser Landwirt und Hobbydetektiv aus Saffelen. Der Freund von Peter Kleinheinz."

Die beiden Polizisten musterten Will von oben bis unten. Ihre Feindseligkeit wich einer gewissen Anerkennung. Der Zweimetermann sprach zuerst: „Sie sind das! Na gut, wenn Sie sofort hier wegfahren, vergessen wir das Ganze. Echt scheiße, die Sache mit Kleinheinz."

Die beiden Polizisten stiegen in ihren Streifenwagen und fuhren davon.

„Danke!", sagte Will. „Die waren wohl irgendswie schlecht drauf."

Dohmen lächelte gequält. „Na ja, es war vielleicht auch keine gute Idee, hier direkt vor der Treppe zu parken. Aber wo ich Sie gerade treffe: Es gibt schlechte Nachrichten. Auf Ihren Anwalt ist heute Nacht geschossen worden. Ich habe gerade noch mit dem Krankenhaus telefoniert. Sein Zustand ist sehr kritisch. Er wurde vorhin mit dem Hubschrauber in die Uniklinik Köln geflogen. Die Lunge ist wohl verletzt. Ich bin gerade auf dem Weg zum Tatort nach Kirchhoven. Vielleicht bekomme ich noch irgendwas mit, bevor die Jungs aus Aachen wieder eintreffen."

Will nickte bedrückt. „Das weiß ich schon. Ich hatte heute Morgen um 8 Uhr ein Termin bei dem – und wie ich ankam, wurde der gerade abtransportiert."

Dohmen strich sich seinen Haarkranz an den Seiten glatt. „Das ist alles eine ganz große Scheiße. Irgendwie läuft der Fall total aus dem Ruder."

„Gibt es denn Neuigkeiten von Frau Hebbel?"

„So weit ich weiß, nicht. Ein älterer Mann will sie gestern

irgendwo gesehen haben. Das wird wohl gerade überprüft, aber wie gesagt: Ich bin raus."

„Konnten Sie denn wenigstens in der Zwischenzeit mal mit der Peter sprechen?", fragte Will.

„Keine Chance. Das wird immer schlimmer. Vor allem der Pimpertz versucht, mich aus allem rauszuhalten. Der hat mich sogar gefragt, ob ich nicht mal zwei Wochen Urlaub nehmen will. Aber so leicht wird der mich nicht los. Mittlerweile denke ich, Sie könnten recht haben. Irgendwas ist hier faul. Als ich zum Beispiel gemeldet habe, dass ich die Kettensäge bei einer weiteren Hausbegehung zufällig gefunden hätte, haben die mich verhört wie einen Schwerverbrecher. Wie ich denn auf die Idee kommen würde, ohne Anweisung noch mal ins Haus zu gehen. Als wenn ich irgendein Strauchdieb wäre. Ich hab denen gesagt, dass ich einen anonymen Hinweis bekommen hätte und gerade in der Nähe war. Ist mir mittlerweile scheißegal, ob die mir das glauben. Auf jeden Fall hat Pimpertz mir heute Morgen in der Dienstbesprechung vor den anderen verboten, das Mordhaus noch einmal zu betreten."

Will schüttelte verärgert den Kopf. „Was für ein Arschloch. Wissen Sie was? Ich komme gerade von der feine Herr Pimpertz. Ich hab mir den eben mal vorgeknöpft, für dem ein bisschen Feuer unterm Hintern zu machen."

Dohmen erschrak. „Wie bitte? Sind Sie verrückt geworden? Ich glaube, Ihnen ist nicht klar, wie gefährlich der Mann ist! Unter uns. Ich kenne Kollegen, die behaupten, dass Pimpertz mit der Mafia im Bunde sei. Der kennt Leute, denen möchten Sie nachts nicht alleine begegnen. Also seien Sie lieber vorsichtig."

Will zuckte mit den Schultern. „Ja, was soll ich denn sonst machen? Warten, bis der Peter wegen irgendswas verurteilt wird, was der wahrscheinlich gar nicht gemacht hat?! Ich glaube, egal, wer dahintersteckt: Der Weg führt über Pimpertz."

„Da könnten Sie recht haben, aber …" Dohmen hielt inne und zog Will hinters Auto, wo man sie vom Gebäude aus nicht mehr so gut sehen konnte. „Hören Sie", flüsterte er, „heute Nachmittag gibt's eine Lagebesprechung und anschließend möchte Pimpertz mich noch persönlich sprechen. Ich hätte da eine Idee, wie wir ihn aufs Glatteis führen könnten. Lassen Sie mich das mal versuchen. Wenn's klappt, melde ich mich anschließend bei Ihnen."

Will nickte verdrossen. „Okay. Dann ruf ich jetzt mal mein Kollege, der Richard Borowka, an und dann tragen wir alles zusammen, was wir haben. Vielleicht können wir uns ja später am Abend treffen und uns eine Strategie ausdenken."

„So machen wir's. Dann fahr ich jetzt mal nach Kirchhoven und schau, ob ich was herausfinde, bis die mich da auch wieder rausschmeißen."

„Entschuldigung, Herr Dohmen", sagte Will, während er verzweifelt seine Parkataschen durchsuchte, „ich Trottel hab, glaube ich, mein Handy zu Hause vergessen. Könnten Sie mir schnell mal Ihrs leihen?"

„Klar", antwortete Dohmen und griff in seine hintere Hosentasche. „Nehmen Sie mein privates. Dem Diensthandy traue ich im Moment nicht."

„Meinen Sie etwa … Sie werden abgehört?", fragte Will mit großen Augen.

„Das mein ich nicht nur. Da bin ich mir absolut sicher."

„Oh Mist, jetzt hab ich hier wohl irgendswie ein falscher Knopf gedrückt“, rief Will leicht panisch. Vor lauter Aufregung über den Abhörverdacht hatte er aus Versehen ein paar Bilder geöffnet.

Dohmen nahm das Handy und sah nach: „Kein Problem. Sie sind auf das Fotoalbum gekommen. Hier ist die Tastatur.“

Will entschuldigte sich und wählte. Es tutete zweimal.

„Borowka?!“

„Ja, hallo Richard. Ich bin es, der Will. Hast du gleich mal Zeit? Ich brauche deine Hilfe.“

„Logolektrisch habe ich Zeit. Ich bin ja krankgeschrieben. Und um die Zeit läuft sowieso noch nix Vernünftiges in der Glotze.“

„Sehr gut. Pass auf, wir treffen uns gleich bei mir, für der Fall noch mal durchzugehen. Außerdem könnte es sein, dass ich die nächsten Tage Personenschutz brauche.“

„Ach du Scheiße“, sagte Borowka. „Mit wem hast du dich denn jetzt wieder angelegt?“

„Erzähl ich dir alles gleich. Bring auf jeden Fall die Mappe mit, die du bei dir deponieren solltest.“

„Oki doki. Ich bin sogar froh für was Abwechslung. Ich gehe hier gerade durch die Pärchenhölle. Bei Fredi und Sabrina geht es bloß noch um das Baby. Musst du dir vorstellen, der Fredi hat sich heute extra Urlaub genommen, für sich mit seine Olle nach Kinderzimmer umzugucken. Dabei ist die noch gar nicht schwanger. Die sind doch gerade erst am Üben wie die …“

„Ja, ist gut, Richard“, unterbrach Will ihn. „Das kannst du mir alles später erzählen. Ich muss das Telefon zurückgeben. Das ist nicht von mir. Bis gleich.“

„Ja, bis gleich. Tschökes."

Will gab Dohmen das Handy zurück.

„Dann fahr ich jetzt mal nach Kirchhoven", sagte der Kommissar. „Und sobald ich mein Gespräch mit Pimpertz hatte, ruf ich Sie an, okay?!"

„Ist gut", erwiderte Will und stieg in seinen Wagen. Er startete den Motor und schaltete das Radio an. Genau in diesem Moment sagte der Moderator: „Und hier hab ich für euch einen Klassiker der Neuen Deutschen Welle: Extrabreit mit ‚Polizisten'. Die Musik setzte ein und Extrabreit sang: „Tag und Nacht wird sie bei dir sein – die Polizeieieiei." Will musste schlucken.

33

Dienstag, 22. Mai, 11.46 Uhr

Schwere Gewitterwolken brauten sich über Saffelen zusammen. Will betrachtete nachdenklich vom Wohnzimmerfenster aus, wie sich der Himmel über dem kleinen Dorf immer mehr verdunkelte. Das Wetter, das sich so unheilvoll veränderte, passte zu seiner eigenen Stimmung. Seitdem er Heinsberg verlassen hatte, plagten ihn düstere Vorahnungen. Sein Innerstes rebellierte. Er spürte, dass bald irgendetwas Schlimmes passieren würde. War er vielleicht zu weit gegangen, als er Pimpertz herausgefordert hatte? Auf dem Nachhauseweg hatte er ständig das Gefühl gehabt, beschattet zu werden. Selbst als er auf seinen Hof gefahren war, hatte er sich beobachtet gefühlt. Dabei war zu Hause alles wie immer gewesen. Attila hatte gebellt, seine Frau hatte gekocht und Knuffi hatte neben ihr gesessen und gebettelt. Nein, eine Sache war doch anders gewesen als sonst: Der Kartoffelroder war nämlich repariert! Und nicht nur der. Auch die Schwingtür zum Kuhstall, das Fenster zur Milchküche und der verbogene Spaten waren in Ordnung gebracht worden. Jarek Kasprowicz hatte sich auf seine Art für das nächtliche Asyl revanchiert. Marlene hatte den fleißigen Polen längst ins Herz geschlossen und ihm auch schon eine Liste für den Nachmittag geschrieben. Bis zum Mittagessen war er noch damit beschäftigt, den Kellerabgang zu streichen.

Will hatte alle Akten auf dem Wohnzimmertisch ausgebreitet. Sobald Borowka vom Klo zurück war, würden sie den Fall noch einmal Punkt für Punkt aufrollen. Borowka nahm seinen Job als Personenschützer ernst. Er hatte seine Halskrause abgelegt und war mit einem beachtlichen Arsenal an Verteidigungswaffen bei Will eingezogen – darunter Schlagstöcke, Messer, Pfefferspray und sogar eine Schreckschusspistole. Die Utensilien hatten die beiden ebenfalls im Wohnzimmer deponiert. Mit Rita hatte Borowka besprochen, dass er für ein paar Tage bei den Hastenraths bleiben würde, um dort zu helfen. Von einer drohenden Gefahr hatte er ihr nichts erzählt, um sie nicht zu verängstigen. Mit Borowka an seiner Seite fühlte sich Will etwas sicherer. Der Enddreißiger war ein erfahrener Kneipen-, Festzelt- und Diskokämpfer und gehörte auch auf dem Fußballplatz nicht zu den zimperlichsten.

Die Klotür knallte und Borowka betrat das Wohnzimmer, während er sich seine Hände an den Hosenbeinen abwischte. „So, ich wär dann so weit."

Draußen fielen die ersten Regentropfen, als Will und Borowka sich daranmachten, die Mordnacht anhand der Unterlagen noch einmal minutiös nachzuzeichnen. Sie waren so sehr in ihre Arbeit vertieft, dass Marlene sie mehrmals zum Essen rufen musste. Als der Geruch von Kartoffelpürree, Sauerkraut und Kassler sie schließlich doch in die Küche lockte, trottete auch Jarek herein. Sein dunkelblaues T-Shirt war voller weißer Farbspritzer und auch in seinem Haar klebte Farbe. Als er die beiden Männer auf der Eckbank sitzen sah, zuckte er kurz und machte eine seltsame Handbewegung.

Während sich Will schon über sein Essen hermachte, stutzte Borowka und rief: „He, Jarek. Kann das sein, dass du gerade mein Bowiemesser in deine Hose versteckt hast?“

Alle Augen richteten sich plötzlich auf den Polen, an dessen Hals sich kleine, hektische Flecken bildeten. Nach einem kurzen Zögern antwortete er: „Ich habe Messer nur geliehen. Ich gebraucht für Fensterkitt rauskratzen. Ich hätte gelegt zurück.“

Borowka sprang auf und ließ sich das Messer auf der Stelle aushändigen. Böse funkelte er Jarek an. „Komm bloß nicht noch mal auf die Idee, an meine Waffensammlung zu gehen. Ein Bowiemesser ist doch nicht für ‚Fensterkitt rauskratzen‘ da.“ Liebevoll strich Borowka über den Handgriff aus Elfenbeinimitat. Auf der glatt polierten, geriffelten Klinge spiegelte sich die Dunstabzugshaube.

„Tut mir leid“, stotterte Jarek betreten.

„Jetzt beruhigt euch mal wieder“, rief Marlene die Männer zur Ordnung, während sie Gläser auf den Tisch stellte. „Das hat der ja bestimmt nicht extra gemacht. Jetzt wird erst mal gegessen.“

Bei Tisch wurde über den Vorfall nicht mehr gesprochen und unmittelbar nach dem Essen verschwanden Will und Borowka wieder im Wohnzimmer und Jarek im Keller. Es vergingen weitere zwei Stunden, in denen Will das Gefühl hatte, dass sie sich im Kreis drehten. Jeden Stein hatten sie mittlerweile zweimal umgedreht, aber die Indizienkette gegen Kleinheinz war bis auf ein paar Nebensächlichkeiten nahezu lückenlos. So würden sie keine Chance haben, ihren Freund freizubekommen. Erst recht, da es auch keinen Anwalt mehr gab. Will nahm seine Mütze ab und strich sich verzweifelt durchs Haar.

„Weißt du was?“, sagte Borowka leise. „Ich glaube, es war ein Fehler, dass wir der Polizei die Kettensäge gegeben haben. Die wird doch jetzt auch noch gegen Kleinheinz verwendet. Wir hätten das Scheißding im Uetterather Waldsee versenken sollen, statt die zurück in das Versteck zu tun.“

„Wir haben die doch gar nicht zurück in das Ver…“ Will hob den Kopf und stutzte. Seine Schläfe begann zu pochen. Hektisch wühlte er in den Unterlagen, die vor ihm lagen, und zog dann das blutverschmierte Blatt Papier heraus, das Frau Hildebrandt ihm übergeben hatte. Da war es doch um die Kettensäge gegangen und der Anwalt hatte zwei Buchstaben daneben notiert: FO. Will schlug sich mit der flachen Hand gegen die Stirn. Wie hatte er das nur die ganze Zeit übersehen können?

„Mein Gott, Richard“, rief er voller Aufregung. „Jetzt weiß ich, was Schabowski damit gemeint hat! Und vor allem weiß ich jetzt, wie alles abgelaufen ist.“

Borowka starrte Will erstaunt an. „Erzähl“, stieß er begierig hervor.

Will grinste breit und schloss die Wohnzimmertür.

34

Dienstag, 22. Mai, 15.37 Uhr

August Pimpertz wirkte wie ein angezählter Boxer, der den Rundengong herbeisehnte. Der sonst so militärisch einschüchternd wirkende, große Mann, wog fast schon abwesend einen runden Stein, der ihm als Briefbeschwerer diente, in der Hand. Nach der Lagebesprechung hatte er Oberkommissar Jochen Dohmen zu einem Vieraugengespräch in sein Büro gebeten. Dohmen rutschte unbehaglich auf seinem Stuhl hin und her, während er seinem Chef beim Schweigen zusah. Die Stille im Raum erdrückte ihn fast.

„Es muss was passieren", sagte Pimpertz schließlich mit leiser Stimme. „Und zwar sofort. Ich war eben bei Kleinheinz in der JVA und hab mich mit ihm unterhalten. Er kann sich an den Tathergang nicht erinnern. Ich habe anschließend auch mit dem Psychologen gesprochen, der sich um ihn kümmert. Er hat mir gesagt, dass es sich um eine sogenannte retrograde Amnesie handelt, hervorgerufen durch das traumatische Ereignis. Er glaubt nicht, dass die Erinnerung wiederkommen wird. Da ich den Fall so schnell wie möglich abschließen möchte, habe ich mich entschlossen, Sie wieder in unserem Team einzusetzen. Sie kennen Kleinheinz am besten."

Dohmen war überrascht, sagte aber nichts.

„Wir müssen uns auf die Indizien stützen. Die Frau ist verschwunden. Stand jetzt müssen wir davon ausgehen, dass sie tot ist. Der Gerichtsmediziner hat mir erst gestern noch bestätigt, dass es bei einem so hohen Blutverlust so gut wie unmöglich ist, zu überleben."

Dohmen räusperte sich: „Da die Frau nirgendwo in der Umgebung gefunden wurde, müssen wir davon ausgehen, dass irgendjemand sie beseitigt haben muss."

Pimpertz hob eine Augenbraue. „Was heißt denn hier ‚irgendjemand'? Ich denke doch, wir sind uns einig, dass nur Peter Kleinheinz als Täter infrage kommt."

Dohmen räusperte sich erneut. Er wusste nicht genau, worauf sein Chef hinauswollte. „Na ja, nicht unbedingt", führte er aus. „Ein paar offene Fragen gibt es schon noch. Zum Beispiel die Sache mit der hohen Konzentration von Sedativum im Körper von Hansson. Das passt nicht ganz …"

Pimpertz warf Dohmen einen scharfen Blick zu, der ihn auf der Stelle verstummen ließ. „Ich glaube, Sie haben mich gerade nicht richtig verstanden", zischte er. „Ich sagte: Wir sind uns doch einig, dass nur Kleinheinz als Täter infrage kommt. Die Aachener kommen aber nicht weiter. Deshalb erwarte ich von Ihnen eine schlüssige Indizienkette – und zwar bis morgen. Ich habe die Akten in Ihr Büro bringen lassen. Morgen Nachmittag habe ich einen Termin mit dem Staatsanwalt. Wir haben doch wohl genug Beweise, oder etwa nicht? Eine Leiche, die Tatwaffe, Schmauchspuren, Ohrenzeugen, Fingerabdrücke."

„Das schon, aber …"

Pimpertz unterbrach ihn erneut. „Kein Aber!"

Der Kriminaloberrat legte den Briefbeschwerer aus der Hand und beugte sich nach vorne. „Lassen Sie es mich mal so ausdrücken, Herr Dohmen. Was verdienen Sie im Monat? Sie sind Kriminaloberkommissar. A 10. Das sind keine 2.500 Euro netto. Ich würde mal sagen: Zu viel zum Sterben, zu wenig zum Leben. Ich kann Ihnen helfen, einen sehr lukrativen Posten zu bekommen, da verdienen Sie Minimum das Doppelte. Was meinen Sie?"

Dohmen strich sich nervös durchs Resthaar. Langsam wurde ihm diese Unterredung unheimlich. „Wissen Sie, Peter Kleinheinz und ich, wir sind jetzt seit über fünf Jahren ein Team. Er war zwar nie ein einfacher Charakter, aber er ist ganz bestimmt kein schlechter Mensch. Und schon mal gar kein Mörder. Jedenfalls kann ich einfach nicht glauben, dass …" Dohmen brach den Satz ab und blickte zu Boden.

Pimpertz musterte ihn. „Ich verstehe, was Sie meinen", sagte er mit deutlich sanfterer Stimme als zuvor, „aber vielleicht hilft es Ihnen, wenn Sie das Ganze auch mal von der anderen Seite betrachten. Zwei unschuldige Menschen sind auf brutale Art und Weise ums Leben gekommen und unsere Aufgabe ist es, diese abscheuliche Tat zu sühnen. Das ist unsere Verantwortung den Hinterbliebenen gegenüber. Und mal ganz ehrlich: Wir glauben doch beide nicht, dass Kleinheinz es nicht war, oder? Und außerdem kann ich Ihnen versichern, dass er nicht lange im Knast sitzen wird."

Dohmen sah erstaunt auf. „Wie meinen Sie das?"

Der Kriminaloberrat knetete seine Hände und ließ dabei die Gelenkknochen knacken. „Sagen wir mal so: Ich kenne im Knast Leute, die sich um ihn kümmern werden. Unfälle passieren."

Dohmen erschrak. „Sie wollen ihn im Gefängnis ermorden lassen?", fragte er ungläubig.

Pimpertz verzog das Gesicht. „Ermorden? Was für ein hässliches Wort. Wie gesagt: Es wird wie ein Unfall aussehen. Aber darüber müssen Sie sich nun wirklich keine Gedanken machen. Wenn alles vorbei ist, machen Sie erst mal ausgiebig Urlaub. Und zwar vom Allerfeinsten. Mögen Sie die Malediven?"

Dohmen schluckte.

Pimpertz wertete das als „Ja", stand auf und reichte ihm die Hand. „Also dann. Morgen habe ich eine gesäuberte Akte vorliegen. Ich zähl auf Sie."

Dohmen erhob sich wie in Trance und gab seinem Chef die Hand. „Gut", sagte er.

Auf der Herrentoilette des KK2, das in der ersten Etage lag, musste Jochen Dohmen sich erst einmal kaltes Wasser ins Gesicht reiben. Das Vieraugengespräch hatte ihn völlig ausgelaugt. Das Hemd unter seiner dünnen, schwarzen Nappalederjacke war komplett verschwitzt. Dohmen lehnte sich mit dem Rücken gegen die kühle, gekachelte Wand und schnaufte mehrmals durch. Dann kontrollierte er, ob auch niemand auf einer der Toiletten saß. Nachdem er sich vergewissert hatte, dass er allein war, griff er in die Innentasche seiner Jacke und zog ein digitales Aufnahmegerät heraus. Dohmen schwor vor allem wegen der hohen Klangqualität auf das Olympus LS-14. Es war zwar etwas teurer als vergleichbare Mobilrekorder, aber dafür sorgten gleich zwei eingebaute Richtmikrofone für eine optimale Aufnahmequalität. Dohmen spulte das Band fast bis zum Ende vor und spielte es ab. Pimpertz' Stimme war so deutlich zu verstehen, dass man das Gefühl hatte, er würde neben einem stehen.

„... und zum anderen kann ich Ihnen versichern, dass er nicht lange im Knast sitzen wird."

„Wie meinen Sie das?"

„Sagen wir mal so: Ich kenne Leute im Knast, die sich um ihn kümmern werden. Unfälle passieren."

„Sie wollen ihn im Gefängnis ermorden lassen?"

„Ermorden? Was für ein hässliches Wort. Wie gesagt: Es wird wie ein Unfall aussehen."

Dohmen schaltete das Gerät aus und schob es zurück in seine Innentasche. Er lächelte und sagte: „Jetzt haben wir dich am Arsch, du Drecksack."

35

Dienstag, 22. Mai, 16.23 Uhr

Hastenraths Will hatte den Lautsprecher seines Handys eingeschaltet, damit Borowka, der neben ihm auf der Couch saß, mithören konnte. Als Kommissar Dohmen das Gespräch annahm, konnte man hören, dass er sich im Auto befand.

„Hallo, können Sie mich verstehen? Ich bin es – Hastenraths Will“, brüllte der Landwirt in den Hörer.

„Moment“, kam die verrauschte Antwort, „ich rufe Sie sofort vom anderen Telefon zurück.“

Während Will auf den Rückruf wartete, erklärte er Borowka, dass es sich um eine Vorsichtsmaßnahme handele, weil das Diensthandy möglicherweise abgehört werde. Es klingelte.

„Hastenrath?!“ meldete sich Will.

„So, jetzt bin ich auf der sicheren Leitung“, sagte Dohmen diesmal nahezu rauschfrei. „Ich wollte mich auch gleich bei Ihnen melden. Es gibt gute Nachrichten. Ich habe ein paar brisante Aussagen von Pimpertz auf Band. Ich glaube, damit kommen wir der Sache immer näher. Ich weiß nicht, warum er dieses Risiko eingeht, aber er scheint ein großes Interesse daran zu haben, dass Kleinheinz so schnell wie möglich verschwindet. Haben Sie auch noch irgendwas herausgefunden?“

„Ja, könnte man so sagen“, antwortete Will im lockeren Plauderton. „Ich glaub, ich weiß jetzt sogar, wer dahintersteckt und wie alles abgelaufen ist.“

„Ach was?“

„Ja, ja. Das Erste, was mir aufgefallen war, war der Fundort der Kettensäge, und das Zweite dieses Fahndungsfoto von Bettina Hebbel, was ich zufällig auf Ihr Handy gesehen hatte. Das sollten Sie sich noch mal genauer ansehen.“

Es rappelte am anderen Ende. Wahrscheinlich sah der Kommissar gerade nach. Nach einigen Sekunden meldete er sich wieder. „Ich verstehe, was Sie meinen. Was halten Sie davon, wenn wir uns heute Abend treffen? Am besten irgendwo, wo wir allein sind. Dann können wir in Ruhe reden. Sie kennen doch die stillgelegte Kiesbaggerei am Waldrand von Schalbruch. Auf dem Gelände gibt es ein paar Sozialräume, in denen man ungestört sprechen kann.“

„Oh ja, die Kiesgrube kenne ich. Da bin ich vor Kurzem fast mal reingestürzt.“

„Ich erinnere mich“, antwortete Dohmen mit feinem Sarkasmus in der Stimme. „Sagen wir 21 Uhr?“

„21 Uhr passt.“

„Kommen Sie alleine?“

„Leider ja“, antwortete Will, „mein Kollege, der Herr Borowka, muss arbeiten. Und Sie?“

„Ich komme auch allein.“

Es knackte. Dohmen hatte grußlos aufgelegt. Will starrte auf das Display. Sein Herz schlug ihm bis zum Hals.

„Leck mich am Arsch“, sagte Borowka. „Ist dir klar, dass du gerade mit ein Mörder telefoniert hast?“

Wills Puls raste. „Ich weiß!"

Er nahm zur Nervenberuhigung einen großen Schluck aus seinem Cognacglas. Borowka steckte sich eine Zigarette in den Mund. Seine Hände zitterten vor Aufregung, als er sie anzündete.

Nach zwei tiefen Lungenzügen fragte er: „Das musst du mir aber jetzt doch noch mal erklären, wie du dadrauf gekommen bist, dass Dohmen unser Mann ist. Ich hab das immer noch nicht begriffen."

„Also", begann Will zu erzählen. „Zuerst war mir endlich klar geworden, was mein Anwalt mit die beiden Buchstaben ‚FO' gemeint hat. Der wollte mir damit sagen, dass ich mir der Fundort der Kettensäge mal genau angucken soll, den Dohmen bei seiner Aussage genannt hatte."

Borowka nahm noch einmal das Protokoll zur Hand und überflog den Text. Er zuckte mit den Schultern. „Aber das versteh ich immer noch nicht. Da steht doch, dass die Kettensäge in dem Geheimversteck unter der Treppe lag. Da, wo du die auch gefunden hast."

„Eben", sagte Will und nahm einen weiteren Schluck Dujardin. „Ich habe die da gefunden – und nicht Dohmen! Ich habe dem Dohmen aber nie gesagt, dass die Kettensäge in diesem Versteck gelegen hat. Geschweige denn, wo sich das Versteck überhaupt befindet. Woher wusste der also davon?"

Langsam dämmerte es Borowka. „Ja klar! Der wusste davon, weil der die ursprünglich selbst da deponiert hatte, für dass die bei der Durchsuchung durch das LKA gefunden wird."

„Ganz genau." Will erhob sich und ging im Wohnzimmer auf und ab. „Vielleicht war der auch mal mit Kleinheinz im Keller Bier holen und ist besoffen gegen der Hebel gefallen."

„Was ich aber immer noch nicht kapier: Warum bringt Dohmen die Hebbel und der Mann um und schiebt das Ganze Kleinheinz in die Schuhe?“

„Tja, zuerst habe ich gedacht, der brauchte einfach nur ein Sündenbock“, sagte Will. „Aber dann hat Dohmen mir heute Morgen sein privates Handy geliehen, für zu telefonieren. Und dabei bin ich aus Versehen in dem sein Fotoalbum gelandet. Und da habe ich unter anderem das Foto von Bettina Hebbel gesehen, das auch auf den Fahndungsplakaten zu sehen ist.“

„Hab ich ja eben gehört. Aber das muss doch nix heißen. Schließlich hat der Dohmen die Plakate doch gebastelt. Da ist das doch normal, dass der ein Foto von die hat.“

„Genau das hab ich im ersten Moment auch gedacht, wie ich das Foto wiedererkannt habe“, fuhr Will fort. „Aber im Nachhinein ist mir aufgefallen, dass das Foto auf das Fahndungsplakat ein vergrößerter Ausschnitt davon ist. In Dohmen sein Handy war aber das komplette Bild zu sehen. Und das war aufgenommen in eine Umkleidekabine und im Spiegel hinter Frau Hebbel konnte man genau sehen, wer das Foto knipst – ein Mann mit Haarkranz.“

„Dohmen?!“, fragte Borowka.

„Eindeutig. Das war Dohmen, da bin ich mir hundertprozentig sicher.“

„Ach so! Deshalb denkst du, dass …“

„… dass Dohmen ein Verhältnis mit Bettina Hebbel hatte“, vervollständigte Will den Satz.

Borowka schüttelte vehement den Kopf. „Das fällt mir wirklich schwer, mir das vorzustellen. Die Hebbel sieht doch viel zu gut aus für so ein hässlicher Vogel. Aber mal vorausgesetzt, der hat so ein Schuss tatsächlich abbekommen. Warum sollte der die dann umbringen? Das macht doch kein Sinn."

„Überleg doch mal. Dohmen war ja ganz offensichtlich nicht der einzigste Liebhaber. Da gab es ja auch noch diesen Wolfgang Hansson, der ihr Exmann. Dohmen hat wahrscheinlich rausbekommen, dass die gleichzeitig auch noch mit dem ein Verhältnis hatte."

„Was für ein Luder", entfuhr es Borowka.

„Könnte man so sehen. Auf jeden Fall hat Dohmen die beiden umgebracht und die ganze Sache Kleinheinz angehängt. Ich vermute, er hat Kleinheinz aufgelauert und niedergeschlagen und dann mit dem seine Dienstwaffe Hansson und Hebbel erschossen." Will lief gerade richtig heiß, aber Borowka bremste ihn gleich wieder ein. „Moment, Moment. Warum haben die zwei sich denn nicht gewehrt? Die warten ja wohl kaum, bis Kleinheinz nach Hause kommt und niedergeschlagen wird und lassen sich dann erschießen."

„Beruhigungsmittel!", rief Will und schraubte seinen Zeigefinger in die Höhe. „Zumindest der tote Mann hatte laut der Befund von der Gerichtsmedizin Beruhigungsmittel im Körper. Und Bettina Hebbel wahrscheinlich auch."

„Und warum lässt der Täter eine Leiche verschwinden?"

Will dachte kurz nach. „Ich denke mal, die Leiche von der Hebbel hat irgendswelche Spuren aufgewiesen, die zu Dohmen als Täter geführt hätten."

Borowka knetete seine Hände so fest, dass die Knöchel weiß hervortraten. „Das hört sich alles sehr logisch an. Echt cool. Und ich find das auch super, wie du dem jetzt eben in dem Glauben gelassen hast, dass du so bescheuert wärst, alleine in die Kiesgrube zu fahren. Ich vermute, wir rufen jetzt die Polizei an oder am besten direkt die GSG 9, dass die dem da heute Abend hopsnehmen, oder?“

Will schüttelte heftig den Kopf. „Natürlich nicht. Ich lass mir doch mein Erfolg nicht von so ein paar Schnöselpolizisten wegnehmen. Nee, den Dohmen schnapp ich mir persönlich.“

Borowka wurde blass. „Was ist los? Du hast doch wohl nicht ernsthaft vor, alleine zu dieser einsame Treffpunkt zu fahren?!“

„Nein, wo denkst du denn hin?“, wiegelte Will ab. „So bekloppt bin ich nun auch wieder nicht. Du kommst natürlich mit!“

Borowka fiel vor Schreck die Zigarette aus der Hand.

36

Dienstag, 22. Mai, 20.37 Uhr

Das Licht der milden Abendsonne brach sich in dem imposanten Hauptgebäude der ehemaligen Kiesaufbereitungsanlage. Will und Borowka erkundeten seit einer halben Stunde das umliegende Waldgebiet. Endlich hatten sie einen idealen Platz für Wills Plan gefunden. Aus der Mulde heraus, die sich neben einer mächtigen Pappel im Boden befand, würde Richard Borowka mit seinem Fernglas ideale Sicht auf die Zufahrt zum Werksgelände haben. Man hatte von dort gleichermaßen den Eingang zu den Sozialräumen wie auch die Zufahrt im Blick. Da dieser Bereich nur über diese Einfahrt zu erreichen und ansonsten von dichtem Baumbewuchs umschlossen war, konnte Borowka sehen, ob Dohmen wirklich allein war und entsprechend Zeichen geben mithilfe eines Spiegels. Sobald Will mit dem Kommissar im Gebäude verschwunden war, sollte Borowka sich heranschleichen, damit er später als Augen- und Ohrenzeuge Dohmens Geständnis, das Will aus ihm herausholen würde, bestätigen konnte. So weit die Theorie. Da der Landwirt aber auch damit rechnen musste, dass Dohmen ihn im Sozialraum angriff, war Borowka mit wirkungsvollen Waffen ausgerüstet, um im Notfall aus dem Hinterhalt eingreifen zu können.

„Ist richtig schön hier“, sagte Borowka, während er sich umsah.

„Ja klar. Das grenzt hier an das Naturschutzgebiet Hohbruch, das ist so eine Art Biotop. Immer ein bisschen feucht und mit Moor und so. Das liegt dadran, dass das Gebiet, von die Höhenmeter aus gesehen, sehr nah am Grundwasser liegt. Aber das ist natürlich gut für die Vegetation, deshalb ist hier so viel Grün. Für der mittlere Bereich sagt man Bruchwald.“

Borowka kräuselte die Stirn. „Bruchwald?! Boah cool. Wie in ‚Herr der Ringe‘ der Düsterwald oder Fangorn. Da, wo Baumbart lebt, der Chef von die Ents.“

Will schüttelte den Kopf. „Nee, Enten gibt es hier nicht. Aber dafür jede Menge andere und vor allem seltene Tierarten, wie der Mäusebussard oder der Steinkauz. Oder die Turteltaube. Wusstest du, dass es Turteltauben gibt?“

„Allerdings“, Borowka verzog das Gesicht. „Und zwar in mein engster Bekanntenkreis.“

„Ja, das ist wirklich toll hier“, redete Will einfach weiter. „Hier kann man richtig schön spazieren gehen sonntagnachmittags. An die Wege stehen überall so alte Kopfweiden und Pappeln und in die Gräben wächst Schilf. Manchmal wird das bis zu ....“

„Ja, komm ist gut, mir ist schon schlecht“, unterbrach Borowka ihn unwirsch. „Spaziergehen ist eher was für der Fredi, der alte Romantiker. Musst du dir mal vorstellen: Die haben letztes Wochenende schon Wege im Saffelener Wald erkundet, wo die demnächst mit der Kinderwagen langgehen können. Die sind doch komplett bescheuert. Was bin ich froh, dass ich die Kinderdiskussionen hinter mir hab.“

„Ach, sei nicht so", beschwichtigte Will. „Kinder sind doch was Schönes. Wer soll denn sonst später für deine Pflege aufkommen, wenn du mal alt bist? Oh, guck mal. Da hinten, ein Falke. Die gibt es hier auch."

Borowka blickte dem Tier hinterher, wie es sich mit kräftigem Flügelschlag aus dem Baumwipfel erhob und seine nach unten gebogene Hakennase stolz in den Wind hielt. Er nickte anerkennend. „Mein lieber Mann, Will. Du kennst dich aber wirklich gut aus hier mit Fauna und Floristik. Woher weißt du das alles?"

Will winkte bescheiden ab. „Ach, halb so wild. Ich bin doch in der Ausschuss drin, wo es sich um die Nachnutzung der Kiesgrube geht. Und deshalb kenne ich das Gebiet ganz gut. Und vor allem unten das Gebäude kenne ich sehr gut von innen. Wahrscheinlich besser als unser Freund Dohmen."

Borowka sah auf seine Casio-Uhr. „Noch 13 Minuten bis neun Uhr. Du gehst am besten schon mal auf Position."

„Gut. Dann alles wie besprochen. Sobald wir im Gebäude verschwunden sind, kommst du nach."

Borowka hob den Daumen und Will stolperte mit seinen Gummistiefeln über den aufgeweichten, leicht abschüssigen Waldboden nach unten.

Borowka ging in die Knie und richtete sich seinen Beobachtungsposten ein. Noch war das Licht gut, das die untergehende Sonne abgab, aber in einer guten Stunde würde es dunkel sein. Hoffentlich hatten sie Dohmen bis dahin überwältigt. Borowka nahm den Feldstecher und Ritas Reise-Schminkspiegel aus seiner Umhängetasche, in der sich auch noch Pfefferspray, das

Bowiemesser und ein Knüppel befanden. Die Schreckschusspistole hatte er Will mitgegeben, falls der sich gegen Dohmen würde zur Wehr setzen müssen. Wie ein Navy Seal legte er sich bäuchlings in die Mulde und nahm sein Fernglas zur Hand. Es handelte sich um ein original Bundeswehrfernglas der Firma Steiner: oliv-braun, mit gummiertem und stoßfestem Gehäuse und einem leicht zerfledderten Trageriemen. Borowka hatte das gute Stück vor Jahren für kleines Geld auf einem Flohmarkt erstanden. Bislang war es aber nur bei der Observierung von Bikinimädchen an Badeseen zum Einsatz gekommen. Sorgfältig stellte er die Okulare ein, bis er optimale und klare Sicht hatte. Dann wartete er.

Pünktlich um 21 Uhr bog Oberkommissar Dohmen mit seinem Zivilfahrzeug, einem dunkelblauen Opel Corsa, in die Schotterpiste ein, die zum Treffpunkt führte. Borowka war begeistert. Er konnte durch sein Fernglas sogar einen kleinen Schnitt an Dohmens Kinn erkennen, den er sich offensichtlich beim Rasieren zugefügt hatte. Während der Kommissar ausstieg und Will begrüßte, suchte Borowka die Umgebung nach irgendwelchen Komplizen ab, aber es war niemand zu sehen. Als Dohmen ihm den Rücken zudrehte, ließ er den Spiegel mithilfe der Sonne einmal aufblitzen, um Will zu signalisieren, dass Dohmen allein gekommen war. Während die beiden nebeneinander ins Gebäude gingen, erhob Borowka sich vorsichtig aus seiner Mulde und steckte die Utensilien zurück in seine Umhängetasche, um sich nach unten zu schleichen. Sein Puls ging schnell und wie um sich selbst Mut zu machen, sagte er: „Showtime!“, so wie er das in zahllosen Actionfilmen gesehen hatte.

Plötzlich knackte ein Zweig. Borowka sah irritiert zu Boden, da er noch gar nicht losgegangen war. Dann wurde ihm klar, dass das Geräusch aus seinem Rücken kam. Er fuhr herum, doch es war zu spät. Ein schwerer Gegenstand traf ihn hart am Kopf. Armwedelnd taumelte er nach hinten, konnte sich aber noch auf den Beinen halten. Warmes Blut lief klebrig an seiner Wange herunter. Als er den schmerzenden Kopf hob, sah er den Schatten einer Person, die sich mit einem Baseballschläger in der Hand lautlos auf ihn zubewegte. Plötzlich hatte Borowka das Gefühl, dass alles ganz langsam ablief, aber es war nur die Schockstarre, die ihn lähmte. Er holte Luft, um zu schreien, brachte aber nur ein ersticktes Keuchen hervor. Der Holzknüppel krachte ein zweites Mal auf seinen Kopf und Borowka spürte nur noch Kälte und Entsetzen. Stöhnend versuchte er noch zu reagieren, doch seine Beine knickten unter ihm weg. Wie ein Kartoffelsack fiel er zu Boden und war froh, dass er endlich liegen durfte. Und sich ausruhen. Statt Schmerz breitete sich Taubheit in seinem Körper aus und legte sich wie eine Decke über ihn. Aus seiner waagerechten Perspektive sah er noch, wie schwere Wanderschuhe direkt vor seiner Nase stehen blieben, aber dann verschwamm alles vor seinen Augen. Es wurde kalt. Und dunkel. Sehr dunkel. Dabei war die Sonne noch gar nicht untergegangen.

37

Dienstag, 22. Mai, 21.06 Uhr

Die Metalltür knarzte, als Dohmen sie aufschob. Er tastete nach einem Lichtschalter und kurz darauf flackerten an der Decke nacheinander mehrere Leuchtstoffröhren auf, die den Raum in ein helles Licht tauchten. Will sah sich überrascht um. Obwohl das Gebäude seit über zwei Jahren leer stand, wirkte es seltsam bewohnt. Natürlich lag überall dicker Staub auf dem zurückgelassenen Inventar, aber dennoch schien sich irgendjemand darum gekümmert zu haben, dass das Bauwerk nicht ganz der Verwahrlosung zum Opfer fiel. Es roch sogar nach Klosteinen. Will wagte einen kurzen Seitenblick auf das Fenster, das zum Parkplatz zeigte. Es handelte sich um ein schweres Bleiglasfenster mit vielen kleinen Glasscheiben. Zwei davon hatte er mit Borowka aus dem Profil entfernt, sodass man von außen gut verstehen konnte, was im Inneren gesprochen wurde.

Will positionierte sich in der Nähe des Fensters und rief mit fester Stimme: „So, da wären wir dann. Nur wir zwei."

Dohmen, der vorangegangen war, drehte sich um und blieb ebenfalls stehen. „So sieht's wohl aus", sagte er grinsend, nahm in aller Seelenruhe seine Pistole aus dem Holster und ließ sie locker in der Hand baumeln. „Dann erzählen Sie mir mal, was Sie wissen."

Will umklammerte die Schreckschusspistole in seiner Parkatasche, aber gegen Dohmens gewaltige Waffe würde er damit keine Chance haben. „Wie wär's, wenn Sie mir sagen, warum Sie Peter Kleinheinz ein Doppelmord anhängen wollen", konterte Will und versuchte dabei, so abgeklärt wie möglich zu wirken. Hoffentlich würde Borowka draußen vor dem Fenster auch jedes Wort verstehen können.

Dohmen grinste schief. „Wissen Sie, wie das ist, wenn man immer nur die Nummer zwei ist?"

„Nein!" antwortete Will wahrheitsgemäß.

Dohmen ignorierte die Antwort und fuhr fort: „Kleinheinz hatte immer die meisten Bewunderer, das beste Aussehen, die hübscheste Frau. Der Typ ging mir schon lange auf die Nerven."

„Aber Sie müssen zugeben, dass so was kein Grund ist für so ein brutales Komplott. Und, was die hübsche Frau angeht, da haben Sie sich ja offensichtlich was zu einfallen lassen."

„Nicht wahr?", erwiderte Dohmen mit spürbarem Stolz in der Stimme. „Ich gebe zu: Dass ich das Foto im Handy aufbewahrt hatte, war ein Fehler. Aber gut, jetzt wissen Sie es eben. Es wird Ihnen sowieso nichts mehr nützen. Ja, Bettina Hebbel und ich hatten schon seit einigen Monaten ein Verhältnis."

„Schon als Kleinheinz bei die eingezogen war?", fragte Will pikiert.

Dohmen nickte dünkelhaft.

„Das versteh ich nicht", murmelte Will.

„Was verstehen Sie nicht?"

„Warum eine Frau, die mit Peter Kleinheinz zusammen ist, mit ein Mann wie Sie fremdgeht!“

Dohmens Gesichtszüge entgleisten. Wütend knurrte er: „Was soll denn das heißen – ein Mann wie ich?! Ich sage Ihnen mal was, Sie Klugscheißer. Kleinheinz ist überhaupt nicht der Strahlemann, für den Sie und all die anderen ihn halten. Der hat ganz schön viel Dreck am Stecken – und dafür muss er jetzt büßen. Meinetwegen kann der im Knast verrotten.“

Will schüttelte energisch den Kopf. „Soll ich Sie mal was sagen? Ich glaub Sie der ganze Quatsch nicht. Für so blöde Rachefantasien bringt man keine Leute um. Da steckt doch mehr dahinter. Mit wem arbeiten Sie zusammen?“

Dohmen fixierte Will neugierig und sagte nach einer kurzen Pause: „Sie sind wirklich nicht so dumm, wie ich am Anfang dachte. Klar, Sie sind auch kein Nobelpreisträger, aber Sie haben einen ganz guten Instinkt. Das hat Kleinheinz auch immer gesagt. Und Sie haben recht: Natürlich hatte ich einen Komplizen. Wie hätte ich das alles alleine machen sollen? Wie hätte ich gleichzeitig die falschen Spuren legen, die Ermittlungen aufnehmen und mich um das Verschwindenlassen der Leiche kümmern sollen? Das geht nur mit einem guten Verbündeten.“

„Das war mir schon klar. Ich hatte mich nämlich am Anfang gefragt, wer in der Auto gesessen hat, den Borowka und ich verfolgt haben. Sie konnten es ja nicht gewesen sein. Mit Sie hatte ich ja telefoniert. Und da waren Sie eindeutig in kein Auto.“

„Sehr gut, Sherlock. Aber klar, mein Komplize braucht natürlich auch ein Auto. Er hätte aber vielleicht etwas diskreter damit unterwegs sein sollen.“

„Jetzt sagen Sie schon. Wer ist Ihr Helfershelfer?“

Dohmen spielte gelangweilt mit seiner Waffe. „So schlau sind Sie dann doch nicht, was? Na gut, ich sag’s Ihnen. Man braucht als Helfer jemanden, den keiner sucht. Weil es ihn eigentlich gar nicht gibt.“

„Und wer soll das sein?“, fragte Will leicht genervt von Dohmens ständigem Bemühen, künstlich Spannung zu erzeugen.

„Denken Sie doch mal nach. Jemand, der eigentlich gar nicht existiert … weil er im Untergrund lebt.“

Will überlegte angestrengt, als ihn plötzlich die Erkenntnis wie eine Keule traf. Sein Hals schnürte sich zu. „Sie reden doch wohl nicht von Jarek Spastowicz, der illegale Pole?“, stammelte Will mit trockener Kehle. „Der Mann, mit dem meine Frau gerade alleine zu Hause ist?“

Dohmen grinste noch breiter und Wills Herz setzte für einen Moment aus. Wie hatte ihm nur dieser Anfängerfehler unterlaufen können? Natürlich! Er wusste im Grunde gar nichts über diesen Jarek. Noch nicht einmal, ob der Name überhaupt stimmte. Es war ein viel zu großes Risiko gewesen, einen völlig fremden Mann in seinem Haus aufzunehmen. Dann musste er auch noch an das Bowiemesser denken, das Jarek an sich gebracht hatte. Großer Gott, was hatte er nur getan?

Dohmens lautes Lachen, das von den Wänden zurückechote, riss Will aus seiner gedanklichen Achterbahnfahrt. Der Kommissar amüsierte sich königlich über das leichenblasse Gesicht des Landwirts. Prustend rief er: „Jetzt habe ich Sie aber schockiert, was? Geben Sie’s zu: Für einen Moment haben Sie’s geglaubt. Nein, der Pole ist nicht mein Komplize.

Im Gegenteil. Er ist der Nächste, den ich aus dem Weg räumen werde. Er hat mich in der Nacht beobachtet und wie ich anhand der Akten von diesem Anwalt weiß, hat er ein paar bemerkenswerte Beobachtungen gemacht. Unter anderem, dass ich mit einem Schlüssel ins Mordhaus gekommen bin. Aber das war Ihnen gar nicht aufgefallen, stimmt's? Na ja, egal. Auf jeden Fall weiß ich ja jetzt, wo ich den Drecksack finden kann, nachdem er mir letzte Nacht entwischt ist. Ich muss schon sagen, der Typ war um einiges trickreicher als der versoffene Anwalt."

Will wurde es gleichzeitig heiß und kalt. Er wusste langsam gar nicht mehr, was er noch glauben sollte. Zorn und Groll keimten ihn ihm auf. Wütend riss er die Pistole aus seiner Tasche und richtete sie auf Dohmen.

Der zuckte nur kurz und sagte lächelnd: „Oh, eine niedliche kleine Schreckschussknarre. Damit sollten Sie aber auf diese Entfernung verdammt gut zielen können, um mich zu verletzen. Und ich glaube nicht, dass Ihnen das gelingt, so sehr, wie Ihre Hand gerade zittert."

Wills kurzer Anflug von Mut war genauso schnell wieder verschwunden, wie er gekommen war. Stattdessen machte sich ein Gefühl der Hilflosigkeit in ihm breit, eine Mischung aus Verzweiflung und nackter Angst. Mit matter Stimme sagte er: „Bitte. Bevor das hier zu Ende geht, sagen Sie mir noch, wer Sie geholfen hat und vor allem, warum Sie das alles gemacht haben. Ich versteh's einfach nicht." Will hoffte inständig, dass Borowka rechtzeitig da sein würde, wenn es zum Äußersten kam, denn mittlerweile war er sich sicher, dass es zum Äußersten kommen würde.

Dohmen seufzte theatralisch. „Na gut. Dann will ich Sie mal nicht länger auf die Folter spannen. Komm rein", rief er laut.

Will hörte, wie sich hinter ihm die knarzende Metalltür öffnete und jemand mit schweren Stiefeln eintrat. Langsam drehte der Landwirt sich um und erstarrte. „Frau Hebbel?!"

Bettina Hebbel hatte ihr Haar zu einem Zopf zusammengebunden. Sie trug eine graue Fleecejacke von Fjällräven und darunter eine beige Trekkinghose mit vielen Klettverschlüssen. Hinter der Gürtelschnalle steckte eine Pistole. Dafür, dass sie sehr viel Blut verloren hatte, hatte sie eine recht gesunde Gesichtsfarbe. Ihre freundliche, leicht schüchterne Stimme erkannte Will sofort wieder.

„Herr Hastenrath, Sie enttäuschen mich. Ich hätte gedacht, dass Sie drauf kommen."

Will war völlig perplex. „Ich verstehe gerade überhaupt nix. Sie stecken hinter die ganze Sache? Aber warum?"

Bettina Hebbel lächelte kalt. „Haben Sie sich denn nie gewundert, warum jemand wie ich ausgerechnet nach Saffelen zieht?"

Will dachte kurz nach. „Nee, wieso? Was gibt es denn an Saffelen auszusetzen?"

Sie lächelte dünn, während sie mit bedächtigem Tonfall weitererzählte: „Wissen Sie, ich hatte mal ein tolles Leben. Ich war jung, ich hatte gute berufliche Perspektiven und ich war mit dem Mann meiner Träume verheiratet. Aber dann wurde dieses Leben von zwei Menschen zerstört: August Pimpertz und Peter Kleinheinz. Ja, da gucken Sie, Herr Hastenrath. Peter Kleinheinz war damals der Vorgesetzte von Pimpertz. Und die beiden haben eine Hetzjagd auf meinen Mann veranstaltet, die der nicht überlebt hat. Und ich fast auch nicht. Ich war danach jahrelang in Therapie. Das ganze Programm: Medikamente, Alkohol, Selbstmordversuch. Ich habe sogar noch mal geheiratet, um einen Neuanfang zu starten. Aber es hat alles nicht geholfen. Und irgendwann bin ich zu der Erkenntnis gelangt, dass ich nur Erlösung finde, wenn die beiden Menschen, denen ich meine Dämonen zu verdanken habe, ihre gerechte Strafe erhalten würden. Aber der Tod wäre für sie zu gnädig gewesen. Ich wollte, dass auch sie für den Rest ihres Lebens leiden. Können Sie das verstehen, Herr Hastenrath?"

„Natürlich nicht", entrüstete sich Will. „Das klingt völlig krank. Für mich sind Sie ein Physiopath. Allein schon, dass dafür Ihr zweiter Mann sterben musste."

Bettina Hebbel sah in Wills Gesicht, doch ihre Augen waren seltsam leer. „Wolfgang Hansson war ein Alkoholiker. Und ein Schläger. Er hat es nicht besser verdient. Es war nicht schwer, ihn hierhin zu locken. Ich wusste, dass ich seine Traumfrau war. Er hat nie aufgehört, mir Liebesmails zu schreiben, und ich habe ihn in dem Glauben gelassen, dass ich seine Gefühle erwidere. In der Nacht habe ich K.-o.-Tropfen in seinen Wein getan und er ist friedlich im Bett eingeschlafen. Als wir ihn später ausgezogen und mit Peters Dienstwaffe erschossen haben, hat er nichts davon gemerkt."

„Aber aus Peter seine Dienstwaffe fehlten vier Kugeln, nicht nur die zwei, die in Hansson steckten."

„Natürlich. Die Polizei sollte ja denken, dass er mich auch erschossen hat. Wir haben die Kugeln also in ein Kissen abgefeuert und die Hülsen und das Kissen verschwinden lassen."

„Aber das viele Blut von Sie?", stotterte Will geschockt.

„Das war eine gute Idee, oder? Ich habe mir das Blut über Monate abgenommen und gesammelt. Es war fast wie auf einem Kindergeburtstag, als Jochen und ich es überall im Haus und auf der Kettensäge verteilt haben."

„Ich dachte immer, Blut würde gerinnen?"

„Es sei denn, man versetzt es mit EDTA. Das ist eine spezielle Essigsäure, die man in jedem Chemielabor bekommt. Aber ich will Sie nicht mit Details langweilen."

„Ich fass das alles nicht", stammelte Will. „Aber wie haben Sie es hinbekommen, dass Pimpertz die Observation abgesagt hat, wodraufhin der Peter ja überhaupt erst zu früh nach Hause gekommen ist?"

„Ach, das war ganz einfach", erwiderte Bettina Hebbel. „Ich wusste ja von Jochen, welche Zielperson aus welchem Grund überwacht wurde, und da habe ich den Mann einfach zum richtigen Zeitpunkt angerufen und ein bisschen aufgescheucht. Jochen hat Peter den Waffenkammerschlüssel gestohlen und nach der Tat wieder zurück in Peters Tasche gesteckt. Mein Schatz sollte ja schließlich die Tatwaffe mitbringen."

Will war entsetzt über so viel Kaltblütigkeit. Doch es gab immer noch tausend Fragen, die ihm durch den Kopf gingen. „Und warum hatte der Peter ein Blackout?"

„Etorphin!", meldete sich Dohmen zu Wort. „Ein Beruhigungsmittel. Dreitausend Mal so stark wie Morphin. Das wird eigentlich benutzt, um große Wildtiere zu betäuben, zum Beispiel Elefanten. Das Zeug wirkt innerhalb von Sekunden und setzt einen für eine ganze Weile außer Gefecht. Ich war schon im Haus, als Peter nach Hause kam. Unmittelbar nach dem Abbruch der Observation bin ich nach Saffelen gefahren und habe im Schlafzimmer gewartet. In dem Moment, als Bettina aufgesprungen war, habe ich ihm von hinten die Spritze in den Hals gerammt. Das Zeug wirkt innerhalb von Sekunden und sorgt für eine Amnesie, die auch den Stich umfasst. Deshalb konnte Peter sich wirklich an nichts mehr erinnern. Danach mussten wir warten, bis Kleinheinz wieder zu sich gekommen war. Erst dann habe ich die Kollegen gerufen. Aber die Zeit haben wir natürlich auch gebraucht, um den Tatort zu präparieren. Und ich musste ja noch zurück zu meinem Wagen, den ich versteckt hatte, damit ich mit quietschenden Reifen vorfahren konnte."

Will schlug sich mit der flachen Hand vor die Stirn. „Jetzt versteh ich auch, was es mit der Opel Omega auf sich hatte, der plötzlich in der Mordnacht verschwunden war. Sie sind damit vom Tatort weggefahren, Frau Hebbel, kurz bevor die Polizei eintraf. Und Sie haben sich wahrscheinlich die ganze letzte Woche hier im Gebäude versteckt. Ja klar, und Sie haben auch in der Omega gesessen, wie wir den verfolgt haben. Sie haben uns extra hier zur Kiesgrube gelotst, weil das eine der wenigen Strecken war, die Sie kannten. Sie wollten, dass wir abstürzen. Sie wussten ja schließlich, wie steil es da runtergeht."

Nach und nach setzten sich vor Wills geistigem Auge die einzelnen Puzzleteile zusammen.

Bettina Hebbel wandte sich an Dohmen: „Ich hab's dir doch immer gesagt. So doof, wie der aussieht, ist der gar nicht. Aber ich denke, wir sollten jetzt hier zum Ende kommen. Wir haben schließlich noch genug zu tun."

Will erschrak. Verstohlen sah er zum Fenster hinüber und sagte mit lauter Stimme: „Wollen Sie mich etwa jetzt erschießen?"

Doch nichts rührte sich draußen. War Borowka etwa eingeschlafen?

Als könne sie Gedanken lesen, sagte Bettina Hebbel sanft: „Geben Sie sich keine Mühe, Herr Hastenrath. Ihr komischer Freund wird Ihnen nicht zu Hilfe kommen. Um den hab ich mich eben schon gekümmert."

Will zuckte entsetzt zusammen. „Was haben Sie mit der Richard gemacht?"

„Schluss jetzt mit der Fragerei. Ich habe keine Lust mehr darauf", schlug Bettina Hebbel plötzlich eine andere Tonart an.

„Moment noch!" Will versuchte voller Hektik, ein wenig Zeit zu schinden, um sich einen Plan B ausdenken zu können. „Eine Sache habe ich trotzdem noch nicht ganz kapiert. Peter Kleinheinz wird ja jetzt wahrscheinlich zu lebenslange Haft verurteilt – aber was ist mit Pimpertz? Der ist ja dann davongekommen."

„Nicht ganz. Ich brauche ja auch eine Menge Geld für mein neues Leben. Und darum wird sich der feine Herr Pimpertz ab sofort kümmern. Hast du die Aussagen von Pimpertz auf Band, Schatz?"

Dohmen nickte und zog eine Art Diktiergerät aus seiner Hemdentasche. „Jepp. Und zwar in 1-a-Tonqualität."

„Dann haben wir ja jetzt hoffentlich alle Fragen geklärt", resümierte Bettina Hebbel. Mit einer harschen Bewegung wies sie Will an, sich umzudrehen.

Zögerlich kam Will der Aufforderung nach und sah nun wieder in Dohmens feist grinsendes Gesicht. Ihm war klar, dass es vorbei war. Als er hörte, wie Bettina Hebbel in seinem Rücken ihre Pistole entsicherte, begann er leise, das Vaterunser zu beten, und presste dabei fest seine Augen zusammen. Sie drückte zweimal kurz hintereinander ab. Schüsse hallten durch den Raum. Wills Körper krampfte sich zusammen, aber seltsamerweise blieb die Schmerzwelle aus. Der Landwirt hatte sich den Tod wesentlich unangenehmer vorgestellt. Plötzlich vernahm er ein Geräusch. Zwei Patronenhülsen fielen mit einem hohlen Klackern auf den Boden. Blinzelnd öffnete Will die Augen und musste mitansehen, wie Dohmen vor ihm auf die Knie sank und tödlich getroffen das Gesicht verzerrte. Durch seine Hand, die er sich vor den Bauch hielt, sickerte Blut. Mit letzter Kraft hob er den Kopf, schaute an Will vorbei und stammelte verwirrt: „Warum?“ Dann kippte er einfach mit dem Gesicht voran auf den harten Betonboden.

Bettina Hebbel trat ungerührt neben Will und zog die Nase hoch. „Weil du genauso ein korruptes Arschloch bist wie alle anderen Bullen.“

Will riss panisch die Hände vors Gesicht. „Was machen Sie denn hier?“, schrie er. „Was ist das nur für ein Albtraum? Wieso bringen Sie denn Ihr Liebhaber um?“

„Weil ich ihn nicht mehr brauche“, antwortete Hebbel lapidar und ging auf Dohmen zu.

Will schnappte hektisch nach Luft. „Aber, aber ich dachte, Sie beide …?“

„Ach, Herr Hastenrath. Sie sind so herrlich naiv. Was will ich denn mit so einem Typen? Es wird in meinem Leben nie wieder einen Mann geben. Der einzige Mann, den ich je geliebt habe, wird hoffentlich im Himmel auf mich warten. Jochen war für mich doch nur Mittel zum Zweck. Er war hoffnungslos in mich verliebt. Er war bereit, alles für mich zu tun. Und er hatte als Kommissar natürlich auch viele Möglichkeiten. Einen besseren Komplizen hätte ich mir doch gar nicht wünschen können. Als ich ihm das erste Mal begegnet bin, war mir sofort klar, dass er derjenige sein würde, mit dem ich meinen Plan in die Tat umsetzen kann."

„Sie sind doch wahnsinnig", schrie Will mit bebender Stimme. „Denken Sie doch mal nach im Kopf. Sie haben gerade eben ein Kommissar erschossen. Die Polizei wird Sie überall suchen."

Bettina Hebbel ging zu dem leblosen Körper und stieß ihn mit dem Fuß zur Seite. „Na und? Das tut sie doch schon die ganze Zeit. Beziehungsweise meine Leiche. Aber die wird wohl für immer unauffindbar bleiben, denn ich werde morgen früh mit einer neuen Identität ins Ausland verschwinden."

Verzweifelt versuchte Will, die Frau zur Vernunft zu bringen. „Man wird Sie auf die Schliche kommen und dann um der ganze Erdball jagen. Überlegen Sie doch mal: Sie sind jetzt eine Polizistenmörderin."

„Ich glaube, Sie verstehen es immer noch nicht, Herr Hastenrath. Die Polizei wird niemanden suchen. Weil sie den Mörder von Jochen Dohmen doch längst gefunden hat. Er liegt ihm tot gegenüber, weil beide sich gegenseitig erschossen haben, als sie sich hier an diesem einsamen Ort getroffen haben. Die beiden Männer, die das Komplott gegen Peter Kleinheinz geschmiedet hatten und nun offenbar in Streit geraten waren."

Hebbel hob Dohmens Dienstwaffe vom Boden auf und richtete sie auf Will. Jetzt erst fiel dem Landwirt auf, dass sie die ganze Zeit Handschuhe getragen hatte. Sein Herz krampfte sich zusammen.

Zuckersüß sagte Bettina Hebbel: „Tja, Herr Hastenrath. Ich wünschte, ich könnte sagen, dass es mich gefreut hat, Sie kennengelernt zu haben. Aber das wäre gelogen."

Ihr Finger krümmte sich um den Abzug und den Bruchteil einer Sekunde später sah Will in einen gleißenden Feuerball, der ihn fast erblinden ließ.

38

Dienstag, 22. Mai, 21.34 Uhr

Ein Sanitäter leuchtete Will mit einer schmalen Stableuchte mehrmals blitzartig in die Augen und sagte: „Pupillenreaktion vorhanden und beidseits gleich."

Langsam kam der Landwirt wieder zu sich. An die letzten Minuten konnte er sich nur noch bruchstückhaft erinnern. Nachdem Bettina Hebbel mit ihrer Pistole auf ihn gezielt hatte, war alles ganz schnell gegangen. Um ihn herum waren plötzlich Blendgranaten explodiert und irgendjemand hatte ihn zu Boden gerissen und weggezogen. Inmitten dieses ganzen Tohuwabohus musste er dann ohnmächtig geworden sein, weil sein Organismus sich nicht mehr anders zu helfen wusste. Langsam kehrte jedoch wieder Leben in den robusten Körper des Landwirts zurück. Er lag auf einer Tragbahre auf Rollen und der Sanitäter fragte ihn, ob er wisse, wer er sei.

„Natürlich weiß ich, wer ich bin. Hastenraths Will natürlich! Was soll die blöde Frage?"

Er schob den Mann mit der gelben Warnweste zur Seite und setzte sich auf. Mit herunterbaumelnden Beinen sah er sich im Sozialraum um. Mehrere mit Sturmhauben vermummte Männer ganz in Schwarz unterhielten sich. Sie trugen Schutzwesten mit der Aufschrift „SEK". Einige hielten Sturmgewehre in der Hand. Der tote Kommissar Dohmen lag noch immer da, wo er gestorben war. Ein Beamter stand daneben und schien Wache zu halten, bis die Spurensicherung eintreffen würde. Will sprang von der Liege, um sich ein wenig die Füße zu vertreten, als er durch das Fenster August Pimpertz erblickte, der zwei Streifenpolizisten lautstarke Anweisungen erteilte. So schnell seine Gummistiefel ihn trugen, lief er zu ihm, um zu erfahren, was passiert war.

Der Kriminaloberrat begrüßte den Landwirt unerwartet freundlich: „Herr Hastenrath, da sind Sie ja wieder. Gott sei Dank ist Ihnen nichts zugestoßen."

„Was ist mit mein Kollege, der Richard Borowka?" fragte Will voller Sorge.

„Ist das der blonde Mann mit der 80er-Jahre-Frisur?"

Will nickte.

„Dem geht's den Umständen entsprechend gut. Er wird gerade hinten im Rettungswagen notärztlich versorgt. Wir haben ihn oben in dem Waldstück gefunden. Er war bewusstlos an einen Baum gefesselt. Er hat zwei große Platzwunden am Kopf. Frau Hebbel hat ordentlich zugeschlagen. Aber das wird schon wieder."

„Was ist überhaupt mit die Frau? Ist die ...?"

„Tot?", fragte Pimpertz. „Nein, sie lebt. Unsere Leute konnten sie überwältigen. Ich hab sie schon wegbringen lassen zum Verhör. Und wie geht es Ihnen?"

„Ach, Unkraut vergeht nicht. Aber jetzt müssen Sie mir unbedingt sagen, wo Sie plötzlich herkamen mit die ganze Truppe? Woher wussten Sie überhaupt, dass wir hier sind?"

Pimpertz strich sich seine Anzugjacke glatt und druckste herum: „Tja, ich muss mich wohl bei Ihnen entschuldigen, Herr Hastenrath. Ich hatte die Lage offensichtlich falsch eingeschätzt. Nach Ihrem Besuch bei mir im Büro habe ich als Erstes mit Peter Kleinheinz gesprochen. Auch über Ronny Berger. Je mehr wir vor diesem Hintergrund über die Umstände der Mordnacht sprachen, desto überzeugter war ich davon, dass Kleinheinz hereingelegt worden war. Glauben Sie mir, ich habe Peter Kleinheinz nie wirklich für den Täter gehalten, auch wenn die Indizien gegen ihn erdrückend waren. Schon kurz nach der Mordnacht hatte ich den Verdacht, dass Dohmen ein falsches Spiel treibt. Die Observierung in Übach-Palenberg, die nach einem Tipp geplatzt war. Und das, obwohl nur wenige eingeweiht waren. Die Kettensäge, die er angeblich gefunden hatte, obwohl das LKA das Haus vorher auf den Kopf gestellt hatte. Oder auch die Tatsache, dass Dohmen so schnell am Tatort war. Aber ihm war objektiv kein Fehlverhalten nachzuweisen. Er konnte nicht der Tippgeber gewesen sein, weil er während der ganzen Aktion niemals allein war. Und auch, dass Kleinheinz ihn angeblich unmittelbar nach den Todesschüssen angerufen haben soll, war nicht zu widerlegen. Jetzt wissen wir natürlich, dass er sich selbst von Kleinheinz' Handy aus angerufen hat, damit die Daten einer Überprüfung standhalten. Tja, und die Kettensäge hatte er in einem Geheimversteck gefunden, das das LKA tatsächlich übersehen hatte. Auf jeden Fall haben diese ganzen kleinen Ungereimtheiten dazu geführt, dass ich den Fall zur Chefsache erklärt habe, um Dohmen unter Kontrolle zu haben. Denn das weiß ich aus Erfahrung: Irgendwann macht jeder einen Fehler."

„Dann hatten Sie auf jeden Fall eine bessere Nase als wie ich“, murmelte Will geknickt. „Ich hab tatsächlich die ganze Zeit geglaubt, der Dohmen wär auf meine Seite.“

Pimpertz legte dem Landwirt die Hand auf die Schulter. „Grämen Sie sich nicht, Herr Hastenrath. Am Ende hatten Sie den richtigen Riecher. Mir ist erst klar geworden, dass mehr hinter der Sache steckt, als letzte Nacht der Anwalt in Kirchhoven niedergeschossen wurde. Deshalb habe ich mich heute Morgen entschlossen, Dohmen eine Falle zu stellen. Ich bestellte ihn zum Vieraugengespräch und ließ in dieser Zeit einen Peilsender an seinem Wagen anbringen. Bei unserer konspirativen Unterhaltung machte ich ihm ein – sagen wir mal – unmoralisches Angebot, um zu testen, wie er darauf reagiert. Und er war bereit, Kleinheinz ans Messer zu liefern.“

„Ach deshalb?“, sagte Will.

„Was, deshalb?“, fragte Pimpertz erstaunt.

„Ach nix Besonderes. Der Dohmen hat ein Diktiergerät in seine Hemdtasche, wo der wohl Ihr Gespräch drauf aufgenommen hat. Und ich glaube, die beiden wollten Sie erpressen mit dem, was Sie da gesagt haben.“

Will musste laut gähnen. Er spürte, wie ihn eine bleierne Müdigkeit überfiel.

„Am besten, Sie fahren nach Hause und schlafen sich mal richtig aus. Die letzten Tage waren hart“, empfahl Pimpertz. „Lassen Sie uns morgen mal telefonieren.“

Will nickte dankbar und ging zum Rettungswagen, um sich nach dem Befinden von Borowka zu erkundigen. Auf halber Strecke fiel ihm plötzlich noch etwas ein. Er drehte sich um und rief: „Ach, Herr Pimpertz. Eine Sache verstehe ich noch nicht ganz. Sie sagten ja, dass Sie wussten, dass Dohmen hier zur Kiesgrube gefahren ist wegen der Peilsender. Aber ich frage mich gerade, was dadran denn so ungewöhnlich ist, dass Sie deswegen sofort das SEK alarmieren. Es hätte ja auch sein können, dass der nur zum Pinkeln angehalten hat."

Pimpertz zupfte nervös an seiner Krawatte, während er mit langen Schritten auf Will zukam. Als er ihm gegenüberstand, sagte er im Flüsterton: „Ich hatte eigentlich gehofft, dass Sie nicht fragen. Aber gut, ich will ehrlich sein. Das, was ich Ihnen jetzt sage, ist inoffiziell. Ich hatte privat jemanden damit beauftragt, Sie zu beschatten. Nur zu Ihrem Schutz, versteht sich. Damit Sie keine Dummheiten machen. Als der Mann mir dann vorhin Meldung machte, dass Sie sich hier konspirativ mit Dohmen treffen, war ich mir sicher, dass Sie der Komplize von Dohmen sind, den er zweifellos haben musste. Ich habe die Situation dann zur sogenannten Ad-hoc-Lage erklärt, das SEK angefordert und den sofortigen Zugriff angeordnet. Tut mir leid, dass ich Sie zu Unrecht verdächtigt habe, aber immerhin waren wir rechtzeitig da, um Sie zu retten. Insofern sind wir quitt."

„Seh ich genauso", erwiderte Will und schüttelte Pimpertz zum Abschied die Hand. Anschließend machte der Kriminaloberrat auf dem Absatz kehrt und lief ins Gebäude. Dort angekommen, beorderte er den Beamten, der die Leiche von Kommissar Dohmen bewachte, unter einem Vorwand nach draußen. Er ging neben dem Toten in die Hocke und ließ seine Hand in Dohmens Hemdtasche gleiten. Mit einer schnellen Bewegung fischte er das digitale Aufnahmegerät heraus und ließ es heimlich in seiner Hose verschwinden. „Sicher ist sicher", sagte er leise, während draußen die Spurensicherung vorfuhr.

Epilog

Donnerstag, 31. Mai, 10.07 Uhr

Die Zeremonie konnte noch nicht beginnen, weil Hastenraths Will vor lauter Aufregung noch mal aufs Klo musste. Trotz des Wochentages waren sehr viele Menschen gekommen, um dabei zu sein. Die Polizei hatte sogar Teile des Parkplatzes absperren müssen, um den Schaulustigen, die sich vor dem Kreishaus in Heinsberg eingefunden hatten, die Möglichkeit zu geben, den Reden und den Ehrungen beiwohnen zu können. Einen Großteil der Menschenmenge machte natürlich die Saffelener Bevölkerung aus, die fast geschlossen erschienen war. Die gesamte Belegschaft des Autohauses Oellers stand Spalier, allen voran Heribert Oellers, der gut gelaunt ein Schild mit der Aufschrift „Glückwunsch, Dummdödel!“ in die Luft hielt. Schlömer Karl-Heinz war mit seiner tagesaktuellen Lebensgefährtin erschienen, die komplette Fußballmannschaft mit Trainer, Vorstand und dem Edelreservisten Spargel bildeten eine größere und sehr lautstarke Truppe. Neben vielen anderen Vereinen war auch die komplette Freiwillige Feuerwehr Saffelen, alle sechs Mann, in voller Uniform erschienen – angeführt von ihrem stolzen Löschmeister, einem ganz alten Freund von Will. Fast jeder war da – außer dem Musikverein

Saffelen. Der hatte nämlich leider schon wieder die Heimreise antreten müssen, weil allen Mitgliedern nach einem unangekündigten Schlagerpotpourri von der Polizei ein Platzverweis wegen Ruhestörung erteilt worden war. Sogar Jarek Kasprowicz, Frau Hildebrandt und ein gut aufgelegter, auf dem Weg der Besserung befindlicher Günther Schabowski im Rollstuhl waren gekommen. In vorderster Reihe schließlich stand Marlene Hastenrath mit einigen Freundinnen von den katholischen Strickfrauen. Zur Feier des Tages hatte Wills Frau natürlich auch Knuffi mitgebracht, der hechelnd auf ihrem Arm saß. Ebenfalls ganz vorne hatte sich Rita Borowka platziert, die immer wieder aufgeregt auf ihren Mann zeigte. Neben ihr standen eng umschlungen Fredi und Sabrina, die vor lauter Schmuserei kaum mitbekamen, dass Hastenraths Will endlich von der Toilette zurückkehrte. Der Landwirt wischte sich die Hände an seiner grauen Arbeitshose ab und gesellte sich dann zu den anderen, die bereits vor dem halbrunden grünen Eingangsportal des Kreishauses Aufstellung genommen hatten. Wie die Orgelpfeifen standen nun nebeneinander der hoch aufgeschossene August Pimpertz als stellvertretender Polizeidirektor, ein nachdenklich wirkender Peter Kleinheinz sowie ein breit grinsender Richard Borowka, der nicht nur wegen seiner langen Narbe auf der Stirn auffiel, aus der noch Fäden herausragten, sondern vor allem wegen seiner Kleidung. Bei der Wahl seiner Garderobe hatte der Kreisliga-C-Star im Gegensatz zu den beiden Erstgenannten kein allzu glückliches Händchen bewiesen. Seine schwarzen Lederschuhe waren ungeputzt und voller Kratzer. Die Hochwasserhose legte weiße Tennissocken mit blau-roten Streifen frei und die weiße Lederkrawatte war schief gebunden. Zumindest das Jeanshemd schien frisch gebügelt zu sein. Hastenraths Will komplettierte die Reihe der Ehrengäste, indem er neben Borowka Aufstellung nahm. Der Landwirt trug, wie immer, seine Gummistiefel, ein kariertes Holzfällerhemd und seinen abgetragenen Bundeswehrparka. Immerhin hatte er sich zur Feier des Tages von seiner Frau zu einer Krawatte überreden lassen.

Der Landrat trat würdevoll ans Rednerpult und wartete, ganz Profi, die obligatorische Rückkopplung ab, bevor er salbungsvoll und mit wohlakzentuierter Stimme die Feierstunde eröffnete: „Meine Damen und Herren, ich darf Sie recht herzlich willkommen heißen zu einem außergewöhnlichen Festakt, wie wir ihn bei uns im Kreis Heinsberg nicht oft erleben dürfen. Heute werden gleich zwei Verdienstorden des Landes Nordrhein-Westfalen an besondere Menschen verliehen. Doch bevor wir zur Ehrung kommen, möchte ich gerne noch dem Leiter der Direktion Kriminalität, Herrn Kriminaloberrat August Pimpertz, für die Aufklärung dieses spektakulären Falls danken. Chapeau!“ Der hochrangige Beamte nickte sparsam und nahm den freundlichen Applaus mit fast schon militärischer Haltung entgegen, während der Landrat fortfuhr: „Und dann ist es mir eine Herzensangelegenheit, als Landrat des Kreises Heinsberg, als Leiter der Kreispolizeibehörde Heinsberg, aber vor allem als Mensch, unseren verdienten Kriminalhauptkommissar Peter Kleinheinz, der durch unglückliche Umstände einem falschen Verdacht ausgesetzt worden war, hiermit öffentlich und vollumfänglich zu rehabilitieren. Herr Kleinheinz, ich bedaure es außerordentlich, dass die letzten Wochen für Sie und Ihre Familie mit so erheblichen Belastungen verbunden waren."

Kleinheinz nahm die Worte mit versteinerter Miene entgegen. Im Publikum brandete lauter Applaus auf und aus den Reihen der Saffelener Fußballer waren vereinzelte „Kleinheinz, Kleinheinz"-Sprechchöre zu hören.

„Und dann ist es mir natürlich eine große Freude", fuhr der Landrat unbeirrt fort, „jetzt jemanden ans Rednerpult zu bitten, dessen politische Strahlkraft weit über das Land Nordrhein-Westfalen hinausgeht."

Hastenraths Will zog überrascht die Augenbrauen hoch. Man hatte ihm zwar nicht gesagt, dass er eine Rede halten sollte, aber für einen Politprofi wie ihn war das natürlich auch aus dem Stehgreif kein Problem. Er zurrte seine Krawatte fest und machte staatsmännisch einen Schritt nach vorne, als er den Landrat plötzlich sagen hörte: „… und deshalb freue ich mich heute hier begrüßen zu dürfen: die stellvertretende Ministerpräsidentin und Ministerin für Schule und Weiterbildung Frau Sylvia Löhrmann."

Während die Ministerin unter dem verhaltenen Jubel der Zuschauer ans Rednerpult trat, verzog Will pikiert das Gesicht. Das wird ja immer besser, dachte er. Jetzt darf sogar eine von den Grünen sich hier wichtig machen.

Die Landesministerin schüttelte dem Landrat die Hand und trat hinter das Mikrofon. Bevor sie das Wort an das Publikum richtete, musterte sie kurz das seltsame Paar, das es zu ehren galt. Dann begann sie mit professioneller Routine zu sprechen: „Meine Damen und Herren, ich freue mich sehr, heute hier in Hasenberg … ähm … Entschuldigung, in Heinsberg den

Verdienstorden des Landes Nordrhein-Westfalen zwei außergewöhnlichen Menschen überreichen zu dürfen. Diese beiden Männer aus dem einfachen Volk stehen für Werte. Werte, die nicht ‚von oben' verordnet werden können, sondern Werte, die vorgelebt werden müssen. Für sie sind Menschenwürde, Gerechtigkeit, Solidarität, Toleranz und Zivilcourage keine bloßen Worte – sie erfüllen sie mit Leben und das seit vielen Jahren und oft genug Tag für Tag."

Borowka konnte ein Gähnen nicht unterdrücken und kassierte dafür von Will einen Ellbogencheck gegen die lädierte Rippe. „Aua", schrie er.

Die Ministerin ließ sich davon nicht stören, sondern hielt sich an ihr Manuskript. „Der Verdienstorden des Landes Nordrhein-Westfalen ist nicht nur ein Ehrenzeichen, sondern neben dem Staatspreis auch die höchste Auszeichnung Nordrhein-Westfalens. Er wird an Bürger aus allen Gruppen der Bevölkerung verliehen, deren außerordentliche Verdienste für die Allgemeinheit in allen Lebensbereichen erworben worden sein können, Quelle Doppelpunkt Wikipedia." Sie stockte, errötete leicht und verbesserte sich: „Oh Entschuldigung, das Letzte stand in Klammern. Auf jeden Fall wurde der Verdienstorden 1986 aus Anlass des 40. Geburtstages des Landes NRW gestiftet. Die Zahl der Landesorden ist auf 2.500 begrenzt. Bisher wurden nur knapp 1.500 Frauen und Männer damit ausgezeichnet. Dies macht aus diesem Orden eine echte Rarität."

Plötzlich hob sie ihre Stimme und rief mit großem Pathos: „‚Müde macht uns die Arbeit, die wir liegen lassen, nicht die, die wir tun', so formulierte es einst die Schriftstellerin Marie Freifrau von Ebner-Eschenbach."

Die Ministerin geriet ins Erzählen und arbeitete pflichtbewusst die noch ausstehenden acht Seiten ihrer Rede ab, bevor sie endlich zum eigentlichen Festakt überging. Sie verließ das Rednerpult, gefolgt von einem Mitarbeiter, der ein Kissen mit zwei Orden vor sich hertrug. Es handelte sich dabei um schlichte, weiß emaillierte Malteserkreuze mit einer silbernen Scheibe im Zentrum, auf der das Landeswappen abgebildet war. Richard Borowka wurde zuerst geehrt. Er strahlte über das ganze Gesicht, als Sylvia Löhrmann ihm den Orden an sein Jeanshemd heftete und ihm die Urkunde überreichte. Zu dem Orden gehörte nämlich auch noch eine edle Mappe, die nun auch Will erhielt. Die Ministerin hatte ein wenig Mühe, den Orden am schweren Parkastoff zu befestigen, doch nachdem es gelungen war, schüttelte sie auch ihm die Hand und sagte feierlich: „Ich ziehe den Hut vor Ihrer großartigen Zivilcourage und überreiche Ihnen als Dank heute den Verdienstorden des Landes Nordrhein-Westfalen. Herzlichen Glückwunsch, Herr Hasenrad."

Will hörte nur halb hin, weil er schon voller Stolz den Text auf seiner Urkunde las: „In Anerkennung besonderer Verdienste um das Land Nordrhein-Westfalen und seiner Bevölkerung verleihe ich Herrn Wilhelm Hastenrath, Saffelen, den Verdienstorden des Landes Nordrhein-Westfalen. Düsseldorf, den 31. Mai 2012." Unterschrieben war die Urkunde von Hannelore Kraft. Will drückte das Dokument fest an sein Herz. Er wusste, dass er damit die anstehende Wiederwahl zum Ortsvorsteher so gut wie gewonnen hatte. Brockers Dieter konnte sich schon mal eingraben gehen auf seinem gepachteten Feld. Aber es kam noch besser für den Landwirt. Plötzlich drängelte sich nämlich der Landrat zusammen mit der Ministerin zwischen Will und Borowka, um für das offizielle Pressefoto zu posieren. Will freute sich über diese Geste ganz besonders, denn ihn und den Landrat verband eine nicht gerade unkomplizierte politische Vergangenheit. Der Landwirt und Ortsvorsteher hatte seinen Parteikollegen bereits bei einigen offiziellen Anlässen – teils aus Versehen, teils absichtlich – in hochnotpeinliche Situationen gebracht. Doch in diesem wunderbaren Moment schienen alle Gräben zugeschüttet und man genoss gemeinsam die öffentliche Aufmerksamkeit. Und die war immens, denn diesmal waren nicht, wie sonst üblich, ein Tageszeitungspraktikant und der Anzeigenverkäufer des Wochenblatts als Pressevertreter vor Ort, sondern zahlreiche überregionale Journalisten. Immerhin hatte der Fall bundesweit für Schlagzeilen gesorgt. Nicht nur die Süddeutsche, die Frankfurter Allgemeine und der Spiegel hatten Fotografen geschickt, sondern, wie Will erfreut feststellte, sogar die Bildzeitung! Nicht zu vergessen natürlich das Fernsehteam von der WDR Lokalzeit. Wills Herz schwappte über vor Glück. „Auf Wiedersehen, Brockers Dieter", murmelte er zufrieden vor sich hin und legte dem Landrat kumpelhaft den Arm um die Schulter.

Auch Marlene Hastenrath wollte diesen historischen Moment für die Nachwelt festhalten. Sie setzte Knuffi kurz ab, um in ihrer Handtasche nach der Pocketkamera zu suchen. Genau in dem Augenblick, als einer der Fotografen rief: „Und Achtung bitte!", nutzte Knuffi die Gunst der Stunde und spurtete los. Aus vollem Lauf sprang er Will in die Arme. In der Sekunde, als sämtliche Fotoapparate klickten, zog der kleine

Terrier seine Zunge einmal quer durch Wills Gesicht und ließ gleichzeitig vor Glück unter sich. Ein satter, gelber Strahl ergoss sich über den maßgeschneiderten Anzug des Landrats, der vor Schreck die Hand hochriss und damit unabsichtlich die linke Brust der Ministerin anhob. Borowka musste laut lachen, als er das sah, während die Kameras unaufhörlich klickten. Der Fotoreporter der Bildzeitung packte nach dem Blitzlichtgewitter auf der Stelle alles zusammen und lief zu seinem Wagen: Der Aufmacher für den nächsten Tag war im Kasten.

Nachdem sich die Aufregung ein wenig gelegt hatte, schlenderte Richard Borowka mit selbstbewusster Lässigkeit zu seiner Frau und gab ihr einen dicken Schmatzer auf den Mund. Mit den Worten „Mein Held“ erwiderte Rita den Kuss. Borowka wandte sich an seinen besten Kumpel, der immer noch blöde grinsend und wie festgetackert an seiner Freundin klebte. „Und. Was sagst du, Fredi?“ Borowka zeigte auf den Orden an seiner Brust und streichelte liebevoll darüber.

Anstelle einer Antwort fiel der unvermeidliche Satz: „Ich muss dir was sagen. Wir sind schwanger!“

Borowka konnte sich ein genervtes Schnaufen nicht verkneifen, hob aber dann die Hand, um zu gratulieren. Doch es waren gar nicht Fredi und Sabrina, die ihn anstrahlten, sondern Rita. Und wenn er genau darüber nachdachte, war es auch Ritas Stimme gewesen, die diesen verhängnisvollen Satz gesagt hatte. Borowka sah seiner Frau in die Augen und musste schwer schlucken. „Heißt das …?“, stammelte er wie betäubt.

„Jaaaaa“, rief Rita voller Glück. „Ich bin schon in der zwölften Woche.“

Borowka griff sich an den Kopf. Alles um ihn herum begann sich zu drehen. Sein Kreislauf versagte und er suchte verzweifelt nach Halt. Seine Füße gerieten aus dem Tritt, wie bei einer letzten Treppenstufe, die man übersehen hatte. Er spürte, wie er ins Bodenlose fiel. Er fiel und fiel. Dann war er endlich ohnmächtig.

URKUNDE

in Anerkennung besonderer Verdienste
um das Land Nordrhein-Westfalen
und seine Bevölkerung verleihe ich

HERRN WILHELM HASTENRATH
SAFFELEN

DEN VERDIENSTORDEN
des Landes Nordrhein-Westfalen.

Die Ministerpräsidentin
des Landes Nordrhein-Westfalen

Düsseldorf, den 31.05.2012

Danksagung

Ich danke meinen beiden Sternen am Himmel und allen guten Geistern, die auf die ein oder andere Weise Teil dieses Buches geworden sind, als da sind:

Claudia Bodewig, Marc Breuer, Oliver Forsbach, Karl-Heinz Frenken, Thomas Genter, Claudia Jansen, Melanie Knaus, Hildegard Knops, Sebastian Knops, Andreas Krause, Franz-Josef Krichel, Ellen Küppers, Arnold Macharski, Christian Maus, Veronika Meyer, Bärbel Nollmann, Markus Pisters, Silvia Pisters, Dieter Prosch, Kristina Raub, Agnes Rex, Michael Rex, Kathrin Rudolph, Torsten Schlösser, Karsten Schmitz, Alexandra Singer, A.M. Textor, Marion Venedey, Wilfried Venedey, Sabrina Wallek, Josef Wallraven, Marlene Wallraven.

Die Dorfkrimi-Reihe

Das Schweigen der Kühe
Hastenraths Wills erster Fall
176 Seiten
€ 12,90 | ISBN 978-3-9807844-4-3
Auch als Hörbuch (4 CDs) sowie als Audio-Download erhältlich

Die Königin der Tulpen
Hastenraths Wills zweiter Fall
256 Seiten
€ 12,90 | ISBN 978-3-9807844-5-0
Auch als Audio-Download erhältlich

Das Auge des Tigers
Hastenraths Wills dritter Fall
336 Seiten
€ 12,90 | ISBN 978-3-9807844-7-4

Die ersten drei Fälle mit Hastenraths Will
+ Original-Single zum Buch „Die Königin der Tulpen"
€ 34,90 | ISBN 978-3-9807844-9-8

POLIZEIABSPERRUNG

Michelle Schrenk

Kein Himmel ohne Sterne

Roman

canim-verlag

1. Auflage, 2017

ISBN 9781520830025

Danke an alle Partner, ohne deren Unterstützung dieses Buch nicht möglich gewesen wäre:

Idee und Text:
Michelle Schrenk, www.michelleschrenk.de

Cover-/Umschlaggestaltung:
Buchgewand, www.buch-gewand.de
Fotos: © adrenalinapura / fotolia, © reconceptus / fotolia (2 Stück),
© Naturestock / fotolia, © abbiesartshop / fotolia

Lektorat und Redaktion:
Susanne Jauss, www.jauss-lektorat.de

Sterngrafiken im Innenteil des Buches: Schriftart Freaking Stars von Spork Thug Typography (Quelle: www.dafont.com)

canim-verlag

Über die Autorin

Hinter der Autorin Michelle Schrenk steckt eine 1983 geborene Wassermannfrau, die es liebt zu träumen, und es hasst, Zwiebeln zu schneiden. Sie wohnt in der Nähe von Nürnberg und hofft, ihren Lesern mit traumhaften Geschichten Glücksmomente zu bescheren. Ihr ganzes Glück besteht aus ihrem Mann, den beiden Kindern und ihrem Hund.
Mit ihren Romanen, dem Mutmachbuch »Die Suche nach dem verlorenen Stern« sowie drei Kinderbüchern hat sie sich ihren Traum vom Schreiben erfüllt.

Mehr über mich und meine Bücher im Internet auf:
www.michelleschrenk.de

Mehr aus meinem Leben gibt's auf Facebook:
www.facebook.com/MichelleSchrenkAutorin

Für meine wundervollen Leser

Manchmal muss man sich erst verlieren,
um sich selbst wiederzufinden.

Prolog

Einen Zeitumkehrer zu besitzen, ja, das wäre was.

Warum denke ich gerade jetzt daran? Vielleicht, weil ich nichts so sehr möchte, als die letzten zehn Minuten meines Lebens rückgängig zu machen.

Wieso bin ich nur so schnell aus dem Haus gehetzt? Weshalb musste ich dieses Foto machen?

Was wäre wenn?

Ja, vielleicht würde ich dann jetzt nicht hier auf der Straße liegen.

Die Fragen bohren sich in meinen Kopf, gefolgt von dem stechenden Schmerz, der meinen ganzen Körper gefangen nimmt, mich schüttelt und auf den Boden zwingt. Der mir die Luft zum Atmen nimmt, mir zeigt, wie stark er ist - und wie schwach ich bin.

Alles ging so schnell, dass ich nicht mal sagen kann, was wirklich passiert ist. Dieses Gefühl, durch die Luft zu fliegen, der mächtige Aufprall, den ich zunächst gar nicht gespürt habe. Erst als ich auf der Straße gelandet bin, mit dem Gesicht auf dem feuchten Boden, raubte er mir den Atem mit voller Wucht, wanderte in meine Brust und meinen Bauch. Nun fühle ich ihn in jeder Faser meines Körpers.

Vorsichtig versuche ich mich zu bewegen, weil ich nicht hier herumliegen kann, weil ich wissen muss, ob sie okay ist, aber es geht nicht.

Um mich herum sind fremde Stimmen. »Hallo, hören Sie mich? Geht es Ihnen gut? Schnell, wir brauchen einen Arzt, wir brauchen Hilfe …«

Irgendjemand schreit.

So viele fremde Geräusche.

»Emma! Emma, hörst du mich?« Diese Stimme ist mir nicht fremd. Ich kenne sie, und ich würde sie aus Hunderten sofort erkennen.

Jannik. Mein Jannik.

Ich will reagieren, aber es fällt mir so schwer.

»Emma, bleib bei mir, hörst du?«

Seine warmen Hände an meinen Wangen schieben für einen kurzen Moment den Schmerz zur Seite. Doch dann kehrt er mit voller Wucht zurück.

Panik überrollt mich, frisst sich in mein Herz. Ich werde sterben. Oh Gott, aber ich will noch nicht sterben!

Ich muss nach ihr sehen. Oder Jannik muss es tun. Mit letzten Kräften versuche ich, mich aufzurichten, doch ich schaffe es nicht. Mir ist so furchtbar schwindlig. Und kalt. Tränen rinnen aus meinen Augen. Sie fühlen sich so heiß an, verbrennen mich genauso wie meine Angst.

Was wird jetzt aus uns? Und was, wenn ich nicht mehr da bin? Was wird dann aus den beiden?

Mühsam wehre ich mich gegen das Rauschen in meinen Ohren, das mich wegzuziehen versucht. Ich will nach Janniks Hand greifen, ihm ein Zeichen geben, dass ich ihn verstehen kann. Aber mir fehlt die Kraft. Mühsam öffne ich die Augen einen winzigen Spalt.

Da ist er, der Mann, den ich so sehr liebe, seit ich fünfzehn war. Seine vertrauten blauen Augen blicken mich voller Verzweiflung an. Dieses Blau hat mich schon immer an einen weiten Himmel erinnert. Und die hellen Sprenkel darin sind die Sterne.

Ich möchte ihm noch so vieles sagen. Doch dann wird mir schwarz vor Augen. Ich sehe nichts mehr und merke nur noch, wie ich weggezogen werde, mit all meinen Gedanken und Gefühlen.

Und zurück bleibt nichts als Dunkelheit.

Sternschnuppen

Drei Jahre später

Noch ist es hell im Kunstmuseum in der Berliner Innenstadt. Viele Menschen drängen sich dicht an dicht, um das angekündigte Schauspiel zu bewundern, das heute Abend nur geladenen Gästen enthüllt werden soll.

Als das Licht gedimmt wird, liegt plötzlich eine angespannte Stimmung in der Luft, und ich bin neugierig, was uns erwartet.

Mein guter Freund Alex hat die Eintrittskarten für das Event von einem Geschäftspartner bekommen. Er arbeitet als Anwalt in einer Kanzlei und erhält öfter mal Einladungen zu Veranstaltungen, die ich gerne mit ihm besuche. Vor allem wegen der leckeren Häppchen.

Nun tritt ein Mann mit Segelohren nach vorne und rückt sich das Mikrofon zurecht. Er klopft dreimal dagegen, dann lächelt er, und alle Augen sind auf ihn gerichtet. »Meine Damen und Herren, ich freue mich, dass Sie so zahlreich erschienen sind, um die Eröffnung der neuen Kunstreihe mit uns zu feiern. Dieser Raum hier soll ab heute die Augen und Herzen unserer Besucher zum Leuchten bringen. Aber sehen Sie selbst. Viel Spaß«, sagt er, und alle im Raum klatschen begeistert.

Mit einem Mal wird es stockdunkel. So dunkel, dass man nicht mal mehr die eigene Hand vor Augen sieht.

Alex streicht mir über die Schulter. »Jetzt bin ich aber gespannt«, flüstert er, und im nächsten Moment ertönt bereits Musik. Musik, die sofort ein heftiges Kribbeln in mir hervorruft.

Um uns herum beginnt es zu funkeln. Kunstwerke, Bilder, Plastiken, die an verschiedenen Stellen im Raum platziert sind, werden hell erleuchtet, immer wieder, pulsierend wie ein Herzschlag. Dazu sind überall im Raum kleine und große Lampen verteilt, die aussehen wie Sterne.

Sterne. Was für eine schöne Idee. Es ist, als hätte man den Nachthimmel hier hereingeholt. Selbst die Decke über uns wird von vielen kleinen Sternenlichtern betupft, sodass man tatsächlich glauben könnte, im Freien unter einem echten Sternenhimmel zu stehen.

Es ist so beeindruckend, dass ich für einige Sekunden davontreibe, ganz eingenommen von dem Schauspiel um mich herum.

Und dann, als ich mir sicher bin, dass es nicht noch schöner werden kann, blitzt ein kleines Licht auf und saust über den Himmel, begleitet von einem strahlenden Lichtschweif.

Eine Sternschnuppe.

Sofort bleibt mein Herz einen klitzekleinen Moment stehen, Bilder wirbeln durch meinen Kopf. Bilder, die ich lange verdrängt habe, die mich zurück in die Vergangenheit führen und schließlich zu dieser einen Erinnerung werden.

Plötzlich sehe ich ihn deutlich vor mir.

Jannik.

Sein verstrubeltes dunkelbraunes Haar. Diese unverwechselbaren blauen Augen.

Ich spüre seine Fingerspitzen an meiner Wange und sehe uns beide zusammen in unserem geheimen Dachvorsprung sitzen, in dem kleinen Haus mitten in der Nürnberger Altstadt. Unter uns die Stadt, über uns der Himmel.

Meine Lippen beginnen zu prickeln, und ich spüre seinen Kuss. Diesen einen Kuss, der mein allererster war. Es ist erstaunlich, aber genau hier und jetzt sind die Erinnerungen greifbar. Ich kann sie fühlen, obwohl sie doch so lange vergangen sind, so weit weg, als wären sie aus einem anderen Leben. Und doch umhüllen sie mich wie der tosende Applaus, der nun um uns herum einsetzt und mich einen Atemzug später zurück in die Gegenwart zieht.

Zwölf Jahre ist dieser erste Kuss jetzt her. Und drei Jahre, dass ich mich in den Zug nach Berlin gesetzt habe, um alles hinter mir zu lassen.

Drei Jahre. Ja, für manch einen keine Ewigkeit, aber irgendwie fühlt es sich für mich so an.

»Hast du das gesehen? Das haben die echt toll gemacht, oder?«, unterbricht Alex meine Gedanken. »Das sah wirklich aus wie eine echte Sternschnuppe. Schon bemerkenswert, was mit der Technik von heute alles möglich ist.«

Kurz fühle ich mich ertappt, doch dann fange ich mich und schenke ihm ein Lächeln. »Ja, da hast du recht«, flüstere ich noch ganz benommen von der Situation, von den Gefühlen, die mich nach all der Zeit wieder überkommen haben.

»Alles okay?«

Ich nicke. »Natürlich, alles gut.«

»Hast du denn schon mal eine echte Sternschnuppe gesehen?«

Mein Herzschlag beschleunigt sich bei dieser Frage aufs Neue, und ich versuche, meine Atmung unter Kontrolle zu bekommen.

Das alles ist doch verrückt, dieser Tag ist verrückt. Ich denke daran, was mir heute alles passiert ist. All diese merkwürdigen Dinge. Es begann damit, dass ich in der Agentur einen Mann empfing, der aus Nürnberg kam.

Nürnberg.

Dann der junge Typ auf dem blauen Fahrrad, der ihm so ähnlich sah. Und jetzt diese Laternen, die Sterne, die die Erinnerung an unseren ersten Kuss in mir zum Leben erweckt haben.

Warum erinnert mich plötzlich alles an ihn?

»Emma?« Alex lächelt zaghaft, er wartet auf eine Antwort, und ich gewinne langsam die Fassung zurück.

»Ähm, ja, aber das ist schon sehr, sehr lange her.«

Plötzlich drückt er meine Hand und sieht mir tief in die Augen. »Emma.« Er spricht meinen Namen so zärtlich aus, und in mir zieht sich alles zusammen. »Ich wusste nie, wann der richtige Zeitpunkt dafür ist, aber ich muss dir jetzt was sagen.« Er atmet tief durch, und ich spüre, wie nervös er ist. Und das beunruhigt mich noch ein wenig mehr. »Weißt du, wir beide verbringen so viel Zeit miteinander. Und du bist wirklich eine bezaubernde Frau. Mit dir fühle ich mich so lebendig.«

Meine Gedanken überschlagen sich. Was tut er denn da? Will er mir jetzt etwa eine Liebeserklärung machen? Bitte nicht, er ist doch mein Halt, mein Freund, der mich versteht wie kein anderer. Mit dem ich auf dem Sofa herumlümmle, bei dem ich mich nicht schminken muss, mit dem ich einfach gerne Zeit verbringe. Mein Alex eben.

Ich mag ihn, sehr sogar, aber das zwischen uns war doch nie eine Liebesbeziehung, oder? Gut, es gab mal diesen einen Kuss, aber das ist jetzt schon Wochen her, und wir haben es nicht mehr angesprochen, also war es für mich geklärt. Aber für ihn auch?

Mein Herz pocht noch lauter, und mir wird schwindlig. Warum macht sich denn gerade so eine Panik in mir breit?

Ja, warum? Weil es alles zwischen uns zerstören kann.

»Jedenfalls bist du eine wunderbare Frau, Emma Morgen, und ich habe mich in dich …«

Mehr bekomme ich nicht mehr mit, denn ganz plötzlich ist da dieses Dröhnen in meinem Kopf, das sich anfühlt, als würde ein Zug ganz nah an mir vorbeidonnern und meine Ohren betäuben.

»Alex, ich …«

Ich falle um, will ich sagen, aber dann wird mir schon schwarz vor Augen, und die Worte in meinem Mund werden von der Dunkelheit um mich herum verschluckt.

***

»Das macht so viel Spaß!«, rufe ich und genieße den Wind, der mir durch die Haare fegt.

»Hab ich doch gesagt. Pegasus ist einfach ein cooles Fahrrad und hat es eben drauf.«

Jannik tritt noch fester in die Pedale, wir holpern über das Kopfsteinpflaster und biegen in eine enge Gasse ein. Ich halte mich am Lenker fest und spüre um mich herum nichts als Freiheit.

Nur noch ein paar Meter, dann stoppt er vor einem alten, windschiefen Häuschen.

»Du bist albern«, sage ich, während ich absteige. »Wer gibt schon seinem Fahrrad einen Namen?«

Er grinst. »Pssst, nicht so laut, das hört er doch.«

Während Jannik das Rad abstellt, wandert mein Blick durch die Dunkelheit und dann die Fachwerkfassade hinauf.

»Na, was sagst du?«

»Wow, das Haus ist wirklich alt, aber schön.«

Er tritt neben mich und greift nach meiner Hand. »Komm mit, wir gehen rein.«

Ich schüttle den Kopf. »Das können wir doch nicht machen. Wohnt hier denn niemand?«

»Nein, das Haus steht schon leer, seit ich denken kann. Keine Ahnung, wer hier mal gelebt hat.« Er sieht mich aufmunternd an.

»Aber das ist doch bestimmt verboten.«

»Jetzt sei kein Angsthase, Emma!«

»Ich bin kein Angsthase, aber …«

»Kein Aber, du machst jetzt, was ich dir sage.«

Er zieht mich zu einem Fenster, das mit Brettern verschlossen ist, schiebt ein paar davon zur Seite und klettert hinein.

»Komm schon«, fordert er mich auf und streckt mir seine Hand entgegen. Mit klopfendem Herzen steige ich dann doch über den Sims ins Innere des Hauses.

Ein paar Augenblicke später knipst er seine Taschenlampe an, und ich klammere mich fest an ihn. Ich bin aufgeregt wie noch nie in meinem Leben.

»Schon irgendwie unheimlich hier«, sage ich.

»Das ist gleich vorbei. Glaub mir, es lohnt sich!«

Die Treppe nach oben knarrt und ächzt heftig unter unseren Füßen. Schließlich erreichen wir das Dachgeschoss, von wo aus ein paar Stufen zu einem kleinen Dachvorsprung führen.

Jannik schlüpft nach oben. »Komm mit rauf.« Sein freches Lächeln zaubert mir eine wohlige Wärme in den Bauch, und ich kann nicht anders, als ihm zu folgen.

Als ich oben angekommen bin, traue ich meinen Augen kaum. »Wow, was ist das?«, frage ich, als ich mich in dem hübschen Dachvorsprung umsehe.

»Ein Sternenguckerfenster. Von hier haben die Leute früher in den Himmel geblickt, auf Sternschnuppen gewartet.«

»Wahnsinn! So ein Haus will ich später auch mal haben. Und wie dunkel es hier ist. Mitten in der Stadt, und trotzdem kann man die Sterne wirklich gut erkennen.«

»Ja, es ist wunderschön, oder?«

Ich nicke, und dann stelle ich endlich die Frage, die mir auf den Lippen brennt: »Glaubst du, dass wir welche sehen?«

»Du meinst Sternschnuppen? Bestimmt.«

»Echt? Ich hab noch nie eine Sternschnuppe gesehen«, gebe ich zu, und er zieht eine Augenbraue nach oben.

»Echt? Noch nie?«

»Nein. Gut, einmal im Planetarium. Aber die war ja nicht echt, das zählt nicht.«

»Na dann. Und vergiss nicht, wenn du eine siehst, darfst du dir was wünschen.«

Eine Weile sitzen wir stumm da und blicken in den Himmel, der sich über unsere Köpfe spannt wie ein schwarzer, gewebter Teppich. Ich kneife die Augen zusammen, suche ganz angestrengt. Sicher werde ich keine Sternschnuppe sehen, das wäre ja auch zu schön.

Doch dann passiert es. Ganz unerwartet und wie aus dem Nichts ist er da. Ein kleiner Schweif, der über das Dunkel des Nachthimmels huscht.

Eine wellenartige Freude schießt durch mich hindurch. »Eine Sternschnuppe, Jannik! Hast du sie gesehen?« Aufgeregt zeige ich in den Himmel.

Sofort greift er nach meiner Hand und drückt sie zaghaft. »Ja, hab ich«, sagt er ruhig, und in meinem Inneren tanzen die Schmetterlinge wild umher.

»Ich kann es gar nicht glauben«, flüstere ich und bin so glücklich. In meinem Bauch kribbelt es, und mir ist ganz warm. Hier oben zu sitzen, zusammen mit Jannik, ist wirklich wunderschön.

Und dann sehe ich auch noch eine Sternschnuppe. Das glaubt mir keiner.

»Hast du dir denn was gewünscht?« Seine Stimme ist ganz nah an meinem Ohr, und mein Herz bleibt einen klitzekleinen, funkelnden Moment stehen.

Natürlich habe ich mir was gewünscht, und als ich seine Lippen betrachte, habe ich das Gefühl, dass dieser Wunsch bald in Erfüllung gehen könnte. Aber ich traue mich nicht, den ersten Schritt zu tun. Dabei würde ich zu gerne wissen, wie er schmeckt, wie es sich überhaupt anfühlt zu küssen.

»Ja, und du?« Verlegen suche ich seine Augen.

»Ich auch.«

»Und was hast du dir gewünscht?«, frage ich, aber er schüttelt den Kopf und lächelt mich liebevoll an.

»Das darf man doch nicht verraten.«

»Ach bitte …«

»Nein, keine Chance. Eines kann ich dir aber sagen, das wünsche ich mir so oder so: Ich will mit dir zusammen sein, Emma. Und zwar für immer.«

Erstaunt starre ich ihn an. »Jannik Lichter, das hier ist unser zweites Date, und wir sind gerade mal fünfzehn, da ist ›für immer‹ ein wirklich sehr großes Wort, oder?«

Auf seinen Lippen bildet sich ein entspanntes Grinsen. »Ich weiß, aber ich bin mir eben sicher.« Er lehnt sich zurück und betrachtet wieder den Himmel. Ganz lässig, als wäre das alles überhaupt nicht passiert. Als hätte er mir gerade nicht die schönste Liebeserklärung gemacht.

Nach einer Weile zupfe ich ihn ganz sacht an seinem Jackenärmel. »Warum willst du denn für immer mit mir zusammen sein?«

Er setzt sich langsam wieder gerade hin, sieht mich mit seinen großen blauen Augen an, und mein Herz fängt an, wie wild gegen meine Rippen zu klopfen. So stark, dass er es hören muss. Mit Sicherheit hört er es. Wie kann man dieses Geräusch auch überhören?

Seine Lippen sind nun so gefährlich nahe, dass ich Probleme habe, mich aufs Atmen zu konzentrieren. Er kommt noch näher, nur wenige Zentimeter liegen zwischen uns. Vorsichtig zieht er mich zu sich heran, ich kann spüren, wie sein Herz schlägt. Und dann, einfach so, neigt er den Kopf und legt seine Lippen auf meine. Ganz langsam und zaghaft küsst er mich, und ich seufze, als er den Mund öffnet und seine Zunge meine streichelt. Wie eine heiße Welle rauscht es durch mich hindurch, und ich schmecke die Süße in seinem Mund, die nach Erdbeerkaugummi schmeckt.

Oh mein Gott. Mein erster Kuss, mein allererster Kuss.

In meinen Ohren rauscht es. Ein wohliges Rauschen, das wie winzige Flügelschläge klingt. Nie hätte ich gedacht, dass sich etwas so schön anfühlen kann. Am liebsten würde ich den Moment festhalten, für immer.

Ich will gar nicht genug davon bekommen und küsse ihn einfach noch mal, lege die Hände um seinen Nacken und streiche ihm durchs Haar, während sich unsere Zungen berühren und unsere Lippen verschmelzen.

Als wir uns nach einer gefühlten Ewigkeit voneinander lösen, bin ich ganz benommen. Mein Herz klopft noch immer so schnell, dass es sich fast überschlägt, dann öffne ich langsam die Augen.

Jannik streicht mit dem Daumen über meine Wange. »Wo waren wir vorhin stehen geblieben?«

»Du wolltest mir sagen, warum du immer mit mir zusammen sein willst. Ich meine, wie kannst du dir da so sicher sein?«

Jannik lächelt. »Ganz einfach, weil es keinen Himmel ohne Sterne gibt.«

***

»Emma? Hörst du mich?« Die Stimme klingt so fern, aber ich kenne sie von irgendwoher.

»Emma?« Ja, sie gehört Alex, meinem Freund. Meinem guten Freund.

Sicherlich ist auch er es, der gerade sanft meine Wange tätschelt. Aber warum weckt er mich auf? Ich will doch noch schlafen.

»Hm«, murmle ich, was mir nicht gerade leicht fällt, denn mein Mund ist so trocken und meine Zunge ganz schwer.

Vorsichtig öffne ich die Augen, und die Menschen um mich herum nehmen wieder Formen an. Alles sieht so merkwürdig aus - zumindest ist das nicht mein Schlafzimmer. Ich blicke in einen funkelnden Sternenhimmel, sehe diese schönen Lampen.

Mein Kopf braucht noch ein paar Sekunden, um sich zu fangen, doch dann weiß ich wieder, wo ich bin. Die Veranstaltung, das Museum, die Sternschnuppe, die Erinnerungen, Alex' Beinahe-Liebeserklärung, das flaue Gefühl in meinem Bauch.

»Trink einen Schluck.« Alex hilft mir, mich aufzusetzen, und reicht mir ein Glas Wasser, das ich noch ganz benommen in die Hand nehme.

Die kühle Flüssigkeit tut mir gut, und ich nehme gleich noch einen zweiten Schluck, ehe ich Alex das Glas wieder zurückgebe.

»Sollen wir nicht doch einen Notarzt verständigen?«, fragt ein rundlicher Mann mit Schnauzer.

Und eine ebenso rundliche Frau in einem quietschgrünen Kostüm meint mit greller Stimme: »Das sah aber gar nicht gut aus, wie Sie da in sich zusammengesunken sind.«

Rasch winke ich ab, so gut es geht. »Ich bin schon wieder okay, danke. Mir war nur etwas schwindlig.«

»Zu wenig gegessen vielleicht? Durch diesen ganzen Magerwahn von heute essen die jungen Dinger ja kaum mehr was.« Der kugelige Mann runzelt die Stirn.

Was soll denn das jetzt bitte? Nur weil ich schlank bin, heißt das nicht, dass ich nichts esse. Außerdem hat er meinen Hintern nicht gesehen.

Aber er soll denken, was er will. Gerade ist mir alles egal. Hauptsache, sie rufen keinen Notarzt. Wie peinlich wäre das denn?

»Kannst du dich wieder hinstellen? Das bringt den Kreislauf schneller in Fahrt«, sagt Alex und reicht mir die Hände.

Ich greife danach und lasse mich von ihm zurück auf die Beine ziehen. Etwas wackelig, aber es geht.

Der Mann mit den abstehenden Ohren, der, wie ich weiß, der Museumsdirektor und ein Mandant von Alex ist, kommt auf uns zu. »Alles in Ordnung?«, fragt er, und ich nicke.

»Vielen Dank, ja, alles wieder gut.«

»Emma ist nur etwas erschöpft«, erklärt Alex.

»Hat es euch wenigstens etwas gefallen?« Der Mann fährt sich mit einem Taschentuch über die Stirn. Er muss wohl ziemlich erleichtert sein, dass die Veranstaltung so gut angekommen ist. »Übrigens sind die beiden Künstler ein absoluter Geheimtipp, und das nicht nur in Berlin. Diese Sternlampen sind ihr Markenzeichen, und sie mausern sich so langsam zu sehr gefragten Newcomern. Alle reißen sich um ihre Lampen und andere Möbelstücke.«

»Wirklich sehr gelungen«, pflichtet Alex ihm bei, und während die beiden sich weiter unterhalten, schweifen meine Gedanken ab, sind noch immer bei Jannik, in unserem Sternguckerhaus. Alles in mir ist so durcheinander.

Was war das nur gerade? Bin ich etwa in Ohnmacht gefallen, weil ein guter Freund versucht hat, mir eine Liebeserklärung zu machen?

Alex hakt sich bei mir unter, um mich ein wenig zu stützen. »Hey, du siehst wirklich müde aus. Wollen wir lieber nach Hause gehen?«

Ich bin erleichtert, dass er das fragt. Denn ich möchte tatsächlich nur nach Hause. Das Ganze war doch schrecklich peinlich, einfach inmitten von fremden Menschen umzufallen. Und das so kurz vor einer Liebeserklärung.

Als wir im Auto sitzen, machen sich meine Gedanken selbstständig. Dieser Tag war wirklich mehr als eigenartig. All diese merkwürdigen Ereignisse, dazu noch diese Fast-Liebeserklärung und wie mein Körper sofort allergisch darauf reagiert hat. Dabei hätte ich mich doch wie verrückt freuen müssen. Eine Liebeserklärung zu bekommen, wünscht sich das nicht jede Frau?

Natürlich, Alex ist ein toller Mann, wir verbringen viele schöne Stunden miteinander, und er ist eine Art Fels für mich geworden. Aber es war immer nur freundschaftlich. Gut, bis auf diesen einen Kuss. Sicher hat ihn dieser Kuss auch dazu bewegt, mir seine Gefühle zu offenbaren.

Ich mag ihn, wirklich.

Hätte er dann nicht eine Chance verdient? Wer weiß, vielleicht ist er ja tatsächlich meine Zukunft?

Doch genau in diesem Augenblick, als er mich so angesehen hat, so verliebt, da war etwas in mir, das ich die ganze Zeit zu unterdrücken versucht hatte.

Zukunft? Keine Ahnung, wohin sie mich führt oder was ich will. Denn tief in meinem Inneren weiß ich: In meinem Leben ist noch zu vieles ungeklärt, als dass ich einfach so weitermachen kann.

Solltest du es dann nicht endlich in Ordnung bringen?, fragt mich meine innere Stimme, doch ich unterdrücke sie.

Alex lenkt das Auto durch die Berliner Innenstadt, wir sind nur noch wenige Minuten von meiner Wohnung entfernt. Er hat schon so oft bei mir übernachtet. Auch heute hatte er eigentlich vor, hier zu bleiben. Aber will ich das überhaupt, nach allem, was heute Abend passiert ist?

Ich starre auf meine Hand und das winzige Sterntattoo an meinem rechten Ringfinger, das ich jetzt in der Dunkelheit kaum ausmachen kann, aber ich weiß, es ist da. Er ist da.

»Ich wollte dich schon oft fragen, was der Stern an deinem Finger bedeutet«, sagt Alex ganz plötzlich und deutet auf meine Hand.

Ich zucke zusammen und winke verlegen ab. »Ach der. Nichts weiter, nur eine Jugendsünde.«

Sofort ist meine innere Stimme wieder da. Von wegen, Emma.

»Du hast mir noch nicht viel von früher erzählt.«

»So viel gibt es da auch nicht zu erzählen. Alles, was du wissen musst, weißt du.«

Er nickt verständnisvoll, und doch spüre ich, dass er mir nicht wirklich glaubt. Aber er fragt nicht weiter nach.

Kurze Zeit später erreichen wir die Tiefgarage. Im Radio plätschert ein Lied, und als Alex den Motor abstellt, lächelt er mich wieder an. Er ist nervös, ich erkenne es daran, wie er mit seinen Fingern spielt.

Dann greift er nach meiner Hand. »Eigentlich hatte ich mir das Ganze anders vorgestellt. Ich muss dir aber unbedingt was sagen, etwas Wichtiges«, beginnt er erneut, und mein Herz fängt sofort wieder schneller an zu schlagen.

Bitte tue es nicht!

»Weißt du, Emma …«

Jetzt muss ich mir dringend etwas einfallen lassen. Irgendwas.

Lollypop, das Lied, das gerade im Radio läuft, bringt mich glücklicherweise auf eine Idee. Es erinnert mich an einen Abend mit Amelie, meiner ehemals besten Freundin. Damals haben wir eine witzige Zeitschrift studiert, in der viel unnützes Wissen stand.

»Weißt du, dass man achthundertfünfzigmal an einem Lutscher lecken muss, um genau seine Mitte zu erreichen?«, presse ich schnell heraus. Wie peinlich.

»Was?«

»Ja, tatsächlich. Genau achthundertfünfzigmal. Ist das nicht der Wahnsinn? Ich hab das mal gelesen.«

»Okay, ich glaube, du musst jetzt wirklich ganz dringend ins Bett.« Er lacht kurz, runzelt dann aber die Stirn. »Du bist verrückt. Wie kommt man denn auf so was? Wo liest man solche Sachen?«

»Jetzt findest du es noch merkwürdig«, kontere ich. »Aber wer weiß, vielleicht sitzt du ja eines Tages bei *Wer wird Millionär,* und das ist die Eine-Million-Euro-Frage.«

»Ist gut, ich werde es mir merken.« Sein Blick haftet jetzt ganz fest auf mir. »Darf ich heute dableiben, oder soll ich gehen?«

Was soll ich sagen? Ich mag ihn, und irgendwie will ich auch nicht alleine sein, also nicke ich. »Du kannst gerne mitkommen.«

Er wirkt erleichtert und öffnet die Fahrertür. »Na schön. Dann lass uns schlafen gehen.«

Mutig sein

»Wie lange kennen wir beide uns jetzt schon?« Albrechts Stimme reißt mich aus meinen Gedanken.

Ich lächle verlegen und streiche mir eine Haarsträhne aus der Stirn. »Fast drei Jahre.«

»Ja, und seitdem verbringen wir Zeit miteinander. Du liest mir vor, ich erzähle dir aus meinem Leben. Erst zu Hause und jetzt hier im Heim. Also was ist los? Worüber denkst du nach?«, will er wissen, und ich lehne mich kurz zurück.

Albrecht ist neunundachtzig und einer meiner Lichtblicke in dieser Stadt. Er war mal Arzt, war viel in der Welt unterwegs und kann tolle Geschichten erzählen. Früher wohnte er in meiner Nähe, genau gesagt im Haus gegenüber, und als wir uns ein paarmal im Park begegneten, wurden wir Freunde. Eines Tages bat er mich, ihm aus der Zeitung vorzulesen, und das mache ich seitdem auch regelmäßig.

Ich weiß nicht, ob er mich damals ansprach, weil ich so verloren wirkte, so alleine auf der Parkbank. Im Nachhinein gesehen war es sicher so, dass wir beide irgendwie verloren waren.

Irgendwann, als es ihm zunehmend schlechter ging und er nicht mehr gut für sich selbst sorgen konnte, beschloss er dann, ins Heim zu gehen.

»Ich will niemandem zur Last fallen«, sagte er damals, und seitdem besuche ich ihn dort regelmäßig, um mit ihm zu plaudern, ihm vorzulesen, mit ihm spazieren zu gehen. Er lebte immer alleine, ging völlig in seinem Beruf auf und hat so sein Leben verbracht.

Seine Augen liegen noch immer auf mir. Schließlich richte ich mich auf und seufze. »Gute Frage, ich denke über so vieles nach«, flüstere ich.

»Du hast gerade an ihn gedacht, nicht wahr?«, fragt er mich ganz unvermittelt. »An Jannik, oder?«

Ich fühle mich ertappt, doch dann nicke ich. »Nur ganz kurz«, gebe ich zu.

Albrecht ist der Einzige, dem ich meine Geschichte mit Jannik anvertraut habe, der weiß, warum ich damals aus Nürnberg weggegangen bin. Aber auch dazu brauchte ich mehr als ein Jahr.

Als wir irgendwann auf das Thema kamen, hat er mir erzählt, dass er auch mal in Nürnberg tätig war, an einem Klinikum. Zwar nur für kurze Zeit, trotzdem fand ich es schön, dass er meine Heimatstadt kennt.

Und noch eine Gemeinsamkeit verbindet uns: Wir haben beide einst diese Stadt verlassen.

Er lächelt mir zu. »Weißt du, Emma, vielleicht ist es für dich an der Zeit, zurückzukehren.«

Unsere Blicke treffen sich.

»Ich weiß nicht, ob ich schon den Mut habe, ihm unter die Augen zu treten. Keine Ahnung, ob ich ihn jemals haben werde. Ich habe Jannik so enttäuscht, wer weiß, ob er mich überhaupt sehen will.«

»Ich bin sicher, er wäre überglücklich, wenn du zu ihm zurückkommst und die Sache klärst.« Er schluckt, und kurz erkenne ich eine tiefe Traurigkeit in seinem Blick. Eine Traurigkeit, die verborgen liegt und ihr eigenes Geheimnis schreibt. »Irgendwann wirst du hoffentlich mutig sein. Ich wünschte, sie wäre auch …« Er stockt.

Sie? Irritiert sehe ich ihn an, aber er winkt ab. »Sei mutig, Emma, gehe los und blicke nicht mehr zurück.«

Rasch greife ich nach seiner Hand. »Doch, nach dir werde ich mich immer umsehen, Albrecht. Ich bin so froh, dass ich dich habe. Du hast mir so viel geholfen, hast mir immer zugehört.«

Er grinst. »Ach Emma, ich bin nur ein alter, närrischer Mann, dessen Leben sich dem Ende zuneigt.«

»So ein Unsinn! Hör auf, so was zu sagen. Du wirst noch ganz alt werden.«

»Noch älter? Um Himmels willen, wer will das denn?« Ein kurzes Lachen dringt aus seiner Kehle. Dann wird sein Blick wieder ernster. »Aber schön zu wissen, dass ich doch noch zu irgendwas gut war. Das macht mich froh, Mädchen.«

Seine Augen sind so blau, und ich kann mir gut vorstellen, wie er als junger Mann die Frauen mit diesen Augen verrückt gemacht hat. Und sie erinnern mich an Jannik - genau wie dieses freche Lächeln, das alle Falten in seinem Gesicht verdeckt und ihm trotz seines Alters eine gewisse Jugendlichkeit verleiht.

»Wie war eigentlich der Abend mit Alex?«, will er wissen, und ich beschließe, ihm von gestern zu erzählen, vor allem von Alex' versuchtem Liebesgeständnis und wie ich kurz vorher vor allen Anwesenden in Ohnmacht gefallen bin.

Als ich fertig bin, sieht er mich mit ernstem Blick an. »Dieser Alex mag dich, das habe ich dir schon oft gesagt. Er hat sich in dich verliebt. Doch dein Herz, es schlägt noch immer für einen anderen. Und das weißt du auch, ganz tief drin. Womit wir wieder beim Thema wären, meine Liebe.«

Ich atme tief durch.

»Da fällt mir übrigens ein passendes Zitat von meinem Lieblingsautor Herman Melville ein: *Das Leben ist eine Reise, die heimwärts führt.* Irgendwann wirst du dich daran erinnern.«

»Heimwärts, wo immer das auch ist«, flüstere ich, und er drückt meine Hand noch fester.

»Tief im Herzen weiß man, wo sein Zuhause ist. Die Frage ist nur, ob man den Weg auch findet oder mutig ist, ihn zu gehen. Ja, denn das ist am Ende die Kunst.« Nachdenklich tippt er auf das Buch. »Nun,

Emma, und weil wir schon bei diesem weisen Mann und Geschichtenerzähler sind, liest du mir bitte weiter aus *Moby Dick* vor, ja? Nur ein wenig noch, bis ich einschlafe. Ich bin heute so müde.«

»Sicher, gerne«, sage ich und schlage die Stelle im Buch auf, an der wir stehen geblieben waren. »Ich hab dich lieb, Albrecht«, kommt es mir auf einmal über die Lippen, was ein sanftes Lächeln auf sein Gesicht zaubert. Dann schließt er die Augen, und ich beginne zu lesen.

Irgendwann wird seine Atmung flacher, er ist kurz davor, einzuschlafen. Leise klappe ich das Buch zu, lege es auf den Nachttisch, beuge mich zu Albrecht hinunter und gebe ihm ein hauchzartes Küsschen auf die Stirn.

Er blinzelt durch seine Lider. »Morgen um dieselbe Zeit?«, fragt er mit schwerer Stimme, und ich lächle.

»Natürlich. Bis morgen.«

Gerade will ich aus der Tür treten, als ich seine Stimme höre. »Emma?«

»Ja?« Ich drehe mich noch mal zu ihm um.

»Es ist Zeit, heimwärts zu gehen. Warte nicht länger. Irgendwann ist es zu spät, und dann wirst du dich nicht nur fragen, was gewesen wäre wenn. Du wirst dann keine Zeit mehr haben, es herauszufinden.«

Seine Worte berühren mich, und ich zucke kurz zusammen.

»Mach's gut, mein Mädchen«, flüstert er, und mit einem Mal fühlt sich irgendwie alles nach Abschied an.

»Schlaf gut, Albrecht. Wir sehen uns morgen, ja?«

»Ja, bis morgen.«

Ich kann mir nicht helfen, aber dieses merkwürdige Gefühl im Bauch, als ich das Zimmer endgültig verlasse, kann ich kaum ignorieren.

***

»Na, wie war dein Tag heute?«, will Alex wissen, als wir uns am Abend im Restaurant zum Essen treffen.

»Ganz okay. Im Büro war viel zu erledigen. Danach war ich noch bei Albrecht und habe ihm vorgelesen.« Wieder denke ich an seine Worte, die mich schon die ganze Zeit nicht mehr loslassen. Aber das sage ich Alex nicht, sondern frage stattdessen: »Und bei dir?«

»Wir haben einen Fall gewonnen«, antwortet er voller Stolz.

»Den Fall Hilbert? Glückwunsch! Ich freue mich so für dich. Darauf müssen wir gleich anstoßen!«

Wie aufs Wort tritt die Kellnerin an unseren Tisch. Alex bestellt Weißwein für sich, eine Weißweinschorle für mich und jeweils die Pasta des Tages für uns beide.

Nachdem sie die Getränke gebracht hat, hebt er sein Glas. »Auf einen schönen Abend.«

»Auf dich und deinen Erfolg«, antworte ich, und schon klirren unsere Gläser aneinander.

Wir reden noch eine Weile über Belangloses, als er mich plötzlich fragt: »Du hast letzte Nacht ganz schön unruhig geschlafen. Ist wirklich alles okay mit dir?«

Ich drehe mein Glas in den Händen, die nun leicht zu zittern beginnen. »Irgendwie habe ich die ganze Nacht konfuse Dinge geträumt.« Hastig winke ich ab. »Aber nichts von Belang. Das sind wahrscheinlich nur die Nachwirkungen des Schwächeanfalls.«

»Kann schon sein«, meint er nachdenklich. »Du hast sogar gesungen. Und wer ist Amelie? Kennst du eine Amelie?«

Ach du liebe Zeit. Erschrocken starre ich ihn an, versuche aber, die Fassung zu wahren. »Ähm, nein, also, ja … aber nur von früher, ist lange her.«

»Und du hast etwas von einem Jugendclub erzählt und von einem Fotowettbewerb. ›Ja, Amelie, ich reiche das Foto schon ein‹, hast du gemurmelt, wenn ich es richtig verstanden habe.« Er lacht kurz auf. »Träume sind schon was Lustiges, oder?«

Mein Herz schlägt jetzt viel zu schnell. »Ja, schon. Wirres Zeug eben. Nichts, das man ernst nehmen muss.« Rasch nehme ich noch einen Schluck von meinem Wein. Verflixtes Unterbewusstsein!

Er grinst. »Du und fotografieren. Du sträubst dich doch immer mit Haut und Haaren dagegen.«

»Ja, da hast du recht. Ich hab's nicht so mit Bildern.«

»Das weiß ich. Es grenzt schon an ein Wunder, dich überhaupt auf eines zu bekommen. Apropos Fotos: Schau mal, in der Zeitung ist ein Bild von der Veranstaltung gestern Abend.«

Er zieht eine Zeitung aus der Tasche und reicht sie mir. *Unvergesslicher Abend unter dem Sternenzelt* steht als Überschrift über dem Artikel. Dann betrachte ich das Foto mit den wunderschönen Sternlampen, und schon beschleunigt sich mein Puls von Neuem. Ich kann meine Augen kaum von dem Bild abwenden.

Im selben Moment tritt ein Kellner an den Tisch und stellt zwei Teller mit dampfender Pasta vor uns ab.

»Einen guten Appetit«, wünscht er uns. »Wir hatten gerade Schichtwechsel. Ich bin Jannik, und falls Sie etwas brauchen, melden Sie sich einfach.«

Mein Herz fällt mir in den Magen.

Jannik. Sterne. Die Träume. Langsam wird mir das alles zu viel. Ich denke an Albrecht und daran, was er gesagt hat. *Heimwärts*.

Als mich plötzlich Alex' Hand berührt, erschrecke ich.

»Geht es dir wirklich gut? Du wirkst so durcheinander.«

»Alles okay, mach dir keine Gedanken.« Ich versuche, entspannt zu wirken, doch ich werde das

Gefühl nicht los, dass die Vergangenheit gerade dabei ist, mich zu überrollen.

Glücklicherweise beginnt Alex nun, von seinem Fall zu erzählen, und ich atme erleichtert auf. Irgendwann fühle ich mich dann auch wieder etwas besser. Er redet viel, ich höre ihm zu, und als wir schließlich aufbrechen, ist es schon halb zehn.

»Ich muss morgen früh raus, deswegen schlafe ich wohl besser daheim«, sagt er, als wir vor dem Haus, in dem ich wohne, stehen bleiben. »Aber wir könnten uns ja morgen einen entspannten Abend machen.«

»Klar, das machen wir.« Ich stelle mich auf die Zehenspitzen und hauche ihm einen Kuss auf die Wange.

»Du bist wunderbar, Emma.« Er sieht mir tief in die Augen. »Morgen würde ich dann gerne etwas mit dir besprechen, wenn es recht ist.«

Wieder macht sich dieses komische Unwohlsein in meinem Bauch breit. »Gut, also dann bis morgen, ja?«

»Okay.« Er streicht mir kurz über die Wange, dann verabschieden wir uns voneinander.

Heimwärts

In dieser Nacht schlafe ich wieder sehr unruhig und träume seltsame Dinge, von verworrenen Wegen, von Lichtern und Sternen. Irgendwann wache ich schweißnass auf, und Albrechts Worte hallen noch immer durch meinen Kopf.

Gut, dass ich donnerstags erst am Nachmittag in der Agentur sein muss, dann kann ich vorher noch Albrecht besuchen. Ich freue mich auf ihn und beschließe, noch mal mit ihm über das Thema von gestern zu reden.

Die Sonne streichelt über den Himmel, als ich das Heim erreiche, welches mir inzwischen schon so vertraut ist. Und doch ist da ein befremdliches Gefühl, als ich an seine Zimmertür klopfe. Zaghaft drücke ich die Klinke hinunter, um einzutreten.

Doch sein Bett ist leer. Albrecht ist nicht da.

»Albrecht?«, frage ich in die Stille, obwohl ich weiß, dass ich keine Antwort bekommen werde. Wie denn auch? Ich starre auf das ordentlich gemachte Bett, auf seine Wäsche, die sorgfältig gefaltet darauf liegt. Wo ist er nur?

Vielleicht ist er ja gerade bei einer Behandlung, rede ich mir ein, und als ich mich umdrehe, um eine Schwester zu suchen, steht sie schon vor mir, und ihr Blick spricht Bände. Sofort spüre ich Übelkeit in mir aufsteigen. Denn ich weiß nun, dass sich meine schlimmste Befürchtung gleich bestätigen wird.

»Hallo Emma«, sagt sie, und ich kann die Traurigkeit in ihrer Stimme ganz deutlich hören.

Bitte nicht, bitte nicht!

Ich räuspere mich und suche ihren Blick. »Ist Albrecht nicht da? Ich wollte ihm wieder vorlesen«, versuche ich mit einem Lächeln zu sagen, aber dann bricht meine Stimme. Gänsehaut überzieht meinen Körper.

Sie schüttelt den Kopf. Eine stumme Antwort auf eine unausgesprochene Frage.

Und dann die Gewissheit.

»Tut mir leid. Albrecht ist heute Nacht gestorben. Sein Herz hat einfach aufgehört zu schlagen.«

Ihre Worte wirbeln mein Innerstes auf. Ich kann es gar nicht glauben und ringe um Luft. Ja, ich wusste, dass es irgendwann kommen würde, aber ausgerechnet jetzt? Ich suche Halt am Fensterbrett, denn plötzlich verschwimmt alles um mich herum. Albrecht ist tot, und diese Gewissheit lädt eine solche Traurigkeit auf mich ab, dass ich mich ganz benommen fühle und meine Augen sich mit Tränen füllen.

Er fehlt mir schon jetzt, und ich wünschte, er wäre noch hier, damit ich ihm sagen könnte, was mir durch den Kopf geht, was mich belastet. Aber ich kann es nicht. Kälte umfasst mich, eine Kälte, die ich kenne und die mich erschreckt, weil ich sie nicht ertragen kann.

Albrecht hat mir oft gesagt, dass er keine Angst vor dem Tod hat, wir haben das eine oder andere Mal darüber gesprochen. Vielleicht sollte mich das jetzt trösten, aber das tut es nicht.

Die Zeit bleibt stehen, und ich kann kaum sprechen, geschweige denn atmen.

Heimwärts. Plötzlich fällt mir dieses Wort wieder ein, und ein brennender Schmerz hinterlässt ein tiefes Loch in meiner Brust.

Heimwärts. Ob er jetzt zu Hause ist?

»Er hat mir gestern noch etwas für Sie gegeben«, sagt die Schwester und zieht etwas aus der Tasche ihres Kittels.

Wie in Trance und mit zitternden Fingern greife ich danach. Sein Buch. *Moby Dick.* Trotz der Tränen in meinen Augen muss ich lächeln, als ich über den Umschlag streiche. Ein Schluchzen schüttelt mich.

»Vielen Dank, das bedeutet mir sehr viel«, flüstere ich und halte das Buch fest an mein Herz gedrückt, als wäre es eine letzte Umarmung von Albrecht.

»Darf ich noch einen kurzen Moment alleine hier bleiben?«, frage ich, und die Schwester nickt.

»Natürlich, lassen Sie sich so viel Zeit, wie Sie brauchen.«

Als sie gegangen ist, setze ich mich an sein Bett, auf den Stuhl, wo ich fast täglich gesessen habe. Wenn er nicht mehr hier ist, was hält mich dann noch?

Heimwärts. Ich höre seine Worte durch meine Gedanken hallen, während ich mit klopfendem Herzen das Buch öffne und die Seiten durch meine Finger gleiten lasse.

»Heimwärts. Ist es wirklich Zeit dafür, Albrecht?«, frage ich in die Stille, als meine Finger plötzlich nach etwas greifen, das dort nicht hingehört.

Ich sehe nach und zucke zusammen. Was ist das denn? Ein Brief?

Aufgeregt ziehe ich den Umschlag aus dem Buch heraus und betrachte ihn eine ganze Weile. *Für Emma* steht in geschwungener Schrift auf dem Kuvert, und schließlich nehme ich all meinen Mut zusammen und öffne es.

Liebe Emma,
ich will dir Danke sagen für die Zeit, die wir zusammen hatten, und ich möchte in diesem Brief mutig sein, weil ich hoffe, dass du es dann vielleicht auch bist. Ich möchte dir ein Geheimnis anvertrauen, etwas, über das ich bisher mit niemandem gesprochen habe. Aber du sollst davon erfahren.

Weißt du, Emma, ich war nicht immer allein. Es gab da eine Frau, die ich sehr geliebt habe. Eine unglaubliche Liebe, die mich so sehr ausgefüllt hat. Wir wollten zusammenleben, eine Familie gründen und waren auf dem besten Weg dorthin. Aber leider hat das Schicksal unsere Pläne zerrissen. Ich musste die große Liebe meines Lebens gehen lassen, obwohl ich mir sicher war, dass sie eigentlich bei mir bleiben wollte.

Ja, ich habe viel erlebt, habe danach auch andere Frauen getroffen, aber geliebt habe ich nur sie, und das beigefügte Foto habe ich immer bei mir getragen. Denn es ist so viel mehr als nur ein Bild. Es zeigt eine Gegenwart voller Glück, die große Liebe meiner Vergangenheit und einen Ausblick auf die Zukunft, wie sie hätte sein können. Dieses Foto, liebe Emma, ist alles und so viel mehr, es hat mich stets daran erinnert, wie wertvoll das Leben, jeder Moment ist und wie kostbar die Liebe.

Ich weiß, du hattest es nicht leicht. Was euch widerfahren ist, war schrecklich, aber ich bitte dich um eines: Schließe die Augen und stell dir dich in fünf Jahren vor. Was siehst du? Der Augenblick wird kommen, an dem du das tun musst. Und wenn es so weit ist, dann folge deinem Herzen.

Das Leben ist nicht einfach, es zieht uns den Boden unter den Füßen weg, ist voller Geschehnisse, Entscheidungen und Fragen. Aber das ist gut so. Denn jeder einzelne Moment macht unser Leben aus. Schät-

ze jeden Moment, Emma, er ist ein Stern an deinem Himmel.
Ich wünsche dir von Herzen, dass du deinen Weg heimwärts findest und glücklich wirst. Sei mutig und warte nicht.
Alles Liebe
dein Albrecht

Ein tiefes Schluchzen entfährt mir, und ich betrachte das Foto, genauer gesagt die Hälfte eines Fotos, das in der Mitte auseinandergerissen wurde. Es zeigt eine junge Frau, die Frau, die Albrecht geliebt und niemals vergessen hat.

Mutig sein. Ob es an der Zeit dazu ist?

Ich schließe die Augen. Wo sehe ich mich in fünf Jahren? Aber sosehr ich mich auch anstrenge, ich sehe nichts. Doch da ist etwas anderes, ein Gefühl, das mich treibt und mir sagt, dass ich es nur auf eine ganz bestimmte Art und Weise herausfinden kann.

»Heimwärts«, flüstere ich, dann stehe ich auf, stecke das Buch in meine Tasche und verlasse den Raum, ohne mich noch einmal umzusehen.

So wie er es mir gesagt hat.

Vor langer Zeit

Nürnberg, Mai 1955

Als Marie Linzenberg aus der Apotheke hinaus in die nach Frühling duftende Altstadt tritt, schlägt ihr Herz schneller, denn auf der gegenüberliegenden Straßenseite steht er. Abe, ihr Abe. Schick im Anzug und mit einem eleganten Hut auf dem Kopf.

»Na, hast du alles bekommen, meine Liebe?«, flüstert er und zieht sie in seine Arme, um ihr einen sanften Kuss zu geben. Er liebt diese Frau, seit sie beide erst fünfzehn waren. Und sie liebt ihn.

Verstohlen beobachtet sie ihn, und in ihrem Inneren kribbelt es, wie immer, wenn er in ihrer Nähe ist.

»Ja, ich habe alles bekommen.« Marie streicht über die kleine Wölbung an ihrem Bauch, und ihre Wangen röten sich. Sie könnte nicht glücklicher sein.

»Nun, dann bist du bereit für meine Überraschung?« Sofort ist da dieses Lächeln, das Marie um den Verstand bringt, das ihr Herz erwärmt, wie nichts anderes auf der Welt es bisher vermocht hat.

»Was ist das für eine Überraschung, die du für mich hast?«, will sie wissen, und ihre Stimme klingt freudig und ungeduldig zugleich.

Doch Abe zwinkert ihr zu. »Na, na, na. Ein bisschen Geduld musst du schon noch haben. Aber komm mit, dann wirst du es erfahren.«

Er greift nach ihrer Hand, und zusammen begeben sie sich auf einen kleinen Fußmarsch durch die Nürnberger Altstadt. Als sie vor einem hübschen Fachwerkhaus stehen bleiben, das zwar etwas renovierungsbedürftig ist, aber trotzdem diesen ganz besonderen Charme versprüht, beißt Marie sich nervös auf die Lippen.

»Weißt du noch, wie du dir ausgemalt hast, dass wir beide irgendwann hier leben werden?«

Marie nickt eifrig.

»Nun, ich habe das Haus gekauft, für dich und für unseren kleinen Stern da drinnen in deinem Bauch. Und für mich natürlich auch«, fügt er lächelnd hinzu.

»Du hast was? Du hast es gekauft?«, ruft Marie aufgeregt, und Hitze durchflutet sie bis in die Zehenspitzen.

Abe lacht. Er liebt alles an ihr, vor allem diese Begeisterung und ihr Temperament. Ja, genau deswegen will er diese Frau und keine andere. Tief in seinem Herzen weiß er, dass es nie eine andere Frau für ihn geben wird. Niemals. Und sie wird ihn glücklich machen, das tut sie bereits jetzt. Mit dem

Kind unter ihrem Herzen wird sich ihre Liebe noch vergrößern, und sie werden eine große Familie, so wie er es sich immer gewünscht hat.

»Ich kann es immer noch nicht glauben. Du hast es wirklich gekauft?«, ruft sie noch einmal, und die Passanten auf der Straße blicken bereits neugierig herüber, aber das ist ihnen egal.

»Ja, du Verrückte, ich habe es gekauft, für uns!«

Zum Beweis zieht er den Schlüssel aus der Tasche seines Jacketts, und sie kichert freudig, als er ihn ins Schloss schiebt. Mit einem Klicken öffnet sich die Tür, dann treten die beiden ein.

»Wenn wir aus England zurück sind, leben wir hier. Wir drei - oder vier oder fünf ...« Mehr kann er nicht sagen, denn schon senken sich ihre Lippen auf seine.

Marie hat ihn nie mehr geliebt als in diesem Augenblick. Er hat dieses traumhafte Haus mit dem Sternguckerfenster für sie beide gekauft. Gemeinsam blicken sie in eine Zukunft voller Glück.

Doch kurze Zeit später wird alles anders sein.

Die Reise geht los

»Du bist wo? Im Zug nach Nürnberg? Ist das nicht irgendwo im tiefsten Bayern?«

»In Franken, um genau zu sein.«

Am anderen Ende der Leitung atmet Alex tief durch. »Okay, aber was machst du da?«

Ich nehme all meinen Mut zusammen, denn es ist an der Zeit, ihm die Wahrheit zu sagen. Es geht nicht anders.

Als ich das Heim verlassen hatte, wusste ich ganz plötzlich, was ich zu tun habe. Denn da waren nur noch Albrechts Worte in meinem Kopf. Und schlagartig wurde mir klar: Ja, es gibt nur eine Lösung. Um wirklich unbelastet in die Zukunft gehen zu können, muss ich die Kiste der Vergangenheit ein letztes Mal öffnen.

Wie ferngesteuert bin ich nach Hause gestürzt, direkt ins Schlafzimmer, und habe meine Reisetasche gepackt, genau wie vor drei Jahren.

Doch diesmal geht es zurück.

»Alex, ich weiß, du empfindest mehr für mich als nur Freundschaft. Aber bevor ich sagen kann, wie das mit uns weitergeht, ob wir beide eine Zukunft haben, muss ich in Nürnberg etwas klären.«

»Emma …« Er wirkt überfordert, überrascht, und das kann ich verstehen, so schnell, wie ich mit der Sprache herausgerückt bin. »Ich weiß nicht, was ich sagen soll. Du musst was klären? Das hört sich sehr wichtig an.«

»Ist es auch.«

»Muss ich mir Sorgen um dich machen?«

»Nein, das musst du nicht«, sage ich und versuche, möglichst sanft zu klingen. »Aber es ist wichtig für mich, denn dort gibt es jemanden, dem ich eine Erklärung schulde. Und vorher kann ich auch nicht weiter nachdenken, was mit uns beiden vielleicht sein kann. Verstehst du das?«

»Wow, das ist ganz schön viel auf einmal.«

»Ich weiß, aber ich muss mit diesem Jemand sprechen. Denn sonst weiß ich nicht, wohin ich gehöre.«

»Okay. Damit habe ich zwar nicht gerechnet, aber du bist ehrlich zu mir, das ist wichtig«, sagt er, dann ist es kurz still. Sicher braucht er ein wenig, um sich von meinen Worten zu erholen. Nach einer kurzen Pause spricht er mit rauer Stimme weiter: »Was immer es auch ist, pass auf dich auf, ja? Kläre, was du klären musst, und falls du mich brauchst, ich bin immer für dich da. Ich hoffe, du findest, wonach du suchst, und kannst alles in Ordnung bringen.«

In Ordnung bringen. Als ob das so leicht wäre, denke ich, antworte jedoch: »Das hoffe ich auch.«

»Hör mal, ich habe jetzt noch mal einen Termin in Sachen Hilbert. Melde dich, wenn du in Nürnberg angekommen bist, okay?«

»Natürlich, das mache ich.«

»Und Emma?«

»Ja?«

»Ich ...« Irgendwas liegt ihm auf dem Herzen, aber stattdessen sagt er nur noch: »Ich vermisse dich, pass auf dich auf. Bis dann.«

Als wir aufgelegt haben, lehne ich mich zurück in den Sitz und atme tief durch. Es war wichtig und auch längst fällig, ihm das zu sagen. Es ist fair und das einzig Richtige. Jetzt weiß er, dass es jemanden gibt und dass ich etwas mit ihm klären muss.

Ich kann immer noch nicht glauben, dass ich es wirklich tue. Ich sitze tatsächlich hier im Zug nach Nürnberg und kehre zum ersten Mal seit drei Jahren zurück in meine Heimatstadt. Zurück an den Ort, wo ich erst der glücklichste Mensch der Welt war und später der unglücklichste, wohin ich eigentlich nie wieder zurückkommen wollte.

Ob ich dort wirklich mein altes Leben wiederfinde? Mein altes Ich? Aber will ich das denn überhaupt?

Um mich zu beruhigen, blicke ich aus dem Fenster. Die Landschaft rast an mir vorbei. Bäume und

Sträucher, grüne Wiesen, ein paar Häuser. So schnell wie die unzähligen Gedanken in meinem Kopf.

Während die Welt an mir vorbeizieht, denke ich daran, was in den letzten Tagen alles passiert ist.

Albrecht hatte recht, irgendwann muss man aufbrechen, auch wenn ich mich gerade so unsicher fühle. Doch Jannik fehlt mir. Ich sehe sein Lächeln vor mir, das Leuchten seiner blauen Augen. Und ich denke an Amelie, meine ehemals beste Freundin. Auch sie habe ich damals zurückgelassen.

Ja, und nicht nur das. Ich habe nicht nur die Geschichte von Jannik und mir, sondern von uns allen sozusagen auf Eis gelegt. Dabei bin ich vor allem Jannik ein Ende schuldig - und nicht zuletzt auch Alex, denn ohne Ende kann es keinen neuen Anfang geben.

Mein Herz nimmt spontan an Gewicht zu und hängt jetzt viel zu tief in meiner Brust.

Ich muss mich ablenken, also rufe ich mein Facebook-Profil auf und klicke mich durch die Neuigkeiten.

Jannik ist nicht bei Facebook. Zumindest war er es damals nicht. Er mochte das ganze Zeug nicht.

Ob er vielleicht inzwischen doch einen Account hat? Ich habe bisher nicht nachgesehen, auch nicht unter Amelies Freunden. Zwar habe ich noch immer losen Kontakt mit ihr, und sie hat meine Entscheidung damals auch akzeptiert, aber für mehr als die üblichen Likes und Kommentare hat es in den letzten Jahren nicht gereicht.

Allerdings muss ich erwähnen, dass ich kaum was poste und mich auch nicht besonders oft auf Facebook herumtreibe. Von Alex darf ich mir regelmäßig anhören, wie dumm es ist, überhaupt einen Account zu haben. Die Datenschutzrichtlinien seien eine Katastrophe. Da gleicht er in seiner Einstellung nicht nur Jannik, sondern es spricht auch durch und durch der Anwalt aus ihm.

Aber was, wenn Jannik doch bei Facebook ist? Soll ich vielleicht mal nach ihm suchen? Einfach so?

Schließlich traue ich mich, tippe *Jannik Lichter* ins Eingabefeld und drücke auf *Suchen*. Der Empfang ist hier im Zug zwar nicht der beste, doch nach einer Weile werden mir einige Suchergebnisse angezeigt. Jannik kann ich aber auf keinem Profilbild erkennen.

Vielleicht sollte ich es mal über Amelie versuchen? Ich klicke auf ihr Profil, und schon lächelt sie mir entgegen. Amelie Zenna, das dunkelgelockte Mädchen, das ich in der Grundschule kennengelernt und mit dem ich meine Jugend verbracht habe. Sie war es, mit der ich meine erste Zigarette geraucht habe, als wir dreizehn waren. Dass ich danach ganz furchtbar brechen musste, werde ich niemals vergessen. Sie war es auch, die mich mit ihren dunkelbraunen Augen verschwörerisch angrinste, als ich Jannik zum ersten Mal begegnet bin. Wir haben hunderte Male *Quit playing games* von den Backstreet Boys gesungen und gehört, die Discos gestürmt und die lustigsten DVD-Abende zusammen verbracht. Ein Lächeln huscht über meine Lippen, auch wenn mir ein wenig schwer im Bauch ist. Ich betrachte die Fotos in ihrem Profil, die sie beim Schwimmen zeigen und beim Feiern.

Langsam bewegt sich mein Finger auf ihre Freundesliste, und ich tippe *Jan* in die Suchleiste ein.

Ob die beiden noch Kontakt haben? Bestimmt. Warum sollen sie nicht? Nur weil ich damals weggegangen bin, weil ich alle zurückgelassen habe – sogar meine beste Freundin?

Schnell schiebe ich die trüben Gedanken beiseite und überfliege die Suchergebnisse:

Jana Grins
Jan Zierlein
Janina Zittel
Jan Ik

Jannik. Da ist er.

Auf dem kleinen Foto neben seinem Namen ist allerdings nicht er selbst zu sehen, sondern nur ein winziger Stern. Ein Sterntattoo, um genau zu sein. Und es kommt mir ziemlich bekannt vor. Mein Blick wandert zu meinem Ringfinger, an dem sich das gleiche Tattoo befindet.

In meinem Bauch beginnt es zu kribbeln und zu flattern. Mir wird heiß und kalt, und viel zu viele Gefühle ergreifen schlagartig Besitz von mir.

Aufgeregt klicke ich sein Profil an, betrachte das Bild mit dem Sterntattoo in der Vergrößerung. Sein Hintergrund zeigt nur einen Sonnenaufgang, und er hat keine Einträge auf der Pinnwand - oder ich kann sie einfach nur nicht lesen. Wahrscheinlich hat er seine Seite auf *privat* gestellt.

Trotzdem bin ich mir sicher, er ist es.

Er hat sich also doch bei Facebook angemeldet. Aber warum das? Er war doch immer dagegen.

Ob er auch nach mir gesucht hat?

Ach was, Emma, mahnt mich meine innere Stimme, du bildest dir wieder viel zu viel ein.

Mein Kopf fühlt sich an, als würden Dutzende kleiner Käfer darin herumkrabbeln. Das Ganze wühlt mich doch ziemlich auf. Also schließe ich Facebook und versuche, an etwas anderes zu denken, aber leider gelingt mir das nicht so recht.

Wenn ich tief in mich hineinhorche, spüre ich, dass es richtig ist, zurückzukehren.

Seufzend lehne ich mich zurück, nehme eine gemütliche Position ein und schließe die Augen. Vier Stunden braucht der Zug noch bis Nürnberg. Da wird es wohl das Beste sein, ein wenig zu schlafen.

Das sanfte Ruckeln des Zuges beruhigt mich. Ich nehme es in mich auf, mein Atem wird langsamer, und ich versinke in einem tiefen Traum.

***

»Er gefällt dir, oder?«, fragt Amelie und zieht mir die Ohrstöpsel aus dem Ohr.

Wo gerade noch »Quit playing games« von den Backstreet Boys durch mein Ohr summte, ist jetzt Amelies Stimme.

Ich zucke zusammen. »Was? Wen meinst du?«

Sie hat mich ertappt. Sofort steigt mir die Hitze in den Kopf.

»Na, der Typ mit den dunkelbraunen Haaren, der da drüben an der Bushaltestelle steht.«

»Quatsch! Ne, gar nicht!«

»Du schwindelst, er ist genau dein Typ.« Sie stupst mich in die Seite. »Hallo! Allein schon die Frisur, braune Haare …«

In der Nürnberger Innenstadt ist es heute mal wieder voll, und ganze Trauben von Menschen hetzen über das Kopfsteinpflaster an uns vorbei. Einige blicken genervt auf die Uhr, andere halten ihre Kinder an der Hand, schleifen sie über den steinernen Boden. Hektik, wohin man blickt.

Doch der Junge steht da ganz ruhig an der Haltestelle und starrt das alte Gebäude dahinter an, als wollte er es mit seinen eigenen Händen nachbauen.

»Du weißt ja, dass Lügner lange Nasen bekommen und Pickel auf der Stirn und …«

»Ja, okay. Er sieht schon süß aus.«

Jetzt ist es raus. Was soll's? Unter besten Freundinnen kann man sowieso nichts geheim halten. Manchmal kommt es mir vor, als hätte jede von uns einen Geheimschlüssel für die Gedanken der anderen.

»Hab ich es doch gewusst!« Sie kichert und zwinkert mir mit beiden Augen zu – eine Geste, die sie immer macht, wenn sie glaubt, mir auf die Schliche gekommen zu sein. »Er sieht ja auch wirklich nicht schlecht aus.«

Dass ich ihn bereits ein paarmal gesehen habe, verrate ich erst mal nicht. Sie soll nicht wissen, dass ich mir schon hin und wieder vorgestellt habe, wie es wohl wäre, von ihm in den Armen gehalten zu werden, ihn zu küssen, seine Lippen auf meinen …

»Hallo, du Träumerin!« Amelie zupft energisch an meinem Shirt. »Wolltest du nicht irgendwas Sensationelles fotografieren?«

»Ja schon, aber …«

Ich stocke. Wer ist denn das Mädchen, das da gerade auf ihn zugeht? Sie sieht hübsch aus. Ganz schön lange Haare. Meine hingegen sind nur schulterlang. Ich wünschte, ich hätte so eine tolle Mähne wie sie.

»Wann musst du das Bild für den Wettbewerb denn wegschicken? Wenn wir noch länger hier rumstehen, wird das jedenfalls nichts, meine Liebe. Dass du dich so schnell ablenken lässt. Ich dachte, du willst professionelle Fotografin werden?«

»Was?«

»Also wirklich, Emma, du hörst mir ja gar nicht zu! Soll ich mal rübergehen und fragen, wie er heißt?«

Sofort bin ich wieder zurück im Hier und Jetzt. »Nein, bloß nicht!«

»Dann komm jetzt. Außerdem wollte ich dir noch erzählen, dass Ronnie auf dich steht.«

»Ronnie?«

»Ja, wir wollen am Freitag alle zum Jugendtreff. Meinst du, du darfst mit?«

»Ich frage meine Eltern. Hoffentlich nerven sie nicht wieder so rum, vor allem nicht meine Mutter«, sage ich und verdrehe die Augen. Andauernd predigt mir meine Mama, dass ich fleißig in der Schule sein soll, weil davon meine Zukunft abhängt. Manchmal kann ich es einfach nicht mehr hören.

Amelie grinst mich verschwörerisch an. »Wir könnten auch sagen, dass wir zusammen lernen wollen.«

»Gute Idee.« Ich lächle zurück, dann stecke ich mir wieder die Stöpsel in die Ohren, werfe dem Jungen einen letzten Blick zu und drücke auf die Nummer sieben der CD.

Hier bin ich wieder

»Ich brauche kurz frische Luft.«

Ruckartig stehe ich auf und eile zur Tür. In diesem Raum im Turm der Kirche findet regelmäßig der Jugendtreff unseres Viertels statt.

»Soll ich wirklich nicht mitkommen?«, ruft Amelie mir hinterher.

Kurz bleibe ich stehen und drehe mich zu ihr um. Sie ist gerade in ein Gespräch mit Julian vertieft, auf den sie steht, deswegen will ich sie da jetzt nicht herausreißen.

Ich winke ab. »Nein, schon okay. Bin ja gleich wieder da.«

Hastig steige ich die Wendeltreppe hinunter. Unten angekommen atme ich tief durch und spüre, wie die milde Augustluft meine Lungen durchflutet.

Ein paar Mädels stolpern an mir vorbei. Eine von ihnen ist die Blonde, die eben noch an unserem Tisch gesessen und mit uns dieses merkwürdige Trinkspiel gespielt hat.

»Hey, hier bist du!«, ruft sie. »Ich glaube, der Ronnie sucht dich.«

Wissend nicke ich. Deswegen bin ich ja geflüchtet, denke ich mir, sage es aber nicht laut.

Ronnie Gratz steht auf mich, doch ich nicht auf ihn. Und jetzt muss ich mich hier unten vor ihm verstecken.

Toll! Warum bin ich überhaupt hierher mitgegangen? Ich will eigentlich nur noch nach Hause.

»Okay, danke«, antworte ich nur. Doch sie bekommt es gar nicht mehr richtig mit, denn sie hat sich schon einer Gruppe Jungs zugewandt, die mit Colaflaschen in der Hand vor der Tür stehen und ausgelassen herumalbern. Aus dem Turmzimmer über uns dröhnt Musik und Gelächter herunter.

Da höre ich auch schon Ronnies Stimme im Treppenhaus: »Ist Emma nach unten gegangen?«

Schlagartig bekomme ich keine Luft mehr. Was ist nur los mit mir?

Wie die Maus, die Angst vor der Katze hat, husche ich um die Ecke in den Schutz der Dunkelheit. Ganz kurz verstecken und Atem holen. Hier findet er mich bestimmt nicht.

Gerade als ich mich etwas sicherer fühle, stolpere ich über einen Stein und falle nach vorne. Gleich werde ich mit der Nase auf dem Boden landen, doch stattdessen spüre ich auf einmal etwas Warmes, Kräftiges um mich herum. Etwas, das mich festhält – oder besser gesagt: jemanden, der mich festhält.

Erschrocken blicke ich nach oben und erkenne ihn. Den Jungen, den ich auch schon ein paarmal in der U-Bahn und an der Bushaltestelle gesehen habe.

Seine blauen Augen sind selbst in der Dunkelheit auszumachen. Ich spüre die Wärme seines Körpers und atme seinen Duft ein, eine Mischung aus Waschpulver und Sommer.

Als er mich anlächelt, fahren tausend Volt durch meinen Körper, und ich brauche einen Moment, um mich zu fangen. Benommen trete ich einen Schritt zurück.

»Emma? Bist du hier irgendwo?« Wieder Ronnies Stimme. Mist! Schnell lege ich dem Jungen den Zeigefinger auf die Lippen.

Was tue ich denn da?

Seine Augen sehen mich fragend an.

»Pssst«, flüstere ich nur, in der Hoffnung, dass er mich versteht.

Minuten verstreichen, dann ist es endlich still. Ronnie ist sicher wieder nach oben gegangen.

»Bist du etwa auf der Flucht?«, raunt der Junge mir zu.

Verlegen räuspere ich mich und streiche mir eine Haarsträhne hinters Ohr. »Tut mir leid. Du musst mich für total durchgeknallt halten, aber ich glaube, er will mit mir gehen und … und …«

»Und?« Wieder jagt sein Blick dieses Kribbeln durch meinen Bauch.

»Und ich …«

»Und du willst das nicht?«, ergänzt er, weil mir selbst die Worte fehlen.

»Ja, nein … also ja.«

»Kein Problem, ich verrate dich nicht.« Er grinst und lehnt sich mit dem Rücken gegen die Mauer. »Wir kennen uns doch, du fährst immer mit der U2.«

Er hat mich also auch schon bemerkt. Meine Wangen fühlen sich plötzlich ganz heiß an.

»Ja, kann sein«, sage ich betont lässig und will ihn gerade noch fragen, auf welche Schule er denn geht, als Amelie um die Ecke biegt.

»Emma, da bist du ja! Ich hab dich schon überall gesucht.« Sie sieht uns mit weit aufgerissenen Augen an. »Hey, alles okay?«

Rasch nicke ich. »Ja, alles in Ordnung. Ich komme gleich wieder hoch.«

Ich glaube, sie hat verstanden, dass ich gerne noch einen Moment mit dem Jungen alleine sein möchte, denn sie zwinkert mir zu. »Gut, aber wir haben nicht mehr viel Zeit. Es ist schon kurz vor halb zehn, und um zehn müssen wir daheim sein.«

»Du heißt also Emma?«, fragt mich der Junge, als Amelie gegangen ist.

»Ja, aber ich muss jetzt los. Tut mir leid.«

Er löst sich von der Wand und tritt einen Schritt auf mich zu. »Kommst du morgen wieder hierher?«

Wie unglaublich wild mein Herz schlägt. »Bist du denn hier?«

»Klar, wenn du auch kommst. Was hältst du von drei Uhr?«

»Okay.«

»Ich heiße übrigens Jannik.«

»Gut, bis morgen«, stammle ich nur noch, dann verschwinde ich um die Ecke, wo Amelie auf mich wartet.

Sie zieht die Augenbraue nach oben und grinst. »Emma Morgen, das war doch der Junge von der Bushaltestelle. Ich will wissen, was passiert ist. Alles, und zwar ganz genau.«

Und ich spüre noch immer das Kribbeln in meinem Bauch.

***

»Hallo, aufwachen! Wir sind da!«

Ich blinzle durch die Lider und sehe vor mir eine junge Schaffnerin, die mich freundlich anlächelt. Habe ich etwa die ganze Zeit geschlafen?

»Wir fahren bereits in den Bahnhof ein – falls Sie in Nürnberg raus müssen.«

Noch ganz benommen sehe ich mich um. Dann nicke ich. »Vielen Dank, sehr nett von Ihnen.«

»Gern geschehen«, sagt sie und geht weiter. Dabei fällt mir auf, dass sie kleine Sternohrringe trägt.

Sterne. Das alles ist doch verrückt.

Und jetzt bin ich da. Ich bin wirklich hier. Kaum zu glauben.

Vor dem Fenster ziehen graue Industriegebäude an mir vorbei. Wer Nürnberg nicht kennt und zum ersten Mal mit dem Zug hierherkommt, hält die Stadt aufgrund dieses Anblicks sicher für hässlich. Aber ich weiß, welches Flair hier herrscht und welche Schönheit sich hinter dieser tristen Fassade verbirgt.

Als der Zug langsam in den Bahnhof einrollt, stehe ich auf und greife nach meiner Reisetasche. In meinem Bauch kribbelt es vor Aufregung, so sehr, dass ich fürchte, mich gleich übergeben zu müssen.

Hier bin ich also wieder.

Drei Jahre später.

In Nürnberg, meiner Stadt.

Sie ist so lebendig, und in der Luft liegt der Duft von Erinnerungen, vom Zauber des Unerwarteten. Ich kann es nicht glauben, tatsächlich wieder zurück zu sein, und ein Gefühl von Aufregung, Angst und Freude macht sich in mir breit.

Der Bahnsteig von Gleis sieben sieht noch genauso aus wie vor drei Jahren. Die gleichen Stahlbänke und Mülleimer. Nur die Werbeplakate sind heute andere. Natürlich.

Und noch etwas hat sich verändert. Damals war es eine Flucht, und ich war unheimlich traurig. Jetzt bin ich wieder hier, um mich meinen Ängsten zu stellen. Meiner Vergangenheit.

Genau von diesem Bahnsteig aus bin ich vor drei Jahren mit nichts als einer Reisetasche verschwunden. Und jetzt stehe ich mit eben dieser Reisetasche wieder hier. Doch das Gepäck, das ich tatsächlich mit mir trage, wiegt viel schwerer.

Ich bahne mir einen Weg durch das Getümmel und fahre mit der Rolltreppe nach unten. Von dort geht es einen langen, gefliesten Gang entlang, der am Ende in der großen Bahnhofshalle mündet.

Da bin ich also wieder. Der Infopoint, die Geschäfte, die große Glaskuppel – alles ist so bekannt und doch so weit weg.

Nervös zupfe ich an meinem Oberteil und überlege, welchen Weg ich jetzt gehe. Schließlich entscheide ich mich für geradeaus, in Richtung Innenstadt, zur Bahnhofstraße. Dort ist ein *ibis Hotel,* direkt neben dem Museum, dem *Burger King* und der *Kulturfabrik,* wo ich früher die eine oder andere feierwütige Nacht verbracht habe.

Ich buche erst mal ein Zimmer für drei Nächte. Oben angekommen lasse ich mich auf das große Bett fallen und denke nach, wie ich nun am besten vorgehe.

Ja, es ist einfach, sich in den Zug zu setzen, doch was soll ich jetzt tun? Einfach bei ihm klingeln? Aber ich weiß ja nicht, wo er inzwischen wohnt. Am Ende lebt er gar nicht mehr hier.

Und überhaupt, was ist, wenn er mich nicht sehen will?

Ich schiebe den Gedanken weg. Vielleicht wäre es einfacher, erst mal mit Amelie zu sprechen. Doch schon bekomme ich Zweifel, wie sie reagieren wird.

Gar nicht so leicht, wenn man plötzlich wiederauftaucht. Okay, Emma, dein Plan weist diverse Lücken im System auf.

Aber ich muss es versuchen, und so krame ich in meiner Handtasche nach dem Handy und rufe mit zitternden Fingern Amelies Kontakt auf.

Wir sind damals nicht im Streit auseinandergegangen, haben uns sogar die eine oder andere Nachricht geschickt, immer wieder mal. Klar war sie auch nicht begeistert, dass ich weggegangen bin, aber sie hat meinen Entschluss trotzdem akzeptiert. Was hätte sie auch sonst tun sollen?

Wer hätte mich aufhalten können, wenn es nicht mal Jannik geschafft hat?

Tief durchatmen.

Was habe ich denn zu verlieren?

Nichts. Ich kann jetzt nichts mehr verlieren, denn verloren habe ich alles schon vor langer Zeit.

Eine kleine Weile starre ich noch aufs Display. Und dann tue ich es einfach, ich bin mutig und drücke auf *Anrufen.*

Vielleicht geht sie ja gar nicht ran.

»Hallo?« Plötzlich ist da Amelies Stimme am anderen Ende der Leitung.

»Ja, ähm, hallo … Amelie? Bist du es?« Mein Herz klopft wie verrückt.

»Ja. Wer ist denn da bitte?«

Ich räuspere mich, atme tief durch, aber ich bekomme mein Herz nicht so leicht in den Griff. »Hier ist Emma. Es tut mir leid, dass ich dich einfach so anrufe, aber …«

»Emma Morgen? Im Ernst? Bist du es?«

»Ja, ich bin's«, flüstere ich.

Stille. Hoffentlich legt sie jetzt nicht gleich auf.

»Amelie, bist du noch dran?«, frage ich zögernd nach ein paar Augenblicken.

»Ja, tut mir leid, ich bin nur … also, ich bin ziemlich baff, dich zu hören.«

»Ich weiß, es kommt etwas überraschend, aber …«

»Nein, es ist schön. Wie geht's dir denn?« Ihre Stimme wird weicher, ist sofort so vertraut, und das Zittern in mir lässt langsam nach.

»Ganz gut. Und dir?«

»Mir auch. Bei mir ist alles gut.« Sie lacht leise. »Warum rufst du an?«

»Na ja, ich bin … Hättest du zufällig gerade Zeit?«

»Zum Telefonieren? Klar, ich gehe sowieso gerade nach Hause. Donnerstags habe ich immer früher Dienstschluss.«

Das ist ja wirklich ein Zufall.

»Nein, nicht zum Telefonieren. Ich würde mich gerne mit dir treffen.«

»Treffen? Ich verstehe nicht …«

»Also, es ist so. Ich bin in der Stadt und würde dich gerne sehen.«

»Was? Du bist …? Das gibt's ja nicht! Ja, klar hab ich Lust, mich mit dir zu treffen! Komm doch einfach gleich bei mir zu Hause vorbei.«

»Echt? Ja gerne, das klingt gut.«

Das hatte ich nicht erhofft, und ich bin überglücklich, dass sie so locker mit mir umgeht.

»Also gut, dann schreib mal meine Adresse auf. Frommannstraße 8. Vom Bahnhof aus kannst du mit der Straßenbahn fahren, oder du gehst zu Fuß in Richtung Burg. Du kennst dich doch sicher noch aus, oder? Einfach die Burgstraße hoch. Das *Café Burgblick* ist in derselben Straße.«

»Ja, ich weiß, wo das ist«, sage ich und notiere mir alles auf einem Zettel.

»Super, dann bis gleich. Ich freue mich so!«

Dann legen wir auf, und ich kann es noch immer nicht glauben. Ich bin tatsächlich hier. Die Reise geht los. Zurück in die Vergangenheit.

Plötzlich wird mir angenehm warm im Bauch. Und auch wenn ich Angst habe, weil ich nicht weiß, was mich in den nächsten Tagen hier erwartet, kann ich nicht anders, als ein klein wenig zu lächeln.

Worauf wartest du noch?

Auf dem Weg quer durch die Stadt fühlt sich ein Teil meines Körpers an, als wäre er niemals weg gewesen. Ich ertappe mich dabei, wie ich mich lächelnd umsehe, weil ich mich noch immer auskenne und die Umgebung so vertraut ist.

Und aus diesem Grund brauche ich auch nicht länger als fünfzehn Minuten, bis ich das Haus erreiche, in dem Amelie wohnt. Die helle Fassade mit den verspielten steinernen Ranken hat diesen alten Chic und fügt sich trotzdem harmonisch in das moderner gewordene Straßenbild ein.

Mein Herz pocht heftig gegen meinen Brustkorb. Gleich werde ich Amelie wiedersehen. Meine Amelie, die ich schon seit der Grundschule kenne, mit der ich durch dick und dünn gegangen bin - und die ich damals auch zurückgelassen habe.

Noch einmal tief durchatmen, dann werfe ich einen Blick auf das Klingelschild. *A. Zenna,* das ist sie. Mit einem mulmigen Gefühl im Bauch drücke ich darauf. Schon nach kurzer Zeit summt es, ich öffne die Haustür und betrete das Treppenhaus.

Amelie empfängt mich schon an ihrer Wohnungstür. Sie trägt ein geblümtes, leichtes Sommerkleid, die dunklen, lockigen Haare hat sie zu einem lockeren Dutt verknotet. Mit einem lauten Juchzen stürmt sie auf mich zu, breitet die Arme aus, und ich falle einfach so hinein. Sie riecht immer noch wie damals, nach Rosen, Erdbeeren und ein klein wenig Vanille. Sofort strömen die Erinnerungen auf mich ein.

Sie drückt mich, und ich drücke sie zurück, genieße den Augenblick. Es ist schön, so umarmt zu werden.

»Ich werde echt verrückt. Emma, du bist es tatsächlich«, sagt sie, als wir uns voneinander lösen. Mit einer Mischung aus Freude und Überraschung schlägt sie die Hände vors Gesicht. »Scheiße, ich krieg mich nicht mehr ein. Ich dachte erst, du verarschst mich, aber du bist wirklich hier!« Sie fällt mir erneut um den Hals. »Oh Gott, ist das schön, dich mal wiederzusehen und im Arm zu halten.«

Sie spricht mir aus der Seele. Sofort sind meine Sorgen wie weggeblasen. Genau jetzt und hier begreife ich, wie sehr sie mir gefehlt hat.

»Wir haben uns so viel zu erzählen. Los, komm rein, ich muss wissen, was dich hierherbringt.« Aufgeregt zieht sie mich an der Hand ins Innere der kleinen Wohnung.

Drinnen ist es hell und gemütlich, und ich fühle mich sofort wohl. Gebannt blicke ich mich um und entdecke an einer langen Wand in der Diele viele bunt gerahmte Fotos. Eine Wand voller Erinnerungen.

Die meisten Bilder zeigen Amelie und einen dunkelhaarigen Mann, mit dem ich sie schon auf Facebook gesehen habe. Das muss Fabian sein, ihr Freund. Wie hieß er noch mal auf Facebook? *Fabian Geht-dich-nix-an* oder so? Die beiden sehen so glücklich aus. Die Fotos zeigen sie zusammen beim Feiern, am See, auf einem Familienfest. Was für hübsche Bilder.

Gerade will ich mich abwenden, als mein Blick an einem Foto hängen bleibt. Kurz stockt mir der Atem, und die Erinnerungen sausen durch meinen Kopf wie winzige, leuchtende Glühwürmchen.

»Willst du Kaffee, Tee oder irgendwas anderes?«, dringt Amelies Stimme wie aus weiter Ferne zu mir.

Auch wenn ich ihr gerne antworten würde, ich kann gerade nicht. Denn ich schaffe es nicht, den Blick von dem Foto abzuwenden. Ein Gruppenbild, aufgenommen vor etwa fünf Jahren. Jannik, Amelie und ich. Auf den ersten Blick nur ein simples Partyfoto, wie man es heute überall sieht, wie es zuhauf in den Clubs geschossen wird. Ein eingefangener Moment der Ausgelassenheit.

Aber es ist viel mehr als das. Fotos sind mehr als das. Fotos sind Gerüche, Gefühle, Geräusche, die ewig bleiben, an die man sich nicht nur erinnert, sondern in die man hineintaucht. Und die man immer wieder erlebt, jedes Mal, wenn man ein Bild von Neuem betrachtet.

In diesem eingefangenen Moment sehe ich so glücklich aus, so leicht. Meine Haare sind kürzer, mein Lächeln wirkt schwerelos. Stolz hält Jannik mich im Arm, seine Hand leicht auf meine Schulter gestützt, und mir ist, als könnte ich seine Berührung spüren.

Mein Herz zieht sich schmerzhaft zusammen. Ich weiß nicht, wie viel Zeit vergeht, während ich auf das Bild starre, das meine Vergangenheit zeigt. Dieser Moment, so ewig her. Damals habe ich gedacht, dass dieses Glück ewig hält, dass es mich niemals verlässt, dass es für uns beide unendlich bleibt.

Ganz sanft streiche ich über das Foto und den Rahmen, als könnte ich dadurch die Zeit zurückdrehen, noch mal zurückkehren, für wenige Sekunden in diesen Moment schlüpfen. Und irgendwie fühlt es sich auch so an.

Ich bin ganz tief in Gedanken versunken, als ich Amelies Stimme hinter mir höre. »Das war wirklich ein schöner Tag. Weißt du noch? Es war ein paar Tage nach eurer Verlobung.«

Ihre Worte reißen mich aus meinem Tagtraum, aus der Erinnerung zurück ins Hier und Jetzt. »Ich weiß. Oh Gott, es ist so lange her.«

»Wir hatten viel Spaß an diesem Abend. Ihr beiden Verrückten habt euch von diesem komischen Typen tätowieren lassen, einfach so.«

Stumm nicke ich und berühre das Tattoo an meinem Ringfinger, meinen kleinen Stern. Niemals werde ich vergessen, wie wir ihn uns haben stechen lassen. Ich sehe Jannik vor mir, wie er dabei die Augen zusammengekniffen hat, und muss schmunzeln.

Amelie berührt mich zaghaft an der Schulter. »Was willst du jetzt trinken? Kaffee?«

»Gerne, mit Milch, ohne Zucker.«

Ich werfe einen letzten Blick auf das Foto und folge Amelie in die Küche. Der kleine Raum ist wirklich geschmackvoll eingerichtet. Weiße Schränkchen mit farbigen Türknäufen, bunt gemischte Schubfächer und in der Mitte ein großer nussbaumfarbener Tisch, um den sich helle Stühle reihen. Was für tolle Möbel.

»Wow, du hast es aber schön hier«, stelle ich begeistert fest.

»Wir«, korrigiert sie mich und lächelt. »Mein Freund wohnt auch hier, wir haben nur das Klingelschild noch nicht ausgetauscht.«

»Der Mann, den ich bei dir auf Facebook gesehen habe? *Fabian Geht-dich-nix-an*?«

»Ja.« Ihre Augen leuchten, und schon allein daran erkenne ich, dass dieser Fabian ein toller Kerl sein muss. Denn sonst würde Amelie ihn nicht lieben.

»Das freut mich für dich. Ihr habt es euch wirklich sehr hübsch hier gemacht. Diese Möbel sind echt wunderschön.«

Ein Lächeln huscht über ihr Gesicht. »So, und jetzt setz dich, Emmalein, und erzähl mir, warum du hier bist. Sicher nicht, um mit mir über Möbel zu reden, oder?« Sie stellt zwei Tassen mit heißem Kaffee auf den Tisch und setzt sich mir gegenüber.

»Soll ich ehrlich sein?«

Sie nickt.

»Das ist nicht so einfach zu beantworten. Sagen wir mal so, in letzter Zeit ist einiges passiert. Merkwürdige Dinge. Ich habe viel nachgedacht, und irgendwie war es einfach an der Zeit. Na ja, und ehe ich mich versah, war ich auch schon hier.«

»Ich bin froh, dass es so ist.« Amelie lächelt und nimmt einen Schluck aus ihrer Tasse. »Weißt du noch, was wir beide für Blödsinn angestellt haben? Als wir die Schule geschwänzt haben und an den See gefahren sind?«

Jetzt muss auch ich grinsen. »Wir haben dort *Wahrheit oder Pflicht* gespielt und Ramazzotti getrunken. Mir war so übel!«

»Die Jugendtreffzeit war auch nicht schlecht«, erinnert sie sich. »Obwohl ich die Küsse mit diesem widerlichen Marco Schönebeck wirklich gerne aus meinem Gedächtnis streichen würde. Der war einfach nur ekelhaft!«

Es ist schön, an früher erinnert zu werden. Wie lange habe ich nicht mehr über diese Momente in meinem Leben nachgedacht?

»Es war eine schöne Zeit«, gebe ich ehrlich zu. »Wir alle, Jannik, du ... Und das ist wohl auch der Grund, warum ich wieder hier bin.«

Jetzt ist es raus. Obwohl ich sicher bin, dass sie das schon ahnte. Denn sie nickt nur, zieht die Beine an und sitzt nun im Schneidersitz auf ihrem Stuhl.

»Und wie hast du dir das gedacht?«, will sie wissen.

»Keine Ahnung, aber ich muss ihn sehen, unbedingt.«

»Oh Emma.« Ihre Augen weiten sich. Dann schüttelt sie den Kopf. Damit habe ich nicht gerechnet. »Meinst du wirklich, dass das so eine gute Idee ist? Als du gegangen bist, das hat ihm den Boden unter den Füßen weggerissen, das Herz gebrochen ...«

Die Worte schmerzen mich, und ich senke den Blick. »Du weißt, dass ich nicht gegangen bin, um ihn zu verletzen. Das Ganze war auch nicht einfach für mich.« Ich atme tief durch, und sofort verändert sich ihr Blick und ihre ganze Haltung.

»Natürlich. Tut mir leid, ich bin ein Esel.« Sie greift nach meiner Hand und streicht ganz sanft darüber.

»Schon okay.«

Dann schweigen wir eine Weile, bis ich die Worte ausspreche, die mir auf der Zunge brennen: »Weißt du denn, was er jetzt macht? Geht es ihm gut?«

Sie nickt. »Natürlich. Wir sehen uns alle immer noch regelmäßig, so eine Art monatlicher Stammtisch.«

»Ehrlich? Das ist schön. Dann ist er also wieder glücklich?« Ich räuspere mich, und Amelie zieht eine Augenbraue nach oben. Ich weiß, sie spürt, was mir auf der Seele liegt.

»Du willst wissen, ob er eine Freundin hat, oder? Das kann ich dir gar nicht genau sagen. Nachdem du weggegangen warst, wurde er irgendwie merkwürdig. In Sachen Frauen überhaupt.«

Was das wohl heißt? Es tut weh, mir Jannik mit einer anderen Frau vorzustellen.

»Und wie ist es bei dir?«

Wie es bei mir ist? Die Frage steht im Raum, und ich weiß nicht, was ich darauf antworten soll.

Mein Zögern entgeht Amelie nicht. Sie blickt mich durchdringend an. »Du hast auch jemanden, oder?«

Ich zucke mit den Schultern. »Ja und nein. Ach, es ist irgendwie kompliziert, er ist nur ein Freund.«

Sie grinst. »Klar, nur ein Freund. Und warum willst du dann mit Jannik reden?«

»Ich muss das von damals unbedingt mit ihm klären. Verstehst du, ich kann nicht weitermachen, mich nicht auf etwas Neues einlassen, wenn ich nicht weiß, dass es ihm auch gut geht, dass er mir verziehen hat.«

Nachdenklich nickt sie. »Und was machst du so?«, fragt sie nach ein paar Augenblicken und wechselt damit das Thema. »Gefällt es dir in Berlin?«

»Es ist anders«, gebe ich zu. »Aber das wollte ich ja auch. Ich arbeite in einer Werbeagentur. Koordiniere Termine, koche Kaffee, solche Dinge eben. Ein anderes Leben.«

»Und was ist mit dem Fotografieren? Machst du da nichts mehr?«

Schon alleine die Frage schmerzt, und ich winke ab. »Nein, überhaupt nicht. Seit damals habe ich nicht mehr fotografiert.«

»Okay, aber …«

Ich weiß nicht, was sie sagen wollte. Vielleicht wollte sie ja fragen, ob ich das Fotografieren vermisse. Doch sie geht nicht weiter darauf ein, und mir ist es lieber so.

Erleichtert sehe ich jetzt auch eine Chance, das Thema zu wechseln. »Und was machst du so? Arbeitest du noch in der Pflege?«

»Ja, immer noch alles beim Alten. Es ist nicht immer leicht, aber es ist genau das, was ich machen will.«

Die Stimmung wird lockerer, leichter, und in der nächsten halben Stunde plaudern wir über die verschiedensten Dinge. Über Berlin, über Fabian. Amelie erzählt mir, dass sie ihn in einem Club kennengelernt hat.

Irgendwann blicke ich auf die Uhr. Es ist bereits halb sechs. Kaum zu glauben, wie schnell die Zeit vergangen ist.

»Wenn du ihn sehen willst, dann solltest du zu ihm gehen«, sagt Amelie auf einmal.

Kann sie meine Gedanken lesen, genau wie früher?

»Meinst du jetzt doch?«, frage ich zögernd. »Vorhin klangst du nicht gerade begeistert.«

»Du kennst mich doch, ich hab das nicht so gemeint. Du willst doch etwas mit ihm klären, oder? Das solltest du nicht länger hinausschieben.«

»Okay. Und wo finde ich ihn?«

Ihre Augen haften durchdringend auf mir, als wollte sie mir gleich ein Geheimnis anvertrauen. »Er wohnt in der Agnesgasse.«

Ein Wummern durchfährt meinen Magen, wirbelt Schmetterlinge in meinem Bauch auf. Alte Gefühle, neue Gefühle. Hat sie gerade wirklich *Agnesgasse* gesagt?

»Was? Heißt das … heißt das, er ist dort eingezogen? In das Haus … in unser Haus?« Ich bekomme eine Gänsehaut, und Amelie nickt.

»Ja, das ist er.«

Sie weiß, dass es einst unser gemeinsamer Traum war, dort zu leben. Bis das Leben dazwischengekommen ist.

»Glaubst du denn, er ist zu Hause? Jetzt gleich?«

»Ich denke schon, aber wenn du willst, rufe ich ihn kurz an und frage einfach. Natürlich ohne von dir zu erzählen.«

»Das würdest du tun? Das wäre lieb von dir.«

»Kein Problem. Er wird mich zwar danach umbringen, aber was tut man nicht alles.«

Sie nimmt ihr Handy in die Hand, klickt darauf herum, und es dauert einige Sekunden, bis jemand rangeht. Sekunden, die für mich zu Stunden werden.

»Hey, Jannik. Ich bin's, Amelie. Sag mal, bist du gerade zu Hause?«, fragt sie, und mein Herz macht einen kleinen Purzelbaum.

Natürlich kann ich nicht verstehen, was er antwortet, aber schon alleine zu wissen, dass er da gerade am Telefon mit Amelie redet, steigert meine Aufregung ins Unermessliche.

»Super. Fabian würde sich nämlich gerne eine Bohrmaschine von dir ausleihen … Nein, nein, ich melde mich noch mal, wenn er daheim ist, okay? … Gut, danke. Also dann bis später.«

Sie legt auf und lächelt. »Er ist zu Hause. Worauf wartest du noch?«

Wieder im Leben angekommen

Von Amelies Wohnung ist es nicht weit in die Innenstadt. Meine Füße tragen mich durch die Bucherstraße hinüber zum Tiergärtnertor, weiter über den gleichnamigen Platz und die Burgstraße hinab, vorbei an einer Gaststätte und einer Lebküchnerei.

Sofort spüre ich die Vergangenheit um mich herum, und in meinem Kopf wird sie wieder lebendig. Jannik und ich mit dem Fahrrad, ich sehe uns die Straße hinabsausen. Mein Herz pocht heftig gegen meinen Brustkorb, als ich daran denke.

Vieles ist noch genau so, wie es früher war. Hier und da hat mittlerweile ein neuer Laden aufgemacht, den ich noch nicht kenne. Doch die Erinnerungen sind noch immer da.

Ich denke daran, wie Jannik mich einmal am Albrecht-Dürer-Denkmal geküsst hat, wie wir hier gemeinsam Fotos geschossen haben. Alles ist so weit weg.

Weiter geht es in Richtung Sebalder Platz, bis ich schließlich in der Agnesgasse ankomme. Von Weitem schon sehe ich das Haus, das mir viel mehr bedeutet, als manch einer vermuten mag. Hier habe ich meinen ersten Kuss bekommen – und noch viel mehr.

Es ist schon merkwürdig, wenn man nach einer längst verstrichenen Zeit wieder an den Ort zurückkehrt, der so viele Träume und Sehnsüchte in sich birgt. An den Ort, der irgendwie noch immer ein Teil von einem ist.

Mittlerweile hat Jannik das Haus beigefarben gestrichen, mit roten Fensterläden und winzigen Blumenkästen. Es sieht anders aus, als ich es in Erinnerung hatte, und doch löst es sofort wieder dieses vertraute Gefühl in mir aus. Dieses Haus war immer etwas Besonderes.

Ein heftiger Schauder breitet sich von meinem Magen durch meinen gesamten Körper aus, als würde ich Aufzug fahren. Bilder wirbeln durch meine Gedanken, werden funkelnd hell wie ein Sternenspeier, und plötzlich stehe ich mittendrin in dieser neu entfachten Erinnerung.

***

»Es ist zu verkaufen? Wirklich? Unser Haus? Wie hast du das hinbekommen?«

Jannik nimmt meine Hand in seine, sie ist warm und ein klein wenig rau vom Arbeiten. Doch genau das mag ich an seiner Haut. Ich liebe es, sie zu spüren.

»Das bleibt mein Geheimnis.«

Ich verziehe das Gesicht. »Du hast doch nichts Unanständiges gemacht, oder?«

»Wo denkst du hin? Unanständiges mache ich nur mit dir!«

Ich muss lächeln, als er mir über die Wange streicht und einen warmen Kuss auf die Lippen drückt.

»Das ist das erste Mal, dass wir nicht durch ein Fenster, sondern ganz legal durch die Tür hineingehen«, bemerkt er, und ein wohliger Schauer erfasst mich. Ich verbinde so viele wunderschöne Augenblicke mit diesem Haus. Es ist, als wären wir selbst ein Teil davon.

»Also dann.« Jannik räuspert sich, schiebt den Schlüssel ins Schloss und drückt mit einem Ruck die Tür auf. »Nach Ihnen, Madame.« Er verbeugt sich gespielt.

Schon als ich den ersten Schritt mache und den Geruch von altem Holz einatme, fühle ich mich zu Hause. Sofort denke ich an die Nacht zurück, als wir zum ersten Mal mit fünfzehn hier waren, erinnere mich an unsere heimlichen Treffen. Ja, und dann war da ja auch noch diese eine besondere Nacht …

Mein Herz bebt, überschlägt sich mit Anlauf, und mir stockt ganz kurz der Atem.

»Wusstest du eigentlich, dass das Haus schon 1756 gebaut wurde? Angeblich hat hier einst ein Nachfahre Albrecht Dürers gewohnt. Ein Künstlerhaus sozusagen.«

»Ob das ein Zeichen ist? Künstler zu Künstler und so?«

Jannik schiebt sich an mir vorbei, seine Augen glänzen. »Ich denke ja, es ist eines. Alles passt. Der Mann, dem das Haus gehört hat, wollte hier ursprünglich selbst wohnen, und ich habe wirklich etwas gebraucht, um ihn zu überzeugen. Er lebt nämlich nicht mehr hier. Doch ich habe meinen Charme spielen lassen, und jetzt gehört es uns.« Er ist so süß, wenn er ein wenig verlegen ist, so wie jetzt. »Ich weiß, es braucht natürlich einen neuen Fußboden, wenn wir hier wohnen wollen, und wir müssen was an den Wänden machen, das Dach und das Bad natürlich auch. Aber ich könnte dir ein Atelier einrichten, den Dachboden dafür ausbauen. Was meinst du?«

»Du bist ein Spinner! Du weißt doch, dass ich dieses Haus liebe! Es gehört zu uns. Es ist wunderschön.« Ich trete auf ihn zu und küsse ihn sanft auf den Mund. »Wie wäre es mit roten Fensterläden?«

»Das könnte ich hinbekommen.« Er nimmt meine Hände und drückt sie ganz fest. »Das hier ist unser Haus und wird es auch immer bleiben …«

***

Ich taumle zurück ins Hier und Jetzt, zurück in die Gegenwart. Zurück von meiner kleinen Reise, die mir diesen hübschen Erinnerungsschnipsel geschenkt hat.

Nur noch wenige Schritte bin ich entfernt von Jannik, von unserem Haus. Ich weiß nicht, was mich hier erwartet, was passiert, wenn ich die Tür zur

Vergangenheit öffne, die ich vor langer Zeit zugeschlagen und fest verschlossen habe. Jetzt gibt es kein Zurück mehr.

Gerade als ich darauf zugehen will, öffnet sich die Tür. Er ist nicht allein. Eine junge Frau verlässt das Haus, winkt ihm zum Abschied zu, und er sieht ihr noch kurz nach.

Mein Herz rast, alles geht zu schnell.

Ist das seine Freundin?

Und was jetzt? Soll ich trotzdem klingeln?

Eine ganze Weile hadere ich noch mit mir, aber dann beschließe ich, es doch zu tun.

Als ich vor der Haustür stehe, brauche ich bestimmt noch fünf Minuten, um auf den Klingelknopf zu drücken. Immer wieder hebe ich die Hand, lasse sie gleich darauf wieder sinken. Doch gerade als ich mich endgültig überwunden habe und den Finger auf die kleine silberne Kugel lege, geht die Tür auf.

»Hast du was vergessen?«, fragt er, stockt aber, als sich unsere Blicke mit voller Wucht treffen.

Da steht er. Jannik.

Er ist mir so nah, dass ich die Wärme seines Körpers spüren kann, und sofort, ohne dass ich es will, beginnen meine Beine zu zittern. Eine heiße Lawine aus Gefühlen rollt auf mich zu und trifft mich überall. Schnell trete ich einen Schritt zurück, um der Nähe zu entkommen, weil ich sonst Gefahr laufe, unter ihr begraben zu werden.

Er sieht lässig aus. Ein helles Hemd, das sich unübersehbar um seine Oberarme spannt, Jeans und Sneakers.

Mein Kopf summt, und die Gefühle lassen sich nicht vertreiben. Sie haben mich gepackt, so schnell und wuchtig, dass ich nicht weiß, was mit mir geschieht und wie ich damit umgehen soll.

Obwohl ich Jannik das letzte Mal vor drei Jahren gegenübergestanden habe – gut, ab und zu hat er sich auch danach noch in meine Träume und Gedanken geschlichen –, spüre ich sofort wieder diese einzigartige Anziehung zwischen uns.

Tief durchatmen, Emma.

Seine dunkelbraunen Haare sind etwas länger als früher und ziemlich zerzaust. Ob er wohl vorhin mit ihr …? Nein, daran will ich nicht denken.

Am liebsten würde ich ihm jetzt mit den Händen durch die Haare fahren, diese eine Strähne zurechtrücken, die ihm noch immer leicht ins Auge fällt. Aber ich halte mich zurück, zu vertraut wäre diese Geste.

Er kneift die Augen zusammen, nur ein klein wenig – so wie früher schon, wenn er etwas nicht glauben konnte. Sofort nehme ich wieder dieses intensive Blau wahr und die kleinen goldenen Punkte, die sich in seiner Iris verirrt haben.

Er ist überrascht, natürlich ist er das, und irgendwie bin ich es auch. Zu gerne wüsste ich, was er gerade denkt. Obwohl, eigentlich will ich es lieber nicht wissen, weil mir der Gedanke daran auch ein wenig Angst macht. Ob er wütend auf mich ist? Ich könnte es verstehen. Ob er mich gleich wegschickt?

Wir stehen da, keiner sagt ein Wort, und ich überlege schon, mich einfach umzudrehen und wegzurennen. Was habe ich mir nur dabei gedacht, einfach so wieder hier aufzutauchen, bei ihm zu klingeln, ohne jede Ankündigung wieder in sein Leben zu platzen, das er inzwischen ohne mich weitergeführt hat. Ja, offensichtlich hat er das.

Ich versuche, mich zu fassen, irgendetwas zu sagen, immerhin bin ich ja diejenige, die ihn gerade so überfallen hat. Und es gelingt mir tatsächlich, ein kurzes »Hallo Jannik« über die Lippen zu pressen.

Nervös knibble ich an den Fingernägeln, und er starrt mich noch immer an, schüttelt leicht den Kopf.

Doch plötzlich greift er sanft nach meiner Hand. Ein Glücksimpuls schießt durch mich hindurch, und mein Herz stockt für einen Moment.

»Das gibt es nicht. Emma. Ich weiß nicht, was ich sagen soll. Mit allem habe ich gerechnet, nur nicht damit. Was für eine Überraschung, dass du plötzlich hierherkommst …«

Das hatte ich nicht erwartet.

»Drei verdammte Jahre, und dann stehst du plötzlich mit einem *Hallo* vor der Tür. Ohne vorher anzurufen oder dich zu melden.«

Er hat recht. Aber ich sage nichts.

Seine Berührung fühlt sich gut an, viel zu gut.

»Es tut mir leid, ich weiß, ich …« Meine Stimme bricht, und ich kann seinen Blick nicht deuten. Ich weiß, dass es absurd ist, dass er allen Grund hat, wütend zu sein. Oder mich wegzustoßen.

Doch er tut es nicht, sondern lächelt. Da ist er wieder, mein Jannik, den ich kenne. »Ich habe mir oft gewünscht, dass du hier einfach so auftauchst. Aber daran geglaubt habe ich nicht mehr. Doch jetzt bist du da. Und ich freue mich.«

Mein Herz rast.

Ich habe mit vielem gerechnet, doch nicht mit dieser Reaktion. Er sieht mir tief in die Augen, dann tritt er einen Schritt auf mich zu, und schon im nächsten Moment schlingen sich seine Arme sanft um mich, halten mich fest. Ich drücke mein Gesicht an seine Brust, atme seinen Duft ein, und mein Herz stolpert ziellos umher. Er riecht nach frisch gewaschener Wäsche und Holzöl, nach Erinnerungen und Tausenden von Glücksmomenten.

Ich schließe die Augen und versuche, nicht zu sehr zu genießen, wie vertraut er sich anfühlt. Aber es gelingt mir nicht, denn genau jetzt in diesem Augenblick fühle ich mich zum ersten Mal seit drei Jahren wieder im Leben angekommen.

Erwachte Sehnsucht

»Das ist wirklich eine Überraschung. Dafür warst du immer gut. Ich glaube, ich träume.«

Jannik flüstert mir die Worte ins Ohr, dann lösen wir uns langsam voneinander. Sein Blick wandert über mein Gesicht, und ich streiche mir verlegen eine Haarsträhne hinters Ohr. Irgendwie muss ich versuchen, die Kontrolle über mich zurückzugewinnen.

»Kneif mich mal«, sagt er lächelnd, und ich zwicke ihn sanft in den Oberarm. »Ja, du bist es tatsächlich.« Er streicht mit dem Daumen über meine Wange, als müsste er sich davon überzeugen, dass ich es wirklich bin, dass ich echt bin und nicht nur ein Traum.

Seine Berührung fühlt sich immer noch so wunderbar an, voll prickelndem Zauber, genau wie früher, und ich spüre, wie mir die Röte ins Gesicht steigt.

»Du siehst wirklich sehr gut aus, Emma.«

Verschämt drehe ich den Kopf zur Seite, ringe nach Atem und vor allem nach den richtigen Worten. Aber dann reiße ich mich zusammen. »Danke, lieb von dir. Aber du schwindelst«, sage ich rasch.

»Unsinn. Ich kann es immer noch nicht fassen. Eigentlich dachte ich, es ist jemand … ach, egal.« Er geht nicht weiter darauf ein, er weiß ja nicht, dass ich ihn zusammen mit der anderen Frau gesehen habe. »Ich wollte eben was reinholen, ein paar Kräuter. Ich bin nämlich gerade am Kochen.« Er zeigt auf die Blumentöpfe, die neben der Haustür auf dem Boden stehen.

Kräuter?

Er bemerkt wohl den fragenden Ausdruck in meinem Gesicht. »Ich koche gerne, immer noch, falls du dich erinnerst – und ich kann es jetzt auch viel besser. Es brennt kaum mehr was an«, erklärt er schmunzelnd.

Jetzt wird auch er ein wenig verlegen, ich kann es an der Röte auf seinen Wangen erkennen. Wie ein kleiner Junge, der beim Naschen ertappt wurde.

»Was wolltest du denn kochen?«

»Etwas Einfaches, Spaghetti. Möchtest du vielleicht mitessen?«

Als hätte mein Magen seine Frage verstanden, knurrt er genau in diesem Augenblick.

»Gerne. Aber nur, wenn es keine Umstände macht. Wir könnten ja auch ins Restaurant gehen.« Doch dann muss ich wieder an die Frau denken. »Und ich will deine Pläne nicht durcheinanderbringen. Also falls du schon was anderes vorhast, vielleicht erwartest du ja auch jemanden …«

Er winkt ab. »Das kann ich verschieben. Also was meinst du? Hunger? Aber kein Restaurant. Ich koche.« Er zwinkert mir zu, und ich habe sofort das Bedürfnis, ihn anzustupsen, was ich dann aber doch nicht tue.

»Wenn ich ganz ehrlich bin, habe ich sogar ziemlichen Hunger. Aber …« Kurz zögere ich und sehe ihn an.

»Aber was?«

»Bist du dir sicher? Ich meine, würdest du mich nicht am liebsten davonjagen?«

Er schüttelt den Kopf. »Rede keinen Unsinn, Emma. Also, dann komm mal rein in die gute Stube.« Er tritt einen Schritt zurück und macht mir Platz.

Mein Herz fängt zu schnell an zu schlagen. Niemals hätte ich heute Morgen für möglich gehalten, mit Jannik zusammen zu essen. Ich habe mir vieles vorgestellt, habe in meinem Kopf Hunderte von Reaktionen durchgespielt - doch diese nicht. Aber insgeheim bin ich dankbar. Sehr dankbar.

Also trete ich ein, und sofort macht sich ein merkwürdiges Gefühl in mir breit, als ich das Haus betrete. Etwas Vertrautes und doch Unbekanntes. Wie es sich verändert hat, wie Jannik es verändert hat. Auch innen sieht es ganz anders aus als damals, wobei ich es auch da schon geliebt habe. Aber jetzt ist es so, als hätte er es zum Leben erweckt, mit all den Träumen, die wir uns ersehnt hatten. Alles wirkt freundlich und warm, mit hell gestrichenen Wänden und schönen Holzböden.

»Na, wie findest du es? Nicht mehr wiederzuerkennen, das Schätzchen, oder?« Jannik spricht das aus, was ich gerade denke. Weil ich es gar nicht glauben kann.

Dann schmunzle ich. *Das Schätzchen*. Typisch Jannik. »Ja, es ist wirklich komplett anders geworden. Und so unglaublich schön.«

Er nickt. »Sieh dich ruhig um. Ist ja auch neu für dich. Ich verschwinde so lange in die Küche und bereite schon mal alles vor«, sagt er und lässt mich alleine in der Diele zurück.

Mein Blick wandert nach unten, und ich zucke zusammen. Da sind ja kleine Sterne in den Boden eingelassen!

Sterne. Wie unglaublich. Schon wieder drängt sich die Erinnerung mit aller Macht in meinen Kopf. Aber ich will sie nicht wieder überhandnehmen lassen, und so gehe ich von Zimmer zu Zimmer und schaue überall hinein.

Im Wohnzimmer steht auf einem bunten, etwas fransigen Teppich ein Tisch aus Kirschbaumholz mit kunstvoll geschnitzten, wuchtigen Beinen. Eine bequem aussehende Couch sowie kleine Schränkchen mit Verzierungen haben ebenfalls ihren Platz gefunden. Darauf erkenne ich Sterne, kleine Blumen und Ranken. Ansonsten ist es eher schlicht gehalten, aber überaus warm und gemütlich. Auch das Badezimmer ist wirklich hübsch mit den hellen blauen Fliesen und den glänzenden, etwas organisch aussehenden Armaturen.

Kaum zu glauben, was Jannik aus dem fast zerfallenen Häuschen, in dem wir einst zusammen leben wollten, gemacht hat. Jedes Zimmer hat seinen eigenen Charme, so hatten wir es uns immer vorgestellt. Ganz anders als meine Wohnung in Berlin, die mir dagegen nun beinahe steril vorkommt.

Natürlich ist hier alles viel kleiner und teilweise auch nicht so modern. Aber gerade das macht das Haus besonders, so heimelig. So wie wir es uns einst erträumt hatten. Warum wird mir gerade so unheimlich schwer im Bauch?

Ich beende meinen kleinen Rundgang und will gerade in die Küche zu Jannik gehen, als ich höre, wie er am Telefon mit jemandem spricht.

»Sorry, Babe. Nein, es geht nicht.«

Ist sie das? Und er nennt sie *Babe*? Das ist jetzt aber so gar nicht seine Art.

Ich warte kurz, bis er das Gespräch beendet hat, dann erst trete ich ein. Er hat schon Tomaten, Zwiebeln und Knoblauch vor sich ausgebreitet.

»Du hast dieses Haus lebendig gemacht. Klingt komisch, aber ich finde wirklich, dass es lebt«, entfährt es mir.

Er dreht sich zu mir um, und unsere Blicke treffen sich. Für einen Moment ist es, als würde die Zeit stillstehen. Dann lächelt er. »Ja, danke schön. Ich habe versucht, es so gut wie möglich hinzubekommen. So wie wir es ... Ach, egal. Hin und wieder bin ich aber fast verzweifelt, an einigen Details.«

»Selbst wenn, du gibst nie auf. Der Boden im Flur, dass so was möglich ist. Die Mühe hat sich auf jeden Fall gelohnt, alles ist wunderschön geworden. Einzigartig. Fast wie gemalt. Wobei ich nicht weiß, ob wir es uns überhaupt so schön ausmalen konnten.«

Ich stocke. Was habe ich da gerade gesagt? *Uns*? »Tut mir leid, das wollte ich nicht sagen, also das mit dem *uns* ...«

»Schon okay. Alles gut. So war es doch auch.«

»Wie lange wohnst du denn schon hier?«

»Als du weggegangen warst, na ja, da habe ich angefangen. Seit einem Jahr wohne ich jetzt hier, aber wie gesagt, es gibt immer noch was zu tun. Erst vor ein paar Monaten habe ich den Flur ein wenig umgebaut, den Boden mit diesen Platten ausgestattet. Ich wollte, dass es aussieht, als ...«

»Als würde man die Sterne vom Himmel holen«, ergänze ich.

Unsere Blicke treffen sich. »Ja, genau.« Nun schiebt sich doch ein leichtes Lächeln über seine Lippen.

Mein Herzschlag geht schneller. Ich sehe uns in dem verlassenen Gebäude stehen, unseren Träumen nachjagen.

Tief durchatmen.

Mein Magen knurrt, und er lacht leise. »Lass uns kochen, sonst verhungerst du noch.« Er zieht ein zweites Schneidbrett aus der Schublade. »Aber du musst mir schon ein wenig beim Kochen helfen, so einfach mache ich es dir nicht.«

Mit einem Mal wirkt alles wieder ganz normal, als ob es so sein sollte, als ob es nie anders gewesen wäre.

»Klar, gerne«, antworte ich und sehe ihm zu, wie er einen Topf mit Wasser auf den Herd stellt. »Also was soll ich machen? Küchenhilfe Emma meldet sich zum Dienst.«

»Wie wäre es mit Zwiebeln und ein bisschen Gemüse schneiden, Küchenhilfe Emma?« Er lächelt, und eine warme Welle der Vertrautheit überschwappt mich.

Jannik zeigt auf das Schneidbrett und reicht mir Zwiebeln, Knoblauch, Karotten und Tomaten. »Messer sind im linken Schränkchen.« Zuletzt drückt er mir noch eine Gabel in die Hand.

Aufgewühlt betrachte ich sie. »Du weißt es noch?«

»Ja, natürlich. Ich kenne keinen anderen Menschen, der beim Zwiebelschneiden eine Gabel braucht.«

Lächelnd spieße ich die Zwiebel auf, ziehe die Schale ab und fange an, sie zu zerkleinern. Meine Augen wandern zu seinen starken Armen, seinen Muskeln, zu diesem sexy Körper. Nicht auszudenken, dass eine andere Frau ihn vorhin berührt hat, ihn gestreichelt hat, mit ihm …

»Aua!«

»Ist alles okay?« Jannik wirft mir einen Blick über die Schulter zu.

»Ja, ich hab nur nicht aufgepasst und mich geschnitten.« Mit einem Seufzer lecke ich das Blut von meinem Finger.

»Zeig mal her.« Unerwartet greift er nach meiner Hand, dreht sie vorsichtig um und betrachtet den winzigen Schnitt. »Nur ganz klein. Das haben wir gleich.«

Er zieht eine Schublade auf, holt Wundspray und ein Pflaster daraus hervor. Kurz besprüht er den Finger, tupft ihn mit einem Tuch ab und küsst ihn sanft. »Besser?«, fragt er, und mein Innerstes bebt.

Dann klebt er das Pflaster darauf, und ich höre kurz auf zu atmen, weil wir uns plötzlich so nah sind, weil seine Berührung auf meiner Haut kribbelt und diese heftigen Gefühle in mir auslöst. Viel zu heftige Gefühle.

»Alles wieder gut?«

»Ja, klar«, sage ich und betrachte verlegen meinen Finger.

Schließlich widme ich mich wieder dem Gemüse, und wir reden über die Stadt, darüber, wie sie sich in den letzten drei Jahren verändert hat, doch richtig darauf konzentrieren kann ich mich nicht. Denn ich habe zu viele andere Gedanken.

Und dann betrachte ich immer wieder seinen Körper.

Es tut so gut, mit ihm in der Küche zu stehen, zu kochen und zu plaudern. Merkwürdig, aber dafür, dass wir uns so lange nicht gesehen haben, sind wir total eingespielt.

Das Wasser im Topf beginnt leise zu simmern. Jannik stellt eine Pfanne auf den Herd, gibt Butter hinein und dreht die Temperatur nach oben. »Wie sieht es aus? Fertig?«

Ich reiche ihm die Schale, in die ich das Gemüse geschnitten habe. Dabei berühren sich erneut ganz kurz unsere Hände, und mich durchzuckt sofort wieder dieses flatternde Gefühl.

»Willst du was trinken? Bier, Wasser, Cola, Wein?«, fragt er rasch, und ich würde gerne wissen, ob es ihm bei unserer Berührung genauso ergangen ist wie mir. Ob er auch diese Nähe spürt. Aber dann denke ich wieder an diese Frau, die vorhin aus seinem Haus gekommen ist.

Rasch schiebe ich den Gedanken weg. »Ja, gerne ein Bier.«

Er holt zwei Flaschen aus dem Kühlschrank, öffnet sie und reicht mir eine.

Die Butter in der Pfanne schmilzt, und auch mein Herz scheint auf eine seltsame Art und Weise dahinzuschmelzen. Irgendwie ist es zwischen uns so vertraut, auch wenn wir überhaupt nichts Besonderes machen, etwas ganz Alltägliches. Ich meine, wir kochen ja nur. Früher haben wir auch immer zusammen gekocht. Doch mit Jannik an meiner Seite fühlt es sich plötzlich wieder so besonders an.

Wenig später blubbern die Spaghetti im Wasser, und die Zutaten in der Pfanne verbinden sich zu einer appetitlich roten Soße. Jannik reibt noch etwas Parmesan, und bald darauf sitzen wir am Tisch.

»Auf dich«, sagt er. »Darauf, dass du hier bist. Auf diese Überraschung.«

Wir heben unsere Bierflaschen, und sie klirren aneinander. Das Geräusch weckt Erinnerungen. Kurz sehe ich ein Bild vor meinem inneren Auge aufflattern.

Auf euch! Damals waren wir gemeinsam unterwegs, in der Nacht, in der wir uns verlobt haben.

»Lass es dir schmecken.« Jannik rollt Spaghetti auf seine Gabel, und ich versuche, die Bilder in meinem Kopf abzuschütteln.

»Danke, ebenso«, sage ich und rolle mir ebenfalls Nudeln auf. Doch vorher gebe ich noch ordentlich Parmesan darauf.

Jannik beobachtet mich grinsend. »Du machst es also immer noch.«

»Was meinst du?«

»Na, diese Unmengen von Parmesan. Es ist schön zu sehen, dass sich manche Dinge einfach nicht ändern.«

Bei seinen Worten hämmert mein Herz, und ein winziger Schmetterling taumelt durch meinen Bauch. Da sitzen wir also und essen einfach nur zusammen, trotzdem fühlt sich alles so aufregend an. Dabei weiß ich, dass der schwerste Teil noch vor uns liegt. Weil ich nicht hier bin, um mit Jannik Spaghetti zu essen.

Kurz ist es still, und ich merke, dass er ebenfalls nachdenkt. Ob er sich fragt, warum ich hergekommen bin?

»Du hast diesen ganz bestimmten Blick drauf. Raus mit der Sprache, was ist los? Kann ich dir irgendwie helfen?«, fragt er da auch schon, und ich muss schlucken.

Ein langer Augenblick vergeht, in dem ich versuche, meine Angst und die vielen Gefühle zu kontrollieren, bis ich schließlich antworte: »Ich weiß schon, was du meinst. Du willst wissen, warum ... Ehrlich gesagt, plötzlich musste ich einfach los. Ich hatte das Gefühl, wir haben so viel zu klären und ...«

Noch immer hält er die Gabel mit den aufgerollten Spaghetti in der Hand. Meine Antwort hat ihn überrascht, ich erkenne es an seinem Blick. Doch er schafft es, schnell die Fassung wiederzuerlangen, zumindest nach außen.

Zögernd spreche ich weiter: »Na ja, und außerdem muss mein Leben in Berlin weitergehen. Auf einmal wusste ich, dass ich nicht weitermachen kann, ohne zu wissen, wie wir die Sache mit uns klären können, was da ist … Zumindest dachte ich, dass es besser ist, weil es dort auch jemanden gibt, mit dem ich gerne Zeit verbringe …«

Ich rede mich um Kopf und Kragen, ohne dabei zu merken, wie ich ihn verletze. Ich wollte das gar nicht sagen.

»Okay, schön.« Plötzlich wird Janniks Stimme kühl. »Und was soll ich jetzt sagen? Du kannst weitermachen. Mir geht es gut. Hilft dir das jetzt weiter?«

Die Stimmung ist umgeschlagen. Spürbar. Das wollte ich nicht.

»Jannik …«

»Du willst also meinen Segen? Weil es jemanden gibt, mit dem du zusammen bist? Ist das dein Ernst?«

Hastig schüttle ich den Kopf. »Nein. Alex ist nett, er ist wirklich lieb und ein ordentlicher Kerl. Wir haben zusammen eine Menge Spaß. Wir gehen aus, gehen essen, er nimmt mich mit auf Veranstaltungen, aber wir sind nicht zusammen, also …«

Jannik unterbricht mich und nimmt einen Schluck von seinem Bier. »Ordentlich? Okay.«

Ich weiß, worauf er anspielt. Meine Eltern waren von Jannik nie besonders überzeugt. Er war alles andere als ordentlich. Klar, er war früher auch ein Raufbold, war frech, hat seine Ideale vertreten. Wir waren auf Demos, und er hat nie ein Blatt vor den Mund genommen. Und so konnte er nie die Erwartungen meiner Eltern erfüllen. Sie wollten immer, dass ich mir einen ordentlichen Mann suche - was immer das auch ist.

»Du denkst an meine Eltern, oder? Aber damit hat es nichts zu tun. Und übrigens, die beiden hatten doch nie wirklich Ahnung von der Liebe. *Für immer* war für sie nur ein Begriff. Sie haben sich mittlerweile getrennt«, versuche ich zu erklären. *Für immer,* flüstert meine innere Stimme, doch ich schiebe sie weg und atme tief durch. »Außerdem war mir immer egal, was sie dachten. Ich hatte mich für dich entschieden, ob in ihren Augen ordentlich oder nicht.«

Sein Blick ruht auf mir. Kurz habe ich das Gefühl, dass er lächelt, aber dann wechselt er das Thema. »Und du hast also die letzten drei Jahre in Berlin gewohnt? Ein Leben in der großen Hauptstadt? Da ist eine Menge los, oder? Nicht zu vergleichen mit diesem Dorf hier.«

»Da hast du recht. Es ist wirklich immer was los.«

»Schön«, sagt er knapp. In seiner Stimme liegt noch immer diese Kälte. »Nun, wenn es dir darum geht, dein Leben endlich weiterzuleben, wenn du meinen Segen willst - warum auch immer -, dann kann ich dich beruhigen. Ja, bei mir ist alles gut.

Sagen wir so, es gibt da auch ein paar Frauen in meinem Leben. Frauen, mit denen ich einiges unternehme und die es gut mit mir meinen. Also mach weiter, geh deinen Weg. Alles ist in Ordnung. Wir beide sind uns nichts schuldig. Wir haben überlebt.«

Seine Worte treffen mich hart, und ich schlucke.

Er hat also wirklich eine Frau. Oder sogar mehrere?

»Okay.« Mein Herz sticht plötzlich, kneift sich ganz fest zusammen, aber das habe ich verdient. Ich will keinen Streit mit ihm. »Jannik?«

»Hm?«

»Das sollte nicht so rüberkommen. Eigentlich bin ich hier, weil … Es tut mir so unendlich leid, dass ich damals gegangen bin, ich hab dich einfach allein gelassen, ohne dass wir alles geklärt hatten. Und ganz ehrlich, aus tiefstem Herzen: Ich bin froh, dass du jemanden hast. Aber ich will, dass du weißt, dass ich nicht wegen Alex hier bin oder wegen irgendeinem Segen. Es gab viele andere Auslöser. Ich musste in Berlin einfach an dich denken …« Plötzlich sind da Tränen in meinen Augen. Ich schlucke, versuche, sie wegzublinzeln.

Er greift über den Tisch und fasst nach meiner Hand. »Ach Emma, verdammt, ich bin ein Idiot. Es tut mir leid.«

»Nein, mir tut es leid, wirklich. Was damals passiert ist, war einfach so unerträglich für mich. Doch ich weiß, dass es für dich ebenso schwierig war. Ich habe dich allein gelassen, mich schrecklich verhalten. Eigentlich hätte ich es verdient, dass du mich aus dem Haus jagst. Ich wollte …« Die Tränen brennen immer heftiger in meinen Augen.

»Hey, hey, nicht. Es ist okay, bitte weine nicht.« Sanft streicht er mit den Fingern über meinen Handrücken. »Ist das also der wirkliche Grund, warum du hier bist? Um dich zu entschuldigen?«

»Ja, das auch. Es war mir einfach wichtig, dass wir uns noch mal in die Augen sehen. Wir haben uns so viel bedeutet. Und wir konnten uns ja nie richtig aussprechen. Meinetwegen. Eine Entschuldigung reicht da nicht.«

Er seufzt schwer. »Ich wollte vorhin nicht gemein sein. Mein Spruch mit den Frauen …«

»Schon okay, es ist dein gutes Recht.«

»Nun, es ist nicht so, wie ich gesagt habe. Es ist …«

Ich winke ab. »Du musst nicht mit mir darüber reden.«

Mein Blick wandert immer wieder zu seinen Lippen. Ob sie immer noch so schmecken wie früher?

Hör auf damit, Emma!

»Wenn du glücklich bist und meine Entschuldigung annimmst, dann bin ich froh. Noch mehr als das.«

»Hör auf. Keine Entschuldigungen. Es war deine Entscheidung. Du musstest es tun. Nach allem, was geschehen war, wolltest du woanders ganz neu anfangen, und das hast du getan. Vielleicht musste es einfach so sein.«

»Ja, vielleicht«, murmle ich.

»Die Hauptsache ist doch, dass es dir jetzt gut geht, dass es uns gut geht.«

Eine Weile sitzen wir einfach nur stumm da und sehen uns an.

»Also, ich bin pappsatt. Und du?«, fragt Jannik irgendwann.

»Ich auch. Danke, es war wirklich sehr gut. Kochen konntest du schon immer.«

»Ich weiß, du mochtest immer, was ich fabriziert habe.« Er steht auf und beginnt, das Geschirr in die Spüle zu räumen. Währenddessen lassen ihn meine Augen nicht los, landen immer wieder auf seinen muskulösen Armen.

»Erzähl mir, was passiert ist, nachdem du in Berlin angekommen warst. Wie ist es dir ergangen? Wie ist es dort so? Aber von diesem Alex will ich trotzdem nichts hören.«

Er bringt mich zum Lächeln. »Nichts Besonderes. Eine neue Stadt, neue Wohnung, neue Arbeit.«

»Arbeit, ein gutes Stichwort. Konntest du dort auch wieder fotografieren?«

Dass er ausgerechnet das fragen muss. »Ähm, nein. Nicht wirklich.« Warum nur fragen alle danach? Erst Amelie, jetzt er. Das nervt. Dabei kennen sie doch den Grund.

»Okay.« Er sieht mich an. »Ich hatte mir das schon gedacht, auch wenn ich gehofft hatte, dass es anders ist. Und was machst du dann jetzt?«

Ich gehe nicht weiter darauf ein, sondern versuche, selbstsicher zu antworten. »Ich arbeite in einer Werbeagentur am Empfang, muss die Besucher und Termine koordinieren. Sehr wichtig.«

Er grinst. Dann hält er inne und setzt sich wieder zu mir. »Sehr schade, das mit dem Fotografieren. Nicht mal mehr auf Hochzeiten? Gar nicht mehr?«

»Nein«, sage ich, und meine Stimme bricht. Dann zucke ich mit den Schultern. »Und es ist okay, ich habe kein Bedürfnis mehr danach. Ich bin jetzt eine andere. Das wollte ich auch so.«

Ob er mich durchschaut? Ob er merkt, dass ich schwindle? Denn wenn ich ehrlich bin, fehlt mir das Fotografieren. Ja, so ist es wirklich, aber nach allem, was passiert war, konnte ich es einfach nicht mehr. Ich wollte auch nicht mehr.

»Ich kann es nur noch mal sagen, das ist wirklich sehr schade«, meint er nachdenklich. »Du warst wirklich gut darin, und es war dir so wichtig. Du hattest einfach die Gabe, deine Motive ins rechte Licht zu rücken, sie lebendig zu machen. Als würden deine Bilder Geheimnisse erzählen.« Sein Blick begegnet meinem über den Tisch hinweg.

»Du übertreibst. Und überhaupt, die Dinge ändern sich nun mal.« Schnell füge ich an: »Und was machst du jetzt?«

»Na, immer noch das Gleiche. Ich bin tatsächlich immer noch Schreiner, sogar Schreinermeister.«

»Tut mir leid, eine dumme Frage. Es ist kaum zu übersehen. Du hast deinen Traum verwirklicht – unseren Traum.« Sofort sind da wieder so viele Erinnerungen in meinem Kopf. »Weißt du noch, wie oft wir hier waren, als das Haus noch leer stand? In unserem Versteck, unserem Sternguckernest?«

»Klar weiß ich das noch.« Er grinst. »Wir haben viel Schönes hier erlebt«, sagt er, und wie aufs Stichwort betrachte ich seine breite Brust.

Wir haben Unglaubliches hier erlebt. Unseren ersten Kuss, unsere erste Nacht. Seine Berührungen auf meiner Haut, sein Mund auf meinem. Dieses Glücksgefühl, das er in mir ausgelöst hat. Küsse, Sternschnuppen.

»Ja, das haben wir.«

Um uns herum scheint die Erinnerung lebendig zu werden. Unsere Blicke treffen sich.

»Das mit uns beiden, das war schon was.« Er schluckt und sieht mir auf einmal ganz fest in die Augen. »Schade, dass es so geendet hat. Ich wünschte immer, dass wir beide … na ja, dass es für immer ist.« Die Sekunden scheinen zu verstreichen, bis er flüstert: »Ich habe mich oft gefragt, ob es ein *für immer* gegeben hätte, wenn das alles nicht passiert wäre. So wie wir es uns ausgemalt hatten.«

Er sieht mich an, und ich ringe kurz nach Luft, so unvorbereitet treffen mich seine Worte. Dabei habe ich mir diese Frage heimlich schon so oft selbst gestellt.

Was soll ich ihm jetzt antworten?

»Oh Jannik.« Meine Stimme ist nur noch ein Hauch.

»Entschuldige, Emma, das hätte ich nicht sagen sollen. Vergiss das bitte.«

Aber die Worte stehen im Raum, hängen in meinen Gedanken, sind präsent wie die Sterne am Himmel und lassen sich nicht so einfach abschütteln. Auch wenn ich das gerne tun würde.

Zumindest versuche ich es, indem ich auf die Uhr sehe. »Schon spät, kurz nach elf. Ich sollte mal wieder ins Hotel zurück, ich habe dich lange genug aufgehalten.« Ich stehe auf, und Jannik tut es mir gleich.

»Du hast mich nicht aufgehalten, Emma. Um ehrlich zu sein, ich bin froh, dass du gekommen bist. Es war an der Zeit.«

»Ich bin auch froh.«

Vorsichtig berühre ich seinen Unterarm, nur ganz kurz, streiche über seine Muskeln. Unsere Blicke treffen sich, und mein Herz poltert aus dem Takt.

»Wo ist denn dein Hotel?«, will er wissen.

»Gleich am Bahnhof. Das *ibis*.«

»Also gut, dann bringe ich dich jetzt dorthin.«

»Was? Nein, das ist doch nicht nötig«, versuche ich, ihn davon abzuhalten. »Es ist überhaupt nicht weit von hier.«

Doch sein Blick lässt keine Widerrede zu. »Kein Aber. Es ist schon dunkel, und du bist alleine unterwegs. Ich fahre dich.«

Der Himmel steht voller Sterne, es ist eine wunderschöne Nacht. Ich beobachte Jannik, wie er ein Fahrrad aus dem kleinen Schuppen schiebt. Es ist dunkelblau und absolut retro, ein Rad aus einer anderen Zeit.

»Hey Pegasus, ich hab dich vermisst, mein Guter«, sage ich mit einem Lächeln, als er das Fahrrad vor mir abstellt. Dass er es immer noch hat.

Ich streiche über den Lack, und Jannik grinst. »Er hat dich auch vermisst. Sehr sogar.«

Sicher werde ich gerade rot, zumindest glühen meine Wangen ein wenig. Aber ich hoffe, dass Jannik es in der Dunkelheit nicht bemerkt.

»Und du willst mich also wirklich damit zum Hotel fahren?«

»Klar, warum nicht?«

Ja, warum nicht? Was für eine Frage. Mir würden tausend Gründe dafür einfallen, zum Beispiel, weil es so sehr nach Erinnerung schmeckt.

Ich spüre die Anspannung, die nach mir greift. »Wir haben das so gerne gemacht«, sage ich nachdenklich. »Und jetzt … ich weiß nicht mal mehr, wann ich das letzte Mal Fahrrad gefahren bin.«

»Na, dann wird es aber wirklich Zeit. Auf die Stange und los geht's!«

Er grinst, und ich spüre Gänsehaut auf meinen Armen. »Ist dir kalt?«, fragt er, als ich mich kurz schüttle.

Ich winke ab. »Nur ein wenig, kein Problem.«

Doch meine Worte scheinen ihn nicht zu interessieren, denn schon öffnet er die obersten Knöpfe seines Hemdes, zieht es sich über den Kopf und reicht es mir. »Hier, sonst erfrierst du mir noch auf dem Rad.«

Erst erschrecke ich, weil ich befürchte, dass er gleich oben ohne vor mir steht. Aber das ist nur Wunschdenken. Als ob er mich mit nacktem Oberkörper durch die Stadt fahren würde! Was für ein peinlicher Gedanke. Natürlich trägt er etwas darunter. Ein hautenges weißes Shirt, das sich verführerisch an seine Brust schmiegt. Himmel!

Nach einer gefühlten Ewigkeit ziehe ich mir dann doch das Hemd über und schwinge mich auf die Fahrradstange, Jannik nimmt hinter mir auf dem Sattel Platz. Ich spüre seinen Körper an meinem Rücken, und sein Duft ist auf einmal überall, weht mir in die Nase. Dieser ganz bestimmte Geruch, der mich einfach an Jannik erinnert, der mich fortträgt, festhält, auffängt und mir dieses Glücksgefühl in den Bauch zaubert.

»Also, bist du bereit?«, raunt er mir zu. Seine Stimme ist angenehm warm, so wie sein Hemd, das mich umhüllt, und ich spüre seinen Atem in meinem Nacken. Sein Kinn berührt meinen Kopf, und ich genieße es. Ich weiß nicht, was da gerade mit mir passiert, aber es ist schön, Jannik so nah bei mir zu spüren.

»Festhalten«, flüstert er und beginnt, in die Pedale zu treten.

Die frische, blumige Mailuft weht mir durchs Haar, während wir uns durch die Gassen und Wege schlängeln. Wieder mit ihm zusammen zu sein, ist so vertraut und doch irgendwie neu. Ein Gefühl, das mich verwirrt.

In meinem Kopf sind tausend Fragen. Vor allem aber Fragen an mich selbst. Hätten wir es geschafft, wenn das alles nicht passiert wäre? Wenn ich nicht gegangen wäre?

Schließlich stoppt Jannik vor dem Hotel, und ich hüpfe von der Fahrradstange herunter. Die Fahrt kam mir so kurz vor. Viel zu kurz. Schade, dass sie schon vorbei ist.

Lächelnd sieht er mich an.

»Danke für das Essen und dass du so spontan Zeit für mich hattest«, sage ich. »Es war wunderschön.«

»Ja, es war wirklich ein schöner Abend. Danke, dass du da warst.« Seine Stimme ist weich, und ich fühle mich wie der Teenager, der ich einst war. Als wären wir uns gerade zum ersten Mal über den Weg gelaufen, damals an der Haltestelle und im Jugendtreff.

»Jannik?«

»Ja?«

»Na ja, ich bleibe noch ein paar Tage hier, und ich meine ... du warst der Junge, der mir meinen ersten Kuss gegeben hat, der mich ...« Ich winke ab und frage stattdessen vorsichtig: »Vielleicht könnten wir uns ja noch mal sehen? Natürlich nur, wenn du Zeit und Lust hast.«

Nachdenklich blickt er kurz hinauf zu den Sternen, dann wieder zurück in mein Gesicht. Ob er nicht will?

Doch dann lächelt er. »Ja, das wäre schön.«

Mein Herz gerät nun völlig aus dem Takt. Ich weiß, dass es gegen jede Regel ist, dass ich mich eigentlich nicht mehr mit ihm treffen sollte. Zumindest dann, wenn ich nicht all die alten Gefühle wieder aufwärmen will. Und ich wollte doch eine andere sein. Aber ich möchte auch Zeit mit ihm verbringen, nur ein wenig.

»Wie wäre es mit einem kleinen *Blunch*?«, fragt er. »Ich kenne da jemanden, der die besten Pfannkuchen der Welt macht. Was meinst du? Wann hättest du Zeit?«

Blunch. Bei diesem vertrauten Wort muss ich lächeln. Unsere ganz eigene Wortschöpfung von damals, weil wir mit dem Brunch immer so spät dran waren, dass es im Prinzip schon ein Lunch, kein Frühstück mehr war.

»Ja, das wäre toll.«

»Schön. Dann morgen um halb eins? Bei mir?«

»Klingt perfekt. Also dann …«

Ich weiß nicht, wie ich mich jetzt von ihm verabschieden soll. Das ist doch albern, oder?

Rasch ziehe ich mir das Hemd aus, und während ich es Jannik in die Hand drücke, gebe ich ihm einen sanften Kuss auf die Wange. Ganz schnell und bevor er auf irgendeine Art und Weise reagieren kann, drehe ich mich um und laufe auf den Eingang des Hotels zu.

»Emma!«

Ich halte kurz inne und blicke über die Schulter noch mal zurück.

»Es ist schön, dass du da bist.«

Wieder schlägt mein Herz wie verrückt, als er aufs Fahrrad steigt und davonfährt.

»Bis morgen«, flüstere ich, auch wenn er es nicht mehr hören kann.

Und genau in diesem Augenblick, in dieser klaren, lauen Mainacht spüre ich, dass etwas in mir erwacht ist. Eine Sehnsucht, die ich in all den Jahren zu unterdrücken versucht habe.

Welcher Weg ist der richtige?

Ich stecke die Schlüsselkarte in den Schlitz, und die Tür zu meinem Hotelzimmer öffnet sich. Es ist ganz still im Raum, und als ich mit der Karte das Licht eingeschaltet habe, bleibe ich einen Moment stehen und sehe mich um. Was für ein Tag war das nur?

Alex. Der Gedanke schießt mir wie ein Pfeil in den Kopf. Ich hatte ihm doch versprochen, mich zu melden, sobald ich in Nürnberg angekommen bin.

Kann ich ihn jetzt noch anrufen? Flink fische ich mein Handy aus der Jackentasche und wähle seine Nummer.

»Hey du, alles klar?«, frage ich, als er rangeht.

»Hey. Ja, mir geht es gut. Schon ganz schön spät. Wo treibst du dich denn rum?«

Ja, wo treibe ich mich herum?

»Das ist eine lange Geschichte. Ich war heute bei einer Freundin und einem guten Freund. Deshalb ist es auch etwas später geworden.«

»Ein guter Freund«, wiederholt er, fragt aber nicht weiter nach. Und doch höre ich an seiner Stimme, dass ihn das Ganze ziemlich mitnimmt.

»Und, wie war dein Tag? Das Meeting, ist es gut gelaufen?«, sage ich rasch und versuche, das Thema zu wechseln.

Er schweigt einen Moment. »Es war okay. Bleibst du eigentlich noch lange in Nürnberg?«

Ja, gute Frage.

Seine Worte hallen durch meinen Kopf.

»Ich werde noch ein paar Tage hier bleiben.«

»Okay, natürlich. Bleib so lange, wie du brauchst.« Er atmet tief durch.

Irgendwie tut mir das alles leid. Alex ist so lieb und verständnisvoll. Ich weiß, mit ihm könnte ich glücklich werden. Aber erst muss ich herausfinden, ob ich das auch wirklich will, was ich überhaupt will.

»Der Tag war lang, wir hören jetzt besser auf. Du solltest dich auch hinlegen«, sagt er schließlich. »Gute Nacht, Emma. Ich vermisse dein Schnarchen.«

Ich muss lachen. »Das glaube ich dir nicht. Gute Nacht.«

Dann legen wir auf.

Alex. Ich mag ihn wirklich, aber bin ich verliebt in ihn? Löst er diese Gefühle in mir aus? Vermisse ich ihn?

Und was war das heute mit Jannik? Was waren das für Gefühle?

Es waren alte Gefühle, Emma. Ganz sicher. Doch so recht gelingt es mir nicht, mich selbst davon zu überzeugen.

Ich schüttle die Gedanken erst mal weg und gehe ins Bad. Mein Kopf dreht sich, und ich lasse den Hahn laufen, um mir etwas kaltes Wasser ins Gesicht zu spritzen. Sofort fühle ich mich ein wenig frischer. Anschließend starre ich mich eine Weile im Spiegel an.

Es war ein schöner Abend. Jannik zu sehen, hat mir gut getan. So vieles stand in all den Jahren ungeklärt zwischen uns. Und ich bin froh, dass wir jetzt wenigstens einen Schritt getan haben, dass wir geredet haben. Ich bin ja damals einfach Hals über Kopf weggegangen.

Der heutige Tag war mal ein Anfang, um neu zu beginnen, in jeder Hinsicht. Er hat mich an so vieles erinnert, was ich vergessen und verdrängt hatte. Das Fotografieren zum Beispiel. Und die Momente, die so viel Liebe in mein Leben gebracht hatten, so viel Glück, so viel Leichtigkeit.

Frisch gewaschen tapse ich aus dem Bad und lege mich auf das weiche Bett. Der Fernseher läuft, ich zappe durch die Programme, schalte aber bald wieder aus. Ich bin sowieso nicht mehr aufnahmefähig. Dann drehe ich mich auf die Seite und denke nach, versuche, den Tag in meinem Kopf noch mal durchzuspielen.

Tief in mir drin hatte ich Amelie, Jannik und natürlich auch Nürnberg mehr vermisst, als mir bewusst war. Manchmal vermisst man Dinge, bemerkt es aber erst, wenn man zurückkehrt.

Ich denke an das Gespräch mit Amelie, die Begegnung mit Jannik, das gemeinsame Kochen und Essen, die nächtliche Fahrt mit ihm auf dem Fahrrad. Winzige Momente, die sich so groß angefühlt haben.

Wohlig kuschle ich mich in die warme Decke, rieche Janniks Duft, der noch immer an mir haftet. Als wollte er meine Nase nicht verlassen.

Wieder fliegen diese vielen Bilder durch meinen Kopf, und irgendwann, ohne es lange vorher zu bemerken, schlafe ich ein.

***

»Emma, komm her, die Luft ist rein!«

Ich stehe da und betrachte die Sterne, als mich Janniks Stimme zurück in den Augenblick reißt. Sofort laufe ich in seine Arme und lasse mich hineinfallen.

»Klettere du zuerst rein«, haucht er mir ins Ohr. »Aber wenn du drinnen bist, mach die Augen zu, okay?«

»Was hast du denn jetzt schon wieder vor?«

»Versprich es mir einfach. Bitte.«

»Okay.«

Ich steige durch das Fenster ins Haus, während Jannik die Bretter, die unseren geheimen Eingang verschließen, zur Seite hält.

»Und nicht schummeln, ich kenne dich!«

»Nein, ich schummle schon nicht!«

Er klettert nach mir ins Haus, während ich die Augen geschlossen halte. Auf einmal spüre ich seine Nähe, und schon greift er nach meiner Hand.

»Vorsicht, hier kommt eine kleine Stufe, dann geht es nach oben.«

Er führt mich über knarzendes Holz, die Treppe hinauf, die ich schon kenne. Dann geht es nach links, bis wir wenige Schritte später stehen bleiben.

»Warte noch einen kleinen Moment.«

Es raschelt und rumpelt. Was macht er da?

»Okay, jetzt bin ich so weit.«

Ganz langsam öffne ich die Augen, und die Umgebung um mich herum nimmt Formen an.

»Wow! Als würde man über Sterne gehen!«, entfährt es mir, als ich sehe, was Jannik sich ausgedacht hat.

»Du hast doch gesagt, ich soll dir die Sterne vom Himmel holen.«

Alles im Zimmer leuchtet. Er hat die Decke und den Boden mit leuchtenden Sternen verkleidet.

»Das ist … Jannik, das ist wunderschön! Aber das hat doch bestimmt ewig gedauert.«

Er winkt ab. »Für dich hätte ich auch das ganze Haus beklebt.«

»Du bist verrückt, hat dir das schon mal jemand gesagt?«

»Du sagst es mir beinahe täglich, auf eine nette Art und Weise.« Er kommt auf mich zu und nimmt mich in den Arm, hält mich fest umschlungen. »Genau das ist es, was ich an dir liebe. Und irgendwann, das verspreche ich

dir, werden wir beide hier wohnen. Du bekommst dein Fotozimmer, und wir werden zusammen kochen. Hier oben werden wir schlafen und die Sterne ansehen, wann immer uns danach ist. Und ich werde das Haus für dich leuchten lassen, in hunderttausend kostbaren Momenten.«

»Das wäre schön«, flüstere ich mit einem festen Kloß im Hals.

Dann setzen wir uns auf den Boden und betrachten die Lichter über uns. Ich muss diesen wundervollen Augenblick einfangen, also krame ich in meiner Tasche nach der Kamera, stelle den Sucher ein und drücke ein paarmal auf den Auslöser. Es wird sicher kein Meisterwerk, aber ein Lieblingsmoment, den ich für immer festhalten will.

»Irgendwann kannst du die Fotos hier im Haus aufhängen«, sagt Jannik, als ich ein weiteres Mal abdrücke.

Schließlich lege ich die Kamera zur Seite und kuschle mich wieder in seine Arme. »Und wenn nicht hier, dann vielleicht irgendwo anders.«

»Es wird so sein, ich verspreche es dir.« Er greift nach meiner Hand und lässt seine Finger darüber wandern. Zärtlich, sanft und leicht.

Ich drehe den Kopf zu ihm und suche seine Lippen. Sein Mund ist umhüllt vom warmen Licht der Sterne. »Ich will dich, Jannik.« Während ich die Hände auf seine Brust lege, versuche ich, meinen Herzschlag unter Kontrolle zu bekommen. In meinem Bauch wirbeln die Schmetterlinge aufgeregt umher.

»Ich will dich auch.« Seine Hände wandern über meinen Rücken und gleiten langsam und sanft unter mein Shirt. Ich hebe die Arme an, damit er es mir über den Kopf streifen kann.

Das Licht, die Kerzen, alles flackert, genauso wie mein Herz, das in meiner Brust zu zerspringen droht. Ich spüre Geborgenheit und Vertrauen, vermischt mit den sanften Berührungen seiner Hände, die über meinen Rücken tänzeln und meinen BH öffnen.

Er küsst mich vom Hals abwärts, über mein Schlüsselbein, hinab zu meiner Brust, und in meinem Unterbauch kribbelt es so sehr.

Ich bin bereit, ich will ihn. Noch nie war ich mir einer Sache so sicher.

Irgendwann schlinge ich die Beine um seine Hüften, lasse mich einfach fallen und spüre nur noch ihn. Mein Atem geht schneller, der Schmerz, der gerade noch da war, verschwindet. Zurück bleibt nur dieses warme Gefühl, während seine Lippen meine Haut mit unzähligen Küssen bedecken. Unsere Körper verschmelzen wie das Wachs der Kerzen, und ich sehe nichts als das Leuchten der Sterne.

***

Ich reiße die Augen auf, taumle hin und her zwischen Schlaf und der Erinnerung, die gerade noch so real war. Mein Herz pocht heftig, und ich bin ganz nassgeschwitzt. Ich brauche einige Sekunden, bis ich verstehe, dass alles nur ein Traum war, eine warme Erinnerung. Gedankenverloren streiche ich mir über den Mund, spüre noch immer Janniks Lippen auf meinen. Spüre seine Berührungen, sehe die Sterne.

Irgendwie muss es mir gelingen, mich wieder zu fangen. Alles ist gut, kein Grund durchzudrehen.

Außerdem hat Jannik …

Nein, ich will nicht daran denken, dass er eine andere Frau hat. Aber es hilft, mich kurz zu beruhigen.

Langsam setze ich mich auf und sehe mich im Zimmer um. Ich rieche den Duft und denke wieder an den vergangenen Abend. An unsere Unterhaltung beim Essen, die Fahrt mit dem Fahrrad, das gemeinsame Lachen. Das alles war so schön, und ich versuche, die Erinnerungen noch ein bisschen festzuhalten. Nur ein klein wenig.

Die ersten Sonnenstrahlen zwängen sich bereits durch die kleinen Ritzen zwischen den Vorhängen, und ich stehe auf, um aus dem Fenster zu sehen. Es scheint ein schöner Tag zu werden. Einige Leute sind bereits auf den Beinen, ich kann sie von hier oben beobachten.

Früher bin ich oft mit Jannik durch die Stadt geschlendert. Wir hatten unsere Plätze, unsere Momente. Ich erinnere mich, wie wir zusammen auf Fototour gegangen sind, wie ich die Orte, die wir schön fanden, fotografiert habe.

Ein Lächeln stiehlt sich auf meine Lippen. Mir fallen so viele Augenblicke ein, die wir gemeinsam erlebt haben. Ich sehe uns auf dem Volksfest im Riesenrad sitzen, die Stadt zu unseren Füßen. Sehe uns in der Disco tanzen, höre uns streiten, weil wir uns nicht einig waren, wer von uns beiden recht hat. Und ich sehe, wie wir uns anschließend wieder versöhnt haben.

Einmal haben wir nach einem Streit oben auf der Burg den Sonnenaufgang betrachtet. Wir hatten die ganze Nacht durchgefeiert und uns dann in die Haare bekommen, weil ich eifersüchtig auf eine Barkeeperin war, der Jannik angeblich heiße Blicke zugeworfen hatte. Wütend rannte ich davon, hinauf zur Burg, wo Jannik mich dann fand. Nachdem wir uns versöhnt hatten, standen wir zusammen da, an die Burgfassade gelehnt, und sahen zu, wie sich der Himmel langsam gelb färbte. Wie der Tag zurückkehrte.

Das war ein Moment des tiefen Glücks.

Doch all das scheint ewig her zu sein. Als würde ich an Dinge aus einem anderen, längst vergangenen Leben denken.

Ich ziehe die Vorhänge ganz auf, lasse das Sonnenlicht herein und setze mich zurück aufs Bett. Es ist bereits halb neun, und ich greife nach dem Handy, um meine Nachrichten bei WhatsApp zu checken. Die erste ist von Alex.

Alex Eichholz
zuletzt online heute um 08:04

Guten Morgen Emma,
Ich wünsche dir einen schönen Tag und denke an dich.
<3

Auch Amelie hat mir geschrieben und will wissen, wie das Treffen mit Jannik war.

Es war schön tippe ich ins Messengerfeld und erhalte auch prompt Antwort.

Telefonieren?

Ich muss schmunzeln. Fast wie früher. Ohne darauf zu antworten, wähle ich Amelies Nummer.

»Hey du. Ausgeschlafen?«, fragt sie mit einem fröhlichen Lachen in der Stimme.

»Na ja, die Nacht war etwas unruhig, aber ich habe eigentlich gut geschlafen.«

Gleich will sie wissen, wie es bei Jannik war. Ganz sicher sogar.

Wie aufs Stichwort fragt sie auch prompt: »Um ehrlich zu sein, ich bin neugierig. Wie war es denn gestern noch bei Jannik?«

Ich muss kichern. »Es ist so schön, dich zu hören, weißt du das?«

»Jetzt erzähl doch schon! Wie war's?«

»Es war sehr entspannt, dabei hatte ich totalen Bammel vor dem Wiedersehen.«

»Was habt ihr gemacht?«

»Geredet, gemeinsam gegessen.«

»War es nicht komisch nach all der Zeit?«

»Erst schon, aber dann wieder nicht. Er war so lieb zu mir.«

»Wow, das ist aber mal ein ganz anderer Jannik.«

»Wie meinst du das?«

»Nun, ich hab doch gesagt, er war etwas merkwürdig. Etwas verschlossen und ... na ja, nicht gerade nett zu Frauen. Obwohl sie ihm zu Füßen lagen.«

Ich denke an seinen Körper, seine Hände und kann mir gut vorstellen, dass er jeden Tag eine andere haben könnte. Zumindest in meiner Fantasie.

»Er hat sich wohl wirklich über deinen Besuch gefreut«, stellt sie fest. »Seht ihr euch denn noch mal wieder?«

Ich räuspere mich. »Ja, er hat mich für heute zum *Blunch* eingeladen.«

»*Blunch*? Das ist ja mit euch wirklich fast wie in alten Zeiten.«

»Kaum zu glauben, oder? Und er macht mir Pfannkuchen.«

Sie lacht auf. »Typisch Jannik, er hat immer alles für dich getan.«

»Ja, typisch Jannik«, murmle ich, und mein Herz schwillt an.

»Dann bleibst du also noch ein paar Tage hier?«

»Ja, ich hatte vor, bis Sonntag zu bleiben.«

»Das ist toll. Dann könnten wir uns ja auch noch mal sehen. Aber jetzt muss ich weitermachen, die Arbeit ruft. Halte mich auf dem Laufenden, okay?«

»Mach ich, bis später.«

Es ist schön, Amelie einfach so anrufen zu können, eine Freundin zu haben. Erst jetzt merke ich, wie sehr mir das in den drei Jahren gefehlt hat. Natürlich hätten wir den Kontakt enger halten können, aber irgendwie wollte ich das nicht wirklich. Ich war diejenige, die damals diese Distanz eingeführt hat, doch dieses *damals* erscheint mir nun ganz weit weg.

Ich brauche jetzt einen klaren Kopf. Eine Dusche wird mich sicherlich beruhigen.

Wenig später stehe ich in einem weichen weißen Bademantel vor dem Spiegel und kämme mir die Haare. Dann wühle ich in der Reisetasche und suche nach etwas Brauchbarem zum Anziehen. Warum habe ich nur so wenig eingepackt?

Währenddessen läuft im Fernsehen irgendwas, das mich nicht interessiert, aber ich brauche ein paar Geräusche um mich herum, um meine Nervosität in den Griff zu bekommen.

Meine Wahl fällt letztlich auf eine weiße Bluse und dunkle Jeansshorts. Braune Keilabsatzschuhe strecken mich ein wenig, und ich betrachte mich zufrieden im Spiegel. Dafür, dass ich nicht viel Kleidung dabei habe, sehe ich ganz in Ordnung aus. So kann ich Jannik unter die Augen treten.

Doch bevor ich mich wieder mit ihm beschäftige, nehme ich das Handy in die Hand und antworte Alex.

Das wünsche ich dir auch.
Küsschen

Ja, es sind nicht viele Worte. Aber solche kleinen Nachrichten haben wir uns in den letzten Jahren oft geschrieben.

Alex ist ein lieber Mann. Kurz denke ich an die vielen Tage, die wir bereits zusammen verbracht haben. An unsere gemeinsamen Abende, an denen wir beim Italiener saßen oder DVDs anschauten. Nichts Besonderes, einfache Dinge, die Spaß machten, und ich war froh, nicht alleine zu sein. Wir konnten uns als Freunde einfach immer aufeinander verlassen.

Wie soll das nun alles weitergehen?

Und wieder einmal erkenne ich: Nur wenn ich alles geklärt habe, kann ich wirklich neu anfangen. Denn nur dann weiß ich, wie es in meinem Leben weitergehen soll.

Jannik oder doch vielleicht Alex? Vergangenheit oder Zukunft?

Welcher Weg ist der richtige?

Auf die Erinnerungen

Gegen halb zehn trete ich voller Vorfreude aus dem Hotel und mache mich auf den Weg Richtung Innenstadt. Ich habe solche Lust auf eine kleine Erkundungstour und genieße die morgendlichen Sonnenstrahlen, die auf meiner Haut prickeln und mich beleben.

Nürnberg empfängt mich mit einem Lächeln. Und ich lächle zurück. Die Stadt hüllt mich ein in ihren vertrauten Duft nach Bratwürsten und Sommer und heißt mich heute so richtig willkommen.

Mit einem Flattern in der Brust spaziere ich zur Lorenzkirche, vor der ein Straßenkünstler Gitarre spielt. Mit der Musik im Ohr atme ich tief ein und träume mich fort.

Ich erinnere mich, wie ich vor Jahren Fotos von den unzähligen Kunstwerken der Stadt geschossen habe. Damals hatte ich die Vision, die Schönheit Nürnbergs einzufangen, eine Geschichte in Bildern zu erzählen. Ich wollte Geheimnisse preisgeben, die Geheimnisse meiner Stadt, auf eine besondere Art und Weise. Das Projekt habe ich nie vollendet.

Ich gehe weiter zum Nordturm der Kirche, auf das Teufelsbrünnlein zu, und sofort macht sich ein Bild, ein winziger Erinnerungsfetzen in meinem Kopf breit.

Jannik und ich.

Wir haben gestritten, weil ich der Meinung war, dass er mal wieder beim Kartenspielen geschummelt hatte, und ich zog ihn wütend hierher vor den Brunnen. Damals waren wir bereits achtzehn und doch noch so albern.

»Dir ist klar, dass dich der Teufel holt, wenn du lügst?«

Ganz verdattert sieht er mich an. »Warum soll mich der Teufel holen?«

»Na ja, das ist der Teufelsbrunnen, und wer schwindelt, der wird gepackt, genau wie der Junge hier. Siehst du ihn?« Ich zeige auf die steinerne Figur des Teufels, der gerade einen kleinen Jungen am Hemdkragen packt.

»Jannik, ich frage dich noch einmal: Hast du beim Kartenspielen geschummelt?«

Verzweifelt blickt er nach oben und mustert den Teufel. »Also gut, ich habe geschummelt. Zufrieden?«

»Zufrieden.« Ich muss kichern. »Du bist echt ein Angsthase …«

Die Erinnerungen sind so real, und ich schmunzle in mich hinein.

Eine Weile stehe ich noch da, dann biege ich in Richtung Hauptmarkt ab, bummle an den kleinen

Läden vorbei und blicke hin und wieder in einen hinein.

Wie einfach sich alles gerade anfühlt. Einfach und doch so unwirklich. Ich hier in Nürnberg, eingeladen zum *Blunch* bei Jannik.

Ich denke an Albrechts Brief und an seine lieben Worte, als ich am Rande der Winklergasse ein kleines Geschäft entdecke und unwillkürlich stoppe. Es sieht noch immer aus wie früher. Hier habe ich oft Fotozubehör gekauft.

In meinem Magen prickelt es.

Ob ich mich mal umsehen soll? Nur mal so? Einfach ein wenig stöbern, einen kleinen Blick riskieren?

Ja, warum nicht?

Ich trete ein und schlendere zwischen den ausgestellten Fotos umher. Sofort fange ich an zu überlegen, was man an ihnen noch hätte besser machen können. Wo hätte es mehr Licht gebraucht? Welche Motive hätte man noch ausdrucksstärker platzieren können?

Ja, ich gebe zu, ich vermisse das Fotografieren. Doch dann besinne ich mich, denn das Gefühl des Vermissens weicht einem plötzlich aufkommenden Schmerz.

Nein, ich kann das nicht mehr. Ich kann keine Fotos mehr machen. Niemals. Es geht einfach nicht. Dieser Teil ist Vergangenheit!

Ich stürze aus dem Laden und atme tief durch.

Um auf andere Gedanken zu kommen, betrete ich ein Seifengeschäft. Es riecht unheimlich gut, die Verkäuferin ist unglaublich nett, und ich durchstöbere zusammen mit ihr die Auswahl. Schnell habe ich das Gefühl vergessen, das mich im Fotogeschäft gepackt hatte. Die Stadt tut ihr Übriges, und während ich das Alte Rathaus passiere und die Sonnenstrahlen auf meiner Haut spüre, fühle ich mich unglaublich gut. Es ist so anders als in Berlin. Nicht besser, sondern einfach anders. Aber das liegt daran, dass ich in dieser Stadt schon so viel erlebt habe. Hier bin ich aufgewachsen, und das prägt einen irgendwie dann doch.

Zehn Minuten später drücke ich die Klingel an Janniks Haus, und er öffnet mir auch gleich. Er trägt dunkelblaue Jeans, die bis unters Knie hochgekrempelt sind, ein enges blaues T-Shirt schmiegt sich um seinen durchtrainierten Oberkörper, und mir bleibt ganz kurz die Luft weg. Hoffentlich bemerkt er nicht, was für eine Wirkung er immer noch auf mich hat.

»Hey.« Seine Lippen formen sich zu einem Lächeln.

Jannik hat wirklich sinnliche Lippen. Die hatte er schon immer, doch gerade jetzt fällt es mir extrem auf. Aber nicht nur das, er hat auch diese fesselnden Augen, in denen man am liebsten versinken würde. Ein bisschen wie Ian Somerhalder. Ihn würde ich wählen, wenn ich Jannik mit einem anderen Mann vergleichen müsste. Sein Blick bringt mein Herz zum Pochen.

»Hey.« Etwas ungeschickt umarmen wir uns, und ich streiche mir verlegen die Haare aus dem Gesicht.

»Ich hoffe, du hast ganz viel Hunger mitgebracht«, sagt Jannik, als wir den Hausflur betreten.

»Und wie! Ich hab Hunger wie ein Bär, ich war schon ein wenig in der Stadt und … ach, es ist herrlich, wieder hier zu sein.«

Jannik nickt. »Ja, das Wetter ist perfekt dafür.«

Der Duft, der durch das Haus wabert, ist unvergleichlich. Ein Duft nach frischem Kaffee, Brötchen und Eiern mit Speck. Ich folge Jannik in die Küche, wo er schon den Tisch hübsch gedeckt hat. Alles, was das Herz begehrt, ist darauf zu finden.

Verblüfft betrachte ich erst den Tisch, dann Jannik. »Das hast du alles für mich gezaubert? Und die Pfannkuchen …« Mein Herz überschlägt sich vor Freude, als ich die leckeren goldbraunen Köstlichkeiten entdecke. »Kein Wunder, dass die Frauen begeistert sind, wenn du immer so auftischst«, rutscht es mir einfach so heraus.

Kurz schmerzt mich der Gedanke. Ich will mir gar nicht vorstellen, dass er einer anderen Frau Frühstück macht.

Jannik und sein tolles Frühstück, das hat er immer gerne gemacht. Für mich. Mein Herz zieht sich zusammen. Es ist lange her, dass ich mich so umsorgt gefühlt habe.

»Setz dich.« Jannik schiebt mir den Stuhl zurecht. »Nun, eigentlich gibt es bei mir sonst kein Frühstück. Nur für dich.«

Was hat er gesagt? Nur für mich?

Ich lächle und nehme Platz. »Das können zwei Leute nie und nimmer alleine aufessen.«

»Na ja, ich habe einfach mal alles besorgt. Kaffee mit viel Milch und ohne Zucker, so wie früher?«

»Ja, so wie früher«, murmle ich.

»Schön zu wissen, dass sich manche Dinge vielleicht doch nicht ändern.« Er gießt mir Kaffee ein und gibt viel Milch dazu. »Und, wie hast du geschlafen?«

»Wirklich gut.«

Kurz denke ich an den Traum. Die Erinnerung, die in der Nacht durch meinen Kopf geschlichen ist. Aber das hier ist real.

»Also greif zu und lass es dir schmecken.«

Das lasse ich mir nicht zweimal sagen, nehme einen Pfannkuchen und bestreiche ihn mit Marmelade. Wie lecker. Dazu trinke ich Kaffee, und wir plaudern ausgelassen.

»Ich war vorhin am Teufelsbrünnlein«, erzähle ich kauend.

»Oh Gott! Jedes Mal hast du mich dort hingeschleift, wenn du glaubtest, ich schummle. Wir waren so albern.« Jannik schüttelt belustigt den Kopf.

»Ich erinnere mich auch noch ganz genau, wie du bis zur Erschöpfung das perfekte Foto von diesem Drachen schießen wolltest, der dort in der Nähe an der Fassade hängt. Du hast nicht aufgegeben, bis du es endlich im Kasten hattest.«

Er lacht, aber meinen Bauch durchfährt ein heftiger Schmerz, und ich werde ganz still.

Jannik greift nach meiner Hand. »Hey, so war das nicht gemeint. Du weißt, was ich damit sagen wollte.«

Ich winke ab. »Schon okay. Du hast recht, so war ich ja auch. Mittlerweile denke ich aber, dass man wohl auch zu viel Perfektion in etwas stecken kann.«

»Nein, so darfst du nicht denken. Ich habe dich immer dafür bewundert, dass du so leidenschaftlich warst. Dass du so aufgegangen bist in der Fotografie und so ein herzlicher, ehrlicher Mensch warst.« Nachdenklich sieht er mich an. »Du fotografierst deswegen nicht mehr, oder?«

Er hat es ausgesprochen.

Mein Mund ist trocken, ich weiß nicht, was ich darauf sagen soll.

»Ist es so?«, fragt er noch einmal.

Ich nicke stumm.

»Was passiert ist, das war …« Er ringt nach Worten. »Es ist unbegreiflich, auch heute noch, aber es war nicht deine Schuld. Deswegen darfst du deinen Traum nicht einfach so wegwerfen. Bitte.«

Tränen sammeln sich in meinen Augen, aber ich konzentriere mich darauf, sie wegzublinzeln. Ich will die Traurigkeit nicht zulassen, aber das ist nicht wirklich einfach.

»Emma, deine Fotos sind wundervoll, das ist Kunst, was du geschaffen hast. Es wäre wahnsinnig schade, wenn du nie wieder das tust, was du so gerne mochtest, was dich so erfüllt hat. Weil du dich selbst so sehr quälst. Muss ich dich wirklich daran erinnern, wie sehr das Fotografieren ein Teil von dir war?«

»Das hast du damals auch gesagt, immer wenn ich gezweifelt habe. Weißt du noch, der Fotowettbewerb? Ohne dich hätte ich niemals mitgemacht.«

Er lächelt. »Ja, ich weiß.« Genau in dieser Sekunde springt mein Herz aus dem Takt. »Komm mit, ich zeige dir jetzt mal was. Mit viel Glück schaffen wir es vielleicht, dass du dich dann selbst wieder daran erinnerst.«

Er steht auf, sieht mich ernst an und greift einfach so nach meinen Händen. Jannik, der Mann, an den ich mich immer anlehnen konnte, der mich aufgefangen hat, der mich halten wollte, den ich aber vor drei Jahren weggestoßen habe. Wie ich seine Berührungen genieße, wie sehr ich sie vermisst habe. Mein Herz wird davon angeschubst, wie ein Kreisel, der viel zu lange nicht bewegt wurde, obwohl es seine Bestimmung ist, sich zu drehen.

Mit einem Ruck zieht er mich von meinem Stuhl hoch, und wir sind uns plötzlich nah. Viel zu nah.

»Was ich dir zeigen will, ist oben.« Er deutet zur Treppe.

Oben? Dort oben? In dem Raum, wo wir zum ersten Mal …

Meine Gedanken verselbständigen sich, aber ich versuche, mir nicht anmerken zu lassen, woran ich gerade denke.

»Nach dir.« Er tritt zur Seite und lässt mich an sich vorbeigehen.

Nervös nehme ich Stufe für Stufe, und als ich oben ankomme, traue ich meinen Augen kaum. Ich bin überwältigt, mehr, als man mit Worten ausdrücken kann. Denn in dem Raum warten nicht nur wunderschöne hölzerne Sternlampen und geschnitzte Kommoden auf mich, nein, hier hängen auch unglaublich viele meiner Fotos. Sie zeigen die Geschichte eines vergangenen Lebens und tragen mich wieder nach Hause. Es liegt wahrlich ein ganz besonderer Zauber in der Luft.

Ich lasse meine Augen die Wände entlangwandern. Die Fotos haben unterschiedliche Rahmen aus Holz, in die detailfeinste Schnitzereien eingearbeitet sind. Sterne. Wie wunderhübsch.

»Meine Bilder? Du hast sie alle aufgehoben?« Mein Herz klopft schnell, wie jeder einzelne Hammerschlag, den Jannik hier verbaut hat.

Kaum zu glauben, was er aus diesem alten, knarzenden Raum gemacht hat. Er ist voll mit eingefangenen Momenten aus einer anderen Zeit. Augenblicke voller Glück, Erlebnisse, Herzmomente.

Ein Foto zeigt unsere Füße im Sand, die Zehen leicht darin vergraben, ein anderes zwei Hände, die ineinander verhakt sind. Der Kran auf dem nächsten Bild sieht aus, als würde er den Mond festhalten, der dahinter am Himmel steht.

Und dann entdecke ich es, dieses ganz spezielle Foto. Ein Raum voller Sterne, so haben wir die besonderen Momente immer genannt. Kein Himmel ohne Sterne … Ich habe das Bild in der Nacht geschossen, als wir uns hier geliebt haben, als er mir die Sterne vom Himmel geholt hat. In unserer Nacht.

Schauder durchschütteln meinen Körper, packen mich und wirbeln mich herum. Ich gehe auf das Foto zu und betrachte es ganz genau, streiche vorsichtig über den Sternenrahmen.

»Natürlich habe ich sie alle aufgehoben«, höre ich Jannik hinter mir sagen. »Sie haben sich ihren Platz mehr als verdient.«

Ich kann nicht aufhören, die Bilder anzusehen, streife vorbei an Sonnenuntergängen in dem schönsten Farbenspiel, das die Natur malen kann, betrachte eine Wolke, die sich in einem Regenbogen versteckt. Die Skyline von Nürnberg bei Nacht. Ein

Liebespaar, das sich im Regen küsst. Der sternenklare Himmel. Ein Baum, der so große Wurzeln schlägt, dass ich damals beim Fotografieren überlegt habe, welche Geschichte er wohl zu erzählen hat. Ein Stein, der aussieht wie ein Herz. Ich erinnere mich noch genau an den Abend, als wir ihn gefunden und zusammen im Bürgermeistergarten, einem geheimen Liebesgarten in Nürnberg, versteckt haben. Und dann noch Pegasus, das blaue Fahrrad, auf dem ich gestern mit Jannik gefahren bin.

Mein Herz pocht unaufhaltsam, und ich kann nicht erklären, was gerade mit mir passiert. Aber es ist eine unfassbare Energie, die durch meinen Körper fließt, die mich greift. Bilderfluten stürzen auf mich ein, und mir wird schwindelig.

»Ich kann das gar nicht glauben«, entfährt es mir, weil ich es genau so fühle.

Ich stehe da, betrachte die Fotos, jede Erinnerung und spüre zum ersten Mal, dass kein Augenblick jemals verloren gehen kann. Denn sie sind alle hier auf den Bildern festgehalten.

Und diese Lampen.

»Die Lampen sind wunderschön«, flüstere ich. »Ich habe sie schon mal in Berlin gesehen, bei einer Ausstellung und … ich weiß nicht, aber da musste ich plötzlich an dich denken.«

Janniks Augen leuchten. »Ja, sie sind von so einem neuen Künstler, und ich finde, sie passen perfekt in diesen Raum.«

»Und die Fotos. Dass du sie wirklich alle hier aufgehängt hast.«

»Wie schon gesagt, sie haben ihren Platz verdient. Du hast so viel Herz hineingelegt. Und außerdem schöpfe ich Kraft daraus, wenn ich sie mir ansehe. Dann ist es, als würde ich auf Zeitreise gehen. All die Momente werden lebendig. Ich kann mich daran erinnern, was du mir darüber erzählt hast, über jede einzelne Aufnahme.«

»Meinst du das wirklich ernst?«

Er nickt und fixiert mich mit seinem Blick. »Ja. Und deswegen«, er zögert kurz, »deswegen solltest du wieder anfangen zu fotografieren.«

»Das ist so leicht gesagt. Aber ich kann es nicht. An diesem einen Tag hat sich alles geändert. Ich hatte immer so viel Freude, etwas zu erschaffen, habe fotografiert, wenn ich traurig war. Aber dieser Schmerz – dagegen hilft nur das Vergessen.«

»Damit ist aber niemandem geholfen.«

Krampfhaft versuche ich, dem Thema ein Ende zu setzen. »Ich weiß aber gar nicht, ob ich es noch will.«

»Denk einfach mal darüber nach. Du hast das Fotografieren immer geliebt. Es hat immer zu dir gehört. Das warst du, durch und durch. Jedes Motiv hatte deinen Stempel.«

Seine Worte prasseln so warm auf mich ein, so eindringlich, dass ich am ganzen Körper spüre, dass er sie ernst meint. Jannik hat immer an mich geglaubt. Selbst jetzt noch, nach allem, was passiert ist, nach all den Jahren. Obwohl ich ihn damals im Stich gelassen habe.

Genau in diesem Moment fällt ein kleines Stückchen des schweren Felsens, der seit Jahren auf meinem Herzen hängt, von mir ab.

Er kommt ganz nah zu mir her und streicht mir sanft über die Wange, so wie er es immer gemacht hat. Noch immer fühlt es sich gut an, und ich komme mir kurz wieder vor wie das Mädchen von damals.

Doch der Moment hält nicht lange an, denn dann klingelt Janniks Handy, und er zieht es aus der Hosentasche. Neugierig versuche ich, einen Blick auf das Display zu erhaschen, kann jedoch nichts erkennen.

»Da muss ich rangehen«, sagt er. »Ist das okay?«

»Ja, klar.«

»Komm dann einfach runter, wenn du hier fertig bist.« Er verlässt den Raum, und ich höre ihn draußen vor der Tür sprechen. »Hey Maxi, schön, dich zu hören.«

Maxi? Eine Frau?

Warum sticht es gerade in meiner Brust?

Aber ich versuche, nicht daran zu denken. Es geht mich doch auch nichts an.

Eine Weile betrachte ich die Fotos noch, dann gehe ich die Treppe wieder nach unten und finde Jannik in der Küche. Er hat das Telefon noch am Ohr, und ich setze mich leise an den Tisch.

»Wunderbar, ich freue mich auch. Dann bis gleich«, sagt er, und ich zucke zusammen.

Bis gleich? Er trifft sich jetzt gleich mit Maxi?

Er legt auf und sieht sich verlegen im Raum um. »Tut mir leid, Emma, ich weiß, wir wollten noch was zusammen unternehmen, und ich hätte dir auch gerne etwas gezeigt, aber das klappt jetzt leider nicht. Wir müssen das auf später verlegen. Heute Abend? Dafür wird es umso schöner, versprochen.«

»Kein Problem, ich will dir sowieso nicht zur Last fallen. Du hast ja gesagt, dass du … na ja, dass du gefragt bist«, antworte ich rasch.

Ich bin eifersüchtig. Total.

Er grinst und tritt einen Schritt auf mich zu. »Du fällst mir nicht zur Last. Im Gegenteil, ich bin froh, dass du hier bist. Ich hole dich gegen acht am Hotel ab, okay?«

»Okay.«

Gemeinsam verlassen wir das Haus. Jannik geht in Richtung Hauptmarkt, und ich mache mich auf zum Tiergärtnertorplatz, wo ich mich mit Amelie treffen werde. Per WhatsApp habe ich sie gefragt, ob wir uns sehen wollen, und sie hat glücklicherweise heute Nachmittag frei und gleich Ja gesagt.

Als ich die steile Burgstraße nach oben gehe und den Tiergärtnertorplatz erreiche, spüre ich wieder die Erinnerungen. Sie sind greifbar, ganz nah und flattern durch meine Gedanken. Ich betrachte die etwas hässliche Dürerhasenskulptur, die dort auf dem Platz steht, und in meinem Kopf wirbeln Bilder auf. Hier ist vor Jahren das Foto entstanden, das ich auch bei Amelie an der Wand entdeckt habe. Das Bild, auf dem Jannik und ich so glücklich aussehen.

»Oh mein Gott, Jannik, was tust du da?«

»Das, was ich schon die ganze Zeit tun wollte.«

Mein Herz klopft wild, setzt beinahe aus.

»Emma, ich liebe dich, seit wir fünfzehn waren, und ich verspreche, dich zu lieben, bis wir alt und grau sind. Ich liebe dich, obwohl du der größte Sturkopf bist, den ich kenne, ich liebe deine Art zu lächeln und deine kleinen Sommersprossen auf der Nase. Und dass du verrückte Sachen liebst. Hier und jetzt vor all diesen Leuten will ich dich fragen: Willst du meine Frau werden?«

»Lass mich mal überlegen. Du bist der größte Morgenmuffel der Welt, deine Kitzelattacken machen mich wahnsinnig – aber du machst die besten Pfannkuchen.«

Er beginnt zu grinsen.

»Ja! Jaaaaa! Natürlich will ich dich heiraten, Jannik. Wen, wenn nicht dich?«

Unter dem Applaus der Menschen um uns herum falle ich in seine Arme.

»Hey!« Amelies Stimme reißt mich aus meinen Gedanken zurück ins Hier und Jetzt.

Ich betrachte noch kurz den kleinen Stern, den Jannik und ich an diesem Abend heimlich an die Skulptur gemalt haben. Es ist ewig her, und doch ist er immer noch da.

»Hier hat er dir den Heiratsantrag gemacht«, meint Amelie nachdenklich.

»Ja.« Ich atme tief durch. »Das Ganze kommt mir vor, als wäre es in einer anderen Zeit geschehen. Aber entschuldige, ich hab dich noch gar nicht richtig begrüßt.« Ich schlinge die Arme um sie und drücke ihr einen Kuss auf die Wange. »Schön, dass du Zeit hast.«

»Natürlich hab ich Zeit, wenn du schon mal hier bist. Wer weiß, wann wir uns wiedersehen.« So wie sie es ausspricht, hört es sich traurig an. »Wollen wir was trinken? Und dabei erzählst du mir ganz genau, wie das Treffen mit Jannik war.«

»Cola?«

»Cola!«

Kichernd holen wir uns im Café Wanderer die Getränke, setzen uns nach draußen und genießen die Sonnenstrahlen, die uns ins Gesicht scheinen.

»Er will dir also heute Abend etwas zeigen?«, fragt Amelie.

»Ja, das hat er gesagt. Allerdings weiß ich nicht, was es ist.«

»Aber du weißt schon, was heute Abend in der Stadt los ist, oder?«

»Nein. Was denn?«

»Na, die Blaue Nacht.« Amelie nimmt einen Schluck von ihrer Cola.

»Was? Heute?«

Amelie lächelt.

»Aber das ist ja … In der Blauen Nacht haben wir uns verlobt.«

Jannik und ich haben die Blaue Nacht immer sehr geliebt. Weil Nürnberg sich in dieser einen Nacht in eine Traumstadt verwandelt mit einer Vielzahl von Musik-, Tanz- und Theaterdarbietungen, Performances und Lichtinstallationen.

Dass ich genau jetzt wieder hier in der Stadt bin. Zufall? Schicksal?

Ungläubig schüttle ich den Kopf. »Das ist alles so … Ich kann es gar nicht fassen. Aber es ist schön, hier zu sein, ich habe euch vermisst und die Stadt auch.«

»Du hast mir auch gefehlt«, sagt Amelie und schluckt ein paarmal.

»Was denkst du, was Jannik heute Abend vorhat, was er mir zeigen will?«

»Du stellst Fragen. Keine Ahnung, ich weiß nur, dass er jedes Jahr irgendetwas ausstellt. Zusammen mit Maxi.«

Maxi. Wieder dieser Name.

»Ist das seine … also, seine Freundin?«

Amelie überhört meine Frage, sondern redet einfach weiter. »Frag mich nicht, was es dieses Jahr ist. Lass dich einfach überraschen.«

»Die größte Überraschung für mich war das Haus. Er hat es wirklich renoviert.«

»Ich weiß, es ist wunderschön geworden. Aber es hat ihn auch viel Kraft gekostet.« Sie blickt zu Boden.

»Jetzt bitte ganz ehrlich, Amelie. Was ist passiert, als ich weg war? Warum wolltest du erst nicht, dass ich zu ihm gehe?«

»Nachdem du gegangen warst, war er nicht mehr derselbe. Er hat nur noch gearbeitet wie ein Verrückter, hat gesagt, dass er dieses Haus renovieren und euren Traum wahr machen muss. Dass es wichtig ist, weil er versprochen hat, dir die Sterne vom Himmel zu holen, und wenn es auch noch so dunkel ist.«

»Das hat er gesagt?«

»Er hat jeden Tag gehofft, dass du wiederkommst. Und jetzt bist du hier.«

»Ja, ich bin hier«, murmele ich vor mich hin. »Schon merkwürdig, wie das Leben so spielt, oder? Es geht so einiges schief.«

Sie streicht mir sacht über den Arm. »Aber zum Glück nicht alles. Manches bleibt. So wie die Erinnerungen an diesen Hasen.«

»Auf die Erinnerungen!« Wir heben unsere Gläser und stoßen an.

Blaue Nacht

Es ist halb acht, als ich aus dem Hotel trete. Jannik steht schon da und wartet auf mich. Er trägt eine leichte braune Jacke, ein graues Shirt und Jeans.

Als er mich entdeckt, breitet sich ein Lächeln in seinem Gesicht aus. Er kommt auf mich zu, gibt mir ein sanftes Küsschen auf die Wange, und sofort empfinde ich eine seltsame Erregung.

Es ist anders als heute Mittag, anders als gestern. Eine frische Aufregung. Nicht nur bloße Erinnerungen, sondern etwas, das ganz neu in mir wächst.

Seine Lippen auf meiner Haut zu spüren, lässt einen kleinen Schauer durch meinen Körper wandern. Verlegen spiele ich mit dem Riemen meiner Handtasche.

»Hallo«, sage ich nervös.

»Hallo.« Seine Augen strahlen. Dann zieht er etwas hinter dem Rücken hervor. »Tut mir leid, dass ich heute Mittag wegmusste, aber dafür habe ich etwas für dich. Ich hoffe, ich kann dir damit eine Freude machen.«

Er hält mir eine Tasche hin, und ich erkenne sie sofort. Das braune Leder, die Einkerbungen, die Blumen.

»Meine …« Mir bleiben die Worte im Mund stecken.

»Deine Kamera, ja. Aufgeladen und startbereit, um neue Momente einzufangen.«

Kurz stehen wir einfach nur da und sehen uns an.

»Danke, das ist wirklich lieb von dir. Aber du weißt doch, ich …«

Ohne Vorwarnung tritt er noch einen Schritt näher auf mich zu und legt sanft die Hand auf meine Schulter. »Sie gehört dir. Ich will nur, dass du sie hast.«

Er legt die Tasche in meine Hand. Dieses Gefühl, das in diesem Moment durch mich hindurchgeht, kann ich nicht wirklich beschreiben. Es ist eine ruckartige Erleichterung, als hätte man etwas, das man ewig verloren geglaubt hat, ganz unerwartet wiedergefunden. Ja, so fühlt es sich an.

»Danke«, sage ich nur. Ob er in meinen Augen lesen kann, wie viel mir dieses Geschenk bedeutet? »Ich … ich bringe sie eben noch auf mein Zimmer und …«

Jannik unterbricht mich. »Nimm sie doch einfach mit, und wenn sie stört, dann trage ich sie dir auch. Aber wer weiß, vielleicht bekommst du ja doch noch Lust, ein paar Fotos zu schießen.«

»Du gibst nicht auf, oder?«

»Habe ich das jemals getan?« Verstohlen zwinkert er mir zu.

Schließlich gebe ich nach. »Also gut, warum nicht? Die Kamera stört ja eigentlich nicht.« Sein aufmunternder Blick tut mir gut. »Du hast mir nicht gesagt, dass heute Blaue Nacht ist.«

»Das gehört zu meiner Überraschung.«

»Okay, ich bin gespannt. Was willst du mir denn zeigen?«

»Geduld gehörte noch nie zu deiner Stärke.« Er grinst, und ich boxe ihn in die Seite. Plötzlich fühlt sich alles so leicht an, als wäre ich nie wirklich weg gewesen.

»Wir schauen uns jetzt erst mal die Stadt an«, schlägt er vor. »Denn für das, was ich dir zeigen will, sollte es dunkler sein.«

Jetzt bin ich noch neugieriger geworden. »Und wo befindet sich das, was du mir zeigen willst?«

»Aus mir bekommst du nichts raus, Emma.«

»Einen winzig kleinen Hinweis, bitte!«

»Nein, auch keinen kleinen.« Er verdreht die Augen. »Es geht um etwas, das du vor Jahren zu mir gesagt hast. Aber lass dich einfach überraschen.«

»Das war jetzt kein besonders guter Hinweis«, bemerke ich, und er lacht auf.

»Kann sein. Aber sonst ist es ja auch keine Überraschung mehr.«

Wir setzen uns in Bewegung, und ich spüre den leichten Wind auf meinem Gesicht. Ich weiß nicht, ob Jannik es bemerkt, aber ich bin wahnsinnig aufgeregt. So aufgeregt, dass es in meinem Bauch kribbelt.

Nach einer Weile bleiben wir am Sebalder Platz stehen, Jannik zeigt mir voller Begeisterung die Lichterspiele und erzählt mir, dass *Sehnsucht* das Motto der diesjährigen Blauen Nacht ist. Ich hänge an seinen Lippen, lasse mich von ihm mitreißen, genau wie damals, als wir uns in der Blauen Nacht verlobt haben.

Ganz plötzlich bin ich wieder dreiundzwanzig, und ich genieße es, würde am liebsten die Zeit zurückdrehen. Ja, das würde ich wirklich gerne tun.

Ich betrachte ihn, wie er mir voller Begeisterung die Lichtinstallationen erklärt, wie er auflebt, und mir entgehen auch nicht die Muskeln, die sich an seinen Armen abzeichnen. Er ist ein großartiger Mann, so voller Leben und positiver Energie. Ein Künstler. Wenn er sich bewegt, wirkt alles so leicht und echt, nicht gestellt. Er ist einfach, wie er ist. Und er zeigt das auch.

»Tut mir leid, ich vergesse mich ganz.«

Ich zucke zusammen, als seine Stimme mich zurück aus den flüchtigen Gedanken holt.

Ich schüttle den Kopf. »Sprich ruhig weiter, ich finde es schön, wenn du so begeistert bist«, antworte ich rasch.

Er nickt und zeigt erneut auf die Lichterspiele. Sie verbreiten Wärme, und auch ich kann sie spüren, während ich ihn ansehe und ihm zuhöre. Es ist eine warme Gefühlsmischung, die mich umgibt.

Jannik, die Stadt und ich.

Nürnberg mal wieder in Blau zu erleben, zu sehen, wie die Stadt sich an diesem einen Abend verwandelt und von ihrer schönsten Seite zeigt, so voller Facettenreichtum, das ist ein unbeschreibliches Erlebnis. Wenn eine Stadt zum Gefühl wird, zur Sehnsucht, zur Freiheit - oder zur Liebe. Genau das war damals der Grundgedanke der Blauen Nacht, in der wir uns verlobt haben.

Wir gehen weiter, betrachten die verschiedenen Installationen und Kunstwerke. Die Zeit vergeht, und es wird immer dunkler. Die Nacht kehrt ein. Nun wirkt alles noch viel faszinierender, noch magischer, weil es überall leuchtet und die Kunstwerke noch besser zur Geltung kommen.

Am Hauptmarkt spazieren wir durch einen Wald aus leuchtenden Plastikbäumen, trinken Wein, den wir uns an einem kleinen Stand gekauft haben, und ich vergesse, wer ich war, dass ich jemals fort war. Ja, ganz kurz gelingt es mir wirklich.

»Es ist so schön, hier zu sein, in der Blauen Nacht«, sage ich nachdenklich. »Schon als wir das erste Mal hier waren, war ich begeistert.«

Er nickt.

»Weißt du, das erinnert mich an so vieles. An so tolle Momente, die wir hatten. Wir hatten natürlich auch mal Streit, aber wenn ich jetzt daran denke, kommt mir das so banal vor, so unbedeutend. Man vergisst zu sehr das Glück, das man hat.«

Die Atmosphäre ist schuld daran, dass diese Worte über meine Lippen kommen. Vielleicht sind es auch die Erinnerungen, die durch meinen Kopf wandern, die in den letzten Tagen so präsent geworden sind. Oder es ist der Wein, der meine Zunge lockert. Und nun tut es mir fast schon wieder leid, dass ich das gerade gesagt habe.

Doch Jannik lächelt. Sein warmes Jannik-Lächeln. »Ja, da hast du recht. Ich denke auch daran, wie viel Glück wir hatten. Aber auch ein Streit gehört ab und an dazu. All diese Momente und Augenblicke machen uns zu dem, was wir sind. Wie ein Weg aus vielen Bildern, wie ein Himmel voller Sterne.«

Mit so einer Antwort habe ich nicht gerechnet, und ganz plötzlich spült es mir die Tränen in die Augen. Doch ich will nicht, dass er es bemerkt, also blinzle ich sie rasch weg und starre in mein Weinglas. Er hat es immer geschafft, mich zu berühren. Und diese lieben Worte. Erst heute Mittag über meine Fotos und jetzt schon wieder. Ich weiß gar nicht, was ich sagen soll.

»Verstehst du, was ich meine? Oder klingt das zu kitschig?«

Ich sehe zu ihm auf. »Ja, ich weiß, was du meinst.« Meine Stimme ist leise, fast nur noch ein Flüstern. »Danke. Ich kann nur Danke sagen. Das ist wirklich lieb von dir. Wie du die Worte auf den Punkt triffst. Manchmal habe ich das Gefühl, dass du gar nicht echt bist. Du bist zu gut, um wahr zu sein.«

Er lacht.

Dann folgt eine angenehme Stille. Um uns herum funkelt die Stadt, und ich denke daran, wie sehr ich mich all die Jahre davor gefürchtet habe, zurückzukehren. Wie schlecht ich oft geschlafen habe und wie gereizt ich teilweise war. Selbst im Zug hatte ich noch Angst und wäre am liebsten wieder umgekehrt. Ich habe mir in den verschiedensten Farben ausgemalt, wie Jannik wohl reagieren wird.

Und jetzt?

Die Anspannung in mir ist weg. Verflogen. Weil Jannik es schafft, einfach so mein Herz zu beflügeln. Weil er mir das Gefühl gibt, wichtig zu sein. Die Angst hat sich einfach hier im blauen Licht aufgelöst.

Es war die richtige Entscheidung, herzukommen. Zumindest in diesem Augenblick fühlt es sich richtig an, und ich bin glücklich und froh, dass ich da bin. Froh darüber, dass Jannik mir nichts nachträgt, im Gegenteil, dass er mich auffängt.

Ob ich wirklich wieder anfangen sollte zu fotografieren? Es einfach mal versuchen?

»Würdest du eben mal die Augen schließen?« Janniks Stimme dringt in meinen Kopf.

Inzwischen sind wir ein Stück weitergegangen, ohne dass ich es bemerkt habe. Zu sehr war ich in meine Gedanken vertieft.

»Die Augen schließen?«

»Ja bitte, sonst verdirbt es dir die Überraschung.«

Mein Herz macht einen Satz, holpert in meinem Brustkorb herum. Was passiert da nur mit mir?

»Bereit?« Seine Augen funkeln. Was er wohl vorhat? »Und nicht schummeln!«

»Nein, versprochen.«

Aufgeregt schließe ich die Augen, er nimmt meine Hand, und ich spüre seine warme Haut an meiner. Als müsste es so sein, als wären unsere Hände füreinander gemacht.

Ich lasse mich von ihm führen, höre Geräusche, Stimmengewirr, leises Plätschern, hauchzarte Musik und ein gigantisches Klopfen - wie das Klopfen eines Herzens.

»Also gut, jetzt kannst du die Augen wieder aufmachen.«

Wohin ich gehen werde

Als ich die Augen öffne, befinden wir uns im Innenhof einer großen Ruine, und überall funkeln Sterne. Sie kommen mir sofort bekannt vor, es sind die kleinen hölzernen Sternlaternen, die ich schon bei der Ausstellungseröffnung in Berlin und bei Jannik zu Hause gesehen habe. Aber hier, inmitten der blauen Stadt, dieser wundervollen Lichtinstallation, wirken sie noch viel faszinierender.

An der Wand der Ruine pocht ein Herz, und Sterne fliegen darum herum. Eine Traube von Menschen umringt die Touchpanels, die vor der Wand aufgebaut sind und fleißig benutzt werden.

Fasziniert betrachte ich das Schauspiel, die weißen Sterne, die auf der Wand umherschweben. *Butter* steht in einem von ihnen, *Sommer* in einem anderen. Auch lese ich die Worte *Freiheit*, *Schokolade*, *Liebe* und *Träume*. Ich kann meine Augen kaum davon abwenden. Es ist atemberaubend schön, und in mir breitet sich eine alles umarmende Wärme aus.

»Was ist das?«

»Sehnsüchte«, antwortet Jannik nur.

Sehnsucht. Das Motto dieser Blauen Nacht.

Eine Weile stehen wir schweigend da und sehen dem Treiben der Sterne zu. Immer wieder kommen neue hinzu.

Vorsichtig streicht Jannik mir über den Arm. »Weißt du, die Idee war, dass die Menschen in dieser besonderen Nacht ihre Sehnsüchte in die Touchpanels eingeben und schweben lassen können.«

Ich betrachte das kleine Wort *Sommer*, das in seinem Stern über die Wand schwebt.

»Gleich wird es verschwinden«, flüstert er, und tatsächlich gleitet es Sekunden später in das schlagende Herz in der Mitte der Projektion, das unaufhaltsam pocht. Erst glaube ich, dass das Wort nun endgültig weg ist, doch dann wird es auf der anderen Seite des Herzens wiedergeboren. Der Stern ist jetzt zu einem Vogel geworden, der sich einem großen Schwarm der Sehnsüchte anschließt und gemeinsam mit ihnen in den Himmel fliegt.

»Jeder kann hier seine Sehnsüchte fliegen lassen und in den Himmel schicken.«

Ich versuche, den Kloß in meinem Hals hinunterzuschlucken, und deute auf die vielen Sternlaternen, die überall um uns herum leuchten. »Ich muss sie mir unbedingt mal genauer ansehen«, sage ich und wende mich einem der Stände zu, an denen man die Laternen kaufen kann. »Sie sind wirklich zauberhaft. Weißt du, von wem sie sind?«

»Na ja, kann man so sagen.« Jannik lächelt irgendwie geheimnisvoll, und mit diesem Lächeln erwärmt er endgültig mein Herz.

Ich greife nach einem Flyer, der am Stand ausliegt. Kaum habe ich zu lesen begonnen, wird mir schlecht, und alles um mich herum beginnt sich zu drehen.

Lass dir nichts anmerken, Emma, und atme. Versuche es wenigstens.

Doch die Worte aus dem Flyer, die sich in meine Augen brennen, bekomme ich nicht aus dem Kopf.

Das junge Label »Stella Design« setzt Trends in der Möbelbranche. Jannik Lichter und sein Partner Maximilian Beutner nutzen natürliche Materialien wie Holzelemente und Leder und fertigen daraus besondere, hochwertige Stücke. Jedes Einzelne von ihnen erzählt eine Geschichte. »Aus Alt mach Neu« ist ihre Devise. Besonders angesagt sind ihre Leuchten in Sternform, die unter dem Slogan »Kein Himmel ohne Sterne« verkauft werden.
J. Lichter: »Die Leuchten liegen mir besonders am Herzen, denn sie symbolisieren den Nachthimmel, der von strahlenden Sternen übersät ist. Sie stehen für die eine große Liebe und sind für all diejenigen, die den Weg nach Hause verloren haben, denen die Sicht fehlt. Mit den Lampen möchte ich die Sterne vom Himmel holen, denn Sterne sind wie Laternen auf einem lan-

gen, dunklen Weg. Sie machen ihn nicht kürzer, aber ein wenig heller.«

Maxi ist also Janniks Geschäftspartner, und das alles hier ist von den beiden? Oh mein Gott.

»Sie sind von dir?« Entgeistert starre ich Jannik an. Seine Hand stiehlt sich in meine, und ich flüstere: »Die Sterne vom Himmel holen. Kein Himmel ohne Sterne …«

Nun schaffe ich es endgültig nicht mehr, die Tränen aufzuhalten, denn genau hier in diesem Moment begreife ich, was die Lampen bedeuten.

Jannik lässt die Sterne nicht nur für mich leuchten, sondern auch für Stella. Für unsere Stella.

Mein Magen dreht sich. Ich muss hier raus, weg von hier.

»Ist alles in Ordnung?«, höre ich seine Stimme wie durch dichten Nebel.

»Es tut mir leid, aber ich muss … ich muss …« Mehr kommt nicht über meine Lippen. Ich drehe mich einfach um, schiebe mich durch die Menge und fange an zu rennen.

»Emma, warte!« Jannik folgt mir, aber ich kann nicht stehen bleiben, will nicht stehen bleiben. Ich laufe, so weit und so schnell ich kann, bis ich keinen Atem mehr habe. Erst dann halte ich inne, sehe mich um und lasse meinen Oberkörper nach vorne fallen. Nach einer Weile gelingt es mir endlich, das Seitenstechen abzustellen.

Meine Gedanken fliegen, es zieht mich zurück, Jahre zurück. Alles, was ich verdrängt hatte, kommt wieder, und dieses Mal lasse ich es zu.

***

Fertig angezogen. Ich trage eine weiße, lockere Bluse, ein graues Bolerojäckchen und dunkle Jeans.

»Jetzt frühstücke doch noch schnell was, Emma. Komm, wenigstens ein Brot.«

»Mach dir keine Gedanken, ich hole mir unterwegs was. Unsere kleine Maus schläft so schön, das will ich ausnützen.« Verliebt blicke ich in den Kinderwagen, in den wir sie eben gelegt haben. »Ich bin auch nicht lange weg, nur dieses eine Foto, ich muss es aufnehmen. Die Sonne steht gerade perfekt dafür.«

Ich hänge die Fototasche um, gehe auf Jannik zu und drücke ihm einen Kuss auf die Lippen. »Nur noch dieses eine Bild, versprochen.«

»Es ist okay, hab Spaß. Aber passt auf euch auf, meine Mädels.«

»Das machen wir, keine Sorge. Der kleine Schreihals und ich sind bald wieder da.«

Er lacht, ein warmes Lachen, das ich bis in die Zehenspitzen fühle, das die Schmetterlinge in meinem Bauch aufwirbelt. »Ich liebe euch beide«, flüstert er, zieht mich noch mal zu sich heran, und ich schmiege mein Gesicht in seine Halsbeuge. »Wenn ihr später wieder da seid, hab ich übrigens eine Überraschung für euch.«

»Eine Überraschung?«

»Ja. Aber mehr wird nicht verraten.«

Aufgeregt reibe ich mir die Hände, kann es kaum erwarten. Aber Vorfreude ist nun mal die schönste Freude.

Ich liebe Jannik, er tut so viel für mich, und ich küsse ihn ein letztes Mal, bevor ich mich mit Stella im Kinderwagen in Bewegung setze.

Ich denke daran, wie meine Eltern uns letzte Woche besucht und sich wahnsinnig aufgeregt haben, weil wir in dieser kleinen Wohnung hausen. Das seien keine Zustände für ein kleines Kind, für ihre Enkelin. Ich würde sowieso mein Leben wegwerfen, weil ich mich zu jung gebunden hätte. Sie haben keine Ahnung.

Doch ich wische die Gedanken beiseite und mache mich auf den Weg.

Die Sonne scheint, als ich nach draußen trete, und sofort verspüre ich ein Kribbeln. Dieses Foto, ich will es heute aufnehmen. Das Licht ist perfekt. Und ich bin glücklich, Stella dabei zu haben. Sie ist so ein liebes Baby und unser ganzer Stolz.

Mit dem Kinderwagen gehe ich die Straße entlang bis zur Ecke Bucherstraße. Auf der gegenüberliegenden Seite ist meine Lieblingsbäckerei.

»Dann holt sich Mami noch eben was zu essen, bevor wir uns ans Werk machen«, sage ich und denke an das leckere Fladenbrot, das ich so liebe und das ich schon während der Schwangerschaft gerne gegessen habe. In den ersten Wochen war es das Einzige, das ich bei mir

behalten konnte, von dem mir nicht schlecht wurde. Jannik hat alles probiert, damit ich mich gesünder ernähre, hat Gemüse gekocht, Obst geschält, aber alles fand den direkten Weg wieder nach draußen. Nur das Fladenbrot nicht.

Obwohl, das Licht ist gerade wirklich perfekt. Vielleicht sollte ich mir das Fladenbrot später holen und erst das Foto machen, zumal Stella immer noch so friedlich schläft.

Als die Ampel auf Grün schaltet, gehe ich los, halte dann aber mitten auf der Straße an, weil die Schnullerkette hinuntergefallen ist. Wahrscheinlich hatte ich sie nicht richtig befestigt. Ich bücke mich, um sie aufzuheben, und dann passiert es, innerhalb eines Sekundenbruchteils.

Schreie, Schmerzen.

Und plötzlich ist nichts mehr, wie es mal war.

***

Zitternd stehe ich da, fortgerissen aus der Erinnerung, mein Herz schlägt viel zu schnell. Atme, Emma, atme.

Um mich ein wenig zu beruhigen, blicke ich in den Himmel – und genau in diesem Moment weiß ich, wohin ich gehen werde.

Tanzende Sterne

Auf dem Westfriedhof ist es vollkommen still, als ich mir meinen Weg durch die Reihen der vielen Gräber bahne. Eigentlich dürfte ich so spät nicht hier sein, aber ich kann nicht bis morgen warten. Die Sterne leuchten mir den Weg.

Auch wenn es drei Jahre her ist, weiß ich noch genau, wo sie liegt. Doch selbst wenn ich es nicht wüsste, ich würde es auf Anhieb erkennen, denn zwei leuchtende Sternlampen zieren das Grab, und ich gehe langsam darauf zu. Der Anblick lässt mein Herz aus dem Takt purzeln, und ein überwältigendes Gefühl der Trauer überkommt mich.

Nur wenige Sekunden später stehe ich da und betrachte das Grab, den kleinen Schmetterling, den Engel und die drei Sterne aus Stein, die wir gemeinsam ausgesucht haben. Die Sternlaternen verbreiten ein so warmes, helles Licht, dass ich am liebsten darin versinken würde.

Es ist still, so still, und doch habe ich so viel zu sagen. Am Tag des Unfalls, als wir Stella verloren haben, da starb auch ein Teil von mir. Die Emma, die es mal gab, existierte nicht mehr. Ein Bruchteil einer Sekunde, der alles verändert hat.

Ich falle auf die Knie und streiche über die Blumen. Sie sind frisch und blau, genau wie ihre Augen es waren. Das schönste Blau, das ich je gesehen habe. Eine innere Taubheit und das Gefühl von tiefer Verzweiflung lähmen mich und meinen gesamten Körper.

»Hey, mein Schatz. Ich bin's, Mama.« Es gelingt mir nun nicht mehr, die Tränen zu unterdrücken. Ich will sie auch gar nicht mehr unterdrücken. »Ein bisschen spät, ich weiß. Ich wollte kommen, die ganze Zeit, aber ich konnte es nicht. Weil du mir so unendlich fehlst. Es ist ganz allein meine Schuld, dass du nicht mehr bei uns bist. Wäre ich nicht wegen dieses blöden Fotos mit dir losgezogen, dann wärst du jetzt nicht fort. Ich … ich hab dich im Stich gelassen, es tut mir so leid, ich wollte das nicht …«

Die Tränen brennen auf meinen Wangen, und ich lasse sie einfach laufen, spüre, wie sie mir vom Kinn tropfen. »Es tut mir so leid, Stella, unser kleiner Stern«, flüstere ich in die Stille, als sie mit einem Mal unterbrochen wird.

»Es war nicht deine Schuld, Emma.«

Hastig drehe ich mich um, und da steht er.

Jannik.

Langsam kommt er näher und kniet sich neben mich. Seine Hand berührt meine Wange, wischt zaghaft die Tränen fort.

»Es war nicht deine Schuld, hörst du? Du musst das begreifen.«

»Doch, das war es«, schniefe ich. »Wenn ich nicht gegangen wäre, wenn ich sie nicht mitgenommen hätte, dann … dann wäre Stella noch da. Unsere Kleine würde noch leben.« Wieder brechen die Tränen aus mir heraus.

Jannik zieht mich zu sich heran und hält mich ganz fest. »Was uns passiert ist, war fürchterlich. Aber es war Schicksal, das Leben. Niemand konnte das ahnen. Es ist einfach geschehen.«

Nach einem erneuten Schluchzer hebe ich den Kopf und sehe Jannik an, sehe in seine Augen, deren Farbe ich selbst im Dunkeln erkennen kann. »Sie hatte deine Augen, dieses warme Blau, in dem man am liebsten versinken würde. Sie war wunderschön, nicht wahr?« Der Schmerz in meiner Brust ist jetzt zum Zerreißen groß.

Jannik lächelt. »Sie hatte ganz weiche Haut. Und die vielen dunklen Haare …«

»Ja, sie war ein richtiger Wuschelkopf.«

»Ich konnte erst überhaupt nicht weinen. Als wir sie im Arm hielten, nachdem sie gestorben war, als wir sie auf deinen Oberkörper legen durften, da habe ich die ganze Zeit gehofft, dass sie plötzlich einfach wieder zu atmen anfängt«, erzählt er. »Auf der einen Seite war es ein schönes Gefühl, aber andererseits wurde mir damit endgültig klar, was wir verloren hatten.«

Die Leere in mir überrollt mich, zieht mich tief zu Boden, und ich bin froh, dass Jannik mich hält, dass er mir übers Haar streicht, dass wir diesen Schmerz teilen, nach all den Jahren.

»Die Welt lief weiter, aber alles war plötzlich anders«, flüstere ich. »Ich konnte es nicht ertragen.«

»Ich weiß. Aber es war nicht deine Schuld, Emma, auf keinen Fall. Sie konnte einfach nicht bleiben, ihr Stern dort oben hat sie gerufen.«

Ein tiefes Schluchzen entfährt mir, und ich vergrabe mein Gesicht an seiner Brust.

»Damit habe ich mich die ganze Zeit getröstet, dass sie nicht weg ist und immer von da oben auf uns herabsieht«, haucht er mir ins Ohr.

Dann sitzen wir stumm im warmen Gras, halten uns fest und weinen. Um Stella, unser kleines Sternchen, um die Vergangenheit und alles, was wir vor langer Zeit verloren haben.

Eine halbe Stunde später verlassen wir den Friedhof, gehen den Weg entlang zur Straße. Es dauert ein wenig, bis ich den Mut finde, das auszusprechen, was mir auf der Zunge liegt. Doch schließlich schaffe ich es und bleibe stehen.

»Jannik?«

»Ja?«

»Können wir noch mal kurz zurück zu der Installation? Ich … ich muss etwas tun, ich muss eine Sehnsucht in den Himmel schicken.«

Jannik lächelt und sieht mich mit diesem ganz bestimmten Blick an, den ich so gut kenne, der mir so sehr vertraut ist. »Natürlich. Dann lass uns gehen.«

Nun stehen wir also wieder im Innenhof der Ruine. Es ist bereits nach Mitternacht und nicht mehr so viel los wie vorhin, aber das macht mir gar nichts aus, im Gegenteil.

Die Projektion läuft noch immer, und wenige kleine, sehnsüchtige Sterne tanzen an der Wand entlang. Fasziniert sehe ich ihnen zu, und in meinem Bauch beginnt es zu kribbeln.

Jannik steht hinter mir. Ihn so nah bei mir zu spüren, lässt mich erschaudern. »Also dann, schick deine Sehnsucht auf Reisen«, flüstert er, und ich atme tief ein und aus.

Dann widme ich mich dem Touchpanel, doch ich will nicht, dass Jannik mich dabei beobachtet. Er soll erst an der Wand sehen, was ich eingetippt habe.

Sanft schubse ich ihn zur Seite. »Nicht schauen.«

»Na schön. Sag mir, wenn du so weit bist.«

Er entfernt sich einige Schritte, und ich berühre mit dem Finger zaghaft die Oberfläche des Panels, schreibe, was ich unbedingt in den Himmel schicken will. Als ich fertig bin, drücke ich auf *Absenden*.

»Jetzt darfst du schauen.«

Jannik dreht sich um, sieht meinen Stern aufsteigen, und ich merke, wie er kurz innehält. Dann lächelt er. »*Neue Sterne*. Das ist wirklich eine schöne Idee.«

»Und wonach sehnst du dich?«

»Willst du das tatsächlich wissen?« Er blickt mir tief in die Augen, dann tippt er etwas, das ich nicht erkennen kann, in das Panel ein. Schon schickt er seine Sehnsucht auf Reisen, und sie schwebt groß und unübersehbar an der Wand vor mir.

Eine Welle voller Gefühle überrollt mich mit aller Macht. Denn in seinem Stern steht nur ein einziges Wort.

Emma.

Unsere beiden Sterne tanzen über die Wand, bis sie nach einer Weile in das Herz fliegen, auf der anderen Seite zu einem Vogel werden und sich dem Schwarm der Sehnsüchte anschließen, der in den Himmel steigt.

Was ich sagen soll, weiß ich nicht, aber irgendwann versuche ich es. Der Wind weht nun heftiger, als hätte sich das Wetter gedreht. Ich glaube, ein Grollen in der Ferne zu hören, aber das alles zählt jetzt nicht.

»Oh Jannik«, flüstere ich und bin überwältigt von diesem Moment, von der Sehnsucht, die sich gerade aus seinem Herzen direkt in das Herz an der Wand katapultiert hat.

Wie gerne ich seine Lippen auf meinen spüren würde. Ob sie sich noch so anfühlen wie in meiner Erinnerung? Doch sosehr ich mich danach sehne, ich weiß auch, dass ich es nicht tun kann, dass es nicht richtig wäre. Dass ich vernünftig sein muss.

Jannik greift nach meiner Hand, wieder höre ich Donnergrollen. Oder ist es mein Herz, das so laut schlägt?

Um uns herum fangen die Leute an, Schutz zu suchen. Eine heftige Windböe erfasst uns, der Regen wird wohl auch nicht mehr lange auf sich warten lassen. Wie schnell das Wetter umschlagen kann. Was es alles widerspiegelt.

»Ich denke, wir sollten uns auch irgendwo unterstellen, oder?«, frage ich.

Jannik blickt in den Himmel. »Zu mir ist es nicht weit. Da brauchen wir nur fünf Minuten.«

Schon fallen die ersten Tropfen vom Himmel. Wie auf Kommando fangen wir beide an zu rennen, und als wir den Hauptmarkt erreichen, werden die Regentropfen immer größer.

»Ich kann nicht mehr.« Völlig außer Atem bleibe ich stehen und genieße den Regen, der vom Himmel fällt. Es ist so schön, ihn zu spüren, die Tropfen auf meinem Gesicht wirken plötzlich so befreiend. Als würden sie all meine Sorgen wegspülen. Einfach so.

Jannik fasst mich am Ellbogen und will mich weiterziehen. »Komm, du wirst pitschnass.«

Doch ich will noch nicht weitergehen, auch wenn ich bereits von oben bis unten durchnässt bin und meine helle Bluse mit Sicherheit durchsichtig geworden ist. Aber das kümmert mich nicht. Ich weiß nicht, wann ich mich das letzte Mal so frei gefühlt habe. So lebendig. Ausgelassen streiche ich mir mit den Fingern durchs nasse Haar und drehe mich im Kreis, breite die Arme aus und habe das Gefühl zu fliegen.

Und genau in diesem Moment macht sich eine Erinnerung in mir breit. Ich sehe Jannik, sehe uns, wie wir vor Jahren im Regen getanzt haben.

Ich bleibe stehen und sehe ihn auffordernd an. »Tanz mit mir, so wie früher.«

»Du bist total verrückt, Emma.« Er schüttelt den Kopf, doch dann kommt er zu mir her, greift mit seiner nassen Hand nach meiner, zieht mich an sich.

Wir bewegen uns im Regen, halten uns, ich spüre die Wärme, die von ihm ausgeht, und genau in diesem Moment weiß ich es, fühle ich es. Ich hatte so vieles in meinem Leben verdrängt, habe Jahre verschenkt, doch ich will keine Sekunde mehr verschenken.

Eine Nacht voller Sehnsucht

»Komm schnell rein, hier sind wir sicher.« Jannik schließt die Tür auf und zieht mich ins Haus.

Frierend und nass bis auf die Haut stehe ich im Flur, meine Zähne klappern. Und doch bin ich so gelöst und glücklich.

»Ich hole uns eben Handtücher und schaue auch gleich, ob ich irgendwas für dich zum Anziehen habe. Du musst aus den nassen Klamotten raus.«

»Du doch auch«, entgegne ich.

Er stupst mit dem Finger auf meine Nasenspitze. »Ja, aber zuerst kommst du dran!«

Als er wieder zurückkommt, hat er einen Berg Handtücher dabei, ein langes Shirt und eine Jogginghose. »Nicht sehr schick, aber Hauptsache trocken. Am besten du duschst dich eben warm ab, sonst erkältest du dich noch. Ich bin auch gleich wieder da.«

Duschen klingt gut, und als ich ins Badezimmer tapse und mich unter das warme Wasser stelle, kribbelt es verdächtig in mir. Dieses Gefühl, dass er so nah ist, während ich nackt unter der Dusche stehe, verursacht ein wohliges Ziehen in meinem Unterbauch.

Ich lasse die heißen Wasserperlen auf mich herabrieseln, genieße den Duft des Duschgels, und meine Gedanken verselbständigen sich. Was, wenn er jetzt tatsächlich hier wäre, hier mit mir in der Dusche? Wie würden seine Küsse schmecken?

»Jannik?«, frage ich zaghaft, als ich in seinen Sachen aus dem Badezimmer trete.

»Ich bin in der Küche und mache uns Tee.«

»Tee hört sich gut an.«

»Geh ruhig schon mal ins Wohnzimmer, ich bin gleich da.«

Ich setze mich aufs Sofa und lasse den Blick umherschweifen. Auch hier entdecke ich zwei der hübschen Sternlampen, die leicht versteckt hinter dem Sofa stehen. In diesem gemütlichen Raum habe ich mich schon wohl gefühlt, als ich zum ersten Mal bei Jannik war. Seitdem hat sich hier nicht viel verändert, natürlich nicht, und doch sehe ich jetzt alles in einem anderen Licht.

Ein fruchtiger Duft kriecht mir in die Nase. Jannik betritt den Raum, stellt zwei Tassen mit dampfendem Tee auf den Tisch, und ich betrachte ihn. Er sieht gut aus. So gut, dass ich plötzlich dieses langersehnte Gefühl in mir spüre, den Moment einzufangen, ihn festzuhalten und zu verewigen.

Er trägt ein graues Shirt und eine gemütliche Hose, die ihm diese gewisse Lässigkeit verleiht. Er streicht sich durch die noch nassen Haarsträhnen, die ihm ins Gesicht fallen. Wieder spüre ich dieses Prickeln, das meinen ganzen Körper durchströmt.

»Was ist los?« Ein Lächeln umspielt seine Lippen.

»Nichts«, sage ich rasch, doch ich fühle mich ertappt. Er kennt mich viel zu gut. Immer noch.

»Du siehst aus wie früher, wenn du etwas mit deiner Kamera festhalten wolltest.«

Sein Blick liegt fest auf mir, aber ich winke ab. »Ja? Aber es war nur ein kurzer Gedanke, wirklich.«

»Warte, ich bin gleich wieder da.« Jannik verlässt den Raum und kommt mit der Kamera zurück. »Hier, probier's mal.«

»Nein, ich … Du weißt doch, dass ich …«

»Jetzt trau dich schon. Du kannst es.« Er kommt näher zu mir her, und ich versinke kurz in seinen wunderschönen Augen, die mich aufmunternd ansehen.

Und tatsächlich fasse ich ein wenig Mut und nehme die Kamera in die Hand. »Es ist so lange her …«

»Du kannst es«, sagt er noch einmal ganz entschieden.

Beflügelt von seinen Worten hebe ich die Kamera hoch, halte sie auf Jannik und blicke durch den Sucher. Nun geht alles wie von selbst, ich nehme die letzten Einstellungen vor und drücke ab. Winzige Schmetterlinge fliegen durch meinen Bauch, sie sind immer noch da, waren nicht verschwunden, sondern haben nur geschlafen.

Es tut so gut, es tut nicht mehr weh.

Ich drücke ein zweites Mal ab und dann noch einmal. Mein Herz trommelt in meiner Brust.

»Ich kann es wieder«, sage ich mit belegter Stimme und tupfe mir verlegen eine Träne aus dem Augenwinkel.

»Natürlich kannst du es, das habe ich dir doch gesagt. Das verlernt man nicht. Und jetzt Schritt für Schritt.«

»Danke«, flüstere ich in die Stille des Raumes.

Dann sitzen wir da und hören dem Regen zu, der gegen die Scheiben und auf das Dach prasselt und sich anhört wie hastiges Mäusetrippeln. Er rückt etwas näher zu mir, und mein Herz macht einen Satz. Ich sehne mich danach, seinen Körper zu berühren, und kämpfe verzweifelt dagegen an.

»Ich erinnere mich daran, als wir zum ersten Mal oben im Dachvorsprung saßen. Wir waren mit dem Rad hergekommen, und ich wollte dir unbedingt die Sterne zeigen.«

»Es war so schön mit dir. Dort oben, das wird immer unser Platz sein.«

Ein ganzes Feuerwerk von Gefühlen ergreift Besitz von mir, bis in die Finger- und Fußspitzen.

»Wollen wir nachschauen, ob heute Sterne da sind?«, frage ich vorsichtig, weil ich ein klein wenig Angst vor seiner Antwort habe.

»Ich denke nicht, dass wir welche sehen. Der Regen, das Gewitter …«

»Klar, du hast recht«, sage ich, aber er steht auf und greift nach meiner Hand.

»Komm, lass uns trotzdem nachsehen.«

Er zieht mich mit Schwung zu sich heran, wieder macht es einen Satz in meinem Bauch, und die Schmetterlinge heben ab.

Jannik nimmt die Decke mit, ich greife nach den Teetassen und folge ihm die Treppe nach oben. Zurück in den Raum, in dem unsere wunderschönen Momente leben. Und zurück zu mir.

Oben ist es wunderschön, denn die leuchtenden Sterne, mit denen Jannik damals vor unserer ersten Nacht die Decke und den Boden verkleidet hatte, sind noch immer da.

Er hat es geschafft, die Zeit stillstehen zu lassen. Für die Ewigkeit.

Wir setzen uns in unser kleines Sternguckernest und blicken in den wolkenverhangenen Himmel. Es sind keine Sterne zu sehen, trotzdem weiß ich, dass sie da sind.

»Damals, als ich dich das erste Mal gesehen habe, zusammen mit Amelie an der Bushaltestelle in der Stadt, da war ich so was von nervös«, beginnt er zu erzählen. »Und dann auch bei unserer Begegnung im Jugendtreff.«

»Das war Glück im Unglück. Wäre ich nicht geflüchtet, wäre ich dir nicht in die Arme gelaufen. Ich bin so froh darüber.« Gespielt entsetzt schlage ich die Hände vors Gesicht. »Oh Gott, dabei haben mich alle vor dir gewarnt!«

Er grinst. »Ja, ich war berüchtigt.«

»Das bist du ja immer noch, oder?«

Er schüttelt den Kopf. »Ich habe nie eine andere Frau so wie dich geliebt.«

Ganz zaghaft suche ich seine Hand und drücke sie sanft. »Gestern hast du mich gefragt, ob es ein *für immer* gegeben hätte. So wie wir es uns immer gewünscht haben.«

»Und? Was denkst du?«

»Das mit uns war besonders, und irgendwie gibt es doch dieses *für immer* nach wie vor. Hört sich das blöd an? Aber du weißt, was ich meine. Eine Verbindung, die immer da war.« Er lächelt, und ich füge hastig hinzu: »Du hast zumindest damals gesagt, dass du für immer mit mir zusammen sein willst.«

»Und du hast mich ausgelacht.«

»Na ja, damals dachte ich, du machst Spaß. Hallo, wir waren fünfzehn.«

»Es war aber kein Spaß. Ich wusste immer, dass du die Eine bist. Du hattest das schönste Lächeln, das ich je gesehen habe«, flüstert er, und ich rutsche wie automatisch noch ein klein wenig näher an ihn heran.

Sein Daumen streicht über meine Wange, unsere Blicke treffen sich.

»Ich habe mich so oft gefragt, was gewesen wäre, wenn ich dich nicht hätte gehen lassen, wenn ich darauf bestanden hätte, noch mit dir zu frühstücken. Oder wenn ich dich später nicht in den Zug hätte steigen lassen.« Traurigkeit in seinem Blick.

Ja, was wäre wenn? Wie oft habe auch ich mir diese Frage gestellt, an den Zeitumkehrer gedacht. Passiert das gerade eben?

»Jannik …«

Er legt den Zeigefinger auf meinen Mund. »Bitte lass mich das loswerden.« Seine Brust hebt und senkt sich ganz schnell. »Ich dachte, wir können alles schaffen, du und ich. Aber dann … Du bist zerbrochen in meiner Nähe, und als wir da auf dem Bahnsteig standen, habe ich begriffen, dass ich dich gehen lassen muss, dass dich in diesem Moment nichts halten kann. Nicht mal ich.«

»Ich hab mich so geschämt, weil … weil ich so hilflos war, weil ich solche Schuldgefühle hatte. Ich konnte dir nicht mehr in die Augen sehen. Und ich konnte mich selbst nicht mehr sehen. Dieser Schmerz, ich musste einfach raus.«

»Und das war richtig für dich.« Zärtlich streicht er mir übers Haar, und sein Blick ruht ernst auf mir. »Du bist ein wunderbarer Mensch, Emma. Und ich liebe dich. Du bist mein Schicksal, und ich habe darauf gewartet, dass du zurückkommst, dass die Sterne dich zu mir zurückbringen. Zurück zu dir selbst und zu uns. Ich habe einfach daran geglaubt. Deswegen habe ich dich damals auch gehen lassen.«

Die Luft ist zum Zerreißen gespannt, scheint zu flirren, und ich spüre die Hitze zwischen uns. Mein Körper fängt an zu beben – so wie damals in unserer ersten Nacht, als die Sterne an diesem Ort für uns geleuchtet haben. So wie sie jetzt wieder leuchten.

Seine Lippen nähern sich meinem Ohr, und er haucht mir zu: »Kein Himmel ohne Sterne, kein ich ohne dich, das gilt immer noch.«

Die Zeit, es ist, als würde sie sich drehen. Und plötzlich, wie durch ein Wunder, fühlt es sich an, als wären die Jahre der Trennung zwischen uns völlig unwichtig geworden.

Unsere Blicke treffen sich, haften aufeinander, und ich muss schlucken, so aufgeregt bin ich. Ich spüre Janniks Atem, wir sind uns so nah, dass sich unsere Nasenspitzen berühren. Ich schließe die Augen, will in diesem zärtlichen Moment verweilen.

Diese Nacht ist nicht einfach irgendeine Nacht. Es ist die Nacht der Sehnsüchte.

Und dann endlich suchen sich unsere Lippen. Erst zaghaft, als wollte er erst fragen, ob er mich auch wirklich küssen darf, dann immer fordernder. Unsere Lippen, endlich haben sie sich wieder.

Mein Herz scheint zu explodieren und in winzig kleine Stücke zu zerspringen, als ich seine Zunge spüre. Ich schlinge die Arme um seinen Nacken, will keinen Zentimeter mehr zwischen uns haben und setze mich auf seinen Schoß.

Ohne ein weiteres Wort schiebe ich die Hände unter sein Shirt. Ich will mehr, will ihn überall. Wenn da irgendwo noch eine Stimme in meinem Kopf ist, die mich davon abhalten will, dann höre ich sie nicht mehr. Ich blende sie aus, habe mich längst in diesem Augenblick verloren. Ein Schauer wandert durch mich hindurch, als seine Hände unter den Stoff meines Shirts gleiten, während er mich weiter küsst, sein Mund auf meinem, weich und warm.

Magie liegt in der Luft, als müssten diese Berührungen, das, was zwischen uns passiert, einfach so sein. Weil es unser Schicksal ist. Aus der Vorsicht wird Leidenschaft, die brennt, die es schafft, dass wir alles um uns herum vergessen.

Jannik zieht mich fester an sich, und ich lasse meine Finger durch seine Haare gleiten. Für einen Moment halten wir inne, sehen uns tief in die Augen, um dann erneut in einem unendlichen Kuss zu versinken.

Seine Hände erforschen jeden Zentimeter meiner Haut, und ich tue es ihm gleich. Ich will die Erinnerungen lebendig machen, will ihn noch näher bei mir haben, ihn spüren. Voller Verlangen ziehe ich ihm das Shirt über die Schultern, hebe den Kopf und suche nach einem weiteren Kuss, während ich das Shirt einfach fallen lasse.

Jannik legt mich sanft auf den Boden, lässt seine Finger über meinen Bauch gleiten und schiebt damit gleichzeitig mein Shirt hoch. Als er mich zwischen den Brüsten küsst, zittere ich vor Erregung, mein Herz klopft bis zum Hals. Er hebt meine Arme hoch und zieht mir das Shirt aus.

Seine Hände sind jetzt überall, streicheln sanft über meinen Körper. Es ist so heiß um uns herum, und alles in mir sehnt sich nach ihm. Erhitzt pressen wir uns aneinander, Haut an Haut.

Ich hebe ein wenig die Hüften an, damit er mir die Hose abstreifen kann. Alles passiert wie von selbst, eingespielt. Woran Hände sich erinnern können. Wie sie nicht vergessen, was war und was man sich ersehnt.

Ich schiebe ebenfalls seine Hose nach unten, über seinen knackigen Hintern, und helfe ihm beim Ausziehen, weil ich nun nicht mehr länger warten kann, bis unsere Körper endlich zusammenfinden.

Jannik küsst mich vom Hals abwärts bis zu der Narbe, die ich von Stellas Geburt habe, die mir von ihr geblieben ist, und ich lasse zu, dass er sie berührt. Ganz zärtlich streicht er über die Stelle, um dann weiter abwärts zu wandern. In meinem Unterbauch brennt bereits ein kleines Feuerwerk.

Nach einer gefühlten Ewigkeit kommt er mit dem Kopf wieder nach oben und sieht mir tief in die Augen. Ein Blick, der mich fragt, ob es okay ist, ob ich es wirklich will. Ja, ich will, ich will ihn so sehr.

Die Hitze macht die Luft brennend heiß. Er lässt tausend Küsse über meinen Hals gleiten, während er sich zwischen meine Beine schiebt. Ich recke ihm mein Becken entgegen, schmecke seinen Kuss, dann spüre ich ihn endlich in mir. Langsam gleitet er in mich hinein. Mein Herz rast, ist überfordert von der Wucht der Gefühle, die auf mich einstürzen. Und doch will ich ihn immer und immer mehr.

Jannik bewegt sich erst ganz vorsichtig, doch das muss er gar nicht. Ich kralle mich an ihm fest, und dann werden seine Bewegungen stärker. Unsere Körper sind eins, haben sich verschmolzen. Haut an Haut. Ein feuriges Brennen in meinem Bauch.

Unsere Finger verhaken sich. Ich spüre ihn tief in mir, spüre seine ganze Kraft und Liebe. Wir bewegen uns im selben Rhythmus, sind eins.

Kann man einem Menschen näher sein? Mit Haut und Haaren verfallen? Total bedingungslos?

Ich schmiege mein Gesicht an seines, verliere mich in dem Gefühl, das ich seit Jahren nicht mehr gespürt habe. Wie konnte ich nur so lange darauf verzichten, auf diese Leidenschaft, dieses Feuer? Darauf, ich selbst zu sein?

Eine Nacht voller Sehnsucht hat uns wieder zusammengeführt, und gerade als ich glaube, dass es sich nicht noch schöner anfühlen kann, fange ich an zu schweben.

Nur noch ein einziges Mal

Nürnberg, 2016, im Altenheim

Marie Linzenberg sitzt in ihrem Sessel, die Sonne blinzelt durchs Fenster, das Fotoalbum, welches sie so liebt, liegt auf ihrem Schoß. Gedankenverloren streicht sie über dieses eine Bild, genauer gesagt ist es nur eine Hälfte, die Abe zeigt. Ihren Abe. Damals hatten sie beide eine glückliche Zukunft vor Augen, doch schon kurze Zeit später lag ihre Welt in Scherben.

Ein fester Kloß macht sich in ihrem Hals breit, als sich die Tür zu ihrem Zimmer öffnet.

»Guten Morgen Marie, wie geht es Ihnen heute?« Die Stimme der Pflegerin reißt sie aus ihren Gedanken an eine verlorene Zeit. Eine Zeit, in die sie manchmal zurückkehrt, um die Wärme von einst zu spüren und die Kälte der Tage zu vertreiben.

»Wie jeden Tag. Es wird wohl nicht mehr lange dauern«, antwortet sie und seufzt.

Sie ist müde, sehr müde, seit wenigen Tagen noch mehr als zuvor. Und das liegt nicht nur an den merkwürdigen Träumen, die sie wieder vermehrt quälen, die von Abe handeln und von all dem, was sie bereut. Aber das wird sie der jungen Schwester sicher nicht erzählen.

»Ich helfe Ihnen jetzt beim Anziehen, und dann könnte ich Sie hinunter in den Gemeinschaftsraum bringen. Was halten Sie davon?«

Was sie davon hält? Ihr Herz klopft langsam, bald wird es aufhören zu schlagen, davon ist Marie überzeugt. Es ist an der Zeit. Fünfundachtzig Jahre hat es geschlagen, mit ihr geliebt und gelitten. Jetzt ist sie müde und ihr Herz ebenfalls.

Trotzdem ist da noch eine Sache, die sie nicht loslässt, weshalb sie auch noch nicht ganz bereit ist zu gehen.

Denn sie hat noch einen einzigen Wunsch.

Als sie wenig später gewaschen ist und in ihren Kleidern steckt, lächelt die Schwester. »Sie sehen schick aus. Was möchten Sie denn jetzt unternehmen? Soll ich Sie zu den anderen bringen?«

Ein unglaubliches Gefühl beschleicht Marie, und auf einmal ist sie mutig, so mutig, wie sie es einst hätte sein sollen. Wieder schweift ihr Blick zu dem halben Foto, auf dem Abe zu sehen ist, vor dem Haus, das einmal ihr Haus war. Abe, den sie kurze Zeit später verlassen hat, weil sie dachte, es sei besser für ihn.

Dieses Haus sollte eigentlich ihre gemeinsame Zukunft sein, und Marie würde es zu gerne noch einmal sehen. Nur ein einziges Mal. Nach all den Jahren.

»Lisa?« Sie blickt in das Gesicht der jungen Frau mit den freundlichen braunen Augen.

»Ja?«

»Ich habe wirklich einen Wunsch. Würden Sie mir diesen erfüllen?«

Dann beugt sie sich zu Lisa nach vorne und öffnet sich, erzählt ihr von dem Ort, der einst alles für sie war und den sie noch einmal besuchen will, bevor ihr Herz aufhört zu schlagen.

Das alte Leben verlassen

»Es ist ja schon hell draußen.« Jannik atmet schwer, als ich unter der Decke hervorkrieche, mich auf ihn lege und erneut seine Lippen suche. Sie sind vom vielen Küssen schon ganz geschwollen. Aber ich kann nicht aufhören, es immer und immer wieder zu tun.

Was für eine aufwühlende Nacht. Ob es an den Sternen lag, an der Sehnsucht?

Zwischen unzähligen Küssen haben wir geredet, über früher, über jetzt, über unsere Träume, um uns dann doch wieder zu küssen und leidenschaftlich zu berühren.

Für mich könnte es ewig so weitergehen, aber Jannik legt sanft den Finger auf meinen Mund. »Du hast mir so gefehlt.«

Als Antwort hauche ich ihm einen Kuss zu, ziehe ihn zu mir heran, sodass ich auf ihm zum Sitzen komme, meine Beine um seine Hüften geschlungen. »Ich will mehr. Bitte berühre mich noch mal.«

Er drückt mich an sich, übersät meinen Oberkörper mit Küssen, und schon spüre ich ihn wieder in mir. Ich brauche ihn mehr als alles andere auf der Welt. Vor Lust winde ich mich unter seinen Berührungen und bekomme kaum Luft.

Dieses Gefühl – ich will es nie mehr verlieren.

Als wir wenig später eng umschlungen nebeneinanderliegen, rappele ich mich auf und küsse seine Stirn.

Er lächelt sanft. »Ich bin dir verfallen, weißt du das?«

»Warte ab, bis ich dir Frühstück gemacht habe, dann willst du mich nie wieder gehen lassen. Ich kann das auch ziemlich gut, weißt du?«, flüstere ich, stehe auf und schlüpfe in sein Shirt.

»Nein, lass mich das machen. Ich mache das gerne.« Er will ebenfalls aufstehen, aber ich hebe mit strenger Miene den Zeigefinger.

»Du bleibst liegen! Jetzt bin ich dran«, ermahne ich ihn und gehe die Treppe hinunter in die Küche.

Als ich unten angekommen bin, werfe ich noch mal einen Blick zurück. Ich streiche über meine Lippen und spüre noch immer seine Küsse, spüre sie überall auf meiner Haut, und ein warmer Schauer wandert durch meinen Körper.

Wie auf Wolken tapse ich in die Küche und suche im Kühlschrank nach Eiern. Gerade als ich die Pfanne auf den Herd stellen will, fällt mir ein, dass ich Brötchen holen könnte. Eine gute Idee, wir haben immer gerne Brötchen zum Frühstück gegessen.

Ich steige die Treppe wieder nach oben, um Jannik Bescheid zu sagen, doch er schläft schon wieder tief und fest. Wie friedlich er aussieht. Ja, ich werde ihn mit frischen Brötchen überraschen. Bei der Gelegenheit könnte ich auch die Kamera mitnehmen. Das werde ich machen, ganz bestimmt.

Auf Zehenspitzen hole ich meine Kleider, die inzwischen getrocknet sind, aus dem Bad, nehme die Tasche mit der Kamera und schleiche aus dem Haus.

Noch ganz benommen von den vielen Gefühlen atme ich draußen die Frühlingsluft ein.

Vor zwei Tagen bin ich hergekommen, zurück in meine Stadt, zurück in mein Nürnberg, das ich wieder so lieb gewonnen habe. Natürlich war ich keine Ewigkeit weg, aber trotzdem hat es mir gefehlt.

Als ich die Sebalduskirche erreiche, halte ich kurz inne. Die Kirche ist groß und beeindruckend, und ich beobachte die Menschen um mich herum, die sie ebenso bestaunen wie ich. Andere hetzen einfach vorbei, das Handy am Ohr. So viele Menschen, und jeder hat seine eigene Geschichte, seinen kleinen Rucksack.

Meine Stadt. Was habe ich hier nicht alles erlebt. Und jetzt muss ich mich wohl wieder verabschieden, für immer. Doch wenn ich schon gehe, dann will ich wenigstens etwas mitnehmen.

In meinen Fingern kribbelt es. Dieses Verlangen, das ich gestern wiedergefunden habe, jetzt und hier erschreckt es mich nicht mehr. Meine Hände klammern sich um die Fototasche, und nach einem kurzen Zögern hole ich die Kamera daraus hervor.

Ein junger Mann, an der Hand eine junge Frau. Die beiden lachen und erinnern mich an Jannik und mich. Wir beide vor vielen Jahren, als die Zukunft noch vor uns lag. Ihre Augen leuchten, und ich erkenne darin diese Leidenschaft, die einfach so entsteht, die ganz von selbst da ist, wenn man sich sehr liebt.

Ich hole tief Luft, halte die Kamera auf die beiden, zoome sie etwas näher heran und schieße ein Foto, halte fest, wie sie sich glücklich umarmen. Nun muss ich sogar selbst lächeln, weil es mich glücklich macht, weil ich spüre, wie lebendig ich mit einem Mal wieder bin.

Getrieben von diesem Gefühl gehe ich weiter, beschließe, noch mal in Richtung Burg zu schlendern.

Am Albrecht-Dürer-Denkmal bleibe ich stehen. Es wirkt so ruhig, so beständig. Hier haben wir uns geküsst, nicht nur einmal. Aufgewühlt schieße ich ein Foto genau in dem Moment, als eine ältere Dame vor dem Denkmal stehen bleibt und bedächtig zu ihm aufblickt. Welche Erinnerungen sie wohl mit diesem Ort verbindet, welche ozeantiefe Geschichte sich in ihrem Herzen verbirgt? Am liebsten würde ich sie danach fragen.

Ich fotografiere die alten Geschäfte, die Häuschen mit ihren hübschen Fassaden, die ihre Kleider aus alter Zeit tragen und in denen längst neue Besitzer ein Zuhause gefunden haben.

Nach einer Weile erreiche ich den Tiergärtnertorplatz. Dieser Ort ist so voller Leben, so voller Erinnerungen. Ich denke an das Treffen mit Amelie, denke daran, wie wir hier unsere Verlobung gefeiert haben, blicke zurück auf unzählige Momente in meinem, in unserem Leben. Doch was ist davon übrig geblieben? Nur das Jetzt und Hier und die Gäste, die im Café Wanderer einen Cappuccino genießen oder in den umliegenden Gasthäusern essen. Und doch liegt die Zukunft in der Luft, denn täglich werden Geschichten geschrieben, täglich treffen Menschen Entscheidungen in ihrem Leben. Gute und schlechte. Ein verführerischer Duft umhüllt meine Nase, und ich würde ihn am liebsten einpacken und mitnehmen, genauso wie das bunte Treiben.

Die Kamera in der Hand schieße ich Foto um Foto, halte mein Nürnberg fest, unser Nürnberg, das Nürnberg von Jannik und mir, von all den Menschen, die hier leben.

Schließlich komme ich wieder vor Janniks Haus an, und als ich den Blick über die Fassade schweifen lasse, klopft mein Herz bis zum Zerbersten. Für manch einen mag es nur ein Haus von vielen sein, irgendein Haus in einer Stadt, auf dessen Dach sich die Sonnenstrahlen des Tages ergießen. Doch es ist in Wahrheit viel mehr: ein Haus der versteckten Gedanken, der Wünsche, Träume und Sehnsüchte. Ein Haus, das seit Jahrhunderten hier steht und das ich einst verlassen habe.

Erst jetzt bemerke ich die alte Frau, die ebenfalls vor dem Haus stehen geblieben ist und es intensiv betrachtet. Plötzlich ist da so viel Liebe. Ich kann nicht anders, nehme die Kamera zur Hand und drücke ab, halte den Augenblick fest.

Jetzt hat sie mich entdeckt und kommt auf mich zu. In ihrem Blick liegt etwas Tiefes, Unergründliches. »Es ist schön, Momente festzuhalten, nicht wahr?«

Ich nicke. »Ja, das ist es.«

»In dem Augenblick, in dem das Foto geschossen wird, denkt man, es ist ja nur ein Bild, eine Momentaufnahme. Dabei ist es viel mehr als das. Es ist Glück und Verlust und besteht aus Fragen.« Sie atmet tief durch, und ich sehe, dass sie ein Foto in der Hand hält. »Was wäre wenn?«, flüstert sie zaghaft. »Das fragt man sich im Leben doch öfter, oder? Wenn ich nicht hierhergefahren wäre, wenn ich nicht nach links oder rechts abgebogen wäre. Was, wenn ich ihn nicht verlassen hätte? Ja, was dann? Wissen Sie, was ich meine?«

Ich zucke zusammen, und eine Gänsehaut überzieht meinen Körper. »Ich weiß genau, was Sie meinen.«

»In den letzten fünfzig Jahren habe ich mich das fast täglich gefragt, aber ich werde es nie erfahren.« Tränen glänzen in ihren Augen. »Dieses Haus hat einst uns gehört, mir und Abe, meinem Mann«, erzählt sie, und eine Welle der Gefühle greift mich. »Wir waren so voller Hoffnung auf die Zukunft, die vor uns lag.«

Sie blickt erneut auf das Schwarzweiß-Foto, und als ich das Motiv darauf erkenne, durchfährt mich ein solch scharfer Ruck, dass ich kurz nicht atmen kann. Das Foto, das in der Mitte durchgerissen ist, zeigt einen jungen Mann, der unverkennbar vor diesem Haus steht.

Das kann nicht sein.

»Ich habe diesen Mann so sehr geliebt, und wir haben uns eine gemeinsame Zukunft gewünscht.« Ich spüre diesen tiefen, ungeheilten Schmerz in ihrer Stimme. »Wissen Sie, an diesem Tag waren wir so glücklich, doch dann hat der Unfall alles verändert. Ich habe unser Kind verloren, was schlimm genug war, und danach war es mir auch nicht mehr möglich, welche zu bekommen.«

Ich schlucke ein paarmal fest und greife einfach so nach ihrer Hand.

»Damals dachte ich, es sei besser für ihn, wenn ich gehe, damit er mit einer anderen Frau eine Familie gründen kann und das bekommt, was er sich immer gewünscht hat, was ich ihm aber nicht mehr geben konnte. Ich wollte doch nur, dass er glücklich wird. Doch dabei habe ich vergessen, dass unsere Liebe bereits das größte Glück war.«

Sie hebt den Kopf und sieht mir in die Augen.

»Das alles tut mir so leid.« Ich drücke ihre Hand, und plötzlich kommt mir eine Idee. Mit zitternden Händen krame ich das halbe Foto aus Albrechts Brief aus der Tasche.

Als ihr Blick darauf fällt, seufzt sie schwer, und ein herzergreifendes Schluchzen, das mir die Tränen in die Augen treibt, kommt über ihre Lippen. Vorsichtig greift sie nach dem Foto, und die beiden Hälften passen exakt zusammen.

Ich kann nicht glauben, was hier gerade passiert.

»Oh Himmel, woher haben Sie das?«, fragt sie ganz aufgelöst, und auch ich muss hart schlucken.

»Von ihm, wir haben uns in Berlin kennengelernt. Er war ein toller Mann.«

»War?«

»Ja, er ist gestorben.«

Sie atmet ein paarmal heftig ein und aus, dann fragt sie: »War er denn glücklich?«

»Ja, er ist viel gereist und hat das Leben genossen. Ihr Foto hat er immer bei sich getragen. Er hat die ganze Zeit nur Sie geliebt und Sie niemals vergessen, das weiß ich.«

Eine Träne rollt über ihre faltigen Wangen. »Es ist ein Wunder, dass so etwas möglich ist, dass wir beide uns hier begegnen.«

Ich nicke. »Ja, das Leben steckt wirklich voller Überraschungen. Und wissen Sie, uns verbindet noch mehr, als Sie glauben, denn auch ich habe den Mann, der jetzt in diesem Haus lebt, vor einiger Zeit verlassen. Wir wollten hier gemeinsam leben, und jetzt muss ich mich ebenfalls entscheiden, ob ich bei ihm bleibe oder nicht.«

»Wenn du deine Augen schließt, wo siehst du dich in fünf Jahren?«, flüstert sie mit einem Mal.

»Albrecht hat Ihnen damals auch diese Frage gestellt, nicht wahr?«

»Ja, und ich habe mich gegen mein Herz entschieden, weil ich dachte, mit dieser Entscheidung seines zu retten. Denn anstatt mir vorzustellen, wo ich mich in fünf Jahren sehe, habe ich mir vorgestellt, wo ich ihn in fünf Jahren sehe. Mit vielen Kindern, kleinen Füßchen, die jeden Raum in diesem Haus mit Leben erfüllen. Mit allem, was ich ihm nicht bieten konnte.« Sie atmet schwer. »Mit einer Frau, die ihn glücklich macht.«

Ihre Worte treffen mich, gehen tief ins Herz.

»Ich bin froh, dass ich Sie getroffen habe. Hören Sie auf Ihr Herz, Mädchen«, sagt sie und sieht mich eindringlich an. »Hören Sie auf Ihr Herz, damit das Glück nicht nur ein Foto bleibt. Dieses Haus hier hat es verdient, dass in ihm geliebt und gelebt wird.« Sie reicht mir die beiden Fotohälften. »Behalten Sie es. Ich weiß, das Bild ist gut bei Ihnen aufgehoben.«

Noch ehe ich reagieren kann, wendet sie sich ab, geht auf ihren Stock gestützt langsam in Richtung Altstadt und lässt mich mit diesen vielen Gefühlen zurück.

Während ich ihr noch hinterherblicke, fängt plötzlich mein Handy an zu summen, und ich ziehe es aus der Tasche.

Alex.

Ein drückendes Gefühl ergreift Besitz von mir. Auch wenn ich nicht mit ihm zusammen bin, weiß ich trotzdem, was er für mich fühlt und dass er sich eine Zukunft mit mir erhofft.

Aber was will ich? Gibt das Leben mir - oder besser gesagt Jannik und mir - eine zweite Chance? Mehr noch, unserer Geschichte, diesem Haus, der Liebe?

In meinem Kopf dreht sich alles, und mir wird so furchtbar übel.

Ja, die Frage ist: Was will ich?

Jannik, mein Leben hier oder mein bisheriges Leben in Berlin? Was ist meine Zukunft - und vor allem mit wem?

Und dann tue ich es einfach. Ich schließe die Augen, atme tief ein und zeichne vor meinem inneren Auge eine Vision meiner Zukunft. Ich traue mich, lasse los, es gibt keine Regeln, es geht nur um mich.

Was will ich?

Ja, was?

Ganz plötzlich ist sie da, eine Zukunft, ein Weg, und ich sehe die Bilder ganz deutlich vor mir, begleitet von tiefen, starken Gefühlen, die meinen ganzen Körper gefangen nehmen.

Nun gibt es keinen Zweifel mehr. Und als ich die Augen wieder öffne, weiß ich, was ich schon die ganze Zeit wusste: Es gibt nur einen Ort, an den ich gehöre – und der ist bei ihm.

Epilog

»Hey, da sind ja meine Mädchen«, höre ich Janniks Stimme, als ich die Tür aufschiebe und den Duft von Holz einatme, der unser Haus erfüllt.

»Ja, wir sind wieder da und haben ganz viele leckere Sachen eingekauft«, antworte ich, und Jannik greift nach meiner Einkaufstüte. Da ist er, der Mann, den ich liebe, und ich kann jeden Tag mit ihm verbringen, in unserem Haus, mit unseren Kindern.

Als er die Tüte in die Hand nimmt, drückt er mir einen sanften Kuss auf die Lippen. »Das klingt wunderbar.« Seine Nase stupst zärtlich meine, dann widmet er sich unserer kleinen Marlene, die im Tragetuch an meinen Körper gewickelt zufrieden umherguckt.

»Papa, wir haben dir auch diesen Pudding mitgebracht, den du so magst.« Esther klammert sich um seine Hüften, und er hebt sie schwungvoll hoch. Sie ist gerade fünf geworden, hat dunkle Haare wie Jannik und dieselben strahlenden Augen, wenn sie lacht.

»Na, da freue ich mich aber. Und, war es schön mit Mama in der Stadt?«

Marlene gluckst, während Esther aufgeregt von unserem kleinen Bummel berichtet.

»Dann mache ich uns mal was zu essen«, sage ich, und mein Blick wandert über das Kunstwerk im Flur, das Jannik vor einem Jahr gebaut hat. Ein aus Holz geschnitzter Lampenbaum, an dem fünf Sterne funkeln. Ein Stern für jeden von uns.

Als ich in der Küche herumwerkele, Marlene ganz nah bei mir, blicke ich aus dem Fenster und denke daran, was alles passiert ist, seit ich vor mehr als sechs Jahren aus Berlin zurückgekommen bin und mir vorgestellt habe, wie meine Zukunft aussehen könnte.

Und ich hätte sie mir nicht schöner ausmalen können. Ich erinnere mich noch gut daran, wie ich die Augen geschlossen und ihn gesehen habe. Jannik. Da war er, mein Licht in dunkler Nacht. Irgendwie war er immer das Licht im rettenden Hafen, das ich gesucht habe.

Ich denke an das Telefonat mit Alex, als ich ihm erzählt habe, dass ich Berlin verlassen und nach Nürnberg zurückkehren werde. Natürlich war er enttäuscht, aber er hat mir trotz allem beim Umzug geholfen. Bis heute ist er ein guter Freund geblieben, und ich mag auch seine Freundin Tanja, die er vor drei Jahren kennengelernt hat.

Meine Eltern haben sich mittlerweile mit Jannik arrangiert. Sie finden es prima, was er geschafft hat, und haben eingesehen, dass wir einfach zusammengehören. Natürlich sind sie auch stolz auf unsere beiden süßen Mädels.

Dann denke ich an Jannik, wie er mich damals in die Arme geschlossen hat. An den Ausdruck in seinem Gesicht, als ich ihm von Albrecht und Marie erzählt habe - von den beiden Menschen, die einst dieses Haus mit Leben hätten füllen sollen.

Mein Blick wandert durch den Raum und haftet schließlich auf dem Foto der beiden, das wir in einen ganz besonderen Holzrahmen eingefasst und mit einem Satz aus Albrechts Abschiedsbrief versehen haben: *Schätze jeden Moment, er ist ein Stern an deinem Himmel.*

Wie ihre Geschichte wohl ausgegangen wäre, wenn Marie sich einst anders entschieden hätte? Keine Ahnung, ich weiß nur, dass ich froh bin, auf mein Herz gehört zu haben, und dass Marie und Albrecht mit diesem Foto, das einst hier aufgenommen wurde, ein Teil unserer Geschichte geworden sind. Dieses Gefühl erfüllt mich mit Ehrfurcht.

Einen Zeitumkehrer zu besitzen, ja, wir Menschen wünschen uns das öfter mal. Wir fragen uns, wie es wohl wäre, bestimmte Momente im Leben ändern zu können. Doch ich habe eines gelernt: So ein Zeitumkehrer ist gar nicht nötig, um die Zeit zurückzudrehen. Denn es ist eben nun mal so. Das

Leben zieht uns manchmal den Boden unter den Füßen weg, und wir würden die Dinge am liebsten rückgängig oder ungeschehen machen, weil wir keinen Sinn darin sehen. Doch irgendwann kommt der Punkt, an dem man wieder nach vorne blickt und alles zu einem großen Ganzen wird. Der Punkt, an dem wir ein Bild betrachten und wissen, dass es so viel mehr als nur eine Momentaufnahme ist. Sondern Vergangenheit, Gegenwart und Zukunft. Tausend Wege und tausend Möglichkeiten.

Stella zu verlieren war furchtbar, aber es hat mich gezwungen, meinen Weg zu verlassen, um einen neuen zu finden. In unseren Herzen ist sie noch immer bei uns, erhellt unser Leben und den Weg, den wir gehen, so wie tausend funkelnde Augenblicke, die den Horizont betupfen. Tausende Momente eines Lebens, mal heller und mal dunkler.

Ja, das Leben ist wie der Himmel, und es gibt nun mal keinen Himmel ohne Sterne.

ENDE – UND DOCH ERST DER ANFANG …

Meine lieben Leserinnen und Leser,

wenn euch dieses Buch gefallen hat, dann lasst es mich doch bitte wissen. Schreibt mir gerne eine Rezension bei Amazon, denn das ist ganz wichtig für uns Autoren. Besucht mich auf Facebook, folgt mir auf Amazon oder klickt auf meine Website und registriert euch für meinen Newsletter. Hinterlasst ein Däumchen oder einen Kommentar, wie und wo auch immer. Ich freue mich über jede Rückmeldung von euch.

Mit ganz liebem Dank,
eure Michelle

Kein Horizont ohne Licht

Hanna ist glücklich. Meistens. Außer wenn sie sich Erinnerungen an Josh erlaubt – ausgelöst durch den Klang einer Gitarre, den Geruch von Leder oder wenn Lichter die Dunkelheit erhellen. Doch von Josh will sie nicht mehr träumen. Fast zwanzig Jahre ist es her, dass der Junge, der damals die Welt für sie bedeutete, sie in den Scherben ihres jungen Lebens zurückgelassen hat.
Ihm zu verzeihen, kommt also überhaupt nicht für sie infrage. Wäre da nicht Mo, der Mann, der wie ein Vater für Hanna und Josh war und der die beiden auf eine Reise in ihre Vergangenheit mitnimmt – bis sie erkennen, wie wichtig es ist, das Licht am Horizont nicht zu verlieren.

Emotional und warmherzig. Eine berührende Geschichte über den Wert der Erinnerungen und die Suche nach dem Glück.

Michelle Schrenk
Kein Horizont ohne Licht
ISBN 9783942790345

Liebe und andere Unwahrscheinlichkeiten

Wenn plötzlich Dinge passieren, die eigentlich ganz und gar unwahrscheinlich sind, dann hast du die Rechnung ohne das Schicksal und seine verrückte Teigmischung gemacht.

Freund weg, für die Erzfeindin arbeiten müssen, und die eigene Bäckerei steht kurz vor dem Aus ...
Als Elisa nicht mehr weiterweiß, hofft sie auf ein Wunder und stößt prompt mit Ludwig zusammen, den sie zu allem Übel auch noch zum Anbeißen findet. Unerwartet küsst er Elisa und setzt damit eine Kettenreaktion von Unwahrscheinlichkeiten in Gang, die das Leben der beiden prompt auf den Kopf stellt.

Eine kurze herzerwärmende Geschichte, gefüllt mit Liebe.
Locker und leicht wie Buttercreme.
Perfekt, um für ein paar Stunden dem Alltag zu entfliehen.

Michelle Schrenk
Liebe und andere Unwahrscheinlichkeiten
ISBN 9783942790338

Wann immer ich die Sonne sehe

Wann immer du die Sonne siehst, bin ich bei dir. Achte auf die Zeichen, dann findest du selbst in der tiefsten Schwärze der Nacht eine helle Sonne.

Mia ist sauer auf das Leben, schließlich hat es ihr Kai genommen, ihre große Liebe. Überhaupt glaubt sie weder an Zeichen noch daran, dass die Sonnenkette, die Kai ihr hinterlassen hat, in der dunklen Zeit für sie leuchten kann. In dem Glauben, alles im Leben verloren zu haben, vergräbt sie sich in ihrer Trauer.
Doch dann erhält sie einen Brief mit einer Aufgabe, die nicht nur Hannes mit seinen warmen braunen Augen in ihr Leben bringt, sondern alles von Grund auf verändert. Auf der Suche nach der Sonne geschehen einige Wunder. Doch ist Mia wirklich bereit, ihr Herz dafür zu öffnen? Und gibt es im Leben eine zweite Chance auf Glück?

Michelle Schrenk
Wann immer ich die Sonne sehe
ISBN 9783942790307

Strandküsse und andere Turbulenzen

Wenn statt Urlaubserholung das pure Chaos auf dich wartet …
Rike ist ein Arbeitstier und hasst Urlaube. Zu blöd, dass sie sich in einem sentimentalen Moment dazu überreden lässt, zusammen mit einem guten Freund die Pension Sommertraum an der Nordsee zu buchen. Als sie von diesem jedoch kurzfristig versetzt wird, sieht sie sich gezwungen, allein in den Urlaub zu fahren. Und das ist erst der Anfang einer Vielzahl von Turbulenzen. Denn die Pension Sommertraum, die im Internet so hübsch aussah, entpuppt sich als Albtraum. Und als wäre das nicht schon schlimm genug, ist da auch noch dieser Nils, der Rike schon im Zug gehörig auf die Nerven ging. Doch dann reißt er mit einem einzigen Strandkuss ihre sonst so geordnete Welt aus den Fugen ...
Frisch, kurz, sommerlich leicht. Fühle den Sand zwischen den Zehen und lausche dem Rauschen des Meeres, um für ein paar Stunden dem Alltag zu entfliehen.

Michelle Schrenk
Strandküsse und andere Turbulenzen
ISBN 978-1521745724

11708267R00117

Printed in Germany
by Amazon Distribution
GmbH, Leipzig